LA·DEVÈZE

HISTOIRE FÉODALE

MUNICIPALE ET CIVILE

DEPUIS LA FONDATION DU CHATEAU

(DE 1180 A 1223)

Par JOACHIM GAUBIN,

ancien Pro-Secrétaire de l'Archevêché d'Auch, actuellement Curé
de Barcelonne-du-Gers.

———⬥⬥⬥———

AUCH

IMPRIMERIE ET LITHOGRAPHIE FOIX, RUE BALGUERIE.

——

1882

LA DEVÈZE.

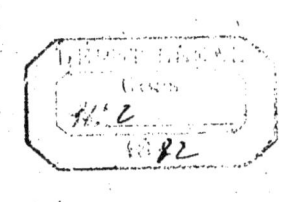

LA DEVÈZE

HISTOIRE FÉODALE

MUNICIPALE ET CIVILE

DEPUIS LA FONDATION DU CHATEAU

(DE 1180 A 1223)

Par JOACHIM GAUBIN,

ancien Pro-Secrétaire de l'archevêché d'Auch, actuellement Curé de
Barcelonne-du-Gers.

⸻

AUCH

IMPRIMERIE ET LITHOGRAPHIE FOIX, RUE BALGUERIE.

—

1882

INTRODUCTION.

Des hauteurs de la petite ville de Beaumarchés, un spectacle grandiose et pittoresque s'offre à l'admiration du voyageur. Il voit couler, à ses pieds, la rivière de l'Arros, aux eaux profondes et bienfaisantes, même quand elle franchit ses rives aux époques opportunes, parce que, pour les années qui vont suivre, elle déposera sur le sol un limon fertilisateur. A droite, vers le couchant et le nord, l'œil contemple avec ravissement les magnifiques plaines de Plaisance, où l'Arros verse ses eaux dans l'Adour; au nord, se dresse l'imposante tour de Termes; au couchant, paraît la ville de Castelnau-Rivière-Basse, qui a eu le privilége, pendant des siècles, d'être le chef-lieu du pays de Rivière; au midi, s'élève la majestueuse barrière des monts pyrénéens, et là, assez près de nous, l'œil se repose avec charme sur l'élégante flèche du clocher d'Auriebat, qui se plaît à étaler les grâces de son architecture gothique, à vingt ou trente lieues à la ronde.

Mais quelle est cette colline verdoyante qu'on aperçoit en face, dans la direction du sud-ouest, et qui s'avance comme un promontoire dominant la plaine où se réunissent la rivière de l'Arros et le fleuve Adour? Quel est ce coteau, tout planté de vignes, au vin généreux, qui servent de vêtement et de parure à ce petit hameau perché, au sommet, comme un nid d'aigle, avec ses vieilles ruines, son église antique et son clocher, ses manoirs rajeunis, cette tour dont l'élégante petite coupole paraît comme noyée dans une touffe d'arbres ? Les gracieux villages de Saint-Aunix-Lengros, de Saint-Laurent, de Saint-André, parent merveilleusement le pied de la colline; et sur le coteau est assis ce petit bourg de nos jours que les mémoires anciens et la tradition locale ont désigné, depuis plus de 300 ans, sous le nom de *Ville de La Devèze*.

Depuis l'établissement du régime municipal, jusqu'à l'époque funeste de 1793, cette petite ville, autrefois beaucoup plus étendue, l'une des *seize villes* du comté de Bigorre et du pays de Rivière-Basse que contenait le diocèse de Tarbes (1), qui figure à côté de Castelnau-Rivière-Basse, Tasque, Plaisance, Maubourguet, Rabastens, Vic-Bigorre, Lourdes, Tarbes, était le centre et le chef-lieu d'une seule communauté formée de l'archiprêtré de Notre-Dame de Castets-Saint-Pierre et des églises de Saint-André, Sainte-Marie-Madeleine et Saint-Laurent. Ce n'est que de 1789 (27 février) que datent les *deux communes* de Ladevèze-Ville et Ladevèze-Rivière. Jusqu'à cette époque, *La Devèze* (2) n'eut qu'un seul siège de justice, une *seule administration*, embrassant les *cinq églises*, avec échevins, consuls, députés, notables, conseillers de ville, receveurs syndics, secrétaires greffiers, collecteurs,

---

(1) *Histoire inédite de Bigorre*, manuscrit du Séminaire d'Auch.

(2) *Devezia, Devezius, Devezium, defensum, devetum*, sont autant de mots synonymes, d'après du Cange (*Glossarium*, ad verb. *Devezia* : Devezia, dit-il, vient du vieux mot français VEER, *vetare*, DEVEER, *devetare*, défendre, interdire. *Devezia* répond à l'expression de nos jours : *parc réservé, propriété* portant *défense, interdit*, de chasse, de pacage, etc. — Une charte du roi Philippe le Bel de l'an 1304 porte : *et quod gentes D. Regis non audeant immittere bestiaria sua ad pascendum ultrà dictos limites in* DEVEZIAS *hactenus consuetas usque terram...* (Du C., ibid.) Il sera question plus tard de la vente de bois, eaux, terres cultes et incultes et du bois appelé *nemus defensum*, faite, le 15 mars 1299, par le seigneur de La Devèze, aux Révérends Pères de l'abbaye de la Case-Dieu.

Nous devons la certitude de l'étymologie du mot *Devèze* à une communication bienveillante de M. l'abbé Dulac, curé à Sauveterre (Hautes-Pyrénées), dont l'érudition est si justement appréciée des lecteurs de la *Revue*. Avant qu'il nous eût éclairé sur ce point, nous faisions dériver le nom de La Devèze de *Castrum defensum*, ou bien de *deverium* à raison de l'hommage dû, à titre de vassal, par le seigneur de La Devèze, au vicomte de La Batut.

auditeurs, prud'hommes, maires, corps de ville, représentations et officiers municipaux, sans oublier le valet de ville et son costume officiel : *habit vert avec parements rouges, veste et culotte rouge, le tout avec boutons d'argent, bas rouges et chapeau bordé en argent, sabre, hallebarde et tambour* (1).

Il y avait aussi, outre l'archiprêtré, une *abbaye laye* et *un gouverneur de la ville et château de La Devèze,* dont il sera fait mention plus tard.

La ville de La Devèze possédait encore des armoiries. Par les soins de M. Dominique Lanacastets, gradué en droit, notaire royal et premier échevin, les armoiries de la ville de La Devèze furent expédiées des bureaux du seigneur de Sérigny, juge d'armes de France, par brevet, le 15 décembre 1767, de lui signé et de Duplessis, son secrétaire; le 25 juillet 1698, elles avaient été enregistrées au bureau d'Auch par M. Lacroix.

Ces armoiries sont :

Ecu : de gueules, à un agneau paschal d'argent passant, ayant la tête contournée, portant la croix d'or d'où pend une banderolle d'azur chargée d'une croix d'argent. Supports : deux lions d'or.

Le sieur de Sérigny aurait requis d'y adjoindre les deux lions d'or : M. Lanacastets fit faire un sceau et y fit ajouter une couronne de comte pour marquer la dépendance de la ville de La Devèze de la haute suzeraineté des comtes d'Armagnac.

Sur le point le plus élevé du coteau qui, par ses escarpements naturels, se prêtait merveilleusement au système défensif usité dans le moyen âge, fut planté, sous le règne de Philippe-Auguste (1180-1223) le *château fort* dont l'assiette est aujourd'hui occupée par le petit village de la Madeleine. L'histoire féodale religieuse et civile de la communauté de La Devèze offrira, je l'espère, quelque intérêt aux lecteurs de la *Revue de Gascogne.*

Il y aura peut-être témérité à entreprendre ce modeste

(1) Délibération municipale de La Devèze, du 11 juillet 1767.

travail : mais celui qui écrit ces lignes aime passionnément le sol qui a porté son berceau, et qui, c'est du moins son espoir, lui servira de tombe. Il a été encouragé dans ses patientes recherches par ces paroles de l'abbé Monlezun : « L'enfant du » sol doit aimer à jeter un affectueux regard sur ce qui eut » les sympathies de ses aïeux, arma leur bras et protégea leur » tombe (1). »

Si la narration qui va suivre mérite quelque attention, elle en devra l'honneur à la direction et aux conseils si éclairés et si affectueux de M. le rédacteur en chef de la *Revue de Gascogne*, ainsi qu'aux lumières et aux communications de M. l'abbé Canéto, vicaire général du diocèse; de MM. les secrétaires de l'archevêché d'Auch; de MM. les archivistes des départements du Gers et des Hautes-Pyrénées et de la mairie de Tarbes. Ces messieurs ont bien voulu se prêter à nos recherches avec une bienveillance qui a gagné du premier coup nos respectueuses sympathies. Elle devra encore sa bonne fortune à la bienveillance de MM. les maires de Ladevèze-Ville et de Ladevèze-Rivière (2), de M. le président (3) et du trésorier (4) de la fabrique de l'église Sainte-Marie-Madeleine; de MM. les conseillers municipaux et fabriciens qui, tous, ont mis, avec une parfaite cordialité, à notre disposition les richesses des archives religieuses et communales des deux Ladevèze. Je n'aurais garde d'oublier dans ma reconnaissance M. Dupleix-Pallaro, M. Sabail, notaire, et M. Maur, docteur-médecin, à Plaisance; M. Malartic, propriétaire-rentier à Castelnau-Rivière-Basse; M. André Lanacastets, de Ladevèze-Saint-André; M. Darré-Libéros, de Labatut-Rivière; les familles Payssé et Lasserre, de Belloc, etc., qui ont bien voulu me confier leurs précieuses collections de vieux livres, papiers et manuscrits. Je dois encore des ren-

(1) *Histoire de la Gascogne*, Préface.
(2) M. Dupleix-Pallaro, notaire à Ladevèze-Ville, et M. Lalanne-Dubernet, propriétaire à Ladevèze-Rivière.
(3) M. Labarthe de Brandelac, docteur-médecin.
(4) M. Pascal Ducuron, propriétaire.

seignements aux affectueuses et bienveillantes démarches des MM. Faget, curés de Belloc et de Tieste-Uragnoux, de M. l'abbé Escudé, curé à Saint-Aunix-Lengros, et de M. Lebrun, médecin à Tieste-Uragnoux.

Cette petite histoire locale de 1180 à 1876-1877 nous fournira d'ailleurs et maintes fois l'occasion de signaler les noms de familles qui eurent, dans la contrée, un rôle important et souvent très-efficace pour le bien : par leurs générosités, ces familles se sont acquis des droits sérieux à tous les respects des hommes et à toutes les bénédictions du ciel.

Si le pays de La Devèze est aujourd'hui si peu remarqué, il le doit surtout aux conséquences fâcheuses, mais nécessaires pour qui veut bien y réfléchir, de ce qu'on est convenu d'appeler les *principes de 1789*. Ils nous jetèrent, malgré les traditions monarchiques du passé, à l'époque de la Révolution de 1795, dans des excès que l'impartiale histoire doit prudemment signaler, et que notre caractère *bigourdan* lui-même, parfois, il faut le dire, aussi ardent pour le mal que pour le bien, mais au fond si profondément honnête et religieux, repousse aujourd'hui avec horreur, au nom de l'honneur et de la foi.

Certains seigneurs du pays, dans les diverses époques de son histoire, pourraient trop souvent nous montrer des prétentions dont il devra être fait, avec charité, sévère justice; mais il y avait aussi d'excellentes vertus chez les seigneurs d'Arros et Adour de l'ancien régime, et nous aurions à signaler de la part de ces gentilshommes assez nombreux (1) formant comme une couronne autour du domaine royal de La Devèze, de larges libéralités faites à Dieu et à la sainte Eglise; ce serait une admirable occasion de saluer dans les annales du passé la charité immuable comme Dieu lui-même, et de proclamer qu'aujourd'hui, aussi bien qu'autrefois, il y a devoir de ré-

(1) Nous aimons à citer les vicomtes de Labatut, seigneurs de Rivière, suzerains de La Devèze, les seigneurs de Tieste, de Belloc, de Jû et Baulat, de Preissac (Préchac), de Saint-Aunix, de Lengros, les barons d'Antin qui possédaient des terres dans le pays, les seigneurs d'Armentieu et l'abbaye de La Case-Dieu.

server, au moins dans le superflu, la part de Dieu, de l'Eglise, des pauvres leurs enfants de prédilection. Dans nos contrées, ce principe est loin d'avoir été méconnu. Grâce en particulier à une influence (1) qui s'imposa avec force, mais toujours avec amour, parce qu'elle naissait d'une large pratique de la charité, une œuvre de bien par excellence (2) a traversé intacte les orages de la Révolution de 1793; et aujourd'hui tout ce qu'il y a d'honnête et de chrétien dans le pays de La Devèze bénit le nom de ce respectable et cher bienfaiteur qui a si bien favorisé l'œuvre des missions et qui a fait un prêtre dans sa vie : n'est-ce pas assez pour mériter la récompense et les joies du ciel?

La localité dont j'entreprends l'histoire ne saurait m'en vouloir de réveiller le souvenir de cet homme vraiment *de bien* qui l'a administrée si longtemps avec ce dévoûment loyal, cette fermeté de convictions et cette énergie prudente, qui savent transiger, mais transiger seulement quand et comme il le faut pour le triomphe de la justice et de la vérité.

C'est à cette mémoire bénie que, dans les sentiments d'une reconnaissance si largement acquise, je fais hommage de ces humbles recherches.

L'Histoire de La Devèze comprendra trois chapitres : 1° *Histoire féodale;* 2° *Histoire municipale et civile de La De-vèze;* 3° Son *histoire religieuse.*

_____

(1) J'ai nommé avec une bien profonde reconnaissance et une affection respectueuse M. Jean-Baptiste Leberon, quand vivait, notaire à Ladevèze-Ville, et Marie Douyau, son épouse.

(2) La mission qui doit se prêcher, à des époques régulières, dans l'église Sainte-Marie-Madeleine : cette mission fut fondée par demoiselle Marie-Charlotte Renouard en vertu de son testament du 20 mai 1772.

CHAPITRE 1.

Histoire Féodale.

(1180-1610.)

§ 1er.

Château féodal de La Devèze. — Epoque de sa fondation. — Ce qu'il est
aujourd'hui.

La construction du château de La Devèze remonte à la fin
du XIIᵉ siècle, ou du moins à la première moitié du XIIIᵉ. Les
actes officiels de l'époque, les données elles-mêmes fournies
par l'histoire et l'étude réfléchie de l'architecture militaire du
moyen-âge, nous révèlent, à n'en pas douter, l'époque de cette
fondation.

Le règne de Philippe-Auguste (1180-1225) fut une époque
de guerres incessantes entre le roi et les grands vassaux, et
les seigneurs eux-mêmes; ces guerres, l'ambition de chacun
les favorisait dans l'espoir de s'enrichir des dépouilles du
vaincu : la France d'alors vit ses domaines féodaux s'agrandir
aux dépens du voisin moins heureux, et se couvrit d'une
multitude de *manoirs* et *châteaux-forts* (1).

Mais à la seconde moitiée du XIIIᵉ siècle, « la féodalité ruinée
» par les croisades, attaquée dans son organisation même par
» le pouvoir royal, n'était pas en situation d'élever des forte-
» resses; d'ailleurs, aucun seigneur ne pouvait construire ni
» même augmenter, ni fortifier de nouveau un château sans
» en avoir obtenu la permission de son suzerain. Aussi, ren-

---

(1) Signalons comme les monuments les plus remarquables de l'époque, le *Louvre
primitif* de Philippe-Auguste et le *château de Coucy*, bâti au commencement du
XIIIᵉ siècle par Enguerrand III, sire de Coucy, seigneur de Saint-Gobain, de la Fère,
etc.; ce terrible vassal, qui eût peut-être réussi à mettre sur sa tête la couronne de
France pendant la minorité de Saint-Louis, sans la haute prudence et la sage habileté
de la reine-mère, Blanche de Castille.

» contre-t-on peu de châteaux de quelque importance élevés
» de 1240 à 1340 (1). »

C'est moins encore au XIVe siècle, même dans les premières
années, que la demeure seigneuriale qui nous occupe aurait
été construite : nous le dirons bientôt, l'acte de vente de l'emplacement de la ville actuelle de Plaisance fut consenti, le 15
mars 1299, par noble Jean de Rive-Haute, chevalier, seigneur
de La Devèze, en faveur du monastère de La Case-Dieu, et
dans cet acte précieux à plus d'un titre, il est dit : *nobilis vir
dominus Joannes de Ripa-alta, miles,* QUONDAM HABITATOR
CASTRI DE LA DEVEZIA *in Ripparia* (2).

D'ailleurs, un des caractères particuliers aux châteaux de la
fin du XIIIe et du XIVe siècles, c'est « l'importance relative des
» tours qui sont, sauf de rares exceptions, cylindriques, d'un
» fort diamètre, épaisses dans leurs œuvres, hautes et très-
» saillantes en dehors des courtines, de manière à les bien
» flanquer. Au contraire, au Louvre primitif de Philippe-
» Auguste, les tours sont d'un faible diamètre et passable-
» ment engagées dans les courtines (3). »

Et c'est bien le cas des tours qui flanquaient le château de
La Devèze, car la saillie partant de la perpendiculaire de la
courtine à l'angle de la tour ne mesure que 0^m12 cent., et
nos tours étaient carrées; leur plus forte largeur mesure à
peine 3^m50.

Le *castrum* de *La Devèze* remonterait-il aux premières
années du XIIe siècle? — Ne le croyez pas : à cette époque
le style roman régnait encore en souverain. Ce ne fut
que vers la fin du XIIe siècle que l'ogive s'affirma d'abord
timidement pour dominer ensuite pendant tout le XIIIe
sièle.

Or, deux portes, la porte d'entrée principale du château

(1) M. Viollet-le-Duc, *Dictionnaire d'architecture*, t. III, p. 121.
(2) M. Monlezun, *Histoire de la Gascogne*, t. VI, p. 226.
(3) M. Viollet-le-Duc, *Dictionnaire*, t. III, p. 139.

(A, sur le plan (1) avec la coulisse de la herse, jusqu'au niveau inférieur de la chambre de levage de la herse, et la poterne sous tour (B, sur le plan) servant de sortie, dans les fossés (vers l'église actuelle de la Madeleine), à l'habitation seigneuriale, subsistent encore. Elles ont échappé aux profanations inconscientes de quelques habitants du lieu, aux ravages du Prince-Noir (2), qui ruina le château en 1354, à la trop puissante influence de M. Tursan d'Espagnet, qui s'autorisa de son titre de gouverneur de la ville de La Devèze, en 1776, pour en démolir les remparts, en abattre les tours et en construire son château (3).

A toutes les époques, et récemment encore, grâce à l'influence si conciliante de l'administration actuelle, l'autorité municipale de Ladevèze-Ville a religieusement respecté ces restes précieux d'une splendeur antique.

En étudiant plus particulièrement ces deux portes, l'œil le moins expérimenté en archéologie peut fixer à la première moitié du XIIIᵉ siècle, au moins, la fondation du château de La Devèze. La présence simultanée de l'ogive encore assez timidement définie (car le diamètre mesure 2ᵐ 40 et la perpendiculaire sous clé ne mesure que 1ᵐ 45), avec le plein cintre de la voûte en berceau qui soutient la tour, le système défensif de ces portes, la configuration et la place des fenestricules, ou meurtrières, ou *archières* vraiment intéressantes, établies tout à côté des poternes du levant et du couchant presque à la naissance des fondations, la taille des pierres des parements, le style de la chaire assez remarquable de la modeste église Sainte-Marie-Madeleine dont il sera fait plus tard une description détaillée, lorsque des dons qu'une intelligente,

(1) Nous devons le dessin qui accompagne cette étude à M. l'abbé Cl. BAX, professeur de dessin au Petit-Séminaire d'Auch ; le plan a été levé par M. Ladouce, instituteur à Ladevèze-Ville.

(2) Le Prince de Galles, fils d'Edouard III, roi d'Angleterre.

(3) Aujourd'hui le château est possédé par l'honorable M. Batut, docteur-médecin, professeur à l'école de médecine de Toulouse.

pieuse et bienveillante générosité nous réserve permettront de la restaurer avec l'église elle-même, révèlent, à n'en pas douter, la date de la construction.

Le château qui nous intéresse était protégé par des murs d'une épaisseur de 1m 25, parfaitement parementés aux deux faces avec appareil cubique relié, dans le sens de la largeur, par du blocage maçonné à la chaux. — Ces murs étaient entourés de fossés larges et profonds. A l'orient et au midi, les murs d'enceinte du donjon, sur une longueur de 66m à l'est, et de 80m au sud, se confondaient avec les courtines. On sait que, dans les châteaux antérieurs à l'an 1000, le donjon, à l'instar du *prætorium* du camp romain, occupait le centre de l'enceinte; mais cette disposition ayant été reconnue vicieuse pour la défense, dès le xie siècle, le donjon prit place près des parois de l'enceinte. C'est pour ce motif que l'assiette du donjon du château de La Devèze fut établie sur un des angles. L'enceinte du donjon et du château dans son ensemble est sur plan quadrangulaire. Celle du donjon mesure, à l'est, une longueur de 66m, au midi de 80m, au couchant de 66m, au nord de 56. — A l'angle nord de la face orientale (au point C), la courtine plonge sur l'escarpement du plateau et rencontre à une distance de 37 mètres, en allant vers le nord, la *grande porte* protégée par le système à herse et par des vantaux autrefois surmontés d'une tour carrée assez imposante. De cette porte, la courtine file vers le nord sur une longueur de 27 mètres et tourne à angle droit pour former la face nord du château. A une distance de 115 mètres elle rencontre, sur son parcours, la poterne (D) dont il ne reste que quelques ruines. Elle continue sa marche vers le couchant, sur une longueur de 10 mètres, pour tourner encore à angle droit, et former la face occidentale de l'enceinte du château. A la distance de 115 mètres, elle rencontre une nouvelle poterne (E), qui fut démolie avec sa tour vers 1767. De cette poterne, la courtine se dirige vers le midi sur une longueur de 30^m, pour se replier encore à angle droit et aller se rattacher à l'angle sud de l'enceinte du donjon à une distance de 65^m.

D'après ces données, il est aisé de remarquer que l'enceinte totale du donjon mesurait environ 268^m et celle de la *basse-cour* environ 400^m. C'est dans le local désigné sous ce dernier nom qu'étaient établis les logements nécessaires à la garnison et aux services divers de la petite forteresse. Plus tard, dans cet espace, furent construites les habitations qui forment aujourd'hui le modeste village de la Madeleine.

Conformément à la tradition du camp fixe romain, l'enceinte quadrangulaire du donjon avait deux portes-tour ou plutôt deux poternes dans le milieu de chacune des faces occidentale et orientale : l'une, la poterne F, servait de porte d'entrée de la basse-cour dans le donjon; l'autre, la poterne B, de porte de sortie dans le fossé, vers l'église. Ces poternes, ainsi que la porte principale et les deux autres poternes D et E, au nord et au couchant, ouvraient leurs baies sous tour, dans un but sans doute d'économie, au lieu d'être protégées par deux tours latérales, selon le système en usage pour les grandes forteresses.

La poterne orientale (B) a échappé à la destruction; elle subsiste encore avec sa baie en ogive assez timidement affirmée et la voûte en berceau qui soutient la tour. Ce qui reste de la tour assise sur cette poterne n'a d'autre caractère que sa forme rectangulaire. — Les murs mesurent une épaisseur de 0^m70 cent. — A l'intérieur, sa largeur est de 1^m70. On y remarque les deux baies, d'une largeur de 0^m70, qui mettaient la tour en communication avec les courtines, et deux petites fenêtres, à forme carrée, qui devaient servir à la surveillance des remparts. Les déchirures de la pierre sur le haut et sur le bas de la baie de sortie témoignent de l'arrachement des gonds sur lesquels roulaient les vantaux qui en fermaient l'entrée. Cette porte était commandée par un redan (R) dont

il ne reste qu'un massif informe, sauf une meurtrière (A) parfaitement conservée, à ouverture cylindrique du côté de l'intérieur, avec évasement carré à la face extérieure du redan.
Cette meurtrière était sans nul doute destinée à recevoir une
bombarde, et à tenir ainsi en respect l'assaillant qui eût voulu
forcer cette issue. Les défoncements qu'on a pratiqués dans
l'axe de la porte et qui ont mis à découvert les fondations
elles-mêmes de la tour et du redan à une hauteur de 1ᵐ, 1ᵐ50
et 2ᵐ, sembleraient indiquer que le seuil de la porte était assez
élevé au-dessus du sol pour qu'on ne pût y accéder qu'au
moyen d'une échelle ou d'un escalier volant.

Rien n'indique que la porte principale et les poternes fussent défendues au moyen d'un pont-levis allant s'engager dans
la maçonnerie. Ce système, du reste, nous fait observer M.
Viollet-le-Duc, ne fut adopté et mis en pratique que vers le
commencement du xiv⁰ siècle : mais tout porte à croire qu'elles
étaient protégées par le *pont-torneis*, sorte de pont-levis faisant partie des défenses avancées, toujours isolé de la porte,
s'élevant et manœuvrant au moyen d'un châssis à contre-
poids. Dans le fait, les fossés étaient séparés des portes et des
courtines par un glacis et un terre-plein mesurant 5 mètres
environ de largeur, et tout récemment encore des défoncements pratiqués dans le petit jardin dépendant de ma maison
natale ont mis à nu la maçonnerie, avec ses contreforts qui
recevaient le tablier du pont, du côté de l'assaillant, quand on
l'abattait sur la largeur du fossé. Or, il est à remarquer que,
de ce point à la baie des portes, on mesure 5 ou 6 mètres de
largeur : ce qui est une preuve évidente que le pont-levis
était indépendant de la porte elle-même.

La porte principale était armée de la herse, et protégée en
même temps par des vantaux (on le voit aux rainures de la
pierre); c'est par là qu'on pénétrait dans la basse-cour du
château en longeant la base de l'escarpement, sur une longueur de 115 mètres environ, pour ensuite se diriger à angles

à peu près droits vers l'entrée de la demeure seigneuriale. Dans ce parcours, l'assiégeant rencontrait les poternes nord et couchant (D et E) surmontées, ainsi que les autres portes, de tours carrées *fort élevées*, nous disent les mémoires officiels du lieu, en cela parfaitement d'accord avec les données de l'histoire archéologique. M. Viollet-le-Duc nous fait observer que presque *toutes les forteresses féodales* de la première moitié du xiiie siècle, et particulièrement celles des châteaux qui n'ont pas été modifiés pendant les xive et xve siècles, présentent des tours *très-élevées* et des courtines relativement *basses*. Ce n'est que dans les places très-fortes qu'on voit, même au xiiie siècle, les courtines atteindre une hauteur de *dix* ou *douze* mètres. De ces tours et du donjon, l'assiégeant assez heureux pour forcer la porte principale, aurait reçu une volée de flèches et de carreaux qui lui eussent rendu très-difficile l'accès de la porte de la demeure seigneuriale. La difficulté dans le succès de l'attaque croissait par la disposition même des portes-tour et des courtines. Le plan nous révèle que les angles étaient si bien ménagés que toutes les flèches parties des points D, E, F, venaient converger sur l'assaillant avant qu'il lui fût possible d'accéder d'assez près pour faire utilement jouer le bélier ou autres engins et forcer la porte du donjon. Il est aisé de remarquer encore à la porte du couchant (E) que les courtines se retirent vers l'intérieur et permettent à la porte elle-même de former le sommet de l'angle. Grâce à cette disposition, les assiégés pouvaient voir l'ennemi qui aurait même franchi le fossé et lui envoyer, jusqu'au pied de la porte, des carreaux d'arbalètes.

Il était dans les traditions militaires du moyen-âge de *concentrer* la défense, et voilà pourquoi l'enceinte des châteaux féodaux est relativement peu étendue. Cependant la petite forteresse de La Devèze était, comme on le voit, assez bien outillée pour opposer une résistance efficace à des assauts de seigneur à seigneur. Si elle était insuffisante pour soutenir

2

un siège en règle en face d'un ennemi puissant, elle était du moins assez bien faite pour protéger le domaine féodal du seigneur de La Devèze contre un violent coup de main.

Le château de La Devèze était bâti non-seulement sur le point le plus élevé de la colline et touchait aux parois de l'enceinte, afin de ménager à la garnison les moyens de recevoir des secours du dehors, mais encore les entrées du château étaient protégées par des ouvrages avancés qui s'étendaient assez loin dans la campagne, de façon à laisser, entre les premières barrières et les murs du château, un espace libre, sorte de *place d'armes (aou plaçot)*, qui permettait à un corps de troupes de camper en dehors des enceintes fixes et de soutenir les premières attaques. Une délibération municipale du 21 mars 1768, en réponse aux renseignements demandés par l'Académie des sciences pour MM. les géographes chargés de la rédaction du Dictionnaire géographique de la comté d'Armagnac, nous apprend que des glacis et des fossés larges et profonds comme ceux du château lui-même entouraient plusieurs arpents de vignobles du côté du levant. Ce contour formait une demi-lune, à l'opposite de laquelle, vers le nord-est, était une place où les anciens ont vu une grande tour en briques (1). — Vers 1720, les fondements de cette tour furent enlevés. Cette demi-lune enfermait ce que la tradition locale a désigné sous le nom de *Ville-basse (à las bachos)*. A l'extrémité est des fossés du château, on se souvient d'avoir vu les restes d'une ancienne porte qui fermait l'entrée de la *Ville-basse*. Des travaux de culture exécutés dans ces parages ont, à ce qu'on nous a raconté bien des fois, mis à découvert des restes de foyer et autres antiquailles qui témoignent de la vérité de nos assertions.

L'inventaire général des titres de l'abbaye Notre-Dame de

---

(1) L'emplacement de cette tour nous dit qu'elle devait protéger le sommet du triangle formé d'ouvrages de terre et bois, avec fossés et palissades, dont les remparts étaient la base, et qu'on établissait comme une sorte de barbacane, pour protéger l'entrée principale des places fortes.

la Case-Dieu (1) nous apprend que, le 28 mai 1448, Bernard
de Lalanne achète, en faveur du frère Raymond Lanacastets,
chanoine de la Case-Dieu, une maison et place franche de fief
en La Devèze, *rue de Cotrilho,* confronte avec Bernard Arnaud et Pierre de Lana, et *carrère* publique. — Le 31 août
1449, cession est faite en faveur de Bernard VI de Jù, abbé
de la Case-Dieu, par Arnaud Doyau, d'une maison, en La
Devèze, au lieu appelé à *Lanusso.*

Il y avait aussi la *Ville haute* : c'était évidemment ce groupe
de maisons qu'on retrouve encore dans l'enceinte du château.
Bernard VI de Jù, donne, le 15 septembre 1451, à la sacristie de la Case-Dieu, *une maison dans La Devèze au bourg* (2).
— Le 15 mai 1485, Jean de Cossio vend à frère Dominique
de Saint-Maurice, religieux de la Case-Dieu, une maison en La
Devèze, *rue de la Messe,* confronte d'orient, rue publique, de
midi, murailles du lieu; — et le 3 avril 1505, il est fait aliénation
par Jean Dumestre, abbé de la Case-Dieu, et son chapitre, d'une
maison, en La Devèze, appelée *au Marcadieu,* avec le fonds en
dépendant, en faveur de Bernard de Forcaterio dit Galoy.

La résidence seigneuriale de La Devèze a été tellement
victime du vandalisme, comme du reste la plupart des châteaux forts des XIIe et XIIIe siècles, qu'on ne peut plus guère se
faire une idée exacte des parties qui servaient à l'habitation du
seigneur (3). Les tours et les courtines, plus épaisses que le

---

(1) Archives départementales du Gers. — Cet inventaire, l'une des précieuses richesses de nos archives départementales, nous avons pu le compulser et l'étudier à
l'aise, grâce à l'excellent accueil de M. Parfouru, archiviste du département du Gers,
et de son digne collègue, qui ont bien voulu nous prêter le concours de leurs lumières et nous honorer d'une bienveillance spéciale. Nous voulons ici leur en témoigner
encore notre vive et toute particulière reconnaissance.

(2) Catalogue des abbés de la Case-Dieu. Manuscrit du séminaire d'Auch.

(3) Sur les ruines de l'habitation seigneuriale de La Devèze s'élève la belle maison actuellement habitée par l'excellente famille Dupleix-Pallaro. — Par acte du 29
octobre 1737, passé par devant Me Bacarrère, notaire royal au lieu et château
seigneurial de Montus, en Rivière-Basse, cette habitation, appelée *au Château,* fut
vendue, avec le terrain en dépendant, à Pierre Leberon, praticien, aïeul de la famille Dupleix, par le Sr Louis Larrouquère, bourgeois, habitant de la ville de l'Isle-
de-Noé, procureur fondé de messire Louis Le Lin de Marsan, capitaine, demeurant
dans la ville d'Auch.

reste des constructions, ont plus ou moins résisté à la destruction et nous laissent juger des dispositions défensives permanentes, sans nous donner le détail des dispositions intérieures, non plus que des nombreuses défenses extérieures qui protégeaient le corps de la place.

§ II.

Pétronille, comtesse de Bigorre de (1191 à 1251). Les cinq mariages de Pétronille, ses trois filles. — Son testament en faveur d'Esquivat son petit-fils.— Querelle entre Esquivat et Gaston VII, vicomte de Béarn, au sujet de cette succession. — Le *château de La Devèze* est adjugé à Gaston et à Mathe son épouse (1256). — Mort de Mathe (1270). — Constance, l'une de ses quatre filles, *héritière du château de La Devèze*.—Mort d'Esquivat (1283).—Laure de Chabannes, son héritière. — Gaston VII, au nom de Constance sa fille aînée, revendique cette succession.— Les Etats de Bigorre se prononcent en faveur de Constance (1283). —Laure invoque l'appui du Roi d'Angleterre.— Séquestration de la Bigorre entre les mains du roi Philippe-le-Bel (1292). — Remontrances des Etats de Bigorre, au roi Philippe, en faveur de Constance. — Enquête de 1300 sur la valeur et revenus du comté de Bigorre, ordonnée par le roi Philippe-le-Bel. — Mort de Gaston VII (1290).

A l'époque de la fondation du château de *La Devèze*, le comté de Bigorre était gouverné par Pétronille (de 1191 à 1251), fille de Bernard IV, comte de Comminges, et de Béatrix III, petite-fille de Centulle III, comte de Bigorre, et cousine d'Alphonse II, roi d'Aragon. En septembre 1192, Alphonse fiança Pétronille à Gaston VI de Béarn, dit le Jeune et le Bon, fils de Marie, et de Guillaume de Moncade. Il lui constitua le comté de Bigorre, avec toutes ses appartenances, *villes, châteaux, forteresses, nobles et autres hommes depuis le plus grand jusqu'au moindre*, avec la réserve de l'hommage et fidélité à perpétuité, et la réversion du comté à la couronne d'Aragon en cas de décès sans enfants.

Gaston, qui avait embrassé la secte albigeoise, mourut quelque temps après sa rétractation, qui eut lieu en 1215.—Après sa mort, Pétronille épousa, en secondes noces, dom Nunno

Sanchès, comte de Cerdagne. Cette année même, des raisons politiques firent prononcer le divorce de Pétronille avec Nunno. Celle-ci, par une troisième alliance, s'unit à Gui de Montfort, fils de Simon de Montfort.—De cette alliance, célébrée à Tarbes en novembre 1216, naquirent deux filles : *Alix* et *Pétronille*. *Alix* épousa : 1° Jourdain III, de Chabannais, dont elle eut deux fils, *Esquivat* et *Jourdain*, et une fille nommée *Laure*, mariée à Raymond VI, vicomte de Turenne; 2° Raoul de Courtenai, dont elle eut Mathilde, comtesse de Thyet, plus tard épouse de Philippe de Flandre.—*Pétronille*, la deuxième fille de la comtesse Pétronille et de Gui de Montfort, eut pour époux Raoul de Teisson, seigneur puissant en Normandie.— Gui de Montfort fut tué, l'an 1220, au siège de Castelnaudary. — Sa veuve, la comtesse Pétronille, se maria en quatrièmes noces à Aymar de Rancon. — Enfin, en 1228, elle prit pour cinquième époux Boson de Mathas, seigneur de Coignac.— La comtesse Pétronille survécut à Boson, dont elle eut une fille, *Mathe*, qui épousa Gaston VII, vicomte de Béarn.

A sa mort (1251), Pétronille disposa de ses biens en faveur d'Esquivat, son petit-fils; en cas de décès sans postérité, elle lui substitua Jourdain, son frère, et à celui-ci, Mathe et toute sa postérité.

Gaston VII, mari de Mathe, vint troubler Esquivat dans la possession de son comté. Il prétendit que le mariage de Pétronille avec Gui de Montfort ayant été contracté du vivant de dom Nunno d'Aragon, tous les enfants nés de ce mariage étaient illégitimes et par suite inhabiles à succéder. Gaston prit les armes contre Esquivat, qui se battait déjà contre Géraud V d'Armagnac, pour soutenir les droits de sa première femme Mascarose II, sur l'Armagnac et le Fezensac.

Sur ces entrefaites, intervint un traité de paix entre le roi d'Aragon, le vicomte de Béarn et Henri III, roi d'Angleterre, auquel, trois ans avant sa mort, Pétronille avait remis le comté de Bigorre par les mains de Simon de Montfort, comte de Leycester, lieutenant du roi d'Angleterre, moyennant une rente annuelle de sept mille sols morlans.

Esquivat, déjà occupé en Armagnac, comprit qu'il ne pouvait en même temps et seul opposer résistance à Gaston. Pour se concilier l'appui du roi d'Angleterre, il se déclara son vassal et lui fit hommage, le 15 mai ou juin 1254. Henri accepta l'hommage d'Esquivat et lui envoya des forces contre Gaston. Mais celui-ci, qui avait dans son parti grand nombre de seigneurs tant de la Bigorre que des autres comtés voisins, *s'empara de la ville de Castelnau-Rivière-Basse et contraignit tout le bas comté de Bigorre, dans lequel est compris La Devèze,* à lui rendre hommage. — Esquivat demanda la paix, offrant de remettre la décision de la querelle au jugement des cours réunies de Bigorre et de Béarn, ou à celui du roi d'Angleterre ou du roi de France. Mais Gaston, sûr de sa supériorité, rejeta ces propositions et continua les hostilités. — Après quelques combats, Gaston et Esquivat convinrent de remettre le différend entre les mains de Roger IV, comte de Foix et vicomte de Castelbon, allié à la maison de Béarn. Les deux parties, Esquivat, pour lui et Jourdain, son frère; Gaston, pour la vicomtesse Mathe, sa femme, prirent l'engagement d'honneur de s'en remettre en tous points à la sentence de Roger, et pour gage de leur mutuelle obéissance chacun remit au comte de Foix plusieurs otages et deux places fortes; Gaston donna les villes de Castelnau-Rivière-Basse et de Vic-Bigorre; Esquivat, les châteaux de Maubourguet et de Mauvezin.

En 1256 (16 septembre), Roger prononça, dans le château d'Orthez, la sentence arbitrale dont la teneur suit :

1° Esquivat doit céder tous ses droits de juridiction sur les terres et vicomté de Marsan, en faveur de Gaston, de Mathe son épouse et de leurs hoirs à perpétuité; 2° la ville de Maubourguet avec toutes ses appartenances, terres et droits seigneuriaux; 3° *toutes les terres, villes, châteaux,* au nombre desquels figure la *ville et château de La Devèze, chevaliers, milices, droits seigneuriaux et tous autres sur la partie du comté de Bigorre nommée Rivière-Basse, qui s'étend au nord depuis Maubourguet jusqu'aux frontières de l'Armagnac;* 4° il doit renoncer pour toujours à toute prétention sur ces domaines.

Gaston et Mathe, de leur côté, céderont pour eux et leur postérité, en faveur du comte Esquivat et ses hoirs à perpétuité, toute juridiction et seigneurie à quelque titre que ce soit, sur le reste du comté de Bigorre depuis Maubourguet jusqu'aux Pyrénées.

Ces conditions et autres furent acceptées et jurées par les deux parties, et l'acte qui les renfermait scellé de leurs sceaux en présence de Bertrand de La Mothe, évêque de Lescar; Raymond, évêque d'Oleron; Navarrus de Miossens, évêque de Dax, et autres seigneurs et gentilshommes du pays. Quelques jours après cet accommodement eut lieu le mariage d'Agnès, fille de Roger, avec Esquivat (13 octobre).

En 1270, Mathe de Bigorre Mathas mourut laissant de son union avec Gaston VII un fils nommé Gaston, qui précéda sa mère au tombeau, et quatre filles, *Constance, Marguerite, Mathe* ou Mathée, et *Guillelmine (Guillermine, Guillermette, ou Guillelma)*.

Constance épousa : 1° l'infant Alfonse, fils de Jaymes Iᵉʳ, roi d'Aragon; 2° l'an 1269, Henri, fils d'un Richard d'Angleterre. — Marguerite fut mariée à Roger-Bernard III, comte de Foix. — Mathe épousa, en 1260, Géraud V, comte d'Armagnac; et Guillelmine fut unie à Sanche-le-Grand, roi de Castille et de Léon.

Mathe de Bigorre laissa à *Marguerite* la ville de Saint-Gaudens, le château de Miramont et la suzeraineté d'Aure et de Nébousan, avec toutes les appartenances et domaines échus de la succession de son aïeul le comte Bernard IV de Comminges. Elle assigna à Mathe une somme de six mille sols morlans à prendre *sur les terres de Rivière-Basse*, et payables par Constance, qu'elle institua héritière du vicomté de Marsan, des *châteaux de Maubourguet et de La Devèze* (1) *avec toutes leurs appartenances dans la Basse-Bigorre,* ainsi que tous les droits qu'elle pouvait prétendre sur tout le comté. Enfin, elle légua à *Guillelmine* tous les droits seigneuriaux et rentes qu'elle avait à Sarragosse.

Je ne sais par quelle disposition Guillelmine eut aussi sa part de droits dans la succession de Mathe, sa mère, sur le *pays de Rivière-Basse.* Dans l'acte de vente du territoire de Rive-Haute par le seigneur de La Devèze au monastère de la Case-Dieu (15 mars 1299) (2), nous voyons *Jean de Rive-Haute* prendre l'engagement de faire homologuer la vente, avec ses réserves, clauses et conditions, par le comte de Béarn ou par Guillerma de Moncade, fille dudit comte, dame de Rivière. La vente fut en effet confirmée à Maubourguet, par Guillermette, le 14 juillet 1506 (3).

A la mort de Guillermette, ces droits sur la *Rivière-Basse* passèrent à sa sœur *Mathe,* comtesse d'Armagnac (4).

De son côté, Esquivat mourut vers la fin d'août 1283, à Olite, en Navarre, laissant par testament du 18 août 1283 la partie du comté de Bigorre qui lui avait été adjugée par Roger de Foix, et tous autres biens à sa sœur *Laure,* de Chabannes, vicomtesse de Turenne.

Gaston VII, qui ne mourut qu'en 1290, revendiqua cette succession pour Constance, sa fille aînée, fondé sur le testament de la comtesse Pétronille, qui substituait Mathe, mère de Constance, à ses frères Esquivat et Jourdain, dans le cas de leur décès sans enfants.

---

(1) DAVEZAC-MACAYA, *Essais historiques sur le Bigorre.*

(2) MONLEZUN, *Histoire de Gascogne,* t. VI, p. 228.

(3) Venditor... Et obligavit expresse quod prædictam venditionem et omnia supra dicta cum retentione et conditionibus infra scriptis faciet laudare per nobilem virum dominum Gastonem de Bearnio... seu per dominam Guillermam de Montechatenâ filiam nobilis viri Gastonis de Bearnio quondam dominam terræ Ripparia... (Monlezun.)

(4) Illam terram Ripparíæ inferioris Guillelma Bearnia Philippo pulchro regnante, pro rata portione hæreditatis matris *Mathæ,* Bigorrensis, abstulit, et sorori *Mathæ,* Armaniacensi comitissæ, ejusque hæredibus moriens reliquit. (Histoire de Bigorre.)

Le 1ᵉʳ septembre 1283, les Etats de Bigorre, réunis à Tarbes (1), reconnurent Constance pour leur *dame* et *comtesse* de Bigorre; les barons, chevaliers et gentilshommes du comté lui prêtèrent foi et hommage en présence de Raymond Arnaud de Coarase. évêque de Tarbes; de Pierre, évêque d'Aire et Sainte-Quitterie; de .... , évêque d'Oleron; de Arnaud Guillaume de Bénac, abbé de Guères; Guillaume Garsie de Tussaguet, Pierre d'Antin, Guillaume Arnaud de Barbasan et autres barons, chevaliers et damoiseaux du comté (2).

Laure, se voyant évincée par les Etats, s'adressa au Roi d'Angleterre pour faire appuyer ses droits. Edouard Iᵉʳ crut n'avoir rien de mieux à faire que de mettre la Bigorre sous sa main, par provision. Des prétentions s'élevèrent contre Constance de la part de Laure, de Mathe d'Armagnac, de Guillaume Teisson et de Mathilde, comtesse de Thyet.

L'affaire fut portée au Parlement de Paris. Par sentence de 1292, le comté de Bigorre fut mis en séquestre entre les mains du roi Philippe-le-Bel qui, d'ailleurs, prétendait des droits sur ledit comté, du chef de son épouse, Jeanne, reine de Navarre, en vertu de la donation ou cession qu'Aliénor, veuve de Simon de Montfort, comte de Leycester, et Simon, son fils, avaient faite à Henri de Navarre, père de Jeanne.

Les Etats de Bigorre (3) crurent devoir adresser au roi Philippe de respectueuses remontrances :

Votre Royale Majesté saura qu'Esquivat et Jourdain son frère, petits-fils de Pétronille, quand vivait comtesse de Bigorre, notre souveraine, étant morts sans enfants légitimes, de par le testament et l'ordonnance de ladite comtesse et en vertu de la substitution par elle établie, Nous humblement sous-signés et tous autres habitants du comté et terres de Bigorre, avons reçu pour notre *dame* et *comtesse* de Bigorre dame Constance, fille et héritière de dame Mathe,

(1) Voir cette pièce, Monlezun, *Histoire de la Gascogne*, t. VI, p. 366.
(2) On voit figurer parmi ces chevaliers et gentilshommes un *Pierre des Angles, Petrus de Angulis...* Ne serait-il pas ce *Pierre des Angles, habitant de La Devèze*, que nous retrouverons plus tard?
(3) Voir cette pièce dans MONLEZUN, *Histoire de la Gascogne*, t. 6, p. 367.

fille de ladite comtesse Pétronille. — Ledit comté ayant paru à Nous et autres hommes probes et sages appartenir à ladite Constance de succession certaine et par forme de testament en tous points valide, Nous tous barons, chevaliers, damoiseaux, et nobles du pays de Bigorre, de notre volonté propre et de notre consentement, avons prêté *fidélité* et *hommage* à ladite Constance... et ladite Constance, en sa qualité de *dame* et *comtesse*, a pris possession des châteaux, villes, forteresses, maisons, rentes, droits de sortie, droits de domaine et autres appartenant au comté, en exerçant la juridiction, la justice haute et basse, soit la souveraineté pure et mixte, et faisant et exerçant tous et chaque droits compétents au comte et au comté. Que si, pendant quelque temps, nous avons obéi au roi d'Angleterre, nous ne l'avons fait que par l'ordre et la tolérance de notre souveraine Constance et le temps qu'il lui a plu, et non au-delà, à raison même de notre hommage et fidélité.... Nous ne pouvions, et aujourd'hui nous ne pouvons prêter foi et hommage, à raison du comté de Bigorre, qu'à elle seule.

Nous sommes, en conséquence, aux pieds de Votre Majesté, tous unis dans un même sentiment de dévoûment absolu à notre dame et souveraine Constance, pour lui exposer que nous avons avoué et que nous avouons (*advohavimus et advohamus*) Constance comtesse de la terre de Bigorre. Nous supplions Votre Sérénité et Votre Majesté Royale de ne pas troubler Constance notre dite dame, de ne lui faire obstacle, ni permettre qu'elle soit molestée par aucuns, dans la possession dudit comté....; du reste, elle a promis et juré d'être bonne et loyale souveraine... Que Votre Majesté veuille bien encore ne pas nous faire obstacle, ni troubler ni permettre que nous soyons troublés dans la fidélité et hommage que nous avons juré de lui tenir.

Donné à Sainte-Marie de Séméac, près Tarbes, en la fête de saint Denys, l'an du Seigneur 1292.

Parmi les signataires, Raymond Arnaud, évêque de Tarbes, Arnaud Guillaume de Bénac, abbé de Gueres, Augé de Bénac, abbé de l'Escale-Dieu, Arnaud Guillaume de Barbasan, Guillaume Garcie de Tussaguet et autres; on voit figurer *Pierre deus Angles* et *Tiebaut deus Angles*.

Malgré ces protestations de fidélité à Constance, le conseil du roi Philippe voulut connaître l'état du pays et donna commission au sénéchal de Toulouse, messire Guichard de

Marciac, d'ordonner une enquête sur la valeur et revenus du comté, des fiefs et arrière-fiefs de Bigorre (1).

L'enquête (octobre 1300) prétend que le roi, du chef de Jeanne de Navarre, possède, sur le comté de Bigorre, par droit de propriété (avec autres droits en relevant sauf certaines réserves) les vigueries (*vicariæ*) ou baillies (*bajuliæ*) de Tarbes, Bagnères, Mauvezin, Godor, Lavedan, Barèges, Vic-Bigorre et le château de Lourdes. — Mais le *domaine direct du roi ne s'étend pas sur le pays de Rivière-Basse.*

La reine tenait encore, d'après l'enquête, sur tout le comté de Bigorre, tant sur les terres des barons et autres nobles et prélats, *altam justitiam, merum imperium, exercitum et cavalgatam,* plus le droit de percevoir des amendes depuis cinq sols morlans et au-dessus, sauf, sur ce dernier chef, certaines réserves pour les lieux de Caystrone (sans doute Caixon) et de Saint-Sever de Rustan.

En outre, dans tout le comté de Bigorre, les biens des condamnés pour crime ne venaient pas au roi *in commissum* et passaient de droit à leurs héritiers, mais la reine devait percevoir sur les biens de cette sorte, qui étaient dans *ses terres propres,* soixante-cinq sols morlans; et sur les biens situés dans les terres des barons et autres nobles et prélats, la reine avait droit à soixante sols morlans, et les propriétaires de ces terres, à cinq sols.

De plus, toute la juridiction des châteaux et villes du pays de Rivière (entre lesquels figure le château de La Devèze, *castrum de Devezia*) appartient à la reine. On note que les revenus des lieux du pays de Rivière sont affermés, au taux annuel de trois cents livres morlanes (2).

L'enquête nous apprend encore que la reine avait dans le

---

(1) Consulter *Histoire de Bigorre*, manuscrit du séminaire d'Auch.
(2) Ces lieux sont Maubourguet (*burgum de Maloburgeto*), Castelnau-Rivière-Basse (*castrum novum in Ripparia*), le château de La Devèze, Sauveterre, Auriebat, Mazères, la moitié du bourg de Tasque, le quart de Goueyte, le lieu de Nay, Villefranche.

comté de Bigorre les fief, foi et hommage des barons, nobles et gentilshommes, parmi lesquels figurent le baron Arnaud Guillaume de Barbasan, Aymeric de Barbasan, Guillaume Garcie de Tussaguet, damoiseau, seigneur de La Hitte-Toupière; le baron d'Antin; Pierre d'Antin, chevalier; Auger d'Antin, damoiseau; Bernard de Béon; le vicomte de Rivière, seigneur de Labatut; Auger de Rivière, seigneur de Tieste; Guillaume-Arnaud de Baulat, seigneur de Baulat; Garsias Arnaud d'Antin, seigneur de Jù; Guillaume-Arnaud de Baulat, seigneur de Galiax, Preyssac et Jù; Pierre Saint-Lannes, seigneur de Saint-Lannes, de Caussade, de Canet et d'Izotges; Fortanier de Gouts, seigneur de Gouts; l'abbé de Tasque, seigneur de Goeyte et de la moitié de Tasque; Jourdain de Canet, seigneur de Saint-Aunis; Arnaud de Béon, seigneur d'Armentieu; les chevaliers du Temple de Las Cazères; le Prieur de Madiran, seigneur de Madiran et de Herras, et autres barons, nobles et gentilshommes du comté de Bigorre.

§ III.

Jean de Rive-Haute, seigneur de La Devèze, vassal du seigneur de Rivière, vicomte de Labatut. — Possessions de Jean de Rive-Haute et du monastère de la Case-Dieu, sur les rives de l'Arros. — Vente par Jean de Rive-Haute à l'abbaye de la Case-Dieu de ses droits sur le terroir de Rive-Haute. — Serment de Jean de Rive-Haute sur les limites de l'endomengadure de Rive-Haute. — Ratification de la vente de Rive-Haute, par les trois fils du seigneur de La Devèze.

En 1299, le château de La Devèze était *habité* par Jean de Rive-Haute, chevalier, *chef d'une maison noble et forte*, nous apprennent les chroniques du temps (1).

Ce château et ses dépendances se trouvaient dans le district

(1) Voir Monlezun, *Histoire de Gascogne*, t. VI, p. 226. — Voir encore *Notes sur Plaisance*, par M. Malartic, de Castelnau-Rivière-Basse.

et sous le haut domaine du seigneur de Rivière, vicomte de Labatut.

Odon III, chevalier, vicomte de Labatut, descendait de ces vicomtes de Rivière-Basse, gouverneurs du pays de Rivière, depuis l'origine du comté de Bigorre, en 820, jusqu'à la cession par Esquivat du pays de Rivière-Basse, à Gaston VII, vicomte de Béarn (1). Dès ce moment, il n'y eut plus de vicomtes de Rivière-Basse. Toutefois, leurs descendants gardèrent le nom de Rivière et prirent la seule qualité de vicomtes de Labatut (2).

Le vicomte de Labatut avait droit d'albergue, c'est-à-dire droit au repas pour lui et les siens, sur le château et territoire de La Devèze. Le 12 janvier 1311, il céda à l'abbé et au monastère de la Case-Dieu, à titre de reconnaissance d'une dette de cent sols parisis, les *albergades qu'il a et doit percevoir en La Devèze,* voulant que si ces droits donnent plus de revenus que les cent sols ne doivent en donner, le surplus soit en aumônes à l'abbaye de la Case-Dieu (3).

Outre le château seigneurial de La Devèze et ses dépendances, noble chevalier de Rive-Haute possédait, dans la plaine, avec plusieurs autres habitants de La Devèze, des terres cultes et incultes, notamment tout le territoire situé entre la rivière de l'Arros, la terre de noble Gailhard de Sanguinéde, seigneur de Preyssac, la terre d'Augier de Saint-Lannes, seigneur de Saint-Aunix, la terre du seigneur de Galiax, et les biens du monastère de la Case-Dieu.

Sur le territoire de *Rive-Haute* étaient situées la paroisse

(1) Voir plus haut (p. 22) sentence arbitrale de Roger IV de Foix (1256).
(2) *Histoire de Bigorre* (manuscrit du séminaire d'Auch).
(3) L'abbaye de la Case-Dieu fut fondée, en 1135, par Guillaume de Pardiac, de concert avec Bernard III, comte d'Armagnac. Bernard de Troncens, seigneur de Peyrusse, Tourdun et Juillac, donna le local pour bâtir le monastère (Monlezun, t. II, p. 167).
En 1275, Arnaud-Guillaume Ier, comte de Pardiac, baron de Biran et d'Ordan, confirma toutes les donations faites par ses prédécesseurs au monastère de la Case-Dieu.
L'abbaye de la Case-Dieu appartint aux chanoines réguliers Prémontrés, fondés par saint Norbert en 1130.

ou rectorie et l'église Sainte-Quitterie (1). En 1133, Raymond de Sarraute fit don à Forton, de Vic-Bigorre (2), fondateur de l'abbaye de l'Escale-Dieu, de la moitié de cette église (3) pour y construire un moulin (4).

Les moines de la Case-Dieu, à peine connus dans le pays,

(1) On garde dans l'église Saint-Jean de Mazères (aujourd'hui dans la paroisse de Castelnau-Rivière-Basse) le tombeau de sainte Livrade, vierge et martyre, sœur, dit-on, de sainte Quitterie et fille de Caius Attilius Severus, gouverneur de la Galice pour l'empereur Commode. Elle fut martyrisée vers l'an 250, dans le bois de Montus. C'est tout ce que l'on sait de sa vie et de son martyre (*Histoire de Bigorre*, manuscrit du séminaire d'Auch).

(2) Il fallait que ce Forton fût un prêtre d'une piété et d'un rang distingués. I avait reçu du comte de Bigorre le lieu de Cap-Adour, où il fit le premier établissement de l'abbaye de l'Escale-Dieu — avant 1160 — car, à cette date, Béatrix III, comtesse de Bigorre, donna à Garsie, abbé de l'Escale-Dieu, la montagne dite de Durban. (*Ibid.*)

(3) L'église de Rive-Haute était en paréage entre Raymond de Sarraute et le monastère de Saint-Pé de Generez. Odon, abbé de Saint-Pé et en même temps évêque d'Oleron, oncle paternel de Raymond de Sarraute, possédait l'autre moitié par droit d'héritage : les moines la redemandaient comme faisant partie de son pécule. Guillaume d'Andozille, archevêque d'Auch, légat du Saint-Siége, apaisa cette dispute dans le chapitre de Saint-Pé. L'abbé et les moines relâchèrent le tout à Forton de Vic et aux siens, à perpétuité. Forton dut en faire donation aux abbés de la Case-Dieu. Cette église fut une pomme de discorde entre les évêques de Tarbes et les abbés de la Case-Dieu, pour le patronage, et les archidiacres de Rivière-Basse, pour leurs droits sur la dîme. Enfin, Bernard Lobat de Montesquiou, élu vers 1143 évêque de Tarbes, et Guillaume Garcie, archidiacre de Rivière-Basse, du consentement d'Arnaud-Raymond d'Arreys d'Arbeysac, de Bernard de Finas, et de Raymond Guillaume de Sarsas et de Bernard... chanoines et procureurs du chapitre de Tarbes, convinrent, en 1151, avec Pons Ier, troisième abbé de la Case-Dieu, et ses religieux, en présence de Guillaume d'Andozille, que l'abbé, au cas de vacance du bénéfice de Rive-Haute (qui n'était pas alors bénéfice à charge d'âmes) présenterait à la rectorie de l'église Sainte-Quitterie un de ses religieux. Ce religieux serait obligé de payer annuellement et censuellement à la fête de tous les saints, *deux sols* morlans, à l'archidiacre de Rivière-Basse, pour la quarte de la dîme, au lieu de sept sols morlans qu'il demandait. Cet accord se trouve de nouveau consigné dans une transaction sur le même fait du 2 mai 1227, à la suite d'une sentence arbitrale prononcée par Odon de Lavedan, abbé de Saint-Pé de Generez, entre Hugues de Pardeillan, évêque de Tarbes, l'archidiacre de Rivière-Basse, Eudes de Bazillac, et Sanche Ier, treizième abbé de la Case-Dieu, natif de Betplan, en Pardiac. Cette dispute se renouvela en 1323 entre Guillaume Hunaud ou Hunaldi, évêque de Tarbes, et Vital de La Garde, abbé de la Case-Dieu. Une sentence favorable à l'abbé fut rendue par l'official d'Auch. Mais le procureur de l'évêque de Tarbes fit appel de la sentence au Pape.

(4) Pierre II de Montus, vingt-huitième abbé de la Case-Dieu, docteur en droit canon, élu le 17 août 1459, confirmé le 22 septembre, installé le 28 octobre suivant, et mort en 1473, obtint du comte d'Armagnac et du chapitre général de l'Ordre, la faculté de bâtir le moulin de Plaisance et de réserver, tous les ans, quarante livres pour de jeunes religieux qui étudieraient à Toulouse.

reçurent des dons de toutes parts, nous dit M. Monlezun (1).

En 1195, Bernard IV, huitième abbé, obtint de Gaston VI,
comte de Bigorre, vicomte de Béarn, époux de Pétronille, le
privilége pour l'abbé et ses religieux de traverser ses terres
sans payer aucun droit, et d'y faire librement des acquisitions.
En 1290, Etienne Lupati ou Loubat de Saint-Jean-Poutge,
d'abord prieur de la Case-Dieu, sous Arnaud de Saint-Lou-
bouey, abbé à son tour vers la fin de 1281, et fondateur, en
1298, de la ville de Marciac, avait, sur les rives de l'Arros,
lui et ses religieux, déjà de *mémoire perdue*, selon les termes
mêmes de la déclaration du 8 juin 1290, par Guillermette de
Moncade, dame de Castel-Vieil et du pays de Rivière, des possessions déjà importantes : la *grange deu Nouret* et la *maison
de Maubourguet* avec leurs dépendances, fiefs et pièces de
terre cultes et incultes sises dans le pays de Rivière ; la
maison d'Espalangue et *terres* qui sont entre la rivière de
l'Arros et le ruisseau de Larlet, entre la terre du seigneur
Garcie Arnaud d'Antin et du seigneur d'Armenthiu, sauf *les
terres qu'y possèdent les habitants de La Devèze;* le casal de
Lorader (2) ou *Lobaner*, le territoire de Tillet (5), le casal de
La Lane (4) et de La Rotis en Saint-Aunis, la *grange* ou ter-

---

(1) *Histoire de la Gascogne*, t. II, p. 167.

(2) Le 29 janvier 1318, il fut fait donation, en faveur de Vital de La Garde, abbé
de la Case-Dieu, de 5 sols 4 deniers morlans de fief avec tous les droits, sur le casal
de Lorader, par Raymond Guillaume de Rive-Haute, fils du seigneur de La Devèze,
damoiseau, du consentement de Jean son frère... Le 14 juin 1290 eut lieu un
échange entre le syndic de la Case-Dieu et Vital d'Artigueflore : Vital fit cession au
syndic de toute la terre *qu'il a et doit avoir* en la paroisse de Rive-Haute, au lieu
appelé Sancta-Floria; en retour, le syndic lui donna un arpent de terre sur le casal
de Lobaner, sous le fief de deux blancs annuels payables à la Toussaint.

(3) Ce terroir du Tillet, en la paroisse de Sainte-Marie de Rive-Haute, confrontant avec les terres de Peyré, les terres de la Case-Dieu, les terres de noble Jean
de Rive-Haute, le terroir de Galiax et la rivière de l'Arros, fut donné, le 24 octobre
1280, par Jordan de Cassed, seigneur de Saint-Aunis, du consentement de Marquèse
sa femme, à Dominique Ier de La Lane, dix-septième abbé de la Case-Dieu.

(4) Le casal de La Lane fut vendu, le 10 juin 1291, en faveur de l'abbé et du
chapitre de la Case-Dieu, par Jean de Fageded, damoiseau, pour 500 livres morlanes
avec tous ses droits et dépendances, et les hommes nés et à naître.

ritoire de Rive-Haute avec ses droits et appartenances (1), *excepté les terres et droits de Jean de Rive-Haute* (2).

Les moines, déjà possesseurs, dans la plaine de l'Arros, de domaines assez vastes, et patrons de l'église Sainte-Quitterie, eurent la pensée d'établir autour de cette église un centre de population et comme un *comptoir*, d'où ils pourraient plus facilement étendre leurs possessions dans le pays, y acquérir des fiefs et recevoir *vendas, impignorationes, intragia et alia deveria et jura* (3).

Ils entrèrent en relations d'affaires avec noble chevalier de Rive-Haute et sollicitèrent la vente de ses droits sur le terroir de Rive-Haute.

Le seigneur de La Devéze acquiesça très-volontiers aux bons désirs des Pères, et par acte du 15 mars 1299 (Philippe le Bel, roi de France, régnant et Amanieu étant archevêque d'Auch), il leur fit cession, à titre de pure, parfaite et irrévocable vente et donation valable à perpétuité, de tout le territoire de Rive-Haute en sa possession, bois, eaux, terres cultes

---

(1) La *Motte* de Rive-Haute et le *casal* de La Rotis furent donnés en aumône, à la Case-Dieu, par Condor, épouse de Bernard d'Arricorb. Vital d'Arricorb, damoiseau, seigneur d'Arricorb (ou Ricourt), en Pardiac, figurent comme caution dans la ratification faite par le fils de Jean de Rive-Haute, du terroir de Rive-Haute, en faveur de la Case-Dieu. L'amortissement de La Motte de Rive-Haute et de La Rotis fut fait, en faveur de l'abbaye de la Case-Dieu, le 19 juin 1300, par Nicolas de Lusarches, prévôt de l'église de Chartres, commissaire du roy Philippe-le-Bel, et confirmé par le Roi en juillet 1306.

(2) L'abbaye de la Case-Dieu avait, en outre, le droit de *dépaissance*, pour tous les bestiaux, gros et menus, sur toutes les terres, bois et forêts du pays de Rivière, avec la réserve qu'on ne pourrait envoyer dans ces parages que 500 pourceaux, depuis Notre-Dame de septembre jusqu'au commencement du mois de mai. Guillelmine confirma ce droit de pacage, mais elle exigea que l'abbé et le monastère ne pussent vendre, aliéner ni engager leurs possessions à des personnes étrangères, à moins que les nobles et les gentilshommes du pays ne l'eussent déjà fait.

En 1292, Etienne Lupati acquit encore de Force Sanche de Cador ou Ladors chevalier, les *casals* de la *Serre* et la *Serrade*, situés en la paroisse de Saint-Jacques de *Monte-Leporis*. Cette vente fut consentie, avec tous les droits, sommes et fiefe desdits casals, *pour 400 sols morlans et un obit, tous les ans*, dans le château de Mondemarsan, en présence de Constance, vicomtesse de Marsan.

(Tous ces renseignements sont puisés dans l'Inventaire général des titres de l'abbaye de la Case-Dieu. — Archives départementales du Gers.)

(3) Monlezun, *Histoire de la Gascogne*, t. VI, p. 227.

et incultes, et du bois appelé *nemus defensum*, pour le prix de *trois mille sols tolzas* (toulousains), sauf les droits du seigneur de Rivière, son suzerain, et la réserve de *dix livres de bons petits tournois noirs* de fief annuel que l'abbé et le monastère auront à payer, à lui et à ses *hoirs*, annuellement et censuellement, à la fête de Tous les Saints; faute dudit payement, l'abbé et le monastère seront passibles d'une indemnité de cinq sols tournois, par jour, pendant 8 jours, et passé les 8 jours, noble Jean ou ses ayants-cause et commettants pourront les contraindre par toutes voies de droit.

Le vendeur mit encore pour *condition absolue* à la vente que ni l'abbé ni le monastère, ni leurs successeurs, syndics ou mandataires *ne pourront ni ne devront inféoder ou concéder en emphytéose ou autrement les terrains vendus ni en gros, ni en détail, pour quelque motif que ce puisse être, en faveur d'un habitant quelconque de la nouvelle bastide de Beaumarchés,* fondée en 1290. La violation de cette clause serait tenue pour une cause suffisante de la résiliation du contrat.

Cet ostracisme violent, où pouvait-il avoir sa cause et sa raison d'être? Les chroniques du temps gardent, sur ce point, un silence discret. Jean de Rive-Haute aurait-il éprouvé quelque mécompte de la part des fondateurs de Beaumarchés, lui qui avait cédé, sur l'ensemble des terrains destinés à la nouvelle bastide, 240 arpents?

Quoi qu'il en soit, il est difficile de ne pas voir dans cette mesure le signe d'une inspiration malveillante, peut-être cause originelle de ces rivalités profondes qui jettent le trouble et la division parmi les peuples et qui ont agité depuis, à diverses époques de leur histoire, ces magnifiques contrées de l'Arros, si bien faites cependant, par les richesses elles-mêmes du sol, les charmes et les belles harmonies du paysage, pour révéler Dieu à l'âme, élever les cœurs en haut et les unir tous dans le cœur de celui qui a dit: « Aimez-vous comme des frères. »

3

Jean de Rive-Haute, le 5 juillet 1302, mit Sans, abbé de
la Case-Dieu (1), en possession de l'*endomengadure de Rive-
Haute et de toute la terre* cédée jadis à Frère Etienne (2), après
lui en avoir fait connaître les limites, sous la foi du serment (3),
en présence notamment d'Arnaud-Guillaume de Lussagnet,
damoiseau, lieutenant de Arnaud de Coarase (4), *bayle* de
Rivière-Basse, faisant pour Gaston (5), de messire Fortaner
de Baulat, seigneur de Goutx, et de messire Arnaud de Béon,
seigneur d'Armentieu, jurats de la cour majeure de Rivière-
Basse. Parmi les témoins figurent Pierre des Angles, habitant
de La Devèze; Arnaut de Poy, de Tieste; Pey-Laroque, habitant de Goueyte, *et los senhors ho los heretes de tots aquets qui
frontadegen ab los termes de la predicte endomengadure d'Ar-
ribaute... lo senhor et hereter de l'ostau de Galiax, el senhor et
hereter de l'ostau de Leyré, el hereter ho horn per lux de mos-
senhor N-Augé de Sent-Lana e au senhor de Mondegorat sa
en darrer mort, el senhor et hereter de Sierac, el senhor et
hereter de Jú, que besen los termes...*

Les fils de Jean de Rive-Haute, nobles Bernard Raymond
Guillaume, Arnaud et Jean de Rive-Haute, damoiseaux, d'accord avec Bernard de Béon, seigneur d'Armentieu, et Arnaud

---

(1) Lo senhor en fray Sans, per la gracia de Diu abat del monestier de la Casadiu.

(2) Au senhor en fray *Steven*, per la divina permission abat sa enreyre del predit
mostier de la Casadiu, et al conbent del prediit loc ..

(3) E aqui metix lo dit mossenher en *Johan d'Arribauta* en la maa del diit bayle
juro sober los sants evangelis que et mostrare legaumens (loyalement) los termes...
de Rive-Haute. — Nous renvoyons, pour l'indication de ces confronts, au texte publié par M. Monlezun (vi, p. 232), texte qui paraît d'ailleurs peu correct. On y rem-
cera en particulier *Basné* par *Basue*.

(4) Un Raymond de Coarase était grand maître de l'ordre de la Foi et de la Paix,
fondé par Amanieu, archevêque d'Auch.

(5) Peu noble senhor en Gastoo, comte per la gracia de Diu, del comtat de Foyx,
e senhor labets de la terre d'Arribera. Ce Gaston doit être Gaston Ier de Foix, qui
succéda à son père Roger-Bernard III, qui avait épousé Marguerite, fille de Mathe
de Bigorre, et qui mourut le 3 mars 1302. — Gaston dut devenir, par je ne sais encore quelle disposition, seigneur de Rivière-Basse, par sa mère Marguerite. (Voir
Art de vérifier les dates.)

de Béon, son frère, damoiseau, et autres leurs parents (1), voulurent rendre hommage à la mémoire de leur père, et témoigner de leur respect pour ses intentions. Ils reconnurent la vente du terroir de Rive-Haute, et le 18 mars 1516, acte de ratification en fut dressé en faveur de Vital de La Garde, abbé de la Case-Dieu.

Vital de La Garde, alors sacristain (1500, 31 décembre), avait déjà acquis de Jean de Rive-Haute, du consentement de sa femme Eugénie, trente sols six deniers morlans de fiefs, oblies (*obliarum*), payables à la Circoncision, au territoire de Rive-Haute, pour la somme de trois cents sols morlans.

Il fut encore acheté, le 12 avril 1512, par le sacristain de la Case-Dieu, de Guillaume de Saint-Maurice de La Devèze, trois sols morlans de fief, payables à la Toussaint. Parmi les débiteurs de ce fief, figure un Deupleys (Dupleix) de La Devèze, pour quatre deniers morlans.

§ IV.

Mathe d'Armagnac, dame de Rivière-Basse et de La Devèze (1315). — Hommage de l'abbé de la Case-Dieu à Jean Ier d'Armagnac (1319). — Fondation de la ville de Plaisance. — Paréage de Plaisance entre le comte d'Armagnac et l'abbé de la Case-Dieu (1322). — Heureuse influence des moines de la Case-Dieu, et reconnaissance des habitants pour leurs services. — La Devèze fournit bon nombre de religieux. — Libéralités des habitants de La Devèze en faveur de la Case-Dieu. — Les moines de la Case-Dieu ne méritent pas le reproche d'envahisseurs de domaines.

Les droits de Constance sur le pays de Rivière-Basse et sur le château de La Devèze durent passer, avec ceux de Guil-

(1) Cette famille s'allia plus tard à la maison de Foix. Elle compta un de ses membres parmi les évêques d'Oleron. Nous lisons dans le *Gallia christiana*, I, 1276 : « In chartâ Sancti Vincentii de Luco, anno 1498, die I aprilis exaratâ, occurrit Raymundus-Arnaldus de Beon, episcopus Oleronensis electus et confirmatus, filius Arnaldi Guillelmi de Beon, militis, vice-comitis de *Serre* et *Guystæ* (Goueyte, paroisse de Belloc) de *Deveze*, consanguineus Gastonis principis Navarræ, comitis Fuxensis, qui infulas gessit ab anno 1498 ad 1518. »

lermette, à la mort de cette dernière (de 1515 à 1518), aux mains de Mathe, leur sœur, comtesse d'Armagnac (1).

Le 23 octobre 1519, Vital de la Garde, abbé de la Case-Dieu, se rendit auprès de Jean Ier, comte d'Armagnac, qui avait succédé à son père Bernard VI, fils de Mathe et de Géraud V, et mort le 15 juin 1519, pour lui faire hommage de la Grange de Rive-Haute, de l'endomengadure du Thilet et de toute la temporalité qu'il possédait en Rivière-Basse. L'entrevue eut lieu dans le château comtal de Vic-Fezensac.

Il fut convenu entre eux qu'une bastide serait construite sur le lieu de Rive-Haute, et le 10 mars 1522, les conditions du paréage de la nouvelle bastide furent arrêtées entre le comte d'Armagnac assisté de Roger d'Armagnac, baron de Mauléon, son oncle paternel et curateur, et frère Pierre de Pererio, syndic de l'abbé et du couvent de la Case-Dieu, autorisé par lettres patentes de Milon, abbé de Saint-Martin de Laon.

Les seigneurs des environs favorisèrent le développement de la nouvelle bastide. Déjà, en 1525, nous voyons noble Auger de Senlane bailler en emphytéose, du consentement du comte d'Armagnac et de l'abbé de la Case-Dieu, en faveur des consuls et habitants de Plaisance, le territoire de la Seube, et ses terres cultes et incultes en Saint-Aunis, se réservant trente arpents qu'il se proposait de livrer lui-même à l'exploitation, plus les fiefs, oblies et censives. Les autres fonds baillés devaient être administrés selon les coutumes et privilèges octroyés à la nouvelle bastide.

Nous sommes particulièrement heureux et fier de la bonne inspiration qui détermina Jean de Rive-Haute, seigneur de La Devèze, à céder ses terres de Rive-Haute au monastère de la Case-Dieu. Grâce à cette concession, les âges suivants ont vu s'élever, sur ces domaines, gracieuse comme le nom qu'elle

(1) La mort de Mathe ne date au plus tôt que de 1318 (*Art de vérifier les dates*).

porte, une ville qui, chaque jour, prend une importance nouvelle et voit surgir du sol, comme par enchantement, de délicieuses habitations. Ces constructions, du meilleur goût, semblent se faire une gloire de servir de couronne à la belle église qui orne si bien la ville de Plaisance, et qui a été élevée par le zèle de ses prêtres et la générosité de ses enfants.

Serait-il inopportun de rappeler, à notre époque où l'esprit moderne tend à tout séculariser et à rompre avec les traditions du *bon vieux temps*, que ce sont les moines, par leurs travaux intelligents, par leur initiative puissante et féconde en œuvres de bien, qui ont fait primitivement notre beau pays de l'Arros? Beaumarchés nous apparaît, du moins par son origine plus ancienne (1290), avec sa majestueuse église, comme une reine dont le front pourrait être si superbement couronné. Et Marciac, la bastide des moines, décorée par eux de magnifiques monuments religieux qui sauront à toutes les époques se faire admirer, ne proclame-t-elle pas l'heureuse influence des ordres monastiques si efficace pour le bonheur de nos populations, parce qu'ils ont, les premiers, donné l'exemple du sacrifice et de l'abnégation?

L'acte du paréage de Marciac convenu, en 1298, entre le monastère de la Case-Dieu, Bernard de l'Isle, sénéchal du Pardiac, agissant pour Arnaud de Montlezun, comte de Pardiac, et messire Guichard de Marciac, sénéchal de Toulouse et Albi, capitaine général et gouverneur du duché d'Aquitaine et de la terre de Gascogne au nom du roi Philippe-le-Bel, nous révèle que les moines ont fait surtout de si larges concessions pour l'établissement de la nouvelle bastide de Marciac, dans le but de délivrer le pays des brigands, meurtriers et malfaiteurs qui l'infestaient et qui avaient établi leurs repaires dans ces parages, de favoriser les progrès de l'agriculture dans la contrée, pouvoir de leur mieux accroître l'autorité royale et vivre en paix dans le service du Seigneur, à

l'ombre du sceptre du Roi et sous la protection du comte pa-
réager (1).

Nos ancêtres restent pour nous des modèles de respect pratique pour les vertus des moines, et de reconnaissance pour
les services rendus à nos contrées aujourd'hui si florissantes
de l'Arros par ces intelligents et dévoués propagateurs du
vrai progrès. Comme autrefois ce comte d'Orlamunde (2) en
dotant un monastère de Hambourg, nos aïeux comprirent que
« celui qui érige ou répare une église ou monastère se fabrique
» une échelle pour monter au ciel. » A l'exemple de l'empereur Frédéric II, « ils surent, au milieu de la caducité uni-
» verselle des choses de ce monde, dérober au temps quelque
» chose de stable et de perpétuel, savoir *ce que l'on donne à*
» *Dieu,* et rattacher ainsi leur patrimoine terrestre au patri-
» moine de l'éternité (3). »

Ces chrétiens d'autrefois savaient se dépouiller du superflu
et même du nécessaire pour jouir de la consolation de voir
fleurir, au milieu d'eux, ces saints asiles de la prière, de la
science et du travail.

Jean de Cers, d'abord abbé de Fontarède, et 22ᵉ abbé de
la Case-Dieu, religieux observateur des intentions pieuses de
fervents chrétiens, fonda, le 29 décembre 1566, du consentement de son chapitre, dans l'église de l'abbaye, une chapelle
sous le patronage de l'abbé. Le chapelain nommé par l'abbé,
dans les huit jours après la mort du dernier titulaire, devra

(1) Pro magna, ut asseruit (frater Sancius de Montesquivo, canonicus et procurator
seu syndicus domini abbatis et conventus monasterii Casæ-Dei), utilitate dicti monasterii et conventus, et ad extirpandum speluncas latronum, murtrierorum et male-
factorum de illis partibus; et propter hoc ut ipse abbas et conventus et habitatores
dicti monasterii sub umbra regia et præfati domini senescalli quiete vivere valeant
et in pace Domino famulari, et ut status terræ in melius reformetur, et honor regius
exaltetur, et dictus dominus senescallus Pardiaci pro utilitate evidente et augmen-
tatione reddituum et bonorum dicti domini comitis et subditorum ejus, ad faciendum
pariagium et associationem in terris et de terris et nemoribus dicti monasterii pro
dicta nova bastida facienda cum dicto domino nostro rege, in modum quo sequitur
concorditer processerunt (Monlezun, vi, paréage de Marciac).
(2) *Les Moines d'occident,* par le comte de Montalembert, introduction (p. cxlı).
(3) Ibidem.

être un religieux du monastère de la Case-Dieu et de l'ordre des Prémontrés. Il sera tenu de prier sans cesse pour le fondateur, ses parents et les âmes des bienfaiteurs, et de célébrer un obit annuel, le jour de sainte Catherine, avec chant solennel, absoute, sur le tombeau du fondateur. Les religieux de l'abbaye assisteront au service et il leur sera distribué, chaque année, dix sols morlans.

Jean de Cers avait eu maintes occasions, dans ses relations d'affaires avec les habitants de La Devèze et des pays circonvoisins, d'apprécier leurs sentiments religieux. Voulant assurer l'avenir de la fondation, il avait fait appel à leurs sympathies pour les œuvres de bien.

Jean de Rivière, seigneur de Tieste, de concert avec Bertrand de Rivière, fit cession à la chapelle de Cers de vingt sols morlans de fief au lieu de Tieste, et noble Arnaud de Pausaderio (Payssé?) de dix sols morlans de fief en La Devèze, d'accord avec son fils Jacques, etc. Tous ces fiefs furent vendus, en faveur de la chapelle de Cers, par voie d'amortissement, en faveur du comte d'Armagnac, pour soixante florins d'or, le 2 août 1570.

Les lièves et le nécrologe du monastère de la Case-Dieu nous disent encore éloquemment ce que furent les pieuses libéralités de nos pères. Antoine de Payssé de La Devève, qui aimait son excellente mère, crut ne pouvoir mieux s'adresser pour elle qu'à ces « champions infatigables de la chrétienté, dans » le saint et perpétuel combat de la prière avec l'omnipotence » divine (1). » Il recourut aux moines de la Case-Dieu, et fonda dans leur église un obit annuel de neuf *sols bons*, pour le repos de l'âme de sa pieuse mère. Plus tard, Jean Lanusse, dit Totet, du lieu de La Devèze, lègue, en faveur de l'abbaye de la Case-Dieu, un obit de vingt-sept sols pour une messe qui devra être chantée tous les ans, au jour anniversaire de sa mort. Et ses héritiers se font un devoir rigoureux de con-

---

(1) Mgr Dupanloup, cité par M. de Montalembert.

sentir un acte de reconnaissance de cette pieuse fondation, et
pour en mieux assurer l'exécution, ils grèvent de cette dette
un journal de terre labourable en La Devève, au lieu dit *au
bosc de Hirat.*

Des fiefs nombreux en La Devèze furent concédés en faveur
de la *sacristie* de la Case-Dieu. Il n'y a pas jusqu'au vestiaire
des moines, dans ses plus simples détails, qui n'eût ses libéralités : « à côté des jouissances physiques de la propriété, peut-
» il y avoir jouissance morale plus noble, plus vraie, que le
» don, le pur et libre don qu'inspirent l'amour de Dieu, la re-
» connaissance et la foi (1)? »

Ce qu'il y a de plus appréciable encore que les dons maté-
riels, c'est que le pays de La Devèze peut être fier d'avoir
fourni, à ces époques de foi et de vraie religion, bon nombre
de ces chrétiens généreux qui sont allés se retrancher dans la
demeure des moines comme *dans une citadelle où ils trouvaient
la paix et la force en se retrempant dans l'austérité, la discipline, le silence de la prière et les salutaires efforts du travail.*
Non, ces âmes d'élite, les Guillaume de Devèze, Raymond-
Guillaume de Rive-Haute, 15e abbé de la Case-Dieu (1265), les
Fortaner de Beaulat, les Pierre et Bernard de Béon, les Lanacastets (1457), les Bernard de Jù (1457), les Pierre de Montus
(1459), les Dominique et Pierre de Saint-Maurice (1468-1485),
les Raymond de Payssé (1477), les Pierre Barquissau, les
Siméon Tursan, Jean de Montagut de Plaisance (1508); la
plupart *abbés* ou *prieurs* de la Case-Dieu, et autres natifs du
pays, n'étaient certes pas de ces « infâmes bigots de prêtres
» qui n'exploitaient leurs richesses qu'au profit d'un vil
» égoïsme dans les repaires béatifiés de l'ascétisme mona-
» cal (2). » Les annales de notre pays sont là pour protester
énergiquement contre ces clameurs de la haine.

(1) *Les Moines d'occident*, introduction.
(2) Lettre d'André Dumont à la Convention (1793), dans Montalembert, *Les
Moines d'occident*, introduction (p. 118).

Voici des faits qui seront de nature à nous édifier :

Le 25 mars 1457, Bernard de Jù, abbé de la Case-Dieu, déclare avoir reçu beaucoup de biens de la dépouille de frère Raymond Lanacastels de La Devèze, et qu'à cette occasion il veut fonder une chapelainie dite Lanacastels, dans le monastère de la Case-Dieu. Il donne en conséquence *cent écus d'or*, une pièce de terre et vigne au terroir de La Devèze, lieu dit *à Nostra Dona*, avec charge d'une messe qui devra être acquittée toutes les semaines. Je suis particulièrement heureux de lire sur la liste de plusieurs habitants de La Devèze, intéressés à la fondation, le nom de Guillaume Dopleix pour le chiffre de *six écus d'or* et *deux sols bons*.

Le 2 février 1462, Dominique de Saint-Maurice, de La Devèze, prieur de la Case-Dieu, se prosternant à deux genoux aux pieds de Pierre de Montus, abbé de la Case-Dieu et visiteur des circaries de Gascogne et d'Espagne, sollicite humblement, en présence de toute la communauté, la permission de fonder une chapelle dont les revenus appartiendront aux prieurs de la Case-Dieu. Il devra être chanté une messe tous les lundis à l'autel de sainte Catherine, célébré *douze messes* au même autel le jour de sainte Catherine, soit par des chanoines de la Case-Dieu, soit par des prêtres séculiers, et donné à chacun vingt-quatre deniers, en tout huit liards. Le bon et charitable fondateur exprime le vœu qu'il soit *fait pitance* aux religieux *ledit jour, pour un écu petit en viande et en pain et un pipot de vin*. Dites après cela que les religieux du moyen âge n'étaient que « des » gens dont la profession était de n'en avoir aucune, de » s'engager par un serment inviolable à être absurdes et » esclaves, à vivre et à s'engraisser aux dépens d'autrui (1).» Guillaume de Saint-Maurice affecta plus tard au service de la fondation, des terres, vignes et champs situés au terroir de

---

(1) Voltaire, *Dialogues* cités par M. de Montalembert, *Les Moines d'Occident*, Introduction, chap. 6°.

Beaumarchés et Marciac; plus une pièce de terre et vigne, au terroir de La Devèze, parsan de *La Crox*, confrontant deux chemins publics, et terre de *prébende*; plus une pièce de champ et vigne au même terroir, confrontant avec les héritiers de Pierre de Saint-Maurice, chemin public et l'église (ancienne) de Saint-Laurent.

Dans un livre terrier écrit en 1568, il est fait mention de plusieurs fiefs appartenant à la sacristie et à l'abbé de la Case-Dieu, et à la chapelainie fondée par mossen Joan Deuzer (Dusser), de La Devèze.

Il serait hors de propos d'entrer dans les détails des relations d'affaires du couvent de la Case-Dieu, avec les habitans du pays. Nous aurions à enregistrer : 1° la cession, en faveur du monastère de la Case-Dieu, par Garcias de Sanguinède, seigneur de Galiax et de Preyssac, du droit de pacage et usage des bois situés dans toute la terre de Galiax et Préchac, et la vente consentie, le 27 mars 1305, par Bernard de Sanguinède, son petit-fils, du même droit, pour le prix de 250 sols tolzas et la redevance de *dix* fromages de vache, en été (1); 2° la donation (24 février 1441) par Pierre de Saint-Aunis, seigneur du lieu, en faveur de la chapelle de Notre-Dame de la Case-Dieu et de la sacristie, du fief de *six* blancs 1/2 (2 sols, 5 deniers 1/4) sur une vigne et un champ, au terroir de Saint-Aunis; 3° vente (14 août 1466) par Arnault de Senlane, de Thermes, en faveur de Frère Raymond de Payssé, officier du vestiaire de la Case-Dieu, de tous les fiefs et autres droits que noble Edme (Aysinus) de Saint-Jean, damoiseau, abbé de Préchac, lui avait vendu, dans le terroir de Galiax et Beaulat, en deçà et au delà de la rivière de l'Adour. — Plus tard (9 septembre 1496), noble Bertrand de Saint-Jean, abbé de Preyssac, vend à Jean Dumestre, abbé de la Case-Dieu, tous les droits de dîme, en blé, vin,

(1) Ce droit de fromage fut éteint par le même Bernard de Sanguinède, le 10 mars 1315, pour 400 sols parisis.

grains, légumes et animaux, qu'il possède à Castelnau-Rivière-Basse. — Le 2 septembre 1461, Garsias et Bernard d'Antras frères, de Maubourguet, font cession, à titre de vente,
pour 70 écus d'or, d'une rente de 5 livres, sur Ribaute,
qu'ils ont acquise, le 18 novembre 1457, de feu noble
Jean de Justan, seigneur de Tieste. — Le 28 juillet 1512,
Augé de Senlane, damoiseau, seigneur de Montegorat, et Bar-
thélemie, sa sœur, engagent en faveur de la Case-Dieu, pour
mille sols parisis, le terroir de Barbat, entre l'Arros et l'Adour,
les terres de la Case-Dieu et le terroir de Saint-Aunis. — Cet
engagement est renouvelé le 9 février 1515, pour 700 sols,
avec l'approbation de Masaas Caver, sénéchal d'Armagnac, et
le 31 mai 1516, pour 500 sols parisis.

A cette époque, non plus qu'aujourd'hui, les affaires n'allaient
pas toujours au mieux; les moines furent obligés d'en venir
aux moyens de rigueur. Le 13 janvier 1546, la cour majeure
de Rivière-Basse eut à juger un procès entre Dominique
Dangays, abbé de la Case-Dieu, et les acquéreurs sous redevance féodale des casals de la Rotis et de Saint-Lannes, en
Saint-Aunis, qui n'avaient pas payé les fiefs depuis quelques
années, et, le 5 septembre 1503, vente judicielle de la seigneurie de Galiax fut faite, en vertu d'une sentence obtenue du
présidial de Lectoure, par Jean Dumestre, abbé de la Case-
Dieu.

Quoi qu'il en soit, les moines sont loin d'avoir mérité, du
moins dans le pays de La Devèze, le reproche d'envahisseurs
de domaines. Les chanoines de la Case-Dieu ont desservi la
paroisse de Saint-Laurent et de Theus ou Tieste, son annexe,
depuis environ 1509 jusqu'en 1690. Ils auraient eu bien des
occasions d'abuser de leur influence. Sans doute par un
sentiment de noble réserve, dans nos contrées de La Devèze
reconnues cependant si florissantes et si fertiles, ils ne cher-
chèrent pas à étendre outre mesure leurs possessions.

L'inventaire général des titres de l'abbaye Notre-Dame de la

Case-Dieu, rédigé avec ce soin et ce scrupule de chroniqueurs et de copistes qui distinguaient les moines d'autrefois, ne fait mention, de 1375 à 1625, c'est-à-dire dans l'espace de trois cents ans, que de deux pièces de terre, sans préciser la contenance; *trois arpents 1/2, deux journaux quatre carterées 1/2, une cesterade* et *cinq carterades* de terrains que les moines auraient achetés. Dans La Devèze, ils ne possédaient encore, à titre d'achat, que *dix-sept deniers quatre-vingt-deux sols tolzas; onze liards trois écus petits* de fiefs annuels; plus *six* maisons, *quatre* places de maisons franches de fief, *quatre pensions annuelles de six écus petits,* plus le droit de rachat sur une vigne et la jouissance d'une métairie, pour *quinze écus petits,* à la *Cournère,* en la paroisse de Saint-Laurent, sous le fief de l'église paroissiale.

A la grande édification de ceux qui croiraient, comme on a eu la bassesse effrontée de l'écrire dans des feuilles publiques (1), que les moines n'étaient que des « *fainéants engraissés au dépens du peuple,* » ajoutons que les moines de la Case-Dieu, même aux époques voisines de la décadence monastique, n'avaient, du moins en La Devèze, que deux pensions, chacune de deux paires de chapons gras : l'une établie le 27 avril 1620 en faveur des prieurs de la Case-Dieu sur une vigne en La Devèze, appelée à la *Grasse,* sous le fief du Roi, payable par la famille Barquissau; l'autre, due par la maison de *Jeantou* (2) *de la ville de La Devèze,* pour l'aliénation d'une pièce de terre dite « *au prat de darré la bille* (3). » O scandale! des moines mangeurs de chapons!

(1) *Le Semeur* du 13 octobre 1847, cité par M. de Montalembert, *Les Moines d'occident,* introduction (page cxix.)

(2) Aujourd'hui maison Dubertrand-Jugo (paroisse de la Madeleine). Cette famille, en 1793, jouera un rôle modeste, mais très-honorable, au point de vue des convictions religieuses.

(3) Procès-verbal d'estimation du domaine de la Case-Dieu, 10 février 1791.

§ V.

La Case-Dieu exécute ses engagements sur la vente de Rive-Haute. — Meurtre d'Anesance de Toujouse, évêque d'Aire, par les fils de Jean de Rive-Haute, et leurs compagnons.—*Lettres de grâce* des meurtriers d'Anesance, par Philippe VI de Valois (1328). — Anathèmes du concile de Marciac (1330) contre les meurtriers. — Confirmation de la grâce octroyée en 1328, par lettres du roi Philippe VI, de janvier 1332. — Commencement de la guerre de Cent ans. — Les Rive-Haute prennent fait et cause pour le Roi de France. — Ravages du Prince–Noir en Gascogne. — Prise et sac du château de La Devèze par les troupes du Prince–Noir (1354). — Traité de Bretigny (1360). — Le prince de Galles, investi du titre de Prince d'Aquitaine (1360). — Reprise des hostilités avec l'Angleterre (1368). — Les seigneurs de Bigorre adressent fidélité au Roi de France (1369). — Trève de Bruges (1375). — Suite et fin de la guerre de Cent ans (1453).

Les moines de la Case-Dieu furent fidèles et loyaux exécuteurs de leurs engagements. Jean de Rive-Haute, habitant de La Devèze, lors de la vente du terroir de Rive-Haute, en 1299, s'était réservé, pour lui et ses héritiers, dix livres de petits tournois noirs de fief annuel. Ce fief passa, par droit d'héritage, à Bernard-Raymond-Guillaume de Rive-Haute, l'aîné de ses trois malheureux et indignes fils, contre lesquels le sang innocent d'Anesance de Toujouse, évêque d'Aire, criait vengeance depuis le 15 octobre 1326.

Les moines de la Case-Dieu, indignés sans nul doute de la conduite infâme et sacrilége des meurtriers d'Anesance, durent briser tous rapports, même d'affaires, avec leur famille. Ils suspendirent pendant huit années tout payement de fief sur le terroir acheté à Jean de Rive-Haute. Enfin, le 2 juin 1557, le couvent de la Case-Dieu livra, en payement des arrérages de la rente, un beau cheval alezan, du prix de 80 livres tournoises petites. Les nouveaux possesseurs de ce *Gladiateur* du moyen âge, *sain et bon des quatre pieds* (1), auront pu en

(1) Gualhardus de Sanguineda, domicellus et Augenina de Ripa-Alta, domicella filia et hæres Raymundi Guillelmi de Ripa-Alta, uxorque dicti Gualhardi recognoverunt..... se recepisse à R. Patre in Chr. D. Domino Danguays Dei gratiâ abbate monasterii Casæ-Dei, unum magnum equum pili liambausani, quatuor pedibus bo-

être fiers. Dieu ait voulu que, grâce à la prière des moines, ils aient reconnu et expié leur forfait!

Tout le monde, dans la contrée, sait l'histoire de ce meurtre d'Anesance, évêque d'Aire, commis dans les environs de Nogaro (1), par Raymond-Guillaume de Rive-Haute, Jean et Arnaud de Rive-Haute, ses frères, Tersol de Baulat, Bernard de Canet, Menot et Jean de Capdeville, frères, le bâtard de Jû, Pierre bâtard de Sanguinède, dit d'Arbocave, Arnaud-Guillaume de Sariac, le bâtard de Medo. L'abbé Monlezun raconte ce fait avec assez d'émotion pour que nous soyons dispensé de le narrer en détail (2), et M. l'abbé Cazauran, archiviste du Séminaire d'Auch, dans sa *Notice sur Monguillem*, sa ville natale, a repris à son tour le récit du docte historien de la Gascogne avec un sentiment de profonde indignation, d'autant plus légitime que la noble et vénérable victime appartenait à l'illustre famille des Toujouse qui avait concouru à la fondation de Monguillem.

Ce triste événement s'accomplissait sous le règne de Charles-le-Bel (1322-1328), qui mourut sans laisser d'héritier mâle. A sa mort, trois prétendants réclamèrent la couronne : Philippe, comte de Valois, neveu de Philippe-le-Bel, par son père Charles de Valois; Edouard III, roi d'Angleterre, petit-fils de Philippe-le-Bel par sa mère, Isabelle de France, qui avait épousé Edouard II, d'Angleterre; enfin, Philippe, comte d'Evreux, époux de Jeanne, fille de Louis X le Hutin, déjà exclue du trône en 1316. L'assemblée des pairs et des grands barons de France avait décidé qu'en vertu de la loi salique,

num et sanum et pretio 80 librarum turonensium parvarum, qæm equum ibidem præsentem dicti conjuges ibidem receperunt..... pro decem libris turonensibus parvis annualibus faciendis per dictum abbatem et ejus monasterinm..... (Monlezun, t. III, notes.)

(1) Une pierre, placée sur le chemin qui conduit de Nogaro à Aire, marque encore le lieu où Anesance tomba sous les coups des assassins, et une tombe vide, qu'on voit sous le porche de la petite église d'Espagnet, renferma d'abord ses dépouilles mortelles transportées sans doute plus tard dans sa cathédrale (M. l'abbé Cazauran, *Notice historique sur Monguillem*, p. 17).

(2) Monlezun, *Histoire de la Gascogne*, t. III, p. 294.

ni Isabelle ni Jeanne ne pouvaient transmettre des droits qu'elles ne possédaient pas. Philippe de Valois fut donc élu Roi, sous le nom de Philippe VI de Valois (1328-1350).

Edouard III prêta hommage au Roi de France pour le duché de Guienne, mais sans abandonner ses prétentions à la couronne.

Dès son avènement au trône (1527), un des premiers soins d'Edouard avait été d'envoyer offrir le pardon à tous les seigneurs gascons qui avaient porté les armes contre son père, et de multiplier ses partisans dans l'Aquitaine. Pierre de Galiciac, chanoine d'Agen, fut chargé de parcourir la province et de semer partout les plus belles promesses au nom d'Edouard (1). Edouard lui-même écrivit à un grand nombre de seigneurs gascons pour les attacher à sa cause, le 8 février 1527. Galiciac avait pour mission de s'aboucher avec l'archevêque de Bordeaux, les évêques d'Agen, de Condom, de Lectoure et de Bazas, les comtes de Foix, d'Armagnac et de Comminges, le vicomte de Fezensaguet Jourdain de l'Isle, le sire d'Albret et autres nobles et gentilshommes de la province, entr'autres Arnaud-Guillaume de Barbazan, de l'une des quatre familles qui recélèrent, dans leurs châteaux, les meurtriers d'Anesance.

Mais tous les regards se portaient sur le nouveau roi de France. A peine assis sur le trône, il entraînait la noblesse vers la Flandre et gagnait, le 22 août 1328, la célèbre bataille de Cassel. Parmi les héros de la journée, l'histoire cite les comtes d'Armagnac et de Foix. Nos seigneurs de Bigorre, qui étaient sous leurs ordres, durent faire vaillamment leur devoir. Sans doute, Edouard en viendra à de nouvelles offres des plus avantageuses pour les entraîner dans son parti (15 septembre 1328).

Mais Philippe de Valois, de son côté, mit en jeu tout le prestige de son triomphe pour paralyser les intrigues d'E-

(1) Monlezun, t. III, p. 211.

douard et retenir, sous le drapeau de la France, le comte d'Armagnac et ses hommes-liges.

Les considérations politiques durent l'emporter sur les réclamations si légitimes de la justice. Le meurtre d'Anesance demeurait trop longtemps impuni; le roi Philippe, dans un sentiment sans doute de reconnaissance pour les services rendus par le comte d'Armagnac et les seigneurs de Bigorre, alla, sur *la supplication d'aucuns nobles,* en particulier de *noble Thibaud de Barbazan,* jusqu'à octroyer *grâce complète* aux fils de Rive-Haute et à leurs malheureux compagnons.

Nous avons sous les yeux les *lettres de grâce* qu'on voudra bien nous permettre de publier *in extenso* à titre de document inédit; nous les devons à une bienveillante communication de M. Paul La Plagne-Barris et de l'archiviste du Séminaire d'Auch, M. l'abbé Cazauran.

Laudatio absolutionis Tersol de Baularc et aliorum hic descriptorum de morte epi. de Airiœ et de Seignouron.

Philip, p. la g. de Dieu roys de France, savoir faisons à tous presens et avenir que côme de la partie de Tersol de Baulat, Raymon Guille de Ribaude, Bernard de Canet et de Jehan de Ribaude, jadis accusés du fait et sus le fait de la mort perpetree es personnes de levesq d'Aire et de Seigneuron, seigneur de Montagu, et d'autres qui estoient en la compagnie du dit evesque; auxquiez sur le fait de la dite mort nous avons fait certaine grâce par nos autres lettres contenant la faveur qui sensuit:

Ph. par la grace de Dieu roys de France, à tous ceux qui ces lettres verront, salut: sachent que côme notre amé et feal chevalier Raoul Chaillou nostre commissaire eust fait adjourner par devant lui et appeler à nos droits à Tholouse Tersol de Baulat, Raymon Guill. de Ribaude, Bernart de Canet et Jehan de Ribaude, accuzez par devers lui de la mort de levesque d'Aire et de Seigneuron, sire de Montagu, et d'autres qui estoient en la compagnie du dit evesque quand il fu occiz, et d'aucunes prises des biens du dit evesque, et pour ce qu'ils deffaillirent et ne se comparurent aus journées auxquelles ils furent adiournez et appellez soient bannis de notre royaume: Nous à la supplication d'aucuns nobles et de notre amé vallet Thibaut de Barbazan à Nous faite sur ce, rappelons et mettons au nient le ban dessus dit; et aus dits Tersol, Raymon, Bernart et Jehan, de notre certaine science et de grace especial, leur pardonnons et quietons le dit ban et les crimes dessus devisés desquiex ils ont estés accusés, sauf et reservé le droit de partie se aucuns les vouloit saisir ou aucun d'eulx pour les frais devant dits. Donnons mandement par la teneur de ces lettres au senechal de Tholose et de Bigorre et à tous les autres justices de notre royaume que les dessus nommés Tersol, Raymond, Bernart et Jehan ne molestent dors en avant en corps ni en biens contre la teneur de notre presente grace pour les causes devant dites. En tesmoing de laquelle chose nous avons fait mettre notre scel à ces présentes lettres. Donné à St Germain en Laye le xiiie jour d'octobre l'an mcccxxviii.

Ce serait vraiment le cas de dire en face d'un crime aussi avéré et aussi odieux : « Il n'y a pas Roi qui tienne. » On ne peut que flétrir un assassinat commis sur la personne sacrée d'un évêque, mort victime de son zèle pour la défense de la justice et de la vérité. Tout cœur honnête doit s'associer aux protestations énergiques des Pères du concile de Marciac, tenu le 11 décembre 1550 (1), qui ordonnent contre les coupables et contre Théobald et Manaut de Barbazan, Guillaume de Moncade, Arnaud de Morlaas et Théobald de Tussaguet qui les avaient recélés, l'application rigoureuse des peines édictées par la Constitution *quia quod contra prælatos*, du concile de Nogaro (1290) : excommunication majeure encourue *ipso facto* et autres; requièrent, en outre, sévère justice de la part de Guillaume de Beaucaire, sénéchal d'Armagnac, et de Raymond de Monteils, juge ordinaire du comté, qui représentait dans l'assemblée le comte d'Armagnac. S'ils se montrent lents et faibles dans l'exercice de leurs devoirs, ils en appelleront au Souverain-Pontife et au roi de France, non-seulement contre les coupables, mais même contre le comte et ses officiers.

Le meurtre d'Anesance fut en vain dénoncé aux rigueurs du bras séculier. A cette époque, comme à d'autres moins

(1) Cf. Labbe, *Coll. concil.*, tome II.

4

éloignées de nous, les prétendues *raisons d'Etat* furent préférées aux légitimes revendications du devoir. Le roi Philippe, dans un but de popularité sans doute, et pour ne pas perdre les sympathies du comte d'Armagnac et des nobles, sur de nouvelles instances, signa, au mois de janvier 1552, des lettres qui confirment la grâce octroyée en 1528. Voici ces lettres :

... Nous ayant esté signifié que ils avoient entendu que depuis ce que leur avions octroyé la grace dessus dite, à la fausse suggestion d'aucuns leurs ennemis et malveillans qui vouluntiers les generoient, nous avions rappelé ladite grace; nous ayant esté humblement supplié que ladite grace nous leur voulissions faire garder entierement et accomplir et rappeler tout ce qui seroit fait ou attenté contre la teneur d'icelle grace, nous certes considerans les causes qui nous murent à eulx faire ladite grace, et non voulant icelle enfreindre, voulons declairons et decernons ycelle grace demourer en sa force et vertu sans rien estre fait ou atempté au contraire. Donnons en mandement par la teneur de ces lettres au senechal de Tholose et de Bigorre et à tous les autres justices de notre royaume qui maintenant sont ou qui pour le temps avenir seront, que les dessus nommés Tersol, Raymon, Bernard et Jehan ils ne molestent dores en avant en corps ni en biens contre la teneur de n^e devant dite grace et de cette présente, aincoys ycelles tiengnent, gardent entièrement et accomplissent de point en point selonc leur teneur, en rappelant et mettant de tout en tout au neant tout ce qui serait trouvé estre fait au contraire : laquelle chose aus dessus dis Tersol, Raymon, Bernart et Jehan nous avons ottroyé et ottroyons de grace especial, de certaine science, pour cause, non contrestantes quelquonques lettres empetrées ou à empetrer au contraire de nous ou de notre cour, lesquelles et tout ce qui s'en seroit suivi nous rappelons et mettons au neant sauf toutes voies sus ce qui est réservé le droit de partie, si comme dessus est dit. Et pour ce que ce soit ferme chose establie à tousjours nous avons fait mettre notre scel en ces presentes lettres. Donné à Fontaine bliaud, l'an de grace mil ccc trente et deux au mois de janvier.

Par le Roy à la relacion mess. Miles de Nogers seigr de Mery.

AUBEGNY.

Ce langage est loin d'être celui du *Roy très-chrétien, roy de France par la grâce de Dieu,* observateur très-soumis des lois et décisions de la sainte Eglise !

Les meurtriers d'Anesance trouvèrent grâce devant les hommes : mais les malédictions divines s'appesantirent sur ces malheureux. Les Rive-Haute en particulier ont vu se réaliser contre eux l'anathème du concile de Nogaro : *dentur cuncta eorum œdificia in ruinam.* Mais tous les coupables de la mort du saint évêque d'Aire n'auront pas *persévéré dans leur malice* (1). Dieu, sous les fléaux de sa justice cache toujours une pensée de miséricorde pour tous ceux qui viennent à résipiscence; il lit dans l'avenir comme dans le passé; il se sera souvenu sans nul doute et des prières des moines de la Case-Dieu sollicitées à l'avance par de larges libéralités et de nobles et solennelles réparations. Pour justifier notre bon espoir, qu'on veuille bien nous permettre de signaler ces deux faits :

1° Le 26 juillet 1286, Bernard Tersol de Beaulat, damoiseau, ayant en vue le salut de son âme, de celle de Fortanier de Beaulat, chevalier, son grand-père, et de Guillaume-Arnaud de Beaulat, son père, fait cession en faveur d'Etienne Lupati, abbé de la Case-Dieu, pour 2,000 sols tournois, de tous les fiefs et droits seigneuriaux qu'il possède dans le terroir de Sisos, paroisse Saint-Martin de Maubourguet : et s'il vient à mourir sans enfants légitimes, il fait donation pure et simple du terroir lui-même à l'abbaye de la Case-Dieu;

2° En octobre 1875, avait lieu la solennelle consécration de l'église restaurée de Marciac, de cette même église où furent condamnés en 1550 les meurtriers d'Anesance. Dans cette fête mémorable se groupaient autour de S. E. Mgr Donnet, archevêque de Bordeaux, de Mgr l'Archevêque d'Auch, et des évêques d'Agen, de Tarbes et de Montauban, presque tout le clergé et les représentants des principales familles du pays. C'est là même que l'héritier actuel du nom de Beaulat déclarait publiquement que sa présence était comme une

(1) Concile de Nogaro.

réparation pour le crime condamné au quatorzième siècle par les Pères du concile de Marciac.

Malgré les anathèmes fulminés par le concile de Marciac (1550), le nouveau Roi de France accorda grâce aux meurtriers de l'évêque d'Aire : Philippe VI, fondateur de la nouvelle dynastie des Valois, avait évidemment pour but de se concilier les sympathies des nobles et gentilshommes du pays de Bigorre. Ses prévisions et ses espérances eurent un plein succès. Dès la première période de cette déplorable guerre de *Cent ans* qui ensanglanta le sol de la France (de 1337 à 1453), nous voyons la noble famille de Barbazan (1) embrasser avec ardeur la cause française contre les Anglais. Il est fortement à croire que les fils de Jean de Rive-Haute, les amis et les protégés des Barbazan, prirent fait et cause pour le Roi de France. Leur dévouement à la cause française leur valut les colères du *Prince Noir*.

Grâce à l'intervention du Pape, après le malheureux combat naval de l'Ecluse (1340), l'imprudente et si désastreuse bataille de Crécy (26 août 1346), et la prise de Calais (1347), une trève avait été conclue (en 1348) entre Philippe VI de Valois et Edouard III d'Angleterre, mais elle ne dura pas longtemps. — En 1352, sous le règne de Jean II dit le Bon (1350-1364), qui monta sur le trône de France à la mort de son père Philippe VI, la guerre se ranima à la fois en Saintonge, en Bretagne et en Guienne. Pendant que le roi d'Angleterre envahissait l'Artois, le prince de Galles, son fils, surnommé le *Prince Noir* à cause de la couleur de son armure, descendait en Guienne. Il débarqua à Bordeaux après avoir renforcé ses troupes des recrues que lui avaient préparées les seigneurs gascons dévoués à l'Angleterre; il descendit jusqu'à La Réole. Jean, comte d'Armagnac, appelé en 1353 à remplir les fonctions de connétable, attendit le Prince Noir à

(1) Voir le *Chât eau de Lourdes*, par M. de Lagrèze, conseiller à la cour d'appel de Pau, p. 90.

Agen à la tête d'un corps assez considérable, où Raymond de Preissac (Préchac) faisait l'office de maréchal. Jean porta ses troupes devant Moissac, le 8 juin 1554. Mais le prince de Galles, au lieu de prendre la droite de la Garonne, passa sur la rive gauche et se détournant vers la Baïse qu'il traversa, il prit sa route par l'extrémité méridionale de l'Armagnac. Malheur au pays sur lequel il s'abattit! Le sang, les cendres et les ruines marquèrent partout ses pas. Nos populations gardent encore le souvenir de son passage : dans les campagnes les plus reculées, on vous parle encore des Anglais et du terrible Prince Noir. Aignan fut emportée d'assaut et brûlée. Après avoir, dans sa course, incendié les châteaux et mis à sac tout le pays de Rivière, le prince de Galles se jeta sur Trie, Montréjeau, etc., qu'il saccagea, pour de là se porter sur Toulouse vers la mi-octobre 1554. Il insulta la ville, passa la Garonne sans résistance et se répandit dans la contrée toulousaine comme un torrent impétueux : une partie du Languedoc fut désolée par cet *émule*, disent les anciens, du *Prince des ténèbres*, qui s'avança vers Carcassonne dont il prit et pilla les faubourgs. Il poursuivit ensuite sa marche vers la Provence; mais, craignant d'être enveloppé par les armées du comte d'Armagnac et autres adversaires royaux, il rebroussa chemin, s'échappa par les montagnes de Cabardès, portant le fer et la flamme par tous les lieux qu'il traversait. Il rentra ainsi vers la mi-novembre à Bordeaux, chargé de butin et traînant avec lui une multitude de prisonniers (1).

Ce fut à cette époque de cruelle dévastation que fut brûlée la ville de Plaisance, la bastide des moines de la Case-Dieu et de notre Jean de Rive-Haute. — L'inventaire des titres de l'abbaye de la Case-Dieu, cité plus haut, nous parle de la visite de *Rive-Haute, nouvellement brûlée par les troupes du prince de Galles,* que voulait faire, en 1555, Pierre de Flore, archiprêtre

(1) Froissart, t. 1er, ch. 154, cité par Monlezun.

de Castelnau, en sa qualité de député de Raymond-Arnaud de Fagia, archidiacre des Anglès et vicaire général de Guillaume Hunald, évêque de Tarbes, alors absent de son diocèse. — Comme Rive-Haute, le lieu de La Devèze devint, sans nul doute, la proie du terrible Prince Noir. Le côté méridional par lequel les Anglais pénétrèrent dans le petit château-fort de La Devèze a conservé le nom de *brèche*. La tradition locale et les mémoires anciens nous révèlent que les Anglais en firent le siége des coteaux environnant les hauteurs de Castets (1).

Ces violences n'étaient pas de nature à faire aimer les Anglais dans le pays. Les fils de Rive-Haute et les compagnons fidèles de Barbazan durent compter parmi ces seigneurs aquitains qui n'acceptèrent qu'à leur cœur défendant les humiliantes conditions du traité de Brétigny (8 mai 1360), arrachant le comté de Bigorre, entr'autres provinces, à la couronne de France, et l'abandonnant, en toute souveraineté, au trop célèbre Edouard III d'Angleterre. Ils durent « s'émerveiller » fort de la manière dont le Roi de France les abandonnait, » et disaient aucuns qu'il ne lui appartenait pas et que par » droit il ne le pouvait faire, car ils étaient en la Gascogne » trop anciennement chartés et privilégiés du grand Charlemagne qui fut roy de France : qu'il ne pouvait mettre le » ressort en autre cour qu'en la sienne, et pour ce ne vou» loient ces seigneurs d'abord légèrement obéir à lui : mais le » Roi de France qui voulait accomplir autant qu'il était en » lui ce qu'il avait juré et scellé envoya messire Jacques de » Bourbon, son cher cousin : celui-ci apaisa la plus grande » partie des seigneurs, et devinrent hommes du roi d'Angle-

(1) D'après une tradition populaire, le château de La Devèze aurait opposé aux assiégeants une résistance vigoureuse. Les Anglais, déjà presque découragés, auraient enfin gagné, en la soudoyant largement, une fille de service qu'ils surprirent allant puiser à la fontaine. Cette malheureuse convint avec les ennemis qu'elle placerait la nuit une lumière au trou de l'évier, pour leur faire connaître le point faible du rempart. C'est sur ce point que les Anglais auraient, en effet, concentré leurs efforts et enfin ouvert *la brèche*.

» terre ceux qui le devaient devenir comme le comte d'Ar-
» magnac, le sire d'Albret et moult d'autres qui à la prière
» du roi de France et de messire Jacques de Bourbon *obéirent,*
» mais *ce fut bien malgré eux* (1). »

Les Anglais s'empressèrent d'envoyer dans les diverses
villes de Bigorre notification du traité de Brétigny. En juillet
1560, le prince de Galles fut investi, par son père, du titre de
duc d'Aquitaine. De son côté, le roi Jean II ordonna au sieur
de Bazillac de remettre la Bigorre au roi d'Angleterre. En
exécution de cet ordre, le 19 avril 1565 (2), en l'église cathédrale de Saint-André de Bordeaux, présents Edouard, roi
d'Angleterre, et son fils, prince de Galles et de Guienne, duc
de Cornouailles et comte de Cette, par devant plusieurs nobles, gentils, clercs, maires, consuls, jurés, procureurs,
bourgeois, en comté et pays de Bigorre, et autres délégués de
plusieurs villes, lieux, châteaux de la principauté d'Aquitaine,
les syndics de la cité de Tarbes et de Lourdes, le cossol de
Rabastens, le cossol de Vic Bigorre et le syndic d'Ibos reconnurent le prince de Galles pour le prince d'Aquitaine et lui
prêtèrent foi et hommage et serment de fidélité.

Les consuls de La Devèze, l'une des *seize villes* du diocèse
de Tarbes, furent-ils du nombre des adhérents, *malgré eux,*
au Prince Noir? — Victimes des fureurs de ce trop fameux
prince d'Aquitaine, nous nous félicitons de ne voir figurer,
sur la liste, aucun des personnages représentant le pays de
Rivière-Basse.

Cependant, Manaut de Barbazan et les Rive-Haute qui
s'étaient distingués, sous les drapeaux de Jean Ier, comte d'Armagnac, contre Gaston Phébus, comte de Foix, à la bataille
de Launac (5 décembre 1362), combattirent dans les rangs
du prince de Galles, en faveur de Pierre le Cruel, roi de Castille, avec le comte d'Armagnac et la plupart des seigneurs

(1) Froissart, t. I, ch. 214.
(2) Glanage de Larcher; archives de la mairie de Tarbes.

gascons, à la bataille de Navarret près de Vittoria (1567).
Cette journée fut glorieuse pour les Gascons, qui formaient les
deux tiers de l'armée commandée par le Prince Noir, et qui
décidèrent de la victoire par leur courage.

C'était sous le règne de Charles V dit le Sage (1564-1580),
fils de Jean le Bon.

Les hostilités directes avec l'Angleterre furent reprises en
1568. Le comte d'Armagnac, le sire d'Albret et autres grands
feudataires de l'Anglais, à la tête des seigneurs gascons, portèrent plainte au roi de France Charles V, leur ancien suzerain, contre les exactions du prince de Galles dans l'Aquitaine. Le Prince Noir fut cité à comparaître, à Paris, devant
la cour des pairs (25 janvier 1569). Il répondit fièrement :
« Nous irons volontiers à Paris, puisque nous y sommes
» mandé par le roi de France. Mais ce sera le bacinet (cas-
» que) en tête et suivi de soixante mille hommes. Lui sera
» montré au roi de France que lorsqu'il mit en possession de
» toute l'Aquitaine monseigneur mon père ou ses délégués,
» il en abandonna tous les ressorts. Et tous ceux qui ont
» formé appel ne peuvent s'adresser qu'à la cour d'Angle-
» terre. Avant qu'il en soit autrement, il en coûtera cent
» mille vies. »

Les envoyés du roi Charles troussèrent bagages, et s'éloi-
gnèrent de Bordeaux, où se tenait la cour du prince d'Aquitaine. Mais ils furent arrêtés et confinés dans une étroite prison d'Agen, sous le prétexte qu'ils étaient moins les messa-
gers du roi de France que les mandataires des seigneurs
gascons traités de rebelles.

Cette violation du droit des gens irrita le roi Charles et plus
encore les Gascons. La guerre fut ouvertement déclarée à
l'Angleterre. Les seigneurs et les villes du comté de Bigorre
adressèrent fidélité et hommage à Charles V, qui les accepta
par acte du 28 septembre 1369. La ville de Rabastens fit
seule exception et tint le parti des Anglais. Le duc d'Anjou,

frère puîné du roi Charles, retint au service de la France le comte d'Armagnac avec 400 hommes d'armes. Parmi les seigneurs qui servirent dans cette guerre sous le comte d'Armagnac, nous trouvons, avec Bernard de Rivière, seigneur de Labatut, qui fut sénéchal de Bigorre pour la France de 1570 à 1573, Géraud de Rivière, Bernard de Bernède, les sires de Montagu, de Bétous, Arnaud de Malartic, Othon de Saubolle, les Biran, les l'Escout, les d'Antras, les Séailles, les d'Arribère, les Ferrabouc, les Pardeillan, etc.

Nos ancêtres furent heureux et fiers d'avoir à combattre sous les ordres de Bernard de Rivière et à côté du célèbre Du Guesclin, que Charles V rappelait d'Espagne pour lui confier l'épée de connétable (1570). Le 11 juillet 1370, Du Guesclin reçut des mains du duc d'Anjou le commandement général de l'armée française. La force de cette armée et surtout l'habileté et le courage hautement reconnus de son général la rendirent formidable. Tout le pays trembla à son approche. Tarbes, secrètement gagnée par son évêque, ouvrit ses portes aux barons d'Antin et de Barbazan, et se déclara pour la France. Il ne resta guère aux Anglais que quelques châteaux fortifiés. Egalement épuisés d'hommes et d'argent, les deux partis suspendirent un instant les hostilités. Mais elles reprirent avec plus de vigueur que jamais avec l'année 1372. En 1574, le duc d'Anjou vint attaquer le château de Mauvezin dont il s'empara, tandis que Du Guesclin se portait vers Lourdes. Le château de Lourdes, défendu par l'intrépide Jean de Béarn, opposa une résistance héroïque. Le duc d'Anjou fut obligé de renoncer au siège et de se retirer après avoir brûlé la ville. Sur les instances du pape Grégoire XI, les Français et les Anglais consentirent à la trève de Bruges (27 juin 1375). Cette trève, conclue pour un an, fut prolongée jusqu'à la mort du Prince Noir (1576) et d'Edouard III (1377). La mort de Du Guesclin suivit de près celle des princes d'Angleterre : « Messire Bertrand Du Guesclin, qui tant valut en ses jours et qui par le renom de sa loyauté est nommé le dixième preux (1), » rendit son âme à Dieu (13 juillet 1380) devant Château-Randon en embrassant son épée de connétable si glorieusement portée et son crucifix; la capitale et les provinces pleurèrent amèrement le bon connétable. Charles le Sage ne s'en tint pas à des regrets. Il l'honora de la plus haute distinction qui pût être accordée à un sujet en le faisant inhumer à Saint-Denis, dans le sépulcre des princes de la famille royale. Cet honneur d'être inhumé à Saint-Denis, à côté de Du Guesclin, fut également accordé à l'intrépide chevalier Arnaud Guillem de Barbazan, de l'illustre famille des bienfaiteurs de Rive-Haute, qui, en 1404, prodigua son sang pour chasser les Anglais de la province. Vainqueur dans un combat singulier à la tête de deux armées, il obtint du roi de France le titre de *restaurateur de la monarchie* et de *chevalier sans reproche* (2).

Il ne restait plus que Lourdes aux Anglais. Enfin, grâce à la bravoure d'un des plus brillants chevaliers de l'époque, Jean de Foix, le château de Lourdes capitula (26 mars 1406).

A la mort de Guillermette, nous l'avons dit, ses droits et ceux de Constance sur le comté de Bigorre, en particulier sur la Rivière-Basse, étaient passés aux comtes d'Armagnac.

Le 1er avril 1374, Jean II, comte d'Armagnac, fit hommage au roi de France Charles V des terres qu'il possédait en Guienne et lui céda toutes ses prétentions sur le comté de Bigorre, moyennant les quatre châtellenies du Rouergue qu'il reçut en échange. Par lettres patentes du 18 novembre 1415, délivrées par Charles VI, ce même comté de Bigorre revint aux d'Armagnac (à Jean IV) avec la châtellenie de Lourdes (3).

---

(1) *Chronique de Du Guesclin*, citée par M. Laurentie.
(2) *Annales de Bigorre*, p. 126. Lire sur Arnaud Guillem de Barbazan l'intéressante notice de M. A. Curie Seimbres, *Revue de Gascogne*, t. xv, mars 1874.
(3) *Art de vérifier les dates*, t. ix, p. 316.

Ce serait le moment de parler : 1° de la funeste querelle des Bourguignons et des Armagnacs; 2° de ce honteux traité de Troyes (1420), que les intrigues du duc de Bourgogne et de la reine Isabeau firent signer au malheureux Charles VI, et qui donnait au roi d'Angleterre, avec la main de Catherine de France, fille du roi, le titre de régent du royaume et d'héritier de la couronne; 3° de la part que prirent les comtes d'Armagnac et de Foix dans ces déplorables démêlés entre l'Angleterre et le dauphin, fils de France. A la mort d'Henri V d'Angleterre et de Charles VI, Henri VI et Charles VII furent proclamés rois de France, l'un à Paris et à Londres, l'autre à Poitiers (1422). Nous n'avons pas à nous arrêter sur tous ces faits qui sont du domaine de l'histoire générale. Ces luttes sanglantes entre l'Anglais et le fils de France nous conduisent à la cession du comté de Bigorre faite par Charles VII à Jean, comte de Foix, fils et héritier d'Archambaud de Grailly (2) et au mémorable siége d'Orléans (1428). Tout le monde connaît l'histoire de Jeanne d'Arc; les armées de Foix, de Bigorre, de Béarn et de Navarre, combattant sous les drapeaux de Charles VII, contribuèrent puissamment à chasser les Anglais des places fortes qu'ils occupaient en Gascogne (2). Nous sommes heureux de rencontrer au nombre de ces braves un Jean de Rive-Haute, avec Pierre de Saint-Julien, Bernard de Béon, Pierre du Lyon, Jean de Barbazan, etc.

« L'étranger fut mis hors et pour toujours (1453). C'était » grande justice. Ils avaient tant et si fort robé et pillé le » pays, rançonné, mis siége et tué gens (3). »

(1) Arrêt du Parlement de Paris, 1425.—Cf. *Art de vérifier les dates*, *Le château de Lourdes*, par M. de Lagrèze, conseiller à la cour d'appel de **Pau**.
(2) Voir Monlezun, t. iv, Notes.
(3) Chronique citée par Dom Vaissète.

§ VI.

Le comte Jean V d'Armagnac, et Pierre Poignat, seigneur de Mossy, son lieutenant en Rivière-Basse. — Révolte, défaite et mort de Jean V (1473). — Réunion de l'Armagnac à la couronne (1481). — Le fief de La Devèze devient *mouvant* immédiatement de la couronne en demeurant bien propre de la communauté. — Charles, duc d'Alençon, Henri II d'Albret, époux successifs de Marguerite, sœur de François Ier, et Henri III de Navarre (Henri IV), comtes d'Armagnac.

En 1454, le roi Charles VII, justement indigné des excès du comte d'Armagnac, Jean V, envoya le comte de Dammartin et le maréchal de Lohéac se saisir des terres de Jean et même de sa personne. A l'approche des troupes du Roi, la plupart des places d'Armagnac firent leur soumission. Lectoure seule voulut opposer résistance. Mais elle fut forcée de se rendre le troisième jour. Le comte d'Armagnac s'enfuit en Aragon. Le Roi chargea le Parlement de Paris (1457) d'instruire son procès. Par un arrêt définitif du 15 mai 1460, Jean V fut condamné au bannissement, avec confiscation de ses biens.

A son avénement au trône (1461), Louis XI, pour récompenser Jean V d'avoir favorisé, contre le roi son père, la révolte connue sous le nom de *Praguerie*, lui accorda des lettres d'abolition et le rétablit dans ses domaines, avec ordre cependant de s'en absenter pour se rendre en Espagne en qualité d'ambassadeur. Ce fut un Pierre Poignat, seigneur de Mossy, qui remplit durant cette période les fonctions de *lieutenant du comte d'Armagnac* et *seigneur de Rivière-Basse*. Dans l'inventaire général des titres de l'abbaye de la Case-Dieu, nous trouvons que le 25 avril 1462 Pierre de Montus, abbé de la Case-Dieu, fit hommage et fidélité, dans le lieu de Nogaro, entre les mains de Pierre Poignat, en sa qualité de lieutenant du comte d'Armagnac.

Jean V fut infidèle à Louis XI, comme il l'avait été à Charles VII. Il fut du nombre des membres de la *ligue du bien public* (1464). Le 5 novembre 1465, il prêta de nouveau serment au roi Louis de le servir *envers et contre tous*. Ces protestations de fidélité durent ne pas être très-sincères; car presque aussitôt il oublia ses promesses. Alors le roi fit partir une forte armée pour mettre les terres du comte sous sa main (1469). La fuite du rebelle fit de cette expédition moins une conquête qu'une simple prise de possession. Après le départ des troupes françaises, Jean V alla trouver le duc de Guienne à Bordeaux, et engagea le prince à le rétablir dans la possession de ses biens. Le duc étant mort le 28 mai 1472, le roi fit marcher de nouvelles troupes contre le comte d'Armagnac. Celui-ci, assiégé dans Lectoure, ne tarda·pas à capituler. Cette humiliation réussit peu à le convertir. Il se révolta de nouveau en 1473. Cette fois, les troupes de l'Agenais et du Toulousain le forcèrent à se soumettre, et pour *tout de bon*, au roi. Après une vigoureuse résistance de deux mois, Lectoure ouvrit ses portes au vainqueur. Les troupes du roi, conduites par Robert de Balzac, envahirent la demeure du comte, et ce malheureux fut percé de plusieurs coups. Cet événement eut lieu le 5 mars 1473.

Après la mort de Jean V, en 1481, l'Armagnac fut confisqué et réuni à la Couronne par lettres patentes vérifiées en parlement. Ces lettres furent enregistrées au parlement de Toulouse, le 10 décembre 1481.

Les fiefs qui se trouvèrent alors relever du comte d'Armagnac, tels que *celui de La Devèze*, devinrent *mouvants immédiatement de la Couronne*, et y portèrent dès ce jour leurs *hommages, aveux* et *dénombrements*. Cependant, la réunion n'eut pour effet que de transmettre au Roi la *suzeraineté directe*, mais non d'attribuer au *domaine* un droit de *propriété foncière*. La Devèze demeura un *bien propre* de la communauté, où le domaine n'eut qu'un *simple droit de redevance féodale*. Cette observation devra être rappelée plus tard, à

propos des procès soulevés entre la communauté de La Devèze et les seigneurs engagistes (1).

Charles II, duc d'Alençon, petit-fils de Marie d'Armagnac,
sœur de Jean V et de Charles Ier, prétendit des droits sur l'Armagnac, et protesta contre la confiscation de 1481. Pour
terminer le différend, le roi François Ier lui fit épouser (1514)
sa sœur Marguerite. En considération de ce mariage, il lui re-
connut l'Armagnac, mais à la condition qu'il reviendrait à la
Couronne faute d'héritiers issus de cette alliance. Charles mourut sans enfants le 14 avril 1525. Marguerite, sa veuve, se
remaria l'année suivante (24 janvier 1526 ou 1527) avec
Henri Ier d'Albret, roi de Navarre. Par ce mariage, Marguerite constitua en dot audit roi de Navarre, entre autres
avantages, les comtés de Rodez, Fezensaguet, Pardiac, de
l'Isle; les vicomtés de Lomagne, Auvillars, Gimont et Agen,
ainsi que *tous ses droits et actions à elle appartenant en la
maison d'Armagnac* (2).

Henri Ier d'Albret mourut (25 mai 1555) ne laissant de son
union avec Marguerite, décédée au château d'Odos, en Bigorre (21 décembre 1549), qu'une fille, Jeanne, qui porta
ses droits sur l'Armagnac (3), avec le duché d'Albret, le
royaume de Navarre et les autres domaines de sa maison,
dans celle de Bourbon, par son mariage (20 octobre 1548)
avec Antoine de Bourbon, duc de Vendôme. De son époux,
Jeanne eut trois fils et une fille : seul *Henri* survécut et devint
duc de Vendôme à la mort de son père (17 novembre 1562),

(1) Voir pour tous les détails : *Art de vérifier les dates* (comtes d'Armagnac); —
Chroniques du diocèse d'Auch; — Demande en cassation au Roi, relative à la seigneurie du Houga, par les syndics, échevins, corps et communauté dudit Houga, en Armagnac. — Je dois cette pièce, et bon nombre d'autres, à une bienveillante communication de M. André Lanacastets, de Ladevèze-Rivière.

(2) Cf. Arrêt du conseil d'Etat du 26 octobre 1716.

(3) Dans un précieux document qui m'a été fourni par M. André Lanacastets, de
Ladevèze, il est parlé d'un extrait collationné d'un compte rendu le 25 novembre
1563, à la reine de Navarre, du domaine de La Devèze, consistant en fiefs, lods,
vente, baillie, greffe, péage et autres droits et devoirs seigneuriaux, affermé 95 livres
tournoises par an.

et à la mort de sa mère Jeanne (1572), il fut roi de Navarre sous le nom de Henri III. Le roi de France, Henri III (1er août 1589), étant tombé sous le couteau de Jacques-Clément, le trône fut ouvert, comme au plus proche héritier, à Henri III de Navarre, qui fut roi de France sous le nom d'Henri IV.

§ VII.

Les *Guerres de Religion*, dans nos contrées d'Arros et Adour. — A qui revient la responsabilité des désastres. — Les seigneurs d'Arros et Adour combattent pour la cause catholique.— Le Béarn et les contrées voisines infectés du poison de l'hérésie et de la révolte. — Valeur de nos gentilshommes gascons, aux batailles de Jarnac, de Montcontour, aux siéges de Poitiers, de Châtellerault, de St-Jean-d'Angely. — Montgomery en Béarn. — Ravages de Montgomery dans le Bigorre et la Rivière-Basse. — Les églises et le pays de La Devèze ruinés par ses troupes (octobre 1569).

L'ère funeste des *Guerres* dites *de religion* s'ouvrit plus particulièrement pour nos contrées d'Arros et Adour avec la troisième guerre civile (1568). Il serait absurde autant qu'odieux de faire peser sur la religion catholique la responsabilité de ces incendies, de ces pillages et massacres, de ces atrocités inouïes qui, pendant trente-deux ans, ensanglantèrent le sol de la France et le couvrirent de ruines... A vrai dire, l'ambition des Princes et des grands qui se disputaient le pouvoir, sous un Roi en tutelle (François II); la *politique à bascule* du *parti libéral* de l'époque (1); celle de la Reine-

(1) Trois partis se partageaient l'influence à la cour de François II; ils avaient à leur tête les trois familles principales de France : les *Bourbons*, les *Montmorency*, les *Princes de la famille de Lorraine;* le chef de la famille de Bourbon était *Antoine, roi de Navarre et duc de Vendôme, époux de Jeanne d'Albert et père d'Henri IV*. Antoine de Bourbon, prince d'un caractère faible et irrésolu, flotta longtemps entre la foi de ses pères, la foi de saint Louis et de Charlemagne, l'antique religion de la France, et les doctrines de Luther, le moine apostat de l'Allemagne; il finit par céder à l'influence de sa femme depuis longtemps séduite par les nouvelles erreurs, et livra son nom à la Réforme sans jamais pourtant lui donner son cœur. — *Louis de Bourbon, prince de Condé*, se déclara plus ouvertement pour les *idées nouvelles* et fut le chef du parti luthérien et calviniste dans le royaume. — Les

Mère, Catherine de Médicis, « cette italienne nourrie de Ma-
» chiavel plus que de l'Evangile (1), » dont la devise favorite
était : *Diviser pour régner;* de la part de bon nombre de
seigneurs et gentilshommes, des sympathies pour les *idées
nouvelles*, dans l'espoir de paralyser le prestige de l'autorité
souveraine au profit d'anciens privilèges déjà si fort compro-
mis par le pouvoir royal; parfois, peut-être, chez certains,
*le désir de plaire à leur dame plutôt qu'à leur Dieu, embras-
sant la nouveauté comme on suit une mode* (2); à coup sûr, un
*attrait mystérieux de doctrines indépendantes qui tourmen-
lait les masses* (3); la haine des partis qui, dans toute guerre
civile, se transforme inévitablement en violences déplorables,
furent les causes multiples de nos malheurs .publics (4). Un
moine apostat venait de jeter à toute l'Europe ses hauts cris
contre l'autorité de *l'Eglise* et du *Pape.* « Et il se trouva des
» sectaires pour donner aux nouveautés une forme quelcon-
» que de croyance et de culte : c'est à cette forme que s'at-
» tachèrent les passions humaines; mais dans tous les cas,
» cette *forme religieuse* n'était qu'un *prétexte.* Le but était
» la rupture de l'antique obéissance qui avait constitué non
» seulement l'Eglise mais la société. Pour l'histoire, le pro-

Princes de Lorraine, distingués en deux branches, *Lorraine* et *Guise*, comptaient
alors trois héros à leur tête : *Charles III, duc de Lorraine; François de Lorraine,
duc de Guise*, et le *cardinal de Lorraine*, ministre tout-puissant de François II.
Ils s'étaient donné pour mission de maintenir la religion catholique dans leur patrie.
Le clergé, les parlements, la masse de la nation les appuyaient de toute l'énergie de
leur attachement à la foi. — Le 3e parti était celui des Politiques ou le *Parti mixte*,
qui crut, en adoptant le *système de conciliation*, rétablir la paix entre les deux autres
et épargner à la France les flots de sang qui allaient couler. Il était représenté par
les *Montmorency*. (Darras, Histoire générale de l'Eglise, tome 4e (résumé), p. 175-
176.

(1) La France héroïque, par Bathild Bouniol, tome 2, p. 367.
(2) *De l'influence de la Réformation de Luther*, par l'abbé Robelot, chanoine
de Dijon, 1822.
(3) M. Laurentie.
(4) M. Laurentie nous dit encore : « Tels étaient ces temps funestes : la foi et
» l'hérésie servaient de prétexte aux partis. L'intérêt seul était la seule religion. »
« Ce beau manteau de religion a servi aux uns et aux autres pour exécuter leurs
» vengeances et se faire entremanger. » (Commentaires de Blaise de Monluc, vers la
fin).

» testantisme reste une *révolution politique,* mais une révo-
» lution sans exemple antérieur, puisqu'au lieu d'un fait
» anarchique il promulguait le droit indéfini de l'anarchie
» dans tous les Etats (1). »

Sous le prétexte spécieux en apparence de faire revivre le
siècle apostolique dans sa pureté primitive, les prétendus
réformateurs voulaient tout innover et s'élever eux-mêmes sur
les ruines de l'Eglise romaine.

Dans l'attaque comme dans la défense, il y eut des excès
qui par eux-mêmes font horreur. Si Monluc, « le *boucher
royaliste,* » dit-on (2), fut « cruel en cette guerre (3); » —
s'il « tirait aux Huguenots comme quand on tire au gibier, »
c'était, disait-il, — et « le poil lui dressoit en la tête » au
récit des plans des religionnaires, — « c'étoit qu'aux guer-
» res étrangeres on combat pour l'amour et l'honneur;
» mais aux civiles, il faut être ou maître ou valet, parce qu'on
» demeure sous même toit, et aussi il faut venir à la rigueur...
» Un pendu étonnoit plus que cent tués (4). »

Il faut en convenir: Monluc aurait dù réduire « ce mes-
» chant naturel, aspre, fascheux et collère, qui sent un peu
» trop le terroir de Gascogne et qui lui a toujours fait faire
» quelques traits des siens (5). » Mais si la religion comme l'humanité a eu toujours horreur du sang, il est des excès et des
atrocités qui appellent d'énergiques répressions.

Monluc « fust cruel, disoit-on aussi qu'ils faisoient à l'envi
» à qui le seroit davantage, lui ou le baron des Adrets qui
» l'étoit bien fort à l'endroit des catholiques (6). » Plus on

---

(1) La plupart des novateurs étaient des moines défroqués, des ecclésiastiques vi-
cieux, des prêtres sans pudeur invités au libertinage par le privilége d'une Réforme
qui les dégageait de leur vœu.

(2) M. V. Duruy aime *beaucoup trop* à rappeler ce mot, et autres de ce genre,
dans son *Histoire de France,* tome II, page 100.

(3) Brantôme.

(4) Mémoires de Monluc, lib 5.

(5) Ibidem.

(6) Il est certain que Monluc ne porta jamais la violence et la cruauté envers les
hérétiques rebelles au point où un des Adrets, un Guillaume de la Martk, un Chris-

étudiera Blaise de Monluc, dans le portrait si fidèle qu'il nous a laissé de lui-même, plus on comprendra l'injustice de ce rapprochement.

Dans nos contrées d'Arros et Adour, nous n'avions été ni *Anglais*, ni *faulx François*, on l'a vu; nous ne fûmes pas davantage *Huguenots*. Le vicomte de Labatut, seigneur suzerain de La Devèze, le chevalier de Samazan, Jean d'Antras, seigneur de Cornac, gouverneur, depuis 1572, de la ville de Marciac, qui se prêta avec tant de zèle à la défense des intérêts catholiques dans notre région, le seigneur de Lengros, et le très-grand nombre des gentilshommes du pays, « suivant le vouloir et *mandement du Roy d'aller à son ser-* » *visse pour le faict des armes*, combattirent dans plusieurs » rencontres sous les ordres de l'intrépide Monluc. » Tous ces nobles et pieux chevaliers, avec leurs vaillants hommes d'armes, allaient à la *pistolletade* (1) contre les *Croquants* et les

tian de Brunswick (duc d'Halberstadt) les ont poussées à l'égard des catholiques armés pour la défense de leur pays et de leur religion. « J'oyais dire, nous apprend » Monluc, que les surveillants avaient des nerfs de bœuf qu'ils appelaient *Johan-* » *nots* desquels ils les maltraitaient et battaient rudement les pauvres paysans s'ils » n'allaient au prêche... Je voyais croître de jour en jour le mal... J'entendais de » toutes parts de terribles langages et d'odieuses paroles que tenoient les ministres qui » portaient une nouvelle foi... J'oyais dire qu'ils imposaient deniers, qu'ils faisaient » des capitaines, enrôlements de soldats, assemblées aux maisons des seigneurs qui » étaient de cette religion, ils prêchaient publiquement à leurs auditoires que s'ils » se mettaient de leur religion, ils ne payeraient aucun devoir aux gentilshommes » ni au Roi aucune taille que ce qui serait ordonné par eux. Les uns prêchaient que » les Rois ne pouvaient avoir aucune puissance que celle qui plaisait au peuple; » d'autres que la noblesse n'était plus rien pour eux; et de fait, quand les procureurs » des gentilshommes demandaient les rentes à leurs tenanciers, ceux-ci leur répon- » daient qu'ils leur montrassent en la bible s'ils les devaient payer ou non et que » si leurs prédécesseurs avaient été sots et bêtes, ils ne voulaient point en être (Mé- » moires de Monluc, liv. 5). »

(1) Ou pystoulade. — *Mémoires du chevalier de Samazan, seigneur de Cornac, sieur Jean d'Antras*, manuscrit du séminaire d'Auch. — Dans la relation qui va suivre, je me suis inspiré de ces intéressants mémoires du chevalier d'Antras, d'ailleurs *complétement inédits*, parce que la plupart des événements qu'ils racontent se sont accomplis dans nos contrées d'Arros et Adour, et que du reste la famille de Tursan, sieur d'Espagnet, *abbé lay et patron* des églises de St-André et Ste-Marie Magdeleine, *gouverneur de la ville et château de La Devèze*, qui jouera un rôle s important dans notre *Histoire communale et religieuse*, se rattache à l'honorable famille du chevalier de Samazan, seigneur de Cornac, si courageux, comme nous le dira la suite du récit, pour la défense des intérêts catholiques, dans notre pays durant les guerres de religion.

Pycoriens (1) au cri de guerre : Dieu, foy, Roy et Patrie.

François Ier avait compris à quel point les doctrines de Luther et de Calvin tendaient « au renversement de la monarchie divine et humaine » (2).

Malgré les sévères remontrances de son frère, la reine de Navarre, Marguerite, favorisa les *idées nouvelles*. On dira que « son humanité lui fit goûter une douceur sensible à consoler des hommes qui se disaient persécutés pour la justice... » que son cœur égara sa prudence (5). » On cherchera à justifier ainsi son empressement à offrir un asile aux novateurs. Les évènements vinrent bientôt condamner son aveugle confiance. Le Béarn et les contrées voisines furent infectées du poison de l'hérésie et de la révolte. Henri d'Albret, sur les conseils du roi de France, adopta des mesures sévères pour vaincre la *réforme*. Mais elles furent sans effet par la faiblesse ou plutôt la légèreté de caractère de Marguerite, et par l'obstination de sa fille Jeanne d'Albret (4). D'abord, la princesse Jeanne, « jeune et belle, aimait une danse aussitôt qu'un » sermon et ne se plût nullement en cette nouveauté de » culte (5). » Mais nous constatons tous les jours qu'il y a de très-intimes affinités entre les licences de la vie mondaine et l'aberration de l'esprit. Jeanne, « par un entêtement trop » ordinaire aux femmes, principalement aux reines qui sont » aisément persuadées de la grandeur de leur génie, finit par » se faire une gloire d'être constante dans le parti qu'une » fois elle avait embrassé (6). » La mort d'Henri d'Albret (25 mai 1555) avait fait passer sur la tête de Jeanne les im-

---

(1) On avait donné le nom de *Croquants et Pycoriens* aux Huguenots béarnais qui, tenant garnison dans la ville et château de Castelnau-Rivière-Basse, ravagèrent, pendant des années, nos contrées d'Arros et Adour (Annuaire du dép. des Hautes-Pyrénées, p. l'an 1808, p. 201. — Mémoires du chevalier d'Antras).

(2) Robelot.

(3) Poeydavant, *Histoire des troubles du Béarn*, tome Ier, page 37.

(4) Edictum contra hæresim... Saint-Savin en Lavedan, 30 août 1546. (Archives des Etats du Béarn, I, 4[c]).

(5) Brantome, *Eloge du Prince de Condé*.

(6) Le Laboureur, *Additions aux mémoires de Castelnau*, t. Ier, l. 3. Poeydavant.

menses possessions de Foix, de Navarre et d'Albret. La reine de Navarre ne tarda pas à faire éclater ouvertement sa prédilection pour le calvinisme (1565) (1).

A son retour en Béarn, elle se signala par des violences et lança, contre les catholiques et leurs possessions, des ordonnances impies et sacrilèges qui devaient solliciter de terribles représailles !

La petite paix de Longjumeau (25 mars 1568) ne dura que six mois. Les religionnaires avaient repris les armes contre les Catholiques. Le pillage, les désastres, les crimes les plus odieux se répandaient sous les pas des Huguenots. Leur rage ne connaissait pas de bornes (2). Ils s'étaient emparés de plusieurs villes importantes du Poitou, de l'Angoumois et de la Saintonge. Le duc d'Anjou (3) fut envoyé contre eux à la tête de l'armée royaliste (fin 1568). Mais on ne put en venir à une action sérieuse; la saison était trop rude.

La reine de Navarre ne voulut pas rester étrangère à une lutte engagée pour la défense du protestantisme. Elle quitta Pau (4), fit séjour à Vic-Bigorre; de là se rendit à Nérac, et puis, traversant la Garonne et trompant la vigilance de Monluc, elle parvint sur les bords de la Dordogne. Le prince de Condé, l'amiral de Coligny et les autres principaux seigneurs protestants vinrent la recevoir, à Montlieu, dans la Saintonge, pour l'amener à La Rochelle, qu'ils occupaient depuis le 18 septembre 1568. Nous ne suivrons pas les deux armées à Jarnac (13 mars 1569), où eut lieu une rencontre qui tourna complétement à l'avantage des catholiques. Les troupes hu-

---

(1) Un jour, étant encore en la cour de France, elle avait répondu à la reine-mère (Catherine de Médicis) que « plus tôt que d'aller jamais à la messe, si elle avait son » royaume et son fils en la main, elle les jeterait tous deux au fond de la mer pour » lui en être empêchement. » (Théodore de Bèze. *Histoire ecclésiastique*, t. 1, p. 689. — Poeydavant, p. 129.)

(2) Cf. Le Monde : *Histoire de France* par A.-S.-C. Saint-Prosper aîné, quoique rédigée dans un esprit peu favorable aux catholiques. Tome II, p. 352.

(3) Monsieur, frère du roi Charles IX.

(4) Favin, Olhagaray, Lapopelinière (t. 1, l. 14).

guenotes se retirèrent vers Saintes, mais l'abattement ame-
nait le désordre dans leurs rangs. On parlait de se renfermer
à la Rochelle, lorsque Jeanne accourut tenant par la main
Henri, prince de Béarn, son fils, âgé de seize ans, et son neveu, Henri, fils aîné du prince de Condé, âgé de dix-sept ans.
Jeanne les offrit aux Huguenots. On prit l'engagement de
part et d'autre de mourir pour la *cause*, et les deux Henri
furent proclamés *chefs suprêmes du parti*.

Au mois d'octobre suivant, les Huguenots mirent le siége
devant Poitiers. Le duc de Guise et son frère se jetèrent dans
la place qui opposa la plus vive résistance. Les assiégés firent
des sorties fréquentes, toujours heureuses pour les catholiques.

Durant ce siége meurtrier, ainsi qu'au siége de Chatelle-
rault, à la bataille de Moncontour, au siége de Saint-Jean-d'Angely, nos gentilshommes gascons, le *chevalier de Samazan*,
Jean d'Antras, seigneur de Cornac, et *son frère* le baron de
Montesquiou, M. de Gensac, *Raymond de Cardaillac, vicomte de Sarlabous*, le sieur de Biron, etc., se distinguèrent
dans les rangs de l'armée catholique.

Tandis que les Huguenots étaient taillés en pièce sur les
plaines de la Charente, de la Dordogne et de la Vienne, et
qu'ils se réfugiaient à Montauban pour de là se replier dans
l'Agenais, les hordes barbares de Montgomery(1) triomphaient
en Béarn.

En s'éloignant de Nérac pour aller rejoindre l'armée des
princes, la reine Jeanne avait confié la lieutenance générale de
ses Etats au baron d'Arros (1568).

De son côté, le roi Charles IX, irrité de l'obstination de
Jeanne, sa feudataire, à protéger la réforme et par là favoriser
la guerre civile, avait donné commission aux parlements de
Bordeaux et de Toulouse d'avoir à ordonner la saisie de toutes

(1) Gabriel de **Montgomery**, fils de Jacques de **Montgomery**, seigneur de Lorges,
dans l'Orléanais.

les terres et seigneuries de la reine de Navarre qui étaient du ressort et sous la juridiction de la couronne de France.

Pendant que d'Arros convoquait à Pau les Etats de Béarn et obtenait *foi* et *loyauté* à la reine tant « *pour le service de sa personne que pour la conservation du pays,* » Raymond de Cardaillac, vicomte de Sarlabous, colonel général de l'infanterie française, assemblait à Tarbes (18 septembre 1568), par ordre du parlement de Toulouse, les Etats de Bigorre et y faisait nommer (1) deux seigneurs catholiques pour gouverner le comté. Le choix s'arrêta sur les barons d'Antin et de Bazillac. Toute l'assemblée leur jura obéissance « *pour le service de Dieu, du Roi et de la cour du parlement.* » Le pays entier de Bigorre se soumit au Roi. Il abattit, dit Olhagaray, les armoiries de la reine pour leur substituer les armes de France; — c'était avant la bataille de Jarnac, — la reine était alors à Niort, avec les autres chefs de rebelles (2).

Charles, seigneur de Luxe, avait le premier reçu mission des Parlements de mettre les domaines de la Reine sous la main du roi de France qui, du reste, avait déclaré vouloir les conserver au jeune prince de Béarn; — mais par les ordres du duc d'Anjou, qui voulait par là reconnaître ses services, cette mission fut confiée au vicomte de Terride, Antoine de Lomagne (3).

Terride reçut le titre de *Gouverneur du Béarn* et de la *Navarre.* Par ses soins, et grâce à l'activité des seigneurs gascons et béarnais dévoués à la France, Nay, Morlaas, Lescar, Sauveterre, Orthez, Oleron, Pau, tout le Béarn en quelques

(1) Manuscrit de Duco.

(2) Poeydavant, 307.

(3) Antoine de Lomagne appartenait, dit Monlezun, à l'une des plus anciennes familles de la Gascogne. Il s'était distingué aux siéges de Turin et de Montauban et avait signalé sa valeur sur plusieurs champs de bataille. Par ses nombreuses alliances, il tenait à presque toute la noblesse de la province. Nous pourrons donner plus tard la généalogie des Terride-Lomagne, auxquels se rattachent les familles de Cardaillac et de Mun. Ce sera pour nous une précieuse occasion de rendre hommage à la famille Barquissau, de Ladevéze, alliée aux Cardaillac, qui, à toutes les époques, s'est recommandée par son dévouement au bien du pays.

jours fut enlevé à Jeanne et livré aux armes françaises. Terride s'empressa de rendre les biens confisqués aux églises et communautés religieuses, et de rétablir en Béarn l'exercice public du culte catholique. La place de Navarrens seule résistait. Terride en ordonna le siége. Le 27 avril 1569, toutes les troupes étaient sous les remparts. Jeanne, qui se trouvait alors avec les Princes dans l'ouest, dut enfin sérieusement songer aux moyens de secourir ses États. Elle invoqua la protection, l'argent et les forces de l'Angleterre, mais les quelques bandes expédiées furent défaites et presque anéanties aux environs de Mont-de-Marsan.

. Elle eut alors recours à quelques seigneurs protestants détachés dans l'Albigeois et le pays Castrais. Ces seigneurs levèrent une petite troupe qu'on appela *l'armée des vicomtes*. Montgomery, que Jeanne avait envoyé dans la Guienne, en qualité de son lieutenant-général, en fut proclamé le commandant en chef. Il rassembla des troupes dans le Languedoc qui vinrent se joindre à l'armée des vicomtes. Montauban, Castelnaudary, Foix, Rabastens, lui fournirent leur contingent.

Montgomery, avec ses quatre mille hommes, se précipite comme un torrent. En douze jours, il a franchi plus de cinquante lieues, trompé la vigilance des chefs catholiques, — le maréchal Damville, Monluc, Sarlabous, Negrepelisse, etc., — traversé l'Ariége, la Garonne, l'Adour à Montgaillard, après avoir pillé et saccagé St-Gaudens, Lannemezan, Trie;— le matin du 6 août 1569, il arrive à Pontac, par Laloubère, Ibos; le 7, il passe le Gave au-dessus de Coaraze et s'avance jusqu'aux portes de Pau. Il force Terride à abandonner le blocus de Navarrens et à gagner Orthez avec le reste de ses troupes. Sur ses pas, ce ne sont que pillages, ruines et massacres. Le château de Sainte-Colombe est livré aux flammes : une jeune fille seule échappe à l'incendie. En vain Monluc traverse l'Isle-Jourdain, Lectoure, Eauze, Nogaro, et se porte à Aire pour voler au secours de Terride. Montgomery, maître de

Navarrens, où il a laissé reposer deux jours ses soldats, met le siége devant Orthez. L'armée catholique oppose une vigoureuse résistance, mais les troupes de Montgomery se précipitent comme des bêtes féroces qui ne respirent que le carnage. En un instant (15 août 1569), la ville et la citadelle offrent un spectacle qui fait horreur : prêtres, religieux, vieillards, jeunes filles, enfants au berceau, tout ce qui tombe sous la main du soldat furieux est massacré. On voit des flots de sang ruisseler dans les rues. Des cadavres flottent par milliers dans le Gave et y forment des sillons sanglants (1). Pau, Nay, Oléron plient sous le fer du terrible vainqueur. En moins de trois semaines, le Béarn est replacé sous les lois et ordonnances impies de la reine Jeanne.

Montgomery, fort de sa victoire, ne met plus de bornes à sa rage (2).

Ce tigre à face humaine va se jeter de nouveau sur le Bigorre et le ravager. Il avait hâte de rejoindre l'armée des Princes défaite à Moncontour et qui l'attendait dans l'Agenais. A la nouvelle de l'exploit de Monluc et de ses frères d'armes, de Rivière, vicomte de Labatut, Leberon du Lau, d'Arblade, Busca, Gensac, Miran, St-Aubin, etc., qui ont repris aux religionnaires, avec une intrépidité vraiment

(1) Olhagaray, page 617.

(2) C'est principalement sur les *prêtres*, les *religieux* et les *églises* que s'exerça sa fureur. On sait le massacre horrible d'Orthez. On fit main basse sur tout ce que la ville renfermait de prêtres et de religieux. On massacra les uns; on traîna les autres sur le pont du Gave : là, on se jouait des victimes et on les forçait à se jeter dans les eaux du haut d'une tour qui s'élevait au milieu du pont, et dont la fenêtre s'appela la fenêtre *dous caperas*. Si quelques-uns, après cette chute, trouvaient encore assez de forces pour fendre les eaux, des soldats s'amusaient à les *canarder*... le vicaire de Souprosse, d'abord placé sur les rives, forcé à se revêtir des habits sacerdotaux, fut livré aux outrages d'une vile soldatesque, et quand on fut las du jeu impie, on lui coupa les membres par morceaux, et on le *flamba*. Pourquoi parler encore de la tuerie des chefs catholiques, Sainte-Colombe, cousin-germain de Terride, etc., faits prisonniers à Orthez? « Un soir, réunis à une table commune, ils s'abandonnaient au plaisir de se retrouver ensemble, lorsque des bourreaux secrètement apostés se jetèrent sur eux et les égorgèrent. » A cœna ad necem jussu Joannæ reginæ inhumanissime tracti et crudelius trucidati (Sponde p. 707). (Monlezun, *Histoire de la Gascogne*, tome v, pages 345, 347 et 351.)

héroïque, la ville de Mont-de-Marsan, Montgomery est tellement effrayé qu'il monte incontinent à cheval, et court, sans descendre, jusqu'à Orthez, abandonnant son artillerie qui demeure dans les chemins.

Il sait « qu'il a deux gros mâtins à sa queue, et luy est » advis que ce sera merveille s'il échappe (1). » Il se replie en conséquence vers le Bigorre, dans les premiers jours d'octobre 1569. Craignant de rencontrer une trop vive résistance dans le Tursan et le Marsan défendus par Monluc et le maréchal d'Amville, qui enfin avait consenti à venir jusqu'à Nogaro, il se dirige par le Vicbilh, entre à Morlaas, qu'il saccage, et paraît bientôt à Maubourguet dont les habitants sont rançonnés. Tarbes est ruiné. De Tarbes, les troupes huguenotes se répandent dans la Bigorre et y prodiguent la désolation. Les abbayes de St-Pé de Generest et de l'Escale-Dieu, Lourdes, Rabastens, Pujo, Andrest, Caixon, Vic-Bigorre, tout ce qui avait échappé à la rage et à la cupidité du sectaire lors de son premier passage, devient la proie du pillage et des flammes. Trois semaines sont employées à ces cruelles dévastations.

Montgomery reprend sa marche. Il arrive à Lafitolle, près Maubourguet, le 17 octobre 1569. Il en repart le 18, saccage Marciac, les prieurés de Madiran, de Tasque, de St-Mont, Castelnau-Rivière-Basse, et gagne Aire, où il renouvelle les atrocités commises à Tarbes. Le 24, il est à Nogaro. Il poursuit sa marche par Eauze et Montréal jusqu'à Condom; s'avançant toujours le fer et la flamme à la main, il réussit à faire sa jonction avec l'armée des princes. Leurs troupes réunies tournent la ville d'Agen et se dirigent vers le Languedoc (2).

A son départ de Lafitole, Montgomery a-t-il ravagé La

(1) Monluc, liv. 7.
(2) Pour tous les détails, consulter Poeydavant, *Histoire des troubles du Béarn*, tome Ier, Monlezun, tome v.

Devèze ? Tous les renseignements recueillis par nous jusqu'à ce jour nous inclinent à le croire. — Le 6 septembre 1569, Serignac, frère de Terride, aussi ardent pour la cause des Princes que Terride était dévoué au Roy, s'était emparé de la ville de Marciac ; il l'avait frappée d'une amende de deux mille livres, sans pouvoir en obtenir le recouvrement. Montgomery s'irrite du retard à payer : « Messieurs de Marciac, si
» vous faillez à m'apporter demain les deniers que vous avez
» promis pour la cause, je vous puis assurer que je ferai
» brûler votre ville et la raser au rez de terre, mesmement
» tout ce que vous avez à l'entour d'icelle, et pour ce,
» pensez-y. — Lafitole, 17 octobre 1569. — Montgo-
» mery. »

Le terrible huguenot ne s'en tient pas à des menaces. Les archives de la Case-Dieu nous parlent d'un « *Narré des ra-*
» *vages faits à Marciac l'an 1569, par le comte de Montgo-*
» *mery dont l'armée était campée à Lafitole,* » et pour empêcher que la ville ne soit brûlée et rasée, « les consuls sont obligés d'aliéner, par ses ordres, un fonds appartenant aux Jacobins (1). »

De Marciac, les religionnaires se répandirent dans les environs pour se rejeter dans la plaine de l'Adour et s'abattre sur les prieurés de Madiran, Tasque, etc. Dans la course de ces hordes sauvages, l'église archipresbytérale de Castets-St-Pierre, celles de Ste-Marie-Magdeleine, St-André, St-Laurent, etc., et le pays de La Devèze durent devenir, sans nul doute, la proie du cruel dévastateur.

(1) Inventaire général des titres de l'abbaye de la Case-Dieu. — Layette 1re, liasse 6e (Archives départementales du Gers).

§ VIII.

Le triomphe de Montgomery assura aux protestants la possession de Castelnau, chef-lieu du pays de Rivière-Basse. Le
château et la ville devinrent le repaire des Huguenots béarnais, qui, de là surtout, exercèrent durant des années leurs
déprédations dans les contrées d'Arros et Adour.

La paix boîteuse et mal assise (paix de St-Germain), « après
» force despeches, allées et venues des députés des deux
» partis,» fut conclue (8 ou 11 août 1570). L'armée du Roy,
« qui s'estoit vu de fort près avec l'armée huguenote en
» grandes et belles escarmouches, » ce qui amena « bien
» des exercisses de guerre et la perte de tant de gens de
» bien, » fut licenciée, et nos seigneurs et gentilshommes de
Gascogne, le chevalier d'Antras, le sieur de Pompignan, baron de Montesquiou, etc., retournèrent dans leur pays, après
avoir « prins tant de peyne, et de bon cœur, pour le service
» du Roy et la deffense envers et contre tous de nostre Reli-
» gion catholique. »

Ces valeureux *gens de bien*, avaient gagné à la pointe de leur
épée le droit de « se refreschir…, ce que ne fut guière, y ayant
» de grans affères aussi bien en Gascougne que ailleurs (1). »

Le massacre de la St-Barthélemy (2) (24 août 1572) n'était

(1) Mémoires du chevalier d'Antras.
(2) Les auteurs protestants, la secte philosophique du siècle dernier et bon nombre de nos historiens modernes plus ou moins pénétrés de son esprit, même dans
l'enseignement officiel, se sont appliqués à accumuler les erreurs et les exagérations
sur le fait de la St-Barthélemy, dans le but de faire peser sur la religion et l'Eglise
catholiques l'odieux de ces massacres qui ensanglantèrent la nuit du 24 août et jours

pas en effet de nature à calmer la fureur des partis. On devait s'attendre à de nouvelles et terribles représailles de la part des Huguenots.

Le chevalier d'Antras, qui eut la bonne fortune de ne

suivants, tant à Paris que dans les provinces. — La religion et l'Eglise ne peuvent que flétrir ces atrocités. — Mais comme nous le fait très-judicieusement remarquer un des rédacteurs de l'*Encyclopédie du XIXᵉ siècle* (tome ivᵉ, art. St-Barthélemy) : « Il a été d'usage parmi nos poètes et nos historiens de donner toujours le » beau rôle aux Protestants dans les troubles civils du xviᵉ siècle. On les représente » ordinairement comme des martyrs de la liberté de penser ou comme des victimes » de l'intolérance catholique. On ne parle ni de leurs provocations répétées, ni de » leur propre intolérance, ni des massacres dont ils se rendaient coupables, ni de » leurs intentions politiques, ni de l'irritation de l'opinion publique, ni des habitudes » de violence qui s'étaient introduites dans les mœurs. »

On oublie « que les Protestants inondèrent de sang toutes les villes du Midi où ils » étaient les plus forts. A Nîmes, ils remplirent les puits avec les cadavres des ca- » tholiques.» (*Histoire du Monde*, par MM. Henry et Charles de Riancey, tome ivᵉ, p. 433.)

Nous dirons volontiers avec de Thou : *Excidat illa dies œvo, nec postera credant sœcula* (Ibid., p. 432-433). — Mais n'allons pas incriminer la religion de ce dont elle est parfaitement innocente. « Chacun allait à ses intérêts sous prétexte de reli- » gion, » nous fait remarquer Bossuet, « et les partialités s'entretenaient à la Cour » sous les noms de Catholique et de Huguenot. » L'Eglise catholique n'a été pour rien dans ces sanglantes exécutions, qui ne *furent pas même préméditées par le Roi*... « Les mémoires du temps faits par les personnes les mieux instruites, tels » ceux de Brantôme, de la Reine Marguerite, de Chiverni, de Villeroi, de Castel- » nau, surtout de Tavannes, d'après lesquels se sont décidés Dupleix, le Laboureur, » l'auteur des Commentaires et les meilleurs historiens, portent expressément deux » choses : la première que Charles IX ne se détermina au massacre qu'après la » blessure de l'amiral (de Coligny). — La 2ᵉ, qu'il n'eut d'abord dessein d'y com- » prendre que quelques chefs et non une grande multitude. »

Les ecclésiastiques furent les premiers à prévenir ou à arrêter le massacre (*His- toire de l'Eglise Gallicane*, tome xxivᵉ, page 20). Si certains gouverneurs de pro- vince sauvèrent les Huguenots, ce fut d'après les ordres du Roy (Voir la lettre auto- graphe de Charles IX à M. de Joyeuse, gouverneur du Languedoc. — *Tableau de Paris*, par St-Victor, tome iiiᵉ, page 200).

Et si le Pape Grégoire XIII est impliqué par des historiens, même contempo- rains, dans cette affaire, c'est pur besoin de scandale et de calomnie. « Il est incon- » testablement prouvé, » grâce aux recherches d'un illustre écrivain (M. de Cha- teaubriand), « que Salviati, alors chargé d'affaires de la cour de Rome à Paris, ne » connut le projet que par le cri des victimes. » (*Histoire de France*, par A.-J.-C. St-Prosper aîné, tome iiᵉ, page 376.)

A la réception de la lettre royale aux souverains étrangers, on put donner à Rome des marques publiques de joie : mais ce fut non pour se réjouir du meurtre et des assassinats, mais pour exprimer la satisfaction qu'éprouva le Père commun des Fidèles, quand la lettre de Charles IX lui assura que le Roi de France venait d'échapper à une horrible conspiration tramée contre ses jours.

Et M. Victor Duruy (*Histoire de France*, tome iiᵉ, p. 119) n'aura pas craint d'en- seigner officiellement à la jeunesse française de nos jours, que Charles IX « au » moment où il fut forcé d'accorder aux protestants, par la paix de la Rochelle, la

pas se trouver à Paris le 24, bien qu'il y fût appelé, reçut du
maréchal de Monluc, lieutenant du Roi en Guienne, commission de présider à la défense des intérêts catholiques et vraiment français, dans le pays d'Arros et Adour.

Il fut en conséquence revêtu du titre du *gouverneur* de la
ville de Marciac.

Sur ces entrefaites, le baron d'Arros assemble en Béarn
« une grande trouppe de gens de pied et de cheval, » prend
son chemin droit à Castelnau de Rivière et y établit son quartier général, bien décidé à faire « des exécutions » dans le
pays d'alentour. Il députe une compagnie sur Plaisance, avec
ordre de la saccager et ruiner. Les sinistres Pycoriens em-
plirent en effet « quinze ou vingt charrettes des plus beaux
» et précieux meubles de la ville, » mais ils furent trop con-
fiants en leur ardeur huguenote : le chevalier d'Antras, appelé
au secours, monte incontinent à cheval avec quelques-uns de
ses amis et gens de Marciac, se place en embuscade dans un
bois entre Castelnau et Plaisance; et tandis que les pillards
s'en retournaient à Castelnau, fiers de leur butin, d'Antras,
avec ses intrépides compagnons, fond sur eux et les taille en
pièces « fors deux. » — « De bonne guerre, les meubles
» estoient à nous, mais il faut avoir esgard aux amis et voi-
» sins. » — En vrai gentilhomme, il remet les habitants de
Plaisance en possession de leurs « effets » et rentre à Marciac sans avoir eu à déplorer la perte d'aucun de ses frères
d'armes.

» liberté de conscience, recevait, *pour la St-Barthélemy*, les bruyantes et enthou-
» siastes félicitations des cours de Rome et d'Espagne. »

Pour le nombre des victimes qui ont péri dans la catastrophe de la St-Barthélemy,
Péréfixe en compte cent mille; Sully, soixante-dix mille; Mézeray, vingt-cinq mille
tués en province, cinq mille à Paris; la Popelinière, vingt mille...; Papire Masson,
dix mille.

Or, le *Martyrologe Calviniste* lui-même, imprimé en 1582, ne porte le nombre des
protestants *tués en masse* qu'à *six mille*, et n'en désigne nominativement que *sept
cent quatre-vingt-six*. — Le docte et judicieux Lingard (note T, vol. 5), nous dit
avec sa sincérité ordinaire : « En doublant, si l'on veut, ce nombre, nous pouvons
» penser que nous sommes aussi près que possible de la vérité. »

Le baron d'Arros fut « extremement marry » de cette brillante « execution. » Il fit « grans menasses de s'en revancher, » — mais ces menaces furent vaines. Les *Croquants,* retranchés à *Soublacause,* petit fort sur la frontière du Béarn, eurent un jour la mauvaise inspiration de se répandre dans la campagne pour la piller. Mal leur en advint. D'Antras et ses gens tombent sur eux, les exécutent « de la belle fasson, » — tous sont passés au fer, et le fort rasé. Voyant cela, le sieur baron d'Arros quitte la ville de Castelnau, prend son chemin, avec ses troupes, vers la rivière de Garonne, droit à ces villes qui tenaient pour eux, y fait la guerre, y est tué et ne revient plus en Béarn (1).

Nous ne suivrons pas les péripéties de ce « grant siége de la Rouchelle (1575), » auquel assista le chevalier d'Antras (2), « en compagnie de tous les Princes et grans capitaines de

(1) Mémoires du chevalier d'Antras. — Ce baron d'Arros, signalé par d'Antras, ne peut être que « celui des deux fils du baron d'Arros, officier sans emploi particulier,» qui prit part au siége de Navarrens, avec son père, le baron d'Arros, que la reine Jeanne, en s'éloignant de Nérac pour rejoindre l'armée des Princes (avant mars 1569), envoya en Béarn en qualité de son lieutenant général, et avec son frère d'Arros qui fut nommé, ainsi que Montamat, gouverneur du Béarn, par Montgomery (octobre 1569). — En 1573, nous voyons le gouverneur du Béarn, après avoir reçu les exhortations fanatiques du vieux d'Arros, alors âgé de 80 ans et aveugle, entrer en lice avec le comte de Gramont chargé par le roi de Navarre d'assurer l'exécution de l'édit du 16 octobre 1572, qui rétablit dans les Etats du Béarn l'exercice public de la religion catholique. Et plus tard, en 1574, nous voyons encore d'Arros se démettre volontairement, entre les mains de Henri III, du gouvernement du Béarn (Montezun, tome v, page 326, 334 et 356. — Poeydavant, *Histoire des troubles du Béarn,* tome 2ᵉ, page 78 et 103).

Ce n'est donc ni le vieux d'Arros, ni le gouverneur du Béarn, son fils, mais son autre fils, croyons-nous, qui vint en personne, dans le dessein de piller et ravager nos contrées; car d'Antras nous fait remarquer que ce d'Arros mourut avant le siége de la Rochelle (1573).

(2) Le gouverneur de Marciac porta son zèle pour le bien et le salut du pays au point de ne vouloir, sur les instances du baron de Montesquiou (Fabian de Montluc, dernier fils du maréchal, marié, grâce aux démarches de d'Antras, avec madame de Montesquiou, veuve de M. de Luppé, tué au siége de St-Jean-d'Angely), aller à la Rochelle, sans en avoir obtenu la permission de tous les habitants de Marciac. Et par un sentiment de délicate réserve « à cause que sa » barbe étoit trop jeune, » il déclina tout honneur et toute charge. dans la compagnie de Fabian de Monluc, « assistée, du reste, de fort braves, et honnêtes gens. » « Je n'arrestés pour cela de l'assister et le servir en tout le voyage jusqu'à la fin du » siége. » M. de Cadreilh était le lieutenant du baron; M. de Mons, son enseigne; M. de Besoles, son guydon, et M. La Serre, son maréchal-des-logis.

» France,» avec ses frères et quelques amis heureux « de se trouver en un si beau siége », sous les ordres immédiats du duc de Guise, du maréchal de Monluc et de son fils Fabian, baron de Montesquiou. — Le siége dura environ deux mois. Il paraît que nos gentilhommes gascons eurent beaucoup à souffrir. « Il ne se trouvoit rien que à l'extremité et fort cher,» tant pour eux que pour leurs chevaux « qui estoient bien tris-» tes. » Le meilleur était en ce lieu d'avoir « forse argent en » bourse pour avoir des commodités, » et même ceux qui avaient « bien garnyes leurs bourses » ne pouvaient guère « faire ripaille. »

L'armée catholique, commandée par Monsieur, frère du Roy (le duc d'Anjou), se distingua par des prodiges de va-leur. « C'était merveilles de voir touts les jours les tran-» chées bien garnies de braves soldats et capitaines. » Le duc de Guise et « autres grants seigneurs » essayèrent, avec un entrain admirable, de monter à l'assaut et de franchir la brèche. D'Antras fut blessé à la main « d'un coup de car-» reau. » Mais la résistance des Huguenots fut si opiniâtre, que « il n'y eut moyen; » il fallut lever le siége.

Les Catholiques eurent à déplorer la perte de « forse ho-nestes gens de qualité, braves capitaines et soldats (1). » Ce qui fournit occasion aux Huguenots de dire que c'était « la revanche du massacre de Paris. »

On fit bien « tout le possible pour tyrer le renard de cette » tanière, » mais « il n'est pas bon marchant qui toujours » gaigne. » Il fallut « se retirer en Gascougne après avoir » despendsé tout ce que nous y avions porté qui estoit fort » peu, et beaucoup pour nous. S'il n'y a eu du profit, c'est » assez d'avoir gaigné l'honneur de nous estre trouvés en un » si beau siége. L'honneur en demeure. L'on y apprend touts » jours quelque chose; le voir et le pratiquer sert touts jours

(1) De ce nombre étaient M. de Gohas et le sieur de Caussens, maîtres de camp dans le régiment des gardes du Roi. (Mémoires du ch. d'Antras.)

» aux galants hommes, et l'expérience rend maîtres (1). »

Nos *galants* et *gentils* hommes durent acquérir, dans les rudes travaux du siége de La Rochelle, une pratique et une expérience qui devint funeste aux Huguenots béarnais.

Avant la levée du siége de La Rochelle, les Huguenots du Béarn s'étaient emparés de la ville et château de Rabastens; de là, ils se répandaient dans le Bigorre et lieux voisins pour y porter le pillage et la désolation. Ils s'étaient retranchés, en cas d'attaque, derrière des *défenses* à décourager les plus intrépides. Mais ils ne comptaient pas avec la vaillance du maréchal de Monluc, alors lieutenant général du roi en Guienne.

Les victimes des dépradations huguenotes portèrent au maréchal leurs doléances. Sur quoi, Monluc « délibère de les » aller assiéger. Il assemble de belles troupes de gens de » pied et de cheval, » arrive en Bigorre, audit Rabastens, avec quatre canons qu'il dirige contre la muraille de la ville. Une large brèche ne tarde pas à livrer passage à l'armée catholique. Les assiégés courent se réfugier dans le château, « bien délibérés d'y tenir bon ou de morir. »

Monluc aussi est « bien délibéré à les en deslouger. » Il établit sa batterie dans la ville même, sur la place publique, tout près de la citadelle. Il a soin, avant de commander le feu, d'envoyer hors des remparts des gens à cheval pour arrêter les secours qui pourraient venir du Béarn. Le château est rigoureusement bloqué. Les deux fils de Monluc, Peyrot et le baron de Montesquiou, le vicomte de Labatut, avec ses hommes d'armes, nos vaillants compatriotes, le chevalier d'Antras et ses frères, Sainte-Colombe et Leberon (2), etc., sont là « logés contre la muraille dudict château à cousté

(1) Mémoires du chevalier d'Antras.

(2) Lorsque l'*armée des princes*, vaincue à Moncontour, vint occuper l'Agenais pour faire sa jonction avec Montgomery, triomphant en Béarn, *un M. de Leberon, neveu de Monluc*, fut chargé de la défense d'Aiguillon. —Mémoires du chevalier d'Antras.

de la batterie, » tout prêt à courir sus aux Huguenots à la première *trouée*. « Gentilshommes mes amis, il n'y a combat
» que de noblesse. Allons, je vous montrerai le chemin et
» vous ferai cognoistre que jamais bon cheval ne devint
» rosse. Suivez hardiment et sans vous estouner, donnez,
» car nous ne saurions choisir mort plus honorable. » L'intrépide maréchal commande le feu, « mais les murailles es-
» tant si bones et fortes, on n'y put de commencement rien
» fère. » Il fallut, la nuit venant, renvoyer la partie au lendemain. Le jour suivant, le canon est approché; la batterie
furieuse renverse un pan de la muraille. On se précipite à la
brèche avec une ardeur qui renverse et « tue tout. » « Mes
» amis, je veux que vous et moi combations ensemble; je
» vous prie, ne nous abandonnons point. » Le baron de
Montesquiou est blessé au visage, « une harquebusade tra-
» verse les deux joues du maréchal. » — « Ne vous en sou-
» ciez point et me laissez là et poussez seulement outre, et
» faictes que la victoire en demeure au Roy (1). » — « Prenez
» courage, dit-on au maréchal, voilà les soldats dedans qui
» tuent : assurez-vous que nous vengerons votre blessure. »
— « Je loue Dieu, reprit Monluc, de ce que je vois la vic-
» toire nôtre à présent. Montrez-moi l'amitié que vous m'a-
» vez portée en retournant au combat, et gardez qu'il n'en
» échappe un seul qui ne soit tué. »

Tous les Huguenots sont « mis en mille pièces, » et le
château si bien rasé que « il n'eust été possible de le voir
» jamais reparé quand on voldret y employer tous les moyens
» de la comté de Bigorre (2). »

Grâce à la bravoure de nos *aymés* gentilshommes, le Bigorre et tout le pays voisin « furent enfin soulagés » et déli-
vrés, du moins pour un temps, de ces hordes de pillards qui
n'étaient pas tombées sous le fer.

(1) Monluc.
(2) Mémoires du chevalier d'Antras.

Monluc se retira à Marciac, y fit halte durant trois ou quatre jours pour donner à sa blessure les premiers soins, et revint dans son château d'Estillac, près Agen. La guérison fut longue et douloureuse, au point qu'il se vit obligé de quitter sa charge de lieutenant-général.

Ce fut le marquis de Villars que le Roy désigna à la place de Monluc pour remplir ces hautes fonctions.

Je ne m'attacherai pas à raconter les brillants faits d'armes de nos gentilshommes de Rivière-Basse et contrées voisines pour en finir avec les brigandages du capitaine Lysier, le fléau de la Haute-Bigorre, l'assassin du brave capitaine Beaudéan, gouverneur de la ville de Bagnères-de-Bigorre. Lysier pillait et saccageait le pays. Il s'était emparé de la ville de Tarbes. Les habitants étaient glacés de terreur et réduits à la dernière misère. Le comte de Gramont (Antoine) fit « grant » assemblée de noblesse et bonne trouppe de harquebusiers » de tout le pays. Le chevalier d'Antras mit à la disposition de la petite armée catholique quatre canons venus de Marciac avec la permission des habitants. Les Huguenots furent honteusement chassés, et Lysier lui-même périt sous les coups du brave de Mun et de ses amis. Toute la troupe de Lysier fut vigoureusement « chargée et mise au coulteau, sans que » aulcun en fut sauvé, que fut une belle dépêche et grant » soulaigement pour la contrée (1) » (mai 1574).

Aux approches des fêtes de Noël de cette année 1574, le chevalier d'Antras, « avec l'advis et conseilh de ses bons parents » et amys, » épousa à Toulouse mademoiselle d'Ossun, qu'il avait connue chez madame la vicomtesse de Labatut. Le même jour, M. d'Ossun, frère de madame d'Antras, épousait, à Toulouse, la seconde fille de M. de Panassac de Seyches. Les deux familles résidèrent dans cette ville jusqu'à la fin de l'hiver pour de là « fère leur retrette droict les châteaux de » Cornac, Labatut et Ossun. »

(1) **Mémoires du chevalier d'Antras.**

Si nous voulions nous laisser entraîner par les charmes du récit, nous nous plairions à raconter le siège et la prise de Mirande (mai 1576); mais nous sortirions décidément de notre rôle de narrateur des « faicts et gestes » contre les Huguenots qui s'accomplirent dans nos contrées si profondément catholiques d'Arros et Adour (1).

Après la prise de Mirande, nos gentilshommes poursuivirent le roi de Navarre, qui était venu au secours de la garnison mirandaise jusqu'à Jegun, « en si bel ordre de bataille et si » belle trouppe » qu'ils le forcèrent « à deslouger de ce lieu, » estant desja bien tart; » — cependant « pour le respect que » tous portoient à Sa Majesté, » il n'y eut pas avec lui de sérieux engagements.

La noblesse catholique fut licenciée par le marquis de Villars, lieutenant du Roi en Guienne, et d'Antras regagna Marciac, où durant plusieurs mois, il se tint « au guet pour » esviter les surprinses » des Pycoriens, qui étaient « de nuict » et de jour en campagne » à piller et dévaster le pays.

Heureusement notre brave chevalier eut largement à cœur « de servir ses amys et voysins et, Dieu soyt loué, estre en leur » amytié et bone grâce. » — Les Pycoriens furent traqués comme des bêtes fauves : aussi « il n'approchoient guière de » sy près qu'ils ne fussent repoussés et souvent battus, non » pas cependant assez fort pour n'y retourner plus ou bien » tart. »

Mais le bon gouverneur adoptant, nous dit-il, la maxime des anciens sages « *pugna pro patriâ,* » suivant surtout les inspirations de la charité vraiment chrétienne qui « nous » oblige à fère les uns pour les autres, » s'appliquait à « ayder » ses compatriotes à leur necessité, » et les croquants eurent avec lui fort mauvais jeu.

Un jour, ils volèrent le « bestailh » de M. de Juillac, dans

---

(1) Monlezun, du reste, nous expose le récit de cet épisode de nos guerres religieuses (tome v, p. 411) avec un intérêt qui nous dispense d'y revenir.

sa maison de Coutens. M. de Juillac porta plainte à d'Antras :
celui-ci monte incontinent à cheval, arme ses arquebusiers et
part, accompagné de M. de Juillac, « par une nuict qui estoit
» fort obscure et froide avec un fort mauvais temps. » Après
six lieues de marche, ils atteignent les pillards qui s'étaient
réfugiés dans une maison. Leur repaire est rigoureusement
cerné : l'alarme est donnée au camp ennemi; mais force est
aux bandoliers, s'ils ne veulent « estre bien et bel exécutés, »
de faire leur soumission et de ramener eux-mêmes le bétail à
la maison de Coutens.

D'Antras et ses amis reprennent chemin vers Marciac, « sans
» s'arrester ni repestre eux ny leurs chevaux; » notre chevalier fut content d'avoir « fet à ce jour un bon servisse, » et M.
de Juillac aussi « d'une telle courvée. »

A cette même époque, la ville de Beaumarchés était souvent
« visitée et pyllée » par les Pycoriens « et autres et des nos-
» tres mesmes » devenus leurs partisans. Le chevalier d'Antras se fit un devoir et une fête de voler, avec une bonne
troupe de ses amis, au secours des bons habitants. « Lors-
» que nous voyions les ennemis aux environs, nous allions
» droict à eux pour nous mettre sur leur chemin pour les
» arrester ou les combattre ou les contraindre de prendre
» autre chemin; mais ils ne volsirent jamais attendre : ils
» estoient de ces gens pycoriens qui estoient adonnés et pro-
» pres à beau exercisse, mais qu'ils n'eussent trouvé aucune
» resistance; il ne fut possible jamais de les pouvoir appro-
» cher... Quant on les pensoit en un lieu, ils estoient en un
» autre. »

D'Antras et ses amis firent séjour environ six semaines ou
deux mois « avec lesdicts habitants de Beaumarchès, qui nous
» firent bone chère, sans autre recompense que l'offre de leur
» amytié. Mais nous vivions à leur discretion comme bons
» amys et voysins..., et durant nostre assistance, ils ne
» furent nullement vysités ny tourmentés des uns ny des

» autres, qui fut un grand contentement pour eulx et pour
» nous aussi, voyant nos coudées franches (1). »

Nous ne suivrons pas le chevalier d'Antras à Bordeaux
sous les ordres du marquis de Villars et de M. de Gramont, au
siége de Manciet, en Armagnac, à la prise du château de St-
Julien, dans une expédition dans la Navarre, en compagnie
de plus de 80 gentilshommes du pays « bien montés et ar-
» més, et presque autant d'autres braves homes. »

Nous n'assisterons pas non plus avec d'Antras et ses amis,
sous les ordres de M. de Baramau, sénéchal d'Armagnac,
et du maréchal de Biron, lieutenant du Roi en Guienne,
après le marquis de Villars, au siége de Ste-Bazeille-sur-Ga-
ronne, où presque toute l'armée catholique, même le maréchal de Biron, fut prise de la *coqueluche*, ce qui obligea
Biron à la congédier.

Nous avons hâte de revenir aux faits intéressant notre pays
d'Arros et Adour.

---

(1) Mémoires du chevalier d'Antras. — S'il fallait en croire la tradition,
les Pycoriens se seraient élancés de Castelnau sur notre pays au nombre de 200, et
partagés en deux bandes : l'une traversant la Devèze aurait surpris et incendié l'abbaye de la Case-Dieu; l'autre, ayant pour objectif *Marseillan*, aurait voulu sur leur
passage, saccager Beaumarchés, mais, grâce à la bravoure des habitants et du chevalier d'Antras, ils auraient été forcés de se réfugier dans l'église, et du haut du clocher,
auraient soutenu un siége de trois jours. Une capitulation les sauva. Dans ces jours,
le clocher de Beaumarchés fut démoli, afin qu'il ne pût désormais servir d'asile aux
religionnaires, tant ces sinistres *croquants* inspiraient de l'horreur dans nos contrées.

Dans leur retraite, u e partie des Huguenots se serait jetée sur la ville de Plaisance et lui aurait fait subir toutes les horreurs d'une place prise d'assaut. Ils se
seraient retirés en triomphe avec douze chariots chargés de butin. Mais le chevalier
d'Antras les aurait rejoints près du *Houssat*. A la suite d'un combat sanglant sur les
bords de l'Adour, durant lequel d'Antras fut blessé à l'épaule, les Huguenots
auraient honteusement pris la fuite et abandonné le butin.

Pour célébrer cette victoire et en perpétuer le souvenir glorieux, il fut fondé à
Plaisance une procession solennelle, qui se fait, chaque année, le Jeudi-Saint.

La démolition du clocher de Beaumarchés durant la période des guerres religieuses, l'établissement de la procession votive et annuelle à Plaisance, l'exploit des
catholiques sur les bords de l'Adour, la blessure du chevalier d'Antras, sont des faits,
selon nous, conformes à la vérité.

Sur tous les autres points, nous devons, je le crois du moins, nous en tenir plutôt
« aux faicts et gestes » contre les Huguenots, dans nos contrées d'Arros et Adour,
consignés dans les intéressants Mémoires du chevalier d'Antras, et que nous avons
reproduits dans notre récit avec tout le scrupule qu'exigent l'impartialité et l'exactitude historiques.

Durant le siége de Ste-Bazeille, les Croquants, abusant de l'absence du chevalier d'Antras, s'en étaient donné « d'estoc et de taille; » — ils avaient « fet de grands affronts » et touts les desordres qui se pourroient dire sur les terres » de M. de Lengros, et ruyné ses voisins et subjets. » — Au retour de d'Antras, M. de Lengros invoqua son assistance, « chose fort aysée à luy promettre comme bons amys que nous » estions. » — Ils s'assemblent donc à Lengros avec leurs amis et quelques harquebusiers, et vont sus aux Huguenots. Arrivés dans un bois du lieu de « St-Lane, » ils s'établissent en embuscade, par une pluie battante toute la nuit, jusqu'à 10 heures du matin : ils y « estoient bien tristes, et la pluye les » avoit si fort mouillé, qu'il n'estoit en la puissance des pau- » vres harquebusiers de pouvoir le matin tirer un seul coup; » pour comble de malheur, les fameux Pycoriens s'en étaient retournés la veille à Castelnau.

Nos braves ne veulent pas se tenir pour battus. Ils vont droit à Castelnau provoquer l'ennemi, passent sous la mu- raille et descendent dans la plaine de l'Adour. A leur vue, les Huguenots sortent de leur « tanière, » se montrent sur la montagne, fondent sur la petite armée catholique avec « une » bonne trouppe de chevaux et aussi forse harquebusiers » frais et gaillards et beaucoup plus en nombre. »

M. de Lengros et le chevalier d'Antras, se voyant de forces inégales, traversent l'Adour, renvoient droit à Plaisance leurs harquebusiers, qui leur eussent été un obstacle ou du moins inutiles pour « s'estre si fort mouillés et ne pouvoir tirer,» et attendent l'ennemi de pied ferme : d'Antras sur le bord du fleuve avec 8 ou 10 des siens, et M. de Lengros à « cent ou » six vingt pas derrière eux, avec les autres amys. »

Les Huguenots se rangent en ordre de bataille sur l'autre rive, et saluent nos braves compatriotes d'une salve d'ar- quebusades, avec « délibération de courir sus et de traverser » le fleuve. » Une partie de la bande avait déjà franchi la moi-

lié du passage, lorsque notre vaillant chevalier « fet estat de
» leur fère une charge, et les fet repasser plus vitte que le
» pas, — ce n'étoit nullement sans être salué d'arquebusades
« qui fesoient plus de peur que de mal. » — Les Croquants
reviennent à la charge, mais d'Antras « leur fet une recharge
» qui se retirarent de la même fasson que devant sans pou-
» voir fère autre chose. » — Le capitaine Hytton du Béarn
eut son cheval tué, et fit le plongeon, — mais il fut secouru
par ses arquebusiers; — le chevalier d'Antras reçut une blessure à l'épaule droite, dont il ne s'aperçut qu'après le combat.

Quelle fut l'issue de cette brillante « exécution? » Une re-
grettable lacune dans notre précieux manuscrit nous prive de
la joie de pouvoir rendre hommage au succès de nos intrépides défenseurs de la sainte cause. « Je ne fis aulcun sem-
» blant de ma blessure jusques à notre retrette que mon
» frère s'en advisa. » Cette réflexion nous incline à croire que
les Huguenots furent maîtres du terrain (1577).

En 1578, le huguenot Suz, venu du Béarn, s'empara du
château de Montezun, en Pardiac, et ses pillards se jetaient
dans la contrée faisant peser sur les habitants toutes sortes
d'exactions et réquisitions. Grâce aux démarches du chevalier d'Antras et de M. de Beaudéan auprès de MM. du parlement et des capitouls de Toulouse, il fut livré à M. de Fonte-
nilles quatre pièces de canons avec l'attirail obligé et gens de
guerre. On assiégea le fort. Suz et les siens firent leur soumission, et sur la foi promise ils furent renvoyés en Béarn « vies
» et bagues saulves. » Le château fut livré aux flammes et
réduit « en un pauvre et miserable etat, et la ville aussi sans
« espérance de le voir jamais remys. »

Nous ne pouvons terminer cet épisode des *guerres religieuses* dans nos contrées d'Arros et Adour, sans rendre
hommage au bon esprit et au profond attachement à la foi catholique des braves habitants de Saint-Justin, durant le séjour

des Huguenots de Lons et Bégolles (1579) à Marciac (1).

D'Antras, contraint d'abandonner la place, se retira à Saint-Justin avec ses frères et amis. « Tous fesoient bonne garde » pour avoir les ennemis si près; » néanmoins ils y eurent la vie douce : « les bons habitants de Saint-Justin nous fesoient » bonne chère et de bon cœur sans rien epargner, comme es-» tant gens de bien et bons amys et voysins, qui s'exposoient » volontiers à tout fère (2). »

La mort tragique (1590) du vicomte de Labatut, seigneur suzerain de La Devèze, massacré par les Huguenots, avec plusieurs autres nobles et gentilshommes du pays, au château de Lassalle, près Aignan (3), où ils se trouvaient réunis pour un festin de noces, fut le couronnement doulou-reux des guerres religieuses dans nos contrées d'Arros et Adour.

L'élévation de Henri IV sur le trône de France ramena peu à peu le calme et la paix dans notre malheureuse patrie, si profondément ravagée par les guerres civiles. « Le pau-vre peuple, si tyrannisé par les factions et si affamé de voir un Roy (4), » le reçut (22 mars 1594), nous raconte l'histoire, aux cris enthousiastes de *vive le Roy! vive la paix!*

Jusqu'au jour funeste où Ravaillac accomplit son parricide (14 mai 1610), Henri IV, malgré les faiblesses et les vices qu'on peut lui reprocher, bien convaincu « que les Rois doi-» vent avoir pour Dieu un cœur d'enfant et pour leurs sujets » un cœur de père, » employa « tous ses efforts pour que » Dieu régnât dans son royaume, que ses commandements » fussent subordonnés aux siens, et que ses lois fissent res-

(1) Monlezun, t. v, p. 418-419.
(2) Mémoires du chevalier d'Antras.
(3) Monlezun, t. v, p. 458.
(4) Les gardes du Roi voulaient éloigner la foule qui retardait sa marche: « Lais-sez-les, disait-il, me regarder à l'aise, car ils sont affamés de voir un Roy.

» pecter ses lois (1). » Sous les inspirations de Sully, le *Reyot* travailla avec amour au bonheur de son peuple. Aussi, quand la nouvelle de l'horrible assassinat se répandit, la consternation fut générale, la douleur immense; « chacun
» crie, pleure et se lamente, grands et petits, jeunes et vieux;
» les femmes et les filles s'en prennent aux cheveux. Tout le
» monde se tient coi. Au lieu de courir aux armes, on court
» aux prières et aux vœux pour la santé et prospérité du Roi,
» qu'on ne croyait encore que blessé. C'était pitié de voir ce
» pauvre peuple, enivré de l'amour de son prince, en pleurs,
» en larmes, avec un triste et morne silence, ne faisant que
» lever les yeux au ciel, joindre les mains, battre leurs poi-
» trines, gémir et soupirer, et si quelques cris échappaient,
» c'était avec des élancements si douloureux, que rien ne
» saurait se représenter de plus affreux et de plus pitoyable.
» Ensemble, chacun ne faisait que dire : Nous sommes per-
» dus si notre bon Roi est mort (2). »

Heureuses les nations qui savent appeler de leurs vœux et mériter un Roi que « l'armée appelle *Henry, le roi des bra- ves*; l'Europe, *Henry-le-Grand*, et qui, pour le peuple, reste le *bon Henry* (3)! »

Nous avons fini l'*Histoire féodale de la Devèze*. — Ces *quelques notes* auront-elles la bonne fortune de s'attirer d'in- dulgentes sympathies? Ou bien, le réveil d'un *passé*, glorieux à vrai dire, mais sur lequel se sont appesanties, depuis trois siècles surtout, tant de haines et de calomnies, nous mérite ra- t-il l'honneur de voir peser, sur cette première partie de notre

---

(1) Feller. — Biographie universelles au mot Henri IV.— « Mon royaume, disait
» Henri IV, est incontestablement le royaume de Dieu; il lui appartient en propre,
» il n'a fait que me le confier. » Un jour, se trouvant à table avec quelques confi-
dents qui prenaient trop gaillardement leurs ébats : « Soyons, dit-il, tant bons
» compagnons que nous voudrons, mais il faut que l'honneur de Dieu marche de-
» vant tout, et quand il y va de son respect, il faut mettre bas toute risée et gaus-
» serie. » (Ibid.)

(2) L'Estoile et Mémoires de Sully.

(3) Bouniol, t. III, p. 80.

histoire locale, cette espèce de malédiction qui atteint jusqu'à l'histoire générale de nos temps féodaux ? — Chose étrange! nous faisait naguère très-judicieusement remarquer un éminent publiciste (1) : « Nous mettons, en France, autant d'em-
» pressement à insulter nos ancêtres que les autres peuples à
» exalter les leurs... Il semble qu'aujourd'hui le moyen le
» plus sûr d'être *populaire* est de travestir les récits des *siè-
ì cles barbares du moyen-âge*, et de les rendre ridicules, »
comme si ce que vous appelez « la nuit et les ténèbres du
» moyen-âge » n'avait pas été illuminé de l'éclat des gloires les plus pures et des plus héroïques vertus !

« Je vois avec douleur, » écrivait Rollin (*Traité des Etudes,*
liv. VI, Avant-propos) « que l'*Histoire ancienne de France*
» est si négligée... J'ai honte d'être en quelque sorte étran-
» ger dans ma propre patrie. »

Pour nous, nous avons accepté, bien des fois et de grand cœur, l'*étude* de ces « faits et gestes de notre bon vieux
» temps,» comme une consolation et une expérience au milieu de nos temps si troublés, des déceptions et des amertumes de la vie.

Je lisais récemment que c'était « dans l'*étude* que les gran-
» des âmes condamnées au spectacle de la décadence romaine
» et des invasions barbares allaient chercher une diversion
» et un soulagement (2). » — Sans être, à coup sûr, une grande âme, je puis dire que la contemplation des énergies vraiment chrétiennes et des vertus fortes et généreuses de ces siècles de foi m'a été «une diversion» salutaire et un grand « soulagement » en face des audaces et des agissements de tous genres, identiques quant au but, quoique divers dans les moyens, de la Révolution !

La Révolution est un vrai Protée : elle a été tour à tour *an-glaise, huguenote, voltairienne;* elle s'est en un jour funeste

(1) L'*Univers.* — Feuilleton du 6 mars 1876.
(2) *Univers* du 6 mars 1876.

(1795) abîmée dans une véritable orgie de boue et de sang !

Nous savons aujourd'hui à *quelles vaillantes mains* fut confiée la défense des intérêts *catholiques et vraiment français* — ces deux mots sont inséparables — contre les Anglais et les Huguenots, dans nos magnifiques contrées d'Arros et Adour.

Depuis la Renaissance jusqu'en 1795, nous rencontrerons de hautes vertus, mais aussi de déplorables aberrations et défaillances. Nous les flétrirons comme il convient dans notre *Histoire communale et religieuse*, sans jamais oublier que nous devons un profond respect aux personnes !

Dieu veuille que notre bien modeste travail puisse être pour le moins quelque chose comme la plus petite des *cinq petites pierres* — *quinque limpidissimos lapides* (1) — que le jeune pâtre David sut trouver, sur le bord du torrent et dans sa panetière, pour abattre l'orgueilleux Philistin ! — Puisse notre étude servir pour sa part, si faible soit-elle, à paralyser, dans notre beau pays d'Arros et Adour, l'influence funeste et vraiment infernale de ce Goliath qui a nom : « Révolution et Radicalisme. »

(1) Liv. I *des Rois*, chap. XVII, v. 40.

LA DEVÈZE.

HISTOIRE MUNICIPALE ET CIVILE.

La ville de La Devèze, *Castrum de Deveziâ*, compte au nombre de ses priviléges celui d'avoir figuré, jusqu'à la Révolution, comme l'un des quatre siéges royaux de justice du pays de Rivière-Basse (1).

Si Dieu le veut, nous aurons plus tard l'honneur d'offrir à la *Revue de Gascogne*, sur les *Justices d'Arros et Adour* (2), des détails de leur nature fort intéressants.

Pour le moment, c'est l'*Histoire civile*, et ensuite l'*Histoire religieuse de la Ville et Communauté de La Devèze,* qui doit nous occuper.

On nous accusera peut-être d'avoir, jusqu'à ce jour, cherché à faire l'*histoire dorée*, c'est-à-dire l'éloge et l'apologie de La Devèze, plutôt que son *histoire impartiale*. C'est très-simple. L'histoire de ce qui est bien, de sa nature est un éloge : sauf le meurtre du vénérable évêque d'Aire par les indignes fils de Jean de Rive-Haute et leurs malheureux compagnons (3), nous n'avons eu, dans ces époques de vraie foi et de vraie vertu, qu'à présenter le spectacle de grands courages et de nobles caractères.

(1) Ces siéges royaux étaient: Castelnau, Maubourguet, Tasque et La Devèze.
(2) Seulement pour le pays de Rivière-Basse.
(3) Nous renvoyons à la fin de notre *Monographie de La Devèze* quelques *additions* et *rectifications*, qui sont dues aux observations bienveillantes et amicales de M. l'abbé Canéto, vicaire-général du diocèse d'Auch; de M. Paul La Plagne-Barris, conseiller à la cour d'appel de Paris; de M. l'abbé Dulac, curé de Sauveterre (Hautes-Pyrénées); de M. l'abbé de Carsalade du Pont, curé de Mont-d'Astarac. Nous accepterons toujours avec reconnaissance toute observation qui aura pour but d'éclairer un point quelconque de notre histoire locale.

Je doute, par exemple, que le progrès des *idées modernes*
puisse jamais réussir à graver dans le cœur de nos excellents
compatriotes un dévoûment *pro re et patriâ,* aussi profond
que celui qui se révèle à chaque page de nos archives municipales, depuis 1645 en particulier. Nos consuls, échevins,
notables, conseillers de ville, etc., reconnaissant « le précieux
avantage d'être sous la main du Roy, » se feront gloire « d'ê-
tre à perpétuité les justiciables de Sa Majesté, et ses hommes. » Dans leur amour pour le bien public, ils proclameront
et défendront à outrance les *droits inaliénables de la communauté,* et, s'il faut en venir à des actes d'énergie, ils sauront tenir en échec les intrigues d'ambitieux qui auront pris
toutes les voies pour exploiter ses possessions au profit de
leurs passions égoïstes.

Malheureusement, dans nos annales, il y aura une date
funeste, l'*époque révolutionnaire.*

A l'heure opportune, on verra que nous savons flétrir les
discours impies et les violences sacriléges de nos tribuns municipaux, et même les faiblesses de nos frères dans le sacer-
doce.

En vertu de l'édit du 11 juillet 1607, les biens appartenant à
Henri IV, avant son avénement au trône, par la succession de
Jeanne d'Albret, sa mère, furent réincorporés au domaine de
la couronne (1). Il paraît qu'en 1645, Louis XIV, par lettres
du 20 novembre, céda le comté d'Armagnac, et par conséquent
la Rivière-Basse et le domaine de La Devèze, à Henri de Lorraine, comte d'Harcourt. La famille d'Harcourt les garda
jusqu'en 1787 (2).

(1) Jusque-là, les terres d'Armagnac, Albret, Rodez, Périgord, Limoges étaient
régies par des fermiers au nom du roi de Navarre. En 1574, nous voyons figurer
un Raimond de Vergès comme fermier du domaine au nom de Charles d'Ast et
Pierre Asselad, en vertu d'un bail de neuf années consenti par Henri, roi de Navarre,
le 27 mars 1574.

(1) *Art de vérifier les dates,* comtes d'Armagnac.—Edit du Conseil d'Etat du Roi
du 26 octobre 1716.

Nous avons trouvé trace : 1° d'hommages rendus le 6 août 1612, par l'abbé de la Case-Dieu, pour la moitié de la haute, moyenne et basse justice et devoirs seigneuriaux de Plaisance pour les fiefs en Castelnau, *La Devèze*, Galiax, Maubourguet, Tieste, Auriébat; 2° d'actes d'opposition (19 décembre 1654) contre les usurpations que les *fermiers* du domaine faisaient sur les fiefs dus à l'abbaye de la Case-Dieu, *au terroir de La Devèze* (1).

Mais ce n'est, à vrai dire, que depuis 1645 que la ville et communauté de La Devèze se révèle à nos yeux dans sa *vie municipale et civile*. Nos archives communales, et les renseignements découverts par nous jusqu'à ce jour, ne datent, à ce point de vue historique, que de cette époque. Depuis 1645, nous possédons, en revanche, une série abondante de documents authentiques dont la révélation, après étude sérieuse et réfléchie, ne manquera pas, je l'espère, d'un certain intérêt.

Cette partie de notre travail comprendra quatre paragraphes : 1° *Administration municipale proprement dite;* 2° *administration foncière,* ou *gestion des biens de la communauté;* 5° *administration financière;* 4° *voirie.*

Le paragraphe premier se divise en trois périodes : 1° *Période d'avant 1789;* 2° *Epoque révolutionnaire;* 5° *Période contemporaine.*

(1) Inventaire des titres de l'abbaye de la Case-Dieu (Archives départementales du Gers).

§ Ier.

ADMINISTRATION MUNICIPALE PROPREMENT DITE.

PÉRIODE D'AVANT 1789.

I

Coutumes de La Devèze de 1309. — Réglement de police municipale de 1787. — Ce réglement aboli en 1789. — Droits et priviléges de la ville et communauté de La Devèze.

La ville et communauté de La Devèze eut ses coutumes, octroyées en 1309 par Bernard VI, comte d'Armagnac, et confirmées par le comte Bernard VII, le 28 septembre 1392, dans l'église de Castelnau-Rivière-Basse (1). On lit dans l'inventaire du château de Lectoure : « Interprétation et confirmation des coutumes de La Devèze, en Rivière-Basse, par » le comte Bernard (2). »

Au grand regret de tous ceux qui s'intéressent à notre histoire locale, le texte de ces coutumes est perdu, ou du moins nous n'avons pas eu, jusqu'à ce jour, la main assez heureuse pour retrouver ce trésor.

En l'absence de ce document, les officiers municipaux de La Devèze (7 octobre 1787) s'autorisèrent du souvenir traditionnel de nos anciennes coutumes pour rédiger un *Réglement de police* que nos faux libéraux (15 janvier 1789) proclameront comme « un abus d'autorité et une soumission » aveugle, de la part de la communauté, à toutes les volontés » et à tous les caprices du sieur maire (3); » qu'ils révoqueront et annuleront « comme contraire au bien public, *atten-* » *tatoire aux droits du Roy et à ceux de l'Eglise* (sic) (4), »

(1) Monlezun, *Histoire de la Gascogne*, t. IV, p. 434. — Délibération municipale de la ville et communauté de La Devèze, du 7 octobre 1787.
(2) Nous devons cette note à la bienveillance de M. Paul La Plagne-Barris.
(3) Délibération de l'*Assemblée municipale du lieu* (ils ne veulent plus du mot : ville) *de La Devèze.*
(4) Ibidem.

mais dont la sagesse n'échappera pas aux esprits intelligents et sérieux.

Nous pourrons donner plus tard, sous forme d'appendice, ce document *in extenso*. Pour le moment, nous nous contenterons d'en signaler quelques *articles* qui nous paraissent de bonne et sage administration :

ART. 1er.

Premièrement a été dit et arrêté : tous les habitants de la juridiction aiant voix délibérative seront tenus de se rendre à l'assemblée générale qui sera convoquée par un sergent de ville au nom et de la part des officiers municipaux, sauf legitime empêchement, comme aussy de dolibérer et signer les délibérations, s'ils savent écrire et ce, à peine de trois livres d'amende applicable aux réparations de l'hôtel de ville.

ART. 2.

Les officiers municipaux veilleront à l'exécution de l'arrêt du Conseil du Roi du 27 mars 1778, concernant la décence dans les églises : au cas d'obstination de la part des contrevenents, ils demeureront condamnés en trois livres d'amende pour chaque contravention applicable à l'entretien des églises qui sont toutes sans revenus dans la juridiction, sans préjudice d'être fait le procès aux délinquants, conformément au susdit arrêt.

ART. 3.

Deffences à toute personne de travailler les jours des fêtes et dimanches à moins de grande nécessité et en avoir obtenu dans ce cas la permission des officiers municipaux, à peine de trois livres d'amende applicable à l'entretien des églises du lieu.

ART. 4.

Deffences à tous aubergistes et cabaretiers de donner à manger ny à boire ny à jouer aux habitants de la juridiction ny à autres excepté les voyageurs, ny depuis neuf heures du soir depuis le premier novembre jusques au premier avril; comme aussy depuis le premier avril jusques au premier novembre, depuis dix heures du soir, ny de laisser jouer chez eux des instruments la dite heure passée ny les jours des fêtes et dimanches; deffences pareillement aux dits habitants et autres, les voyageurs exceptés, de rester aux dits cabarets

les dits jours, ny après la dite heure ce à peine de cinq francs d'a-
mende au profit des pauvres contre chaqu'un des dits cabaretiers,
joueurs des jeux et instruments habitants du lieu et autres circonvoisins, et même de prison le cas y écheant.

Art. 5.

Deffences à toutes personnes de satrouper pour faire charivary,
course, danse ou autrement, se deguiser ou travestir, à peine de
vingt quatre heures de prison au moins et de cinq francs d'amende
contre chaqu'un applicable aux reparations de l'hôtel de ville.

Art. 10.

Les hôtes ou cabaretiers seront reçus par les officiers municipaux
en prêtant le serment entre leurs mains après qu'ils auront pris les
attestations valables de leur bonne vie et mœurs.

Suivent des détails d'administration.

Art. 9 et 11.

Les boulangers seront tenus de faire le pain de bonne qualité.....
Les boucheries devront être tenues en service conformément aux
reglements. Les dits bouchers ne pourront égorger aucune tête de
bétail qu'elle n'ait été spécialement visitée par les officiers municipaux, etc. Le tout sous peine d'amende au profit des pauvres, parfois de prison, de confiscation de la dite viande, s'ils la jugent de
mauvaise qualité. Il faut que les poids soient justes et conformes à
ceux de la présente ville qui sont ceux du païs de Rivière-Basse.
Obligation pour eux de se servir des poids et balances qui leur seront remis par les officiers municipaux. Défense de se servir de la
romaine.

Art. 12.

Aucunes personnes ne pourront s'établir dans la présente ville et
juridiction d'icelle sans en avoir préalablement obtenu la permission du premier officier municipal ou autres en cas d'absence, qui
ne pourront les recevoir au nombre des habitans conformément à
l'art. 22 de l'édit de décembre 1706 qu'après qu'ils auront justifié de
leurs bonne vie et mœurs et religion catholique et d'eux pris te reçu
le serment en tel cas requis moyennant quoy pourront leur accorder
des titres d'habitans.

Art. 50.

Et comme souvent les meilleurs reglements restent sans effet faute de secours necessaires pour leur execution, conformément aux dispositions de l'edit du mois d'octobre 1699, il est enjoint aux Prévôts de maréchaussée, exempts, archers, huissiers, sergents, serviteurs de ville, aux bourgeois et tous autres de la juridiction, de donner et prêter main forte pour l'entière execution du present reglement, à peine de cinq francs d'amende pour chaque fois contre chaqu'un des refusans, applicable aux réparations de l'hôtel de ville.

Art. 51.

Tous les susdits habitans assemblés tant pour eux que pour les autres absens ont promis et promettent pour toujours à l'avenir observer exactement le présent reglement de police auquel ils sont soumis volontairement avec promesse de ny contrevenir directement ny indirectement ny de n'en reclamer ny appeler, à quoy ils ont renoncé expressément. — Au surplus, ils donnent pouvoir aux officiers municipaux de poursuivre l'omolagation du susdit reglement auprès de Sa Majesté et devant Nosseigneurs du Parlement de Toulouse — comme aussy de supplier Monseigneur l'Intendant d'hotoriser les depences qu'il sera necessaire d'exposer pour l'arrêt d'omolagation, frais d'impositions, d'affiche et publication tant dans la presente ville, juridiction d'icelle que dans les paroisses voisines et pour subvenir aux dits depens suplie en même temps Monseigneur l'Intendant de leur permettre d'imposer les sommes qu'ils croiront nécessaires d'après les éclaircissements qu'ils prendront à cet égard.

Ainsy a été conclu, arrêté et délibéré (1) par lesdits assemblés qui ont signé avec mondit Maire, consuls et autres.

Signés : D. Lanacastets, maire; Jean-Baptiste Lanacastets, 1er consul, Lalanne, consul; Barquissau, Domerc, Cantan de Hournets, Leberon, trois Dareix, Meillan, Dusser, Bière, deux Paissé, Laffite, secrétaire-greffier.

En présence de telles mesures administratives, je conçois que nos progressistes de 1789 aient révoqué et annulé la délibération du 7 octobre 1787.

(1) Délibération en assemblée générale de la communauté de la Devèze, du 7 octobre 1787.

Les considérants et la conclusion de leur arrêt nous paraissent un vrai monument d'hypocrisie libérale :

L'an 1789 et le 15 janvier l'assemblée municipale du lieu de la Devèze s'est réunie à l'hôtel de ville... à laquelle il a été représenté par le syndic et président de la dite assemblée dudit lieu que... le 7 octobre 1787, le maire aurait présenté un projet de reglement de police contenant cinquante articles dont quelques-uns auraient pû être de quelque utilité à la Communauté.... mais plusieurs des articles contenus au dit projet de reglement *ne furent ny compris ny entendus* par les particuliers qui composaient alors cette assemblée : tous ces articles qui ne furent ny compris ny entendus par les particuliers assemblés à ladite époque étaient très onéreux à la communauté et ne tendaient tous qu'à approprier un droit et une authorité sans bornes au sieur Maire, qui par ce moyen aurait tenu les habitans dans la servitude au gré de son caprice, de manière que ce prétendu règlement de police devenait une soumission aveugle de la part de la communauté à toutes les volontés du sieur maire ..

Sur quoy la matière mise en délibération, il a été unanimement arrêté et délibéré à l'égard dudit projet de police que l'Assemblée le revoque et annule comme *contraire au bien public, attentatoire aux droits du Roy et à ceux de l'Eglise.*

Hélas ! dans les jours malheureux qui suivront de trop près cet arrêt infamant contre une administration énergiquement conservatrice, retrouverons-nous un tel respect pour les volontés royales et les droits imprescriptibles de l'Eglise !

Nous n'avons pas été assez heureux pour retrouver la trace de nos *anciennes coutumes.*

Mais nous savons, de science certaine, que la ville et communauté de La Devèze possédait des *droits* et *priviléges* dont nos autorités s'empressèrent de faire le dénombrement (mars 1777) pour ne pas se voir dépouillés d'un bien *joui de tout temps et de possession paisible et constante.* Un arrêté de la Cour et Chambre des comptes de Navarre du 24 septembre 1772 enjoignait à tous les vassaux de son ressort d'avoir à faire hommage de ces droits à Sa Majesté, et d'en produire la déclaration. Pour faire acte de parfaite obéissance, la municipalité de La Devèze donna, par délibération du 9 mars 1777, au sieur Dominique Lanacastets, avocat au Parlement, conseiller du Roi et maire, tous les pouvoirs et délégations nécessaires.

La ville et communauté de La Devèze possédait : 1° droits de justice, haute basse et moyenne; 2° droit de baylie; 3° droit de taverne; 4° droit de péage; 5° droit de mesurage, d'avoir des mesures fixes pour les denrées sèches et liquides, droit de moudre les grains où l'on voulait; 6° droit de fixation des lods au denier douze du prix des ventes et échanges; 7° droit de fixation des fiefs à quatre deniers par sac (16 deniers par arpent); 8° droit de dîme, censive; 9° droit de construire des pigeonniers détachés avec chaperon; 10° droit de percevoir une somme fixe sur chaque animal égorgé et chaque barrique de vin se débitant à *pot* et *pinte;* 11° droit de fixer le ban des vendanges; 12° droit de police ordinaire; 13° droits d'élire les consuls, échevins et autres officiers municipaux, et autres droits seigneuriaux utiles et honorifiques (1).

II

Régime consulaire. — Election et installation des consuls. — Division de La Devèze en quartiers (1765). — Prétentions de Tursan d'Espagnet. — Lutte. — Organisation et élections des trois quartiers. — Régime des échevins. — Nouvelles luttes entre le corps de ville et Tursan d'Espagnet.

Jusqu'en 1765, la ville et communauté de La Devèze fut exclusivement administrée par trois consuls. — Quand il fallait traiter des affaires de la communauté, on se réunissait, en assemblée publique, par devant le juge de La Devèze (2) ou devant le lieutenant de Rivière-Basse (3).

(1) Cf. Délibération du 9 mars 1777. — Acte de vente du domaine royal de La Devèze au sieur Bernard de Faudoas (26 juillet 1765).

(2) Raymond du Clos, de La Devèze, conseiller du Roy, remplit les fonctions de la judicature de La Devèze et du pays de Rivière-Basse, jusqu'en 1713; il eut pour successeur immédiat M. André Saturnin Tursan, conseiller du Roy, natif de La Devèze; M. Tursan porte le titre de juge en chef du pays de Rivière-Basse, en 1717 (2 février).

(3) M. Jean Domèrc, habitant de La Devèze, occupa la charge de lieutenant de Rivière-Basse jusqu'en 1693 (11 décembre); — de ce jour, il est qualifié *lieutenant principal* de Rivière-Basse jusqu'en 1713 (3 septembre).

Tous les habitants, sur la *représentation* des consuls, avaient le droit de prendre une part active aux délibérations. C'était l'âge d'or du suffrage universel dans le gouvernement social. Le suffrage universel à cette époque était, sans nul doute, honnêtement et intelligemment exercé, parce qu'il ne sortait pas des limites de la compétence et des intérêts propres des électeurs.

La nomination des consuls se renouvelait tous les ans, le premier dimanche de septembre : chacun des consuls sortants pour sa charge respective de 1er, 2e, 5e consul, proposait au suffrage de la communauté, autorisée à se réunir par le juge, après communication de la liste consulaire au Procureur du Roy, deux noms, parmi les *gens de probité et de bien, les plus capables et solvables*. Le candidat qui, dans chacun des trois rangs, avait obtenu le plus d'adhésions, était investi des honneurs et charges de consul. Le résultat du vote était communiqué par le juge au Procureur du Roy qui octroyait ratification définitive, si ce vote *n'offrait rien de contraire aux ordonnances royales ni aux arrêts de la cour*.

Les consuls *modernes* (c'était le nom qu'on donnait aux nouveaux élus) étaient requis par le juge de venir prêter le serment d'usage entre ses mains, à peine de vingt-cinq et parfois cinquante livres d'amende, et d'être responsables envers la communauté de tous dépens, dommages et intérêts. Faute de ce, il leur était fait inhibition et défense d'exercer une fonction quelconque de la charge consulaire.

La prestation d'un serment, même pour des fonctions laïques, est de sa nature un acte religieux et sacré; aussi j'éprouve une sympathique admiration pour les consuls de certaines villes et communautés se rendant à l'église du lieu, le lendemain de la Noël, conduits par les consuls sortant de charge, revêtus de leurs insignes et accompagnés des membres du Conseil. Là, en la *présence réelle* du Dieu-Vérité, ils s'inclinent devant le seigneur du lieu ou son bayle qui les attend

assis sur son siége, la croix et le livre des saints Evangiles
posés sur ses genoux, et jurent « de bien deument garder
» governer le bien de la communauté le mieux qu'il leur sera
» possible et faire aultant pour le pouvre que pour le riche,
» sans porter faveur à aulcung et fère tout ce qu'il fau-
» dra (1). »

Je suis moins admirateur de nos consuls comparaissant
devant le juge du lieu, « jurant » sans doute « fidelité au Roy
» et de faire les fonctions de leurs charges en gens de bien,
» d'honneur et de conscience, » mais « prosternés à deux
» genoux, les mains sur les saints Evangiles, *aux pieds du*
» *juge, dans sa maison d'habitation*, ou dans l'endroit où l'on
» a coutume de tenir les assemblées publiques. »

L'autel du Dieu vivant, dans ces circontances, me va mieux
que l'hôtel, même d'un juge de La Devèze et de Rivière-
Basse.

L'élection consulaire devait se renouveler tous les ans.
Toutefois, en exécution des ordres du Roy et ordonnances de
monseigneur l'Intendant, les consuls de 1755 furent *conti-
nués* pour 1756, 1757, 1758.

Le régime des consuls fut en vigueur jusqu'en 1765. Il y
avait eu jusque-là harmonie parfaite entre les habitants et les
divers tenants de l'autorité. Le juge se faisait un devoir et
un honheur de présider les réunions, et les consuls protégeaient avec un zèle digne d'éloges, s'il faut en croire nos
archives municipales, les droits et les intérêts de la communauté.

On connaît les désordres de tout genre qui régnèrent à la
Cour sous Louis XV, et qui ne firent que trop ressentir leur
influence à tous les degrés de l'administration.

L'année 1765 est, selon nous, le point de départ officiel de
toutes nos révolutions locales.

Aux mois d'août 1764 et mai 1765, le Roi eut la malen-

(1) *Histoire de la ville et communauté d'Aubiet,* par M. l'abbé Dubord.

contreuse inspiration de signer des édits, enregistrés le 16 juillet 1765 en Souveraine Cour de parlement de Toulouse, qui enjoignaient aux juges des lieux d'avoir à diviser les villes et bourgs en *trois quartiers* d'un nombre égal d'habitants; et à leur défaut, ordre formel aux échevins ou consuls du lieu de procéder à l'opération. En outre, il devra être élu, en *assemblée publique* et *par quartier*, *quatre* députés. Ces députés, toujours en présence du juge et des consuls, nommeront, au scrutin secret et à la pluralité des voix, six notables représentant les divers ordres; les notables procéderont à leur tour, dans les mêmes formes, à l'élection de deux échevins; les échevins et les notables à l'élection de trois conseillers de ville; les notables, les échevins et les conseillers de ville, à l'élection d'un receveur syndic, d'un secrétaire greffier, collecteur, prud'hommes et tous autres serviteurs de ville.

Certains membres de la communauté de La Devèze prirent à cœur l'exécution des édits. M. André Tursan, juge en chef, fut requis d'avoir à se conformer aux Ordres Royaux. *Indè iræ*. Il paraît même que la nouvelle réglementation n'était pas parfaitement prisée par les consuls en charge : Guillaume Bacqué, Jean Lafitte Inthus et Bertrand Dubernet. Il y eut intervention du bayle, et sommation pour le juge et les consuls d'avoir à faire exécuter l'entier contenu des édits. Le juge en particulier répondit par un refus formel; et désormais les Tursan d'Espagnet n'assisteront que rarement aux délibérations, bien qu'invités chaque fois par billet signé du secrétaire greffier et adressé par les officiers municipaux.

D'Espagnet alla, à titre de protestation, jusqu'à procéder, lui seul, à la nomination des consuls jusqu'en 1766. Il obtint même de ses élus la prestation du serment entre ses mains.

Les membres de la communauté, Dominique Lanacastets, notaire royal; Guillaume Lafitte Gardey, avocat en parlement, etc., favorables aux édits, protestèrent contre l'*élection* d'Espagnet, même par devant notaire, la taxant d'opération *des*

plus irrégulières et singulières, de contravention et attentat
aux édits et réglements en usage, de violation flagrante des
droits de la communauté qui a toujours choisi et nommé ses
consuls, à la pluralité des suffrages.

« En conséquence, lesdits sieurs constituants étant intéressés à faire exécuter les édits et faire casser la prétendue élection consulaire faite d'autorité par d'Espagnet, ont unanimement créé, pour y parvenir, syndic de la communauté, avec
pleins pouvoirs jusqu'à sentence et arrêts définitifs, Dominique Lanacastets, notaire royal, à l'effet de se pourvoir envers
et contre l'élection consulaire faite par ledit sieur d'Espagnet
par devant et en la cour de messieurs les officiers de l'élection
d'Auch, et partout où besoin sera, en première instance ou
par appel. »

Les élus de d'Espagnet, Jean Fauron, Raymond Bialès,
pour ne pas s'engager à des complications fort désagréables,
crurent devoir se désister.

M. d'Espagnet et les consuls de 1765 persévérèrent dans
leur refus formel de procéder au *partage* exigé par les édits,
« nonobstant les réquisitions verbales faites par la commu-
» nauté en assemblée, et même diverses fois par plusieurs des
» plus notables. » Il fallut en venir encore à la création d'un
syndic « avec pleins pouvoirs de faire trois actes séparés de
» trois en trois jours, audit sieur d'Espagnet, et subsidiaire-
» ment, et à défaut de d'Espagnet, aux consuls en exercice
» pour les prier et les sommer d'avoir à diviser la ville de La
» Devèze et ses dépendances (1) en *trois quartiers,* pour for-
» mer chacun desdits quartiers d'un nombre égal d'habi-
» tants, en suivant l'ordre des demeures (2). »

(1) En 1650, la ville et communauté de La Devèze contenait quatre cent trente
maisons dispersées dans les cinq paroisses. Extrait du cadastre de 1650. En 1765,
la même ville et communauté de La Devèze comptait 1309 habitants (Délibération
du 21 novembre 1765).

(2) Acte notarié signé Dusser, du 13 octobre 1765. Archives de M. Dupleix-Pallaro, notaire à La Devèze-Ville. M. Dupleix se prête à toutes nos recherches avec
une bienveillance si généreuse et si amicale, que nous ne saurions jamais trop lui
témoigner notre vive et respectueuse reconnaissance.

Enfin, Jean Lafitte Inthus, sommé et requis par exploit d'avoir, en sa qualité de consul, à s'exécuter *incontinent et sans délai*, procéda à la division (1) *tant et si indûment désirée*, comme suit :

1° Avons composé le premier quartier de la paroisse de la Ville et de celle de Saint-André auquel nous avons joint les maisons des nommés Aujalis, Lartigue Grivois et l'Abeillé qui sont à portée de ladite ville et avons trouvé que ce quartier contient quatre cent trente quatre habitans;

2° Avons composé le second quartier des paroisses de Castets et St-Pierre, et avons trouvé que ce quartier contient quatre cent trente-deux habitants.

3° Avons composé le troisième quartier des paroisses de St-Laurent et le parsan de Labonnas excepté des trois maisons que nous avons jointes au premier quartier lequel présent quartier avons trouvé contenir quatre cent quarante-trois habitants.

Ainsi a été par Nous faite la division de la ville de La Devèze et ses dépendances, en trois quartiers en suivant l'ordre des demeures d'un nombre égal d'habitants autant qu'il a été possible.

A La Devèze, ce vingt-un novembre mil sept cent soixante-cinq. Signés : LAFFITTE, consul, BIÈRE, secrétaire-greffier d'office.

Déjà (**20 novembre 1765**), le clergé de La Devèze, noble Antoine Du Clos de Gouts, docteur en théologie, archiprêtre de St-Pierre et Castets, Me Pierre Lasserre, docteur en théologie et curé de Saint Laurent, Me Jean Bourdette, aussi docteur en théologie, curé de la paroisse de St-André, la Magdeleine et ville de la Devèze, et Me Laurent Lalanne, docteur en théologie, prieur de Segalas, tous demeurant audit La Devèze, en exécution de l'article 56 de l'édit de mai, s'étaient donné

---

(1) Jusqu'à la malencontreuse division de 1765, La Devèze ne formait qu'une *seule communauté* de droits et d'intérêts sous le régime de *trois consuls* pris indifféremment dans les cinq paroisses. L'entente était parfaite dans l'administration; pour mon compte, je crois que la division du 21 novembre 1765 est le point de départ des divisions trop réelles que La Devèze a vu se succéder depuis lors et se multiplier dans son sein. La suite de la narration nous démontrera malheureusement que La Devèze a été plus particulièrement, depuis cette époque, l'infortunée victime de l'esprit révolutionnaire.

rendez-vous, dans la maison presbytérale de Saint-Pierre, en Devèze, pour élire le député du clergé qui devra participer à l'élection des six notables : ce fut M° Bourdelle qui reçut délégation pour se rendre, à cette fin, dans l'assemblée des députés.

Chacun des trois quartiers réunis par section et à des heures différentes en présence du consul fit, de son côté et respectivement, le choix de ses quatre députés. Voici le résultat de l'élection :

1er quartier : La Ville et St-André : Guillaume Laffite Gardey, avocat au Parlement ; Pierre Leberon, praticien, Gabriel Lestrade, me chirurgien, et Jean Labarthère.

2e quartier : St-Pierre et Castets : Jean Ducasse, François Lalanne Poulit, Jean Laporte et Dominique Brescon.

5e quartier : St-Laurent et partie de Labonnas : Bernard Lalanne, Laurent Dareix, Guillaume Nabonne, Arnaud Domerc (1).

Les douze députés, plus le député du clergé, se réunirent pour élire les six notables.

Furent élus au scrutin secret et à la pluralité des voix : 1° Noble Antoine Du Clos de Gouts, docteur en théologie, archiprêtre de la Devèze, notable pour le corps ecclésiastique ;

2° Bernard-Joseph Laffite-Caussade, Jean-Baptiste Lanacastets et M° Jean Dusser, notaire royal, notables pour le corps des bourgeois et avocats.

5° Guillaume Domerc et Guillaume Dareix, notables pour le corps des laboureurs et artisans (2).

Dix jours après, il fut procédé à l'élection des deux échevins, par les notables. Les suffrages furent dévolus par scrutin secret et à la pluralité des voix à M° Guillaume Laffitte Gardey, qui fut nommé premier échevin, et à M° Dominique Lanacastets, notaire royal, second échevin (5).

(1) Délibération du 22 novembre 1765.
(2) Délibération du 23 novembre 1765.
(3) Délibération du 3 décembre 1765.

En conformité des édits, les élus durent accepter le titre d'échevin; ils prêtèrent le serment exigé sur les saints Evangiles, et entre les mains du second consul, en l'absence du juge et du premier consul, ils jurèrent, selon l'usage, fidélité au Roi et s'engagèrent à remplir leurs fonctions en gens de bien, d'honneur et de conscience (1).

Les notables et les échevins firent l'élection des conseillers de ville; les élus furent : Laurent Dareix, Bernard Lalanne-Balthazar et Arnaud Lanacastets Bachet (2).

Enfin (3), Louis Bière, praticien, fut élu secrétaire greffier, Pierre Dareix, receveur syndic. De plus, on décida qu'on ne prendrait qu'un serviteur de ville aux gages de dix livres par an. Les gages du secrétaire greffier furent portés à 36 livres. Jean Lacour Lapouchoune fut nommé valet de ville, et la maison de Guillaume Dareix Tarbes, choisie pour hôtel de ville provisoire, au lieu de tenir les assemblées *sub dio* comme cela s'était pratiqué jusqu'à ce jour. Le 9 décembre 1765, Dominique Brescon Burbail fut nommé collecteur.

Quelques jours après l'organisation de la nouvelle municipalité, eut lieu une assemblée (4) des échevins, conseillers de ville et notables : on arrêta que, pour se conformer aux édits, les échevins auraient à convoquer les officiers municipaux, en assemblée de notables, tous les quinze jours, ou plus souvent si les échevins le jugeaient convenable. — Dans cette réunion, on devra s'occuper de la régie et administration ordinaire de la présente ville comme aussi de toutes les affaires exigeant prompte expedition, telles que logement des gens de guerre, transport des militaires malades, feux de joie, réponses aux lettres du Gouverneur, Commandant, Intendant de la Province et ses sub-délégués, ordres par eux adressés aux échevins, etc. — Il sera également tenu par les conseillers,

(1) Délibération du 5 décembre 1765.
(2) Délibération du 5 décembre 1675.
(3) Délibération du 6 décembre 1675.
(4) 19 décembre 1765.

tous les premiers samedis du mois, une assemblée de corps de ville où seront traitées, sauf les réserves établies par l'art. 15 et suivants de l'édit d'août 1764, toutes autres questions concernant les intérêts de la communauté.

Il est dans les tendances de l'humanité et trop souvent dans les usages de certaines administrations nouvellement établies de trouver mauvais tout ce qui a été accompli dans le passé. Nos élus modernes eurent le soin de se délivrer un brevet solennel de capacité administrative. Ils jugèrent que la ville et communauté de La Devèze « depuis longtemps était très mal » conduite, qu'aucune forme de gouvernement ne pouvait être » plus utile et plus conforme à la situation actuelle que la » forme et les règles prescrites par les édits de 1764 et 1765. » — Il faut être impartial; — nos édiles nouveaux révélèrent un dévouement spécial pour la remise en vigueur de certains droits, qu'ils nommaient biens patrimoniaux de la communauté, tels que droits de boucherie, de mesurage, de cabaret.... Entr'autres plaintes énergiquement formulées, ils trouvaient de fort mauvaise administration que l'ancien consulat eût laissé tomber ces priviléges en désuétude; — plus tard, quand nous traiterons de la question financière, nous verrons si leurs plaintes étaient en tous points fondées; — d'ores et déjà, il n'y a pas lieu de féliciter outre mesure nos nouveaux édiles de leur zèle si paternel, notamment pour les cabarets. On ira même jusqu'à accuser l'administration consulaire de concussion, de mauvais emploi, détournement des fonds municipaux (1).

En 1767 (25 novembre) et 1768 (2 novembre), la nouvelle édilité reviendra sur la mauvaise régie des biens patrimoniaux, cabarets et autres; elle représentera par l'organe du premier échevin que « jusqu'à la formation du corps de ville, » les affaires de la communauté étaient dirigées avec tant de » négligence et de confusion, que tout était dans un desordre

(1) Délibérations des 11 et 31 janvier 1766.

» général, » que jamais les officiers municipaux n'avaient pu liquider la situation, « parce que les titres et papiers, comp-
» tes et autres documents de la communauté ont été enlevés
» ou supprimés ou retenus par plusieurs personnes, entre
» autres les livres de mouvances, comptes des consuls, col-
» lecteurs, syndics, et spécialement un arrêt du conseil du
» 1er mai 1696 portant prohibition d'aliéner le domaine de
» La Devèze; que cet arrêt est entre les mains du sieur Tur-
» san; juge; qu'il importe de nommer un syndic pour assi-
» gner les détenteurs de ces papiers devant les juges à qui
» la connaissance en appartiendra (1). »

. Ce zèle si soucieux n'était pas de nature à détruire l'antipathie officielle qui divisait déjà les Tursan d'Espagnet et la
nouvelle municipalité. Il n'était pas fait pour prévenir de
nouveaux orages. Déjà, il s'en était produit d'assez violents.

Le 9 mars 1766, les échevins avaient reçu ordre de l'intendant d'envoyer toute la jeunesse de La Devèze, le 19 mars, à
Plaisance, pour le tirage au sort. Cet ordre fut exactement
transmis le dimanche qui en suivit la réception, à l'issue de
la messe paroissiale. Malgré les insinuations de M. d'Espagnet
et de quelques-uns de ses amis qui cherchaient à les entraîner
dans les voies de l'insubordination, les jeunes conscrits furent
fidèles à l'appel. M. d'Espagnet s'en entendit avec M. de Lagarde, commissaire subdélégué, résidant à Aire, et par ses
agissements, il réussit à faire procéder au tirage en présence
du commissaire, dans sa propre maison, vers les onze heures du soir. Bien entendu, les échevins et notables furent évin-
cés. Cette conduite indigna le corps de ville de La Devèze. Il
la regarda comme un outrage sanglant infligé aux représentants officiels de l'autorité dans l'exercice même de leurs fonctions. Le 25 mars 1766, il fut délibéré qu'on prendrait une
consultation auprès de l'un des avocats les plus distingués du
parlement de Toulouse, aux fins de poursuivre l'audacieux

(1) **Délibération du 25 novembre 1767.**

violateur des ordres officiels par toutes les voies de droit.
Plainte fut portée à Mgr l'intendant et à M. de Choiseul, ministre de la guerre. Elle eut tout l'effet qu'on s'en était promis.
L'intendant blâma la faiblesse de M. de Lagarde, et le 4 mai
1766 les échevins reçurent la lettre suivante :

Paris, le 4 mai 1766.

Je suis fâché, Messieurs, de ce qui est arrivé à La Devèze au sujet du tirage au sort. Ce n'est au surplus qu'un défaut de forme qui
ne dérange rien au fond. Mais je mande à mon subdélégué de faire
en sorte que dorénavant cet inconvénient n'ait plus lieu.

Signé : D'Etigny.

L'esprit qui a dicté cette lettre révèle trop, à notre sens, la
tendance qu'auraient certaines autorités à vouloir toujours
justifier leurs actes, même quand ils sont des abus de pouvoir le plus souvent créés par de mesquines ambitions.

Le corps de ville de La Devèze ordonna la transcription de
cette lettre sur les registres officiels pour servir de règle à ceux
qui dirigeraient, dans la suite, les affaires de la communauté.
Elle serait en même temps un témoignage rendu à la fermeté
des administrateurs actuels comme aussi à leur respect pour
les volontés supérieures.

M. d'Espagnet ne manqua pas de rejeter la pierre aux échevins. Le 25 septembre et 1er octobre 1767, la municipalité de
La Devèze crut nécessaire, pour maintenir l'ordre public, de
porter diverses ordonnances de police, notamment de faire
élever un carcan ou pilori sur la place publique. M. d'Espagnet interjeta appel en cassation près le parlement de Toulouse; le 9 août 1768, la cour rendit un arrêt qui cassait ces
ordonnances, ordonnait d'enlever le carcan sauf à en faire
placer un autre, aux formes du droit, et condamnait les échevins à 25 livres 12 sols 11 deniers d'amende.

III.

Tursan d'Espagnet, gouverneur de La Devèze. — Ses lettres de provision. — Il veut faire construire une prison et démolir les portes de la ville. — Recours de la municipalité au conseil du Roi. — Refus. — Erection de Tursan en fief noble. — Vains efforts de la municipalité pour la construction d'édifices publics.

Par lettres royales du 18 juin 1767, M. Pierre-André-Gabriel Tursan d'Espagnet fils, conseiller au Parlement de Pau, fut pourvu de l'office à vie de Gouverneur de la *ville et château* de La Devèze. Il eut à verser au préalable (25 janvier 1767), pour le paiement de cet office, la somme de six mille livres au Trésor des revenus casuels de la Couronne; le serment d'usage fut prêté le 27 septembre 1767, par M. d'Espagnet, entre les mains de M. Pierre-Gaston Gillet, chevalier, seigneur marquis de Lacaze, comte de Castelnau-d'Auzan, vicomte de Gabardan, conseiller du Roi en tous ses conseils, conseiller d'honneur au Parlement de Bordeaux, et premier Président au Parlement de Navarre. M. de Lacaze avait reçu délégation de M. René-Charles de Maupeou, chevalier, vice-chancelier, garde des sceaux de France, par lettre du 12 juillet 1767.

Pour l'enregistrement de ces lettres de provision, M. d'Espagnet manda auprès du corps de ville de La Devèze, M. Pierre Trinqualié, bourgeois de Riscle, qui le présenta devant le conseil, le 10 octobre 1767. M. Trinqualié n'ayant pu produire des preuves officielles de sa délégation, le Conseil se refusa à l'entérinement des lettres, et exigea que M. d'Espagnet se présentât en personne ou que son délégué fût muni d'une procuration spéciale.

M. d'Espagnet en référa à M. de Maupeou; celui-ci répondit à MM. les officiers municipaux de La Devèze, le 12 novembre 1767, que la formalité de la *procuration spéciale* n'était nullement nécessaire. Dès lors, ces Messieurs s'empressèrent de donner satisfaction à M. d'Espagnet.

Nous nous permettons de reproduire les lettres de provision délivrées à M. d'Espagnet, la quittance de la finance, la commission de M. de Maupeou, et le procès-verbal de la prestation du serment (1). Nos lecteurs verront par la suite du récit que si M. d'Espagnet a bien voulu « jouir et user plei- » nement des honneurs, fonctions, rang, séances, exemp- » tions, priviléges, prérogatives, gages, droits, fruits, pro- » fits, revenus et émoluments de son titre, » il a parfois méconnu la noble et délicate mission de faire vivre par ses bons procédés les habitants de La Devèze « en bonne union et » concorde les uns avec les autres et de les tenir dans le res- » pect et obéissance dûs à l'autorité Royale. » S'il eut compris dans un sens plus vrai parce qu'il eût été plus chrétien, les « priviléges et prérogatives de la noblesse (2), » il eût prévenu peut-être ce débordement des passions populaires qui ont si fort agité notre pays à l'époque si tristement célèbre de la grande Révolution.

Provisions de l'office de Gouverneur de la ville de La Devèze, en faveur de M. de Tursan d'Espagnet.

Louis, par la grâce de Dieu, Roi de France et de Navarre, à tous ceux qui ces présentes verront, salut. Nous avons par Notre déclaration du 4 mai 1766 ordonné qu'à l'avenir il ne sera par Nous pourvu qu'à vie aux offices de Gouverneur et de Nos Lieutenants créés dans les villes closes de Notre Royaume par Notre édit du mois de novembre 1733, et que restent à l'avenir nos revenus casuels : Nous avons ordonné en outre, par arrêt de Notre conseil du premier juin de ladite année 1766, qu'il ne pourra être pourvu auxdits offices de Gouverneurs et de Nos Lieutenants dans les villes closes de Notre

(1) Délibération du 3 décembre 1767.

(2) Il avait été réglé par le Roi que les offices de Gouverneur dans les villes closes du Royaume ne seraient déférés qu'aux nobles d'extraction ou autres *jouissant de la noblesse.*

Royaume que des sujets capables soit officiers de Nos troupes actuellement à Notre service ou qui en seront retirés, soit Nobles d'extraction ou autres jouissant de la noblesse, qui les pourront tenir et exercer sans incompatibilité avec tous autres offices, en payant par eux en Nos revenus casuels la finance desdits offices.

Suivant les rôles arrêtés en Notre conseil conformément aud. édit, à Notre déclaration et aud. arrêt de Notre conseil, Notre amé et féal conseiller en Notre cour de Parlement de Pau, le s. Pierre Gabriel de Tursan d'Espagnet ayant payé en Nos revenus casuels la finance à laquelle l'office de Gouverneur de la ville de La Devèze, généralité d'Auch, a été taxé, ainsi qu'il paraît par la quittance de finance dud. office cy attachée sous le contre scel de Notre chancelerie, Nous avons eu agréable de le pourvoir dud. office, persuadé qu'il remplira avec vigilance toutes les fonctions qui en dépendent, et qu'il Nous donnera en toutes occasions des preuves de zèle, fidelité et affection à Notre service.

A ces causes, Nous avons aud. s. de Tursan d'Espagnet donné et octroyé, donnons et octroyons par ces présentes signées de Notre main l'office de Gouverneur de la ville de La Devèze, créé et établi par Notre édit du mois de novembre 1733 et auquel n'a point encore été pourvu, pour led. office avoir, tenir et exercer, en jouir et user par led. s. de Tursan d'Espagnet sans incompatibilité avec tous autres offices, aux gages, appointements, logements ou ustensiles dont sera fait fonds annuellement dans l'état de l'ordonnance de Nos guerres, suivant l'art. 6 dud. arrêt de Notre conseil du 1er juin de lad. année 1766, avec pouvoir de commander aux habitants tout ce qui sera jugé nécessaire pour le bien de Notre service, sûreté et conservation de la ville en Notre obéissance, faire vivre lesd. habitants en bonne union et concorde les uns avec les autres, commander aux gens de guerre qui sont ou qui seront cy après établis en garnison dans lad. ville, les contenir en bon ordre et police suivant les règlements et ordonnances militaires, le tout lors et ainsi qu'il Nous plaira de l'ordonner et sous l'autorité du gouverneur et Notre lieutenant général en Notre province de Guyenne, en son absence de Nos commandants et lieutenants généraux et particuliers de Notre province. Voulons en outre que led. s. de Tursan d'Espagnet jouisse des honneurs, autorité, rang, séances, prérogatives, exemptions, priviléges, gages, droits, fruits, profits, revenus et émoluments dont jouissent ou doivent jouir les titulaires de pareils offices, de la même manière et ainsi qu'il est prescrit par lesdits édits des mois d'août 1686, décembre 1708, novembre 1733, et déclarations des onze juin 1704, 4 mai 1766, arrêt de Notre conseil du 1ᵉʳ juin 1766 et autres arrêts, déclarations et ordonnances y énoncés.

Si donnons en mandement à Notre très cher et féal chevalier, vice-chancelier et garde des sceaux de France le sieur de Maupou que, lui étant apparu des bonnes vie, mœurs, religion catholique apostolique et romaine dudit s. de Tursan d'Espagnet, et de lui pris et reçu le serment accoutumé, il le mette et institue ou le fasse mettre et instituer de par Nous en possession et jouissance dud. office, l'en fasse jouir et user pleinement et paisiblement, sa vie durant, ensemble des honneurs, fonctions, rang, séances, exemptions, priviléges, prérogatives, gages, droits, fruits, profits, revenus et émoluments susdicts et y appartenant, et le fasse obéir et entendre de tous ceux et aussi qu'il appartiendra es choses concernant led. office. Mandons aux trésoriers de l'ordinaire de nos guerres et à tous autres comptables qu'il appartiendra que les gages et droits appartenant aud. office ils ayent à faire payer et délivrer comptant aud. s. de Tursan d'Espagnet pour chacun an aux termes et en la manière accoutumée, à compter du jour de l'expédition de sa quittance de finance et rapportant les présentes ou copie d'icelles collationnée pour une fois seulement, avec quittance dud. s. de Tursan d'Espagnet sur ce suffisante. Nous voulons lesd. gages et droits appartenant aud. office être payés et alloués en la dépence des comptes de ceux qui en auront fait le payement, pas Nos amés et féaux conseillers les gens de Nos comptes à Paris auxquels mandons ainsi le faire sans difficulté. — Car tel est notre plaisir, en témoin de quoi Nous avons fait mettre Notre scel à cesd. présentes.

Donné à Versailles le dix-huitième jour du mois de juin, l'an de grâce 1767 et de Notre regne, le cinquante deuxième.—Louis, signé à l'original; et en marge duquel est écrit : Registrées en la chambre des comptes, ouï le procureur général du Roi pour jouir par le pourvu dud. office des gages et droits y attribués, le premier juillet 1767. Noblet, signé. Et sur le repli est écrit : Par le Roi, Bertin signé.

GÉNÉRALITÉ D'AUCH.

VILLE ET CHATEAU DE LA DEVÈZE.

Première finance
de l'office
de
Gouverneur.

J'ai reçu de M. Pierre André Gabriel de Tursan d'Espagnet, con-seiller au parlement de Pau, la somme de six mille livres pour la finance de l'office de Gouverneur de La Devèze créé par l'édit de de novembre 1733. Vérifié où besoin a été pour en être led. s. d'Es-pagnet pourvu à vie conformément à la déclaration du 4 mai 1766, aussi vérifié où besoin a été, et à l'arrêt du conseil rendu en consé-quence le premier juin aud. an; jouir de quatre cent quatre vingts livres de gages ou appointements sur le pied de huit pour cent de lad. finance dont il sera payé chaque année et à compter du jour et date de la présente quittance, suivant les états qui seront arrêtés au conseil, sans aucune retenue de dixième, vingtième et deux sols pour livre, du dixième quatre deniers pour livre, des invalides et au-tres oppositions, par les trésoriers de l'ordinaire des guerres entre les mains desquels le fonds en sera fait chacun en leur année d'exer-cice; et en outre de cent vingt livres pour logement ou ustensile sur le pied de deux pour cent de lad. finance, dont il sera payé en la même forme que dessus et par une seule et même quittance; et de tous les droits, profits, exemptions, rangs, fonctions, honneurs, prééminences, privilèges et prérogatives attribués aud. office, le tout ainsi qu'il est plus au long porté auxd. déclarations du 4 mai 1766 et arrêt du conseil du 1er juin suivant, ordonnances, édits, déclara-tions et arrêts du conseil y relatés.

Fait à Paris le 25e jour de janvier 1767, Bertin, signé; et de suite est quittance du trésor des revenus casuels de la somme de six mille livres; et plus bas est 23 : rôle du 15 juillet 1766 art. 28, et au repli est l'enregistrement au contrôle général des finances par Nous con-seiller ordinaire au conseil Royal, contrôleur général des finances, à Paris le 26 mai 1767.

De Laverdi *signé.*

René Charles de Maupeou chevalier, vice-chancelier, garde des sceaux de France, au sieur de Lacaze, premier président du Parle-ment de Pau, salut. Ayant plu au Roi Notre souverain seigneur de pourvoir par lettres de provision du 18 juin 1767 le s. Pierre André Gabriel de Tursan d'Espagnet, conseiller au Parlement de Pau, de l'état de l'office de gouverneur de la ville et château de La Devèze, généralité d'Auch, et ne pouvant led. sieur de Tursan d'Espagnet venir en personne pour prêter entre Nos mains le serment qu'il doit à Sa Majesté pour raison dud. état et office. A ces causes, nous avons commis et député, commettons et deputons par ces présentes pour en notre lieu et place prendre et recevoir dud. sieur de Tursan d'Espagnet le serment en tel cas requis et accoutumé et lui en délivrer tous actes et certificats requis et nécessaires de ce faire, vous donnons pouvoir, commission et mandement spécial par ces présentes que nous avons signées de Notre main, à icelles fait apposer le cachet de nos armes et contresigner par notre premier secretaire. Donné à Compiegne le 12e jour du mois de juillet 1767, de Maupou signé. Et plus bas est : par Mgr, Petigni signé.

Par devant nous Pierre Gaston Gillet, chevalier, seigneur marquis de Lacaze, comte de Castelnau-Deauzan, vicomte de Gabardan, conseiller du Roi en tous ses conseils, conseiller d'honneur au Parlement de Bordeaux et premier Président au Parlement de Navarre, en conséquence de la commission en l'autre part ecrite et à Nous adressée par Mgr de Maupou vice-chancelier, garde des sceaux de France, en date du 12 juillet dernier, s'est présenté M. de Tursan d'Espagnet, conseiller au Parlement de Navarre, lequel a prêté en Nos mains le serment qu'il doit au Roi pour raison de l'état et office de gouverneur de la ville de La Devèze dont il a plu à Sa Majesté le revêtir par les provisions qu'Elle lui en a accordées le 18 juin dernier, duquel serment Nous avons dressé le present procès-verbal que led. sieur de Tursan d'Espagnet a signé avec nous et que nous avons fait contresigner par notre secretaire. A Pau dans notre hôtel, le vingt-sept septembre 1767. Gillet de Lacaze, Tursan d'Espagnet signés à l'original. Et plus bas est : par Mgr, Duffau jeune signé aud. original.

Ainsi a été arrêté, deliberé et procedé à l'enregistrement des susdites lettres de gouverneur de la ville et château de La Devèze, l'an mil sept cent soixante sept et le troisieme jour du mois de décembre, dans l'hôtel de ville de La Devèze, devant les s. Laurent Dareix et Jean Baptiste Lanacastets, echevins et magistrats de police ordinaire, ayant l'assistance de Me Dominique Lanacastets, conseiller de ville et des sieurs Arnaud Lanacastets et Guillaume Domerc aussi conseillers de ville. Dareix echevin, Lanacastets, echevin, Domerc, couseiller de ville, Lanacastets, conseiller de ville, Lanacastets, conseiller de ville, et Bière secretaire greffier ordinaire signés sur le cahier original des déliberations municipales de La Devèze.

Les lettres de provision de Sa Majesté accordent à M. d'Espagnet « le pouvoir de commander aux habitants tout ce qui
» sera jugé nécessaire pour le bien du service du Roi, sûreté
» et conservation de ladicte ville en son obeissance, de com-
» mander aux gens de guerre qui sont ou seront établis en
» garnison dans ladite ville, de les contenir en bon ordre et
» police, suivant les reglements et ordonnances militaires le
» tout lors et ainsi qu'il plaira au Roi de l'ordonner, et sous
» l'autorité de gouverneur et lieutenant general de la pro-
» vince du Guyenne ou, en son absence, des autres com-
» mandants generaux et lieutenants particuliers de ladicte
» province. »

Or, M. d'Espagnet voulut étendre bien au-delà ses prérogatives. Il s'arrogea le droit de justice criminelle et municipale dans la ville de la Devèze, le droit de construction et police des prisons, le droit de garde et jouissance des portes,
murs et fortifications de ladite ville.

Déjà, par délibération du 15 février 1766, la municipalité
de la Devèze, connaissant l'urgence de la construction d'un
hôtel de ville et d'une prison, avait voté une somme de 240
livres pour l'achat d'un emplacement attenant à la place publique et à la maison de Guillaume Dareix-Tarbes, hôtel de
ville provisoire.

M. d'Espagnet se crut autorisé à faire construire de
son chef une prison pour son usage particulier, prétendant
être en droit d'y faire enfermer les habitants de sa juridiction,
à son gré. Il voulut l'établir dans la tour qui domine la porte
occidentale donnant sur la place publique. Il confia l'appropriation du local au sieur Jean Lafourcade, maçon, natif de
Combes; déjà les deux murs intérieurs servant d'appui à la
porte étaient tombés sous le marteau des démolisseurs.

La municipalité eut hâte de mander le sieur Jean-Baptiste
Lanacastets, échevin, pour signifier aux ouvriers d'avoir à
suspendre les travaux, avec menace d'amende, d'emprison-

nement et de tous dépens, dommages et intérêts pour toutes dégradations par eux commises tant à la porte qu'aux murs d'enceinte.

Sur ces entrefaites, M. d'Espagnet sollicita et obtint du Roi, sous forme de brevet, la permission de démolir les portes de la ville. Il avait exposé, à son profit, que ces portes étaient en si mauvais état que les voitures et chevaux servant à transporter les vivres et denrées nécessaires à l'alimentation de la ville, et les habitants eux-mêmes étaient exposés aux danger imminent et perpétuel d'être écrasés sous les ruines.

Aussitôt en possession du brevet et sans se donner la peine de le signifier au conseil de ville, d'Espagnet ordonna la démolition de la porte principale servant de prison royale. Ce fut seulement après la démolition que les officiers municipaux eurent communication officielle du brevet.

La municipalité eut grand hâte d'en référer au conseil du Roi, et par délibération du 3 mai 1775, elle adressa à Sa Majesté une protestation dont voici le sens exact, sinon les termes eux-mêmes :

Sire, la religion de Votre Majesté a été totalement surprise par un faux exposé. Votre Majesté n'ignore pas qu'Elle est le haut justicier de la Devèze : que cette ville, de temps immémorial, est le siége d'une justice royale dont la juridiction est très-étendue : les agissements deloyaux et les intrigues égoïstes de M. notre Gouverneur ont eu pour résultat de nous priver de l'hôtel de ville, d'auditoire, de prison; la porte principale de la présente ville vient d'être démolie par M. d'Espagnet... A très-peu de frais, ce local deja très-vaste eût pu être approprié à hôtel de ville, auditoire, prison. Or, M. le Gouverneur, en sollicitant le brevet que Votre Majesté a bien voulu lui octroyer, avait en vue non point les intérêts generaux de la communauté, — ses sympathies pour nous et son dévoûment ne vont pas jusque là, — mais son avantage personnel. La porte démolie, avant l'acte de vandalisme qui vient de s'accomplir, était, avec celles qui sont encore debout, un ornement pour la ville, et un bien utile aux habitants; certes, elle ne menaçait nullement ruine. Elle était en bon état, mais M. d'Espagnet a cru plus avantageux d'en avoir les matériaux, qui sont importants, pour en faire construire un château à la campagne... Si la religion de Votre Majesté, Sire, eut été parfaitement éclairée sur la vraie situation, nous en avons la certitude, jamais Elle n'eût daigné apposer le sceau royal à la delivrance d'un brevet préjudiciable au Roi, et surtout à ses fidèles et très-dévoués sujets.

Requerons en conséquence qu'il plaise à Sa Majesté declarer ledit brevet obreptice et subreptice; faire defense au s. d'Espagnet de s'en servir, et lui enjoindre de remettre les choses en leur état, ou du moins lui ordonner, à raison des matériaux considérables dont il va profiter au préjudice du Roy et du public, de construire à ses frais et dépens des prisons, et un hôtel de ville avec un auditoire.

La requête de la municipalité n'eut pas tout l'effet désiré; les officiers municipaux reçurent une lettre (25 février 1776) écrite par M. Douet de la Boulaye, intendant en Navarre, Béarn et généralité d'Auch :

Le Ministre n'a pas cru, Messieurs, devoir accueillir les représentations que vous lui avez adressées tendant à demander le rapport du brevet par lequel le Roy a permis à M. d'Espagnet de démolir les portes de la ville de la Devèze, à la charge de les réparer. Mais il a pensé que la démolition de ces portes ne devait avoir lieu que jusque au niveau des murs, à la charge toujours de les réparer. J'ai informé M. d'Espagnet de cette décision à laquelle vous aurez agréable de vous conformer en ce qui vous concerne. J'ai l'honneur, etc.

Signé : Douet de la Boulaye.

M. d'Espagnet ne daigna même pas se conformer à cette décision ministérielle; sur certains points, il démolit les portes au-dessous du niveau et négligea la réparation des murs.

A cette époque, où les priviléges devenaient trop souvent des abus, on ne sait ce qui mérite le plus le blâme et l'admiration, ou l'omnipotence violente des favoris du pouvoir, ou l'esprit de ménagement et de conciliation de la municipalité, et son respect pour les décisions souveraines.

Malgré la conviction intime que la municipalité de la Devèze avait de la force de son droit, elle porta la condescendance au point de délibérer, le 19 mai 1776, qu'il serait sursis, pendant le délai de six mois, à toutes poursuites contre l'inexécuteur dédaigneux des ordres de Sa Majesté. Je ne sais ce qui advint de ces menaces par trop timides du corps de ville de la Devèze. Il est de fait que M. d'Espagnet fit bâtir une *maison considérable*, dans l'enclos dit de Tursan qu'il possédait en la Devèze, d'une contenance de 65 journaux.

Une lettre du 13 juillet 1780 (1), adressée aux consuls de la Devèze par M. de la Bove, administrateur général des Domaines, nous apprend que M. d'Espagnet s'autorisa « des services » de sa famille dans la magistrature et dans le militaire » pour requérir, en qualité de conseiller au Parlement de Navarre, de Gouverneur et abbé lay de la Devèze, qu'il plaise à Sa Majesté ériger en fief noble l'enclos de Tursan, à la charge de transporter les censives, les tailles et autres impositions royales, sur le domaine appelé *au Haussat*, en la Devèze, sur un autre domaine acquis par feu M. d'Espagnet père de M. Lafitte Montus, sur un pré appelé *de Tursan*, et sur une pièce de terre *aux Avenues*.

M. Tursan était au comble de ses désirs. Il avait son château. La municipalité eut à prendre, de son initiative personnelle, des mesures pour la construction des édifices publics que requérait l'administration de la justice et des affaires municipales, hôtel-de-ville, auditoire, greffe, prisons, etc. — Elle avait dû songer à l'acquisition d'un emplacement situé aux abords de la place publique; le sieur Labarthère s'étant refusé à la vente, il fut délibéré, le 24 novembre 1776, que la construction aurait lieu contre les murs et dans les fossés qui sont au levant de la ville, à l'extrémité orientale du jardin de M. Leberon, aujourd'hui de la famille Dupleix-Pallaro. Les plan et devis furent dressés par Jean St-Laurent, maître charpentier, sur ordonnance de Mgr l'Intendant du 28 décembre 1776 et communiqués à la munici-

(1) Archives de M. André Lanacastets, de la Devèze-Rivière.

palité le 16 février 1777. Les frais de construction s'élevant
à un chiffre bien supérieur aux revenus de la communauté,
MM. les officiers municipaux décidèrent qu'il serait fait des
démarches pour obtenir de Sa Majesté l'autorisation de prendre les pierres nécessaires dans les vieux murs de la ville.
Tous les habitants s'engagèrent à transporter, par corvée,
ladite pierre à pied-d'œuvre, ainsi que tous les autres matériaux, pourvu qu'ils ne fussent pas obligés de les aller chercher à plus d'une lieue et demie de distance.

M. le gouverneur d'Espagnet avait été plus influent auprès
de Sa Majesté. Sa requête adressée au bénéfice de son château
fut accueillie avec meilleure grâce, cela se comprend, que
n'en rencontra la supplique des habitants de la Devèze. Le
projet ne reçut jamais exécution. Il fut observé d'ailleurs (1)
par la communauté que la charge des bâtiments à construire
pour l'exercice de la justice revenait de droit au seigneur
engagiste. Mais ces messieurs de la faveur et du privilège ne
se dérangent pas pour si peu. Les assemblées municipales
durent se tenir, comme par le passé, jusqu'en 1788, dans la
maison de Guillaume Dareix-Tarbes et dans la maison de M.
Laurent Leberon, greffier en chef du pays de Rivière-Basse,
où l'on avait coutume de tenir les audiences et autres actes
publics. Depuis 1788, les réunions se firent dans une des
chambres de la maison de Jean Lartigue jusqu'au 1er janvier
1792. A cette date, la chambre, au midi et au premier étage,
de la maison de Guillaume Dareix-Tarbes, fut de nouveau
affectée à l'hôtel-de-ville (2).

M. Tursan ne fut pas le seul à bénéficier de la démolition
des portes et murailles de la ville de la Devèze. Malgré les défenses formelles de l'Intendant de démolir les murs, d'en
enlever les matériaux, de leur faire subir le moindre change-

(1) Délibération du 8 juin 1777.
(2) Délibération des 15 décembre 1766 — 10 septembre 1788 — 18 décembre
1791.

ment sans une permission préalable, plusieurs habitants se crurent autorisés à faire leur profit de ces matériaux. En 1788 (1), Guillaume Dareix-Tarbes, négociant, s'empara des pierres de la porte occidentale tombée par vétusté en 1761, démolit ce qui restait de cette porte, et sur les fondations il éleva la chambre qui sert aujourd'hui de décharge à la maison presbytérale de la Madeleine.

IV.

Nomination et traitement des échevins. — Création de l'office de maire et autres charges municipales. — Installation du premier maire J.-D. Lanacastets. — Son interdiction et son rétablissement. — Réunion à la communauté des offices de maire et de secrétaire-greffier.

D'après les édits, l'échevin le plus jeune et le conseiller de ville le premier inscrit au tableau durent être réélus à l'expiration de la première année de la nouvelle administration, et remplacés, l'échevin, par un conseiller de ville, et le conseiller de ville, par un notable. A part cette réserve pour la première année, l'échevinage durait deux ans. A la fin de leur exercice, les échevins sortants cédaient leurs charges à des successeurs qui devaient être pris, en assemblée générale des notables sous la présidence du Juge ou du Procureur du Roi, et — en leur absence — des échevins en place, parmi les anciens échevins, et, à leur défaut, parmi les conseillers de ville (2); les élections des conseillers de ville, du secrétaire greffier, du receveur syndic, devaient se renouveler tous les trois ans (5).

Il paraît que les consuls exercèrent leurs fonctions gratuitement. Il n'en fut pas ainsi des échevins et autres officiers municipaux de la nouvelle administration. Chaque échevin recevait un traitement annuel de vingt-cinq livres; le secrétaire-greffier, de trente-six livres annuelles, quitte de papier,

(1) Délibération du 20 juillet 1788.
(2) Art. 12 et 13, édit de mai 1765.
(3) Ibidem.

contrôles, qui devaient lui être remboursés par la communauté; chacun des serviteurs de ville, de vingt livres, et le receveur syndic avait le droit de prélever sur la *recette* quatre deniers par livre, sauf à fournir un cautionnement de *mille livres* avant d'entrer en exercice (1).

Les édits rendaient obligatoires pour les élus les charges d'échevins et de conseillers de ville; néanmoins, le sieur Arnaud Lanacastets, conseiller de ville, promu au rang d'échevin, dans une assemblée de notables (2), et Guillaume de Lafitte Gardey, avocat en Parlement, élu, à sa place, conseiller de ville, crurent devoir, nonobstant leur acceptation provisoire et la prestation du serment, protester contre leur nomination. Ils en référèrent à Mgr le Procureur général, prétendant que leur élection était « nulle, quant à la forme et quant au fond. » « Quant à la forme », en ce qu'elle n'avait été faite que par trois notables sans le concours des autres ni d'aucun conseiller de ville, tandis qu'elle devait réunir la majorité absolue des votes. « Nulle quant au fond : » M. Lanacastets ne peut être échevin dans un corps de ville où M. Lanacastets, son frère, est en même temps conseiller de ville. De son côté, M. de Lafitte Gardey, ancien échevin, proteste contre la validité de sa nomination de conseiller de ville, attendu qu'il est neveu de Joseph-Bernard Lafitte Caussade, notable pour la classe des bourgeois.

Il fut fait droit à leur réclamation et il fallut procéder à des élections nouvelles.

En 1770, 5 janvier, et cette fois, devant Mᵉ André Saturnin Tursan, sieur d'Espagnet, conseiller du Roi, son juge et magistrat en chef du pays de Rivière-Basse, et en présence de de Mᵉ Bacarrère, procureur du Roi du pays de Rivière-Basse, il y eut un renouvellement général du *Corps de Ville* de La

---

(1) Délib. du 15 décembre 1766; — 2 novembre 1768; — 3 janvier 1769; — 28 mai 1766; — 19 décembre 1765.
(2) Délib. du 14 décembre 1768.

Devèze, selon le mode d'élection réglé par les édits de 1764 et 1765.

La communauté de La Devèze fut administrée conformément aux édits jusqu'en 1772. A cette date, il fut porté un nouvel édit Royal (novembre 1771) qui révoquait celui de 1765. Néanmoins, l'article premier ordonnait que ceux qui se trouvaient en place seraient maintenus jusqu'au moment où Sa Majesté pourvoirait aux nouveaux offices. En conséquence de cette disposition, les officiers municipaux et autres membres de la municipalité en exercice pour 1771 continuèrent leurs fonctions jusqu'en 1774 (1).

Au mois de juillet de cette année 1774 (2), Me Jean-Dominique Lanacastets, avocat en Parlement, conseiller du Roi, fut pourvu par Sa Majesté de l'office de Maire de La Devèze, en récompense « du zèle qu'il a mis au bien et utilité de la com-
» munauté et des grands avantages qui lui ont été procurés
» par ses soins et par sa conduite. »

A la grande satisfaction des habitants, ledit sieur Lana-castets fut (2 septembre 1774) « après enquête de ses bon-
» nes vie, mœurs, conversation, religion catholique, aposto-
» lique, romaine, et après la prestation du serment d'usage,
» reçu et installé en la possession, fonction et exercice dudit
» office de Maire de la ville de La Devèze, pour, par lui, jouir
» et user des honneurs, autorité, prérogatives, priviléges,
» pouvoirs, fonctions, exemptions, rang, séances, gages et
» autres droits, fruits, profits, revenus et émoluments, ainsi
» qu'il est porté par les provisions, édits et déclarations
» royales. »

L'installation eut lieu, en la ville de La Devèze, et maison du sieur Laurent Leberon, « où l'on a accoutumé de tenir les
» audiences et où se tenaient ci-devant les assemblées de la
» communauté, n'y ayant d'ailleurs aucune maison de ville,

(1) Délib. du 26 août 1788.
(2) 27 juillet 1774.

9

» devant François Sabail, conseiller du Roy et son lieutenant
» au pays de Rivière-Basse, commissaire en cette partie, de-
» puté par Sa Majesté, écrivant sous ledit commissaire André
» Dareix, greffier ordinaire (1). »

Par l'édit de novembre 1771, le Roi avait créé, avec l'office de maire et autres charges municipales, celui de conseiller, secrétaire-greffier, garde des archives de la ville et communauté de La Devèze. Voulant pourvoir « audit office des
» sujets capables de le remplir avec le zèle, l'exactitude et
» la probité que demandent les devoirs et fonctions y atta-
» chés, » ayant d'ailleurs pleine et entière confiance « en la
» suffisance, probité, capacité, expérience, fidélité et affec-
» tion à son service » du sieur Louis Bière, de la paroisse de
Castets, le Roi octroya audit sieur Bière ledit office, par lettres données à Paris, le 27 juillet de l'an de grâce 1774, de
son règne le premier (2).

Le maire se fit un devoir de présider à l'exécution du
toutes les formalités requises. Il fut procédé à une enquête
des bonnes vie et mœurs, conversation et religion catholique, apostolique et romaine du nouveau fonctionnaire; trois
témoins furent entendus : ce fut noble Antoine du Clos de
Gouts, docteur en théologie, archiprêtre de Castets-St-Pierre;
Dominique Brescon Burbail et Jean Dareix, maître chirurgien.
Il fut rendu excellent témoignage à l'honorabilité et aux sentiments religieux du sieur Bière. La cérémonie du serment
nous révèle une particularité qu'on nous permettra de signaler. Les deux laïques prêtèrent le serment, sur l'injonction
du maire, les mains sur les saints Evangiles : l'archiprêtre
jura, en plaçant la main droite sur son cœur, *ad pectus*, selon
le privilège réservé aux ecclésiastiques dans les ordres sacrés.

(1) Procès-verbal du 2 septembre 1774. — Archives de M. André Lanacastets.

(2) Nous ne publions pas les lettres de provision de la charge de maire de la ville
de La Devèze, en faveur de M. Jean-Dominique Lanacastets, ni celles de secrétaire-
greffier, en faveur de M. Louis Bière, pour ne pas multiplier des documents officiels
d'une lecture peu attrayante.

Il fut ensuite procédé à l'installation par le maire, qui prit gravement la main droite du nouvel élu, la plaça près du bureau sur lequel s'écrivaient les délibérations et « par ce, » institua et installa ledit Bière en la possession, fonction et » exercice dudit office de secrétaire-greffier et garde des ar- » chives de la ville et communauté de La Devèze, pour en » jouir, et user des honneurs, autorité, prérogatives, préémi- » nences, priviléges, pouvoirs, fonctions, exemptions, gages » et autres droits, fruits, profits, revenus, le tout ainsi qu'il » est porté par les provisions, déclarations et autres régle- » ments royaux (1). »

Depuis sa nomination, le sieur Maire remplit les fonctions de sa charge avec toute sorte « d'exactitude et de désintéres- » sement et surtout beaucoup de probité. » Il paraît néan- moins que tous les administrés du sieur Lanacastets ne par- tageaient pas la bonne opinion que certains avaient « du zèle » et du succès avec lequel il a soutenu les intérêts de ses » concitoyens contre ceux qui voulaient les opprimer. » Il eut à subir (c'était du moins sa conviction) « la persécution » de quelque ennemi dangereux qui par de faux exposés » parvint à surprendre ou faire surprendre une ordonnance » de Sa Majesté (26 janvier 1776), » qui frappait ledit Mᵉ La- nacastets, maire, d'interdit jusqu'à nouvel ordre. M. d'Espagnet aurait-il voulu user de représailles? l'interdit du maire ne serait-il pas l'histoire du pot de terre contre le pot de fer?

Quoi qu'il en soit, il fut délivré, en assemblée générale des notables et du corps de ville, un excellent certificat de bon- nes vie et mœurs à Mᵉ Lanacastets. On justifia que « mon dit » Lanacastets s'est toujours bien comporté, qu'il est sans » reproche du côté de la conduite ainsi qu'il pourrait en ap- » paraître par toutes les communautés et gens de marque » des lieux circonvoisins; que depuis dix ans il a travaillé » avec beaucoup de zèle pour le bien et utilité de la com-

(1) Délib. du 16 septembre 1774.

» munauté; que par ses soins il lui a procuré de grands avan-
» tages, à la grande satisfaction des habitants; qu'en parti-
» lier, depuis 1774, il a rempli sa charge de maire avec toute
» sorte d'exactitude, de désintéressement, et surtout avec
» beaucoup de probité (1). » Aussi, consuls, notables, etc.,
supplient très-respectueusement Sa Majesté, avec toutes les
instances possibles, qu'il lui plaise rétablir incessamment ledit Me Lanacastets en l'exercice et fonction de maire, et pour
y parvenir, ils nomment un syndic auquel ils donnent « pou-
» voir de présenter toutes requêtes, mémoires et autres ins-
» tructions que besoin sera. »

La requête de la communauté fut favorablement accueillie
par le Roi. Un ordre daté de Versailles du 29 novembre 1776
révoqua les lettres d'interdit du 26 janvier précédent. M. de
Lamothe, subdélégué à Maubourguet, adressa aux consuls
le placet royal de réintégration de Me Lanacastets dans la fonction et charge de maire, avec ordre de le transcrire in extenso
sur les registres de l'hôtel-de-ville de La Devèze.

L'assemblée, « avec la soumission et respect en tel cas
» requis et avec toute la satisfaction possible, enregistra l'or-
» dre royal comme suit :

» De par le Roy, Sa Majesté ayant pour bonnes considérations
» levé le sieur Lanacastets de son interdiction lui a permis et per-
» met de reprendre ses fonctions de maire de la ville de La Devèze
» comme il aurait pu faire avant les précédents ordres de Sa Ma-
» jesté du 26 janvier, qu'Elle a révoqués.
» Fait à Versailles, le 29 novembre 1776. Louis, signé, et plus
» bas : BERTRÈS. »

Il fut ensuite envoyé extrait de la transcription au subdélégué et à Me Lanacastets « pour témoigner la satisfaction de
» cet événement (2). »

La guerre devenait de jour en jour plus ouverte. Les oppo-

---

(1) Délibération du 1er mars 1776.
(2) Délibération du 1er mars 1776; — 20 décembre 1776 et 26 août 1788.

sants au parti Lanacastets formèrent le dessein de surprendre, de la part de la communauté, une demande au Roi, de suppression ou du moins de suspension de l'office de maire, à la charge de rembourser Me Lanacastets de sa finance; mais la municipalité ne vit dans ces démarches qu'une inspiration malveillante et nuisible aux vrais intérêts de la communauté, reconnaissant « que le secours et l'administration de » Me Lanacastets devient de jour en jour plus nécessaire pour » maintenir ses droits et priviléges. » Nos *constituants* déléguèrent, à titre de syndic, noble Pierre Cantan, sieur de Hournets, pour « avoir, pour eux et en leur nom, à se retirer » pardevant Sa Majesté à l'effet de la supplier de maintenir » Lanacastets dans sa charge de maire. Supplier aussi Mgr » l'Intendant de leur être favorable, de leur accorder sa pro- » tection dans la justice de leur demande et de refuser toute » ordonnance contraire aux dispositions de la présente. Les » constituants protestent d'avance contre toute surprise qui » pourrait lui être arrachée à cet égard, soit auprès des mi- » nistres, soit auprès de mon dit seigneur Intendant, comme » aussi ils protestent contre la surprise de tout consentement » ou signature qui pourrait leur avoir été arrachée ou qui » pourrait l'être à l'avenir (1). »

Ces démarches eurent tout le succès désirable : par arrêt du conseil du 14 décembre 1779, il plut au Roi de « réunir » à la communauté elle-même les offices de maire et de secré- » taire-greffier, » c'est-à-dire, de lui confier la nomination de ces deux fonctionnaires. Il fallut procéder à de nouvelles élections. M. Lanacastets garda son office de maire jusqu'en 1780. Par délibération de ce jour (3 septembre 1780) prise en assemblée générale de la communauté, messire Etienne-Alexandre Domerc, ancien mousquetaire du Roi, fut élu maire, et il en remplit les fonctions avec zèle, jusqu'au 5 décembre 1782, jour où, selon les prescriptions réglementaires,

(1) Délib. du 2 mai 1779.

on dut pourvoir à son remplacement; ce fut M⁰ Laurent Barquissau, avocat en Parlement, de la paroisse de Saint-André, qui réunit les suffrages unanimes de la communauté. Le nouvel élu prêta le serment d'usage entre les mains de M. Domerc.

Les *trois consuls* administrèrent la communauté de concert avec le maire. Les élections, tous les deux ans pour le maire, tous les ans pour les consuls, se renouvelèrent régulièrement. Toutefois, l'opération du 26 décembre 1781 offre une particularité qui semble nous révéler déjà une certaine ingérence, pour ne pas dire pression administrative sur le vote électoral. Selon l'usage établi par les règlements, les membres sortants avaient dressé la liste consulaire.

Le premier consul, François Darré, proposait au choix des électeurs Jean-Baptiste Lanacastets et le sieur Pierre Payssé Barthaseille, pour le premier rang; Jean Lafitte, second consul, portait Jean Fauron et Jean Barquissau-Hillet, pour le second rang; Pierre Lanusse, troisième consul, portait, pour le troisième rang, Pierre Lanusse, gendarme, et Jean Lagnoux. Or, on décida que la liste consulaire, pour le premier rang, serait *renforcée*, c'est-à-dire qu'on adjoindrait un troisième nom aux deux premiers inscrits. Grâce à cette disposition, M. Gabriel Lestrade, maître chirurgien, fut élu, à la pluralité des suffrages, premier consul moderne pour l'année 1782. Il eut pour assesseurs, aux deuxième et troisième rangs, Jean Fauron et Jean Lagnoux.

V

Assistance publique. — Création d'un *four de charité* en 1778.

On sait la bienfaisance de Louis XVI et son amour pour les pauvres. Ses ennemis eux-mêmes rendent hommage à ses larges libéralités; comme écrivait naguère un auteur (1) aussi peu ami des Rois que des cléricaux, « aucun prince n'a été

(1) Taine, cité dans le *Conservateur* du 15 août 1876.

» plus humain que Louis XVI, plus charitable, plus pré-
» occupé des malheureux. » Louis XVI, dit-il encore, est,
avec Turgot, « l'homme de son temps qui a le plus aimé le
» peuple. »

La municipalité de La Devèze s'inspira de l'exemple de son
Roi, « de ce Roi qui a le plus aimé le peuple et qui devait
» mourir sur l'échafaud (1). » On traversait, nous révèlent
les mémoires du temps, une époque de « grandes calamités
» surtout pour la classe indigente, » par suite « de l'excessive
» rareté et cherté des grains. » L'intendant, dans sa sollicitude pour les « besoins des habitants de sa généralité, fit
passer » à la communauté de La Devèze, par la voie de M. de
la Baune, subdélégué à Aignan, une instruction ayant pour
objet la création d'un *four de charité*, qui « fournirait du pain
» aux pauvres de la localité et des environs à un prix modi-
» que. » Le maire s'adressa aux sentiments généreux des
habitants. « Les personnes charitables, gentilshommes,
» ecclésiastiques et autres » furent invités « à former un fonds
» nécessaire pour un objet si intéressant pour l'humanité,
» qui, d'ailleurs, ne semble être amené par la Providence que
» pour exercer la patience de la classe la plus indigente et
» pour fournir à la classe plus aisée l'occasion d'exercer la
» charité (2). »

La classe aisée de La Devèze répondit à l'appel du maire,
avec cette générosité large et cordiale qui distingue nos excellents compatriotes, et qui, de nos jours encore, à chaque
instant et sous nos yeux, se révèle sous les formes délicates
dont une foi vive et une piété sincère ont seules le secret.

L'intendant avait cédé, dans ce but, l'impôt de la capitation.
Nous étions en janvier 1778. Il fut fait, par bon nombre de
particuliers, des avances dont la municipalité promit le remboursement dans six mois, et pour fournir aux personnes

(1) Encore Taine.
(2) Délibération du 2 janvier 1778.

sympathiques à l'œuvre toutes les garanties désirables, il fut créé un *bureau d'administration* chargé « de déterminer la » mixtion des grains et composition du pain et de procéder à » la distribution; » les membres du bureau d'administration choisis pour opérer conjointement avec MM. les officiers municipaux furent MM. Laurent Léberon, greffier en chef de Rivière-Basse; Gabriel Lestrade, maître chirurgien; Jean Dusser et Arnaud Lanacastels. Grâce à l'active sollicitude de MM. les délégués, les pauvres de La Devèze et des pays voisins purent apprécier tout ce que sait inspirer de dévoûment la charité chrétienne, puisée à la vraie source qui est la foi.

La municipalité de La Devèze eut le bon esprit de proclamer, dans ces conjonctures, le dogme d'une *Providence* « gouver-» nant toutes choses ici-bas (1) » et nous ménageant, dans sa Miséricorde, les épreuves et les fléaux « pour exercer la pa-» tience du pauvre, et fournir à la classe plus aisée l'occasion » d'exercer la charité. » C'est ainsi que riches et pauvres comprenaient alors cette belle et consolante doctrine de la patience et de la charité vraiment chrétiennes qui seules peuvent résoudre le grand problème social du paupérisme.

§ II.

PÉRIODE RÉVOLUTIONNAIRE (2).

(1789-1804).

I

Assemblées municipales de 1787. — Formation de celle de La Devèze. — Protestation du maire. — Décision de la commission intermédiaire de l'assemblée provinciale et de l'intendant.

L'édit du Roi (juin 1787) ordonnait la création dans les provinces et généralités du royaume d'assemblées spéciales,

(1) Livre de la Sagesse, ch. XIVᵉ — v. 3.

(2) Toutes les questions de la période révolutionnaire afférentes à notre *Histoire religieuse* de La Devèze, à l'*administration foncière, financière*, etc., sont renvoyées à leurs chapitres et paragraphes spéciaux. Nous nous attacherons, autant que possible, à ne relater dans ce paragraphe que ce qui a trait à l'*administration municipale proprement dite*.

où seraient représentés les divers ordres du clergé, de la noblesse et du tiers-état. Le règlement du 12 juillet 1787 vint déterminer les formes selon lesquelles devaient s'exécuter les volontés royales dans la généralité d'Auch.

Le règlement porte que l'administration de la généralité d'Auch sera divisée en trois espèces d'assemblées : une *municipale,* une d'*élection* et une *provinciale.* L'assemblée provinciale se tiendra dans la ville d'Auch; celle de l'élection, dans le chef-lieu; les assemblées municipales dans les villes et les paroisses qu'elles représentent (1).

La Devèze voulut avoir son assemblée municipale. Il y eut convocation de la communauté, le 14 octobre 1787, en assemblée paroissiale, à l'effet de procéder à la nouvelle forme de municipalité.

L'assemblée fut composée de Jean Bourdette, curé de la Madeleine, membre de droit, d'un syndic-président et de neuf membres choisis par voie de scrutin (2).

Me Jean Dominique Lanacastets, maire, et en cette qualité membre de l'ancienne municipalité, protesta contre l'organisation nouvelle. Il présenta à Mgr l'Intendant (3) une requête dont voici le sens exact :

La communauté de la Devèze, Monseigneur, est dans le cas de l'art. 1er du règlement de juillet 1787. De longue date, la Devèze

(1) Pour les détails, cf. règlement du 12 juillet 1787, fait par le Roi, sur la formation et la composition des assemblées qui auront lieu dans la généralité d'Auch, en vertu de l'édit (juin 1787) portant création des assemblées provinciales (Archives départementales du Gers).

(2) Le syndic nommé fut: messire Etienne-Alexandre Domerc, ancien mousquetaire du Roy. Les membres élus furent: Me Laurent Leberon, notaire royal, Me Laurent Barquissau, avocat au Parlement, noble Pierre Cantan de Hournets, les sieurs André Dareix, Jean-Baptiste Lanacastets Langlade, Marc Lartigue, Pierre Payssé, François Darré et Jean Laignoux.

Si on désirait encore des détails sur la manière de tenir les assemblées municipales, on pourrait utilement consulter la délibération de l'assemblée municipale de la Devèze du 26 août 1788.

(3) Claude-François de Boucheporn, chevalier, conseiller d'honneur au parlement de Metz, conseiller du Roy en tous ses conseils, maître des requêtes ordinaire de son hôtel, intendant de justice, police, finances en Navarre, Béarn, comté de Foix et généralité d'Auch.

possède une municipalité, selon les prescriptions des édits d'avant 1787... Si, à certains égards, le corps municipal de la Devèze peut être considéré comme caduc, restent toujours le maire, le secrétaire-greffier..... N'y aurait-il pas lieu de procéder à de nouvelles élections suivant les édits jusqu'à ce jour en vigueur ?... Ne serait-il pas inopportun, même inutile, de créer à la Devèze une assemblée municipale, dans le sens de l'édit de 1787 ?... Si cependant, malgré les plus respectueuses remontrances, on en vient à adopter cette nouvelle forme de municipalité, le maire et le secrétaire-greffier déjà en titre doivent *seuls* être syndic-président et secrétaire-greffier, chacun en ce qui le concerne, de ce nouveau régime municipal... : la mairie et le secrétariat sont des offices dont on ne peut arbitrairement dépouiller les titulaires actuels. En conséquence, le sieur maire supplie très-humblement Mgr l'Intendant de vouloir déclarer n'y avoir lieu d'établir à la Devèze une assemblée municipale : subsidiairement, en cas de difficultés, ordonner que le maire sera, en sa qualité, syndic-né de ladite assemblée et le sieur Laffitte, secrétaire-greffier.

La commission intermédiaire de l'assemblée provinciale « estima que les fonctions de la municipalité nouvelle et celle de maire en titre ne s'entre-détruisent pas, qu'elles sont au contraire distinctes et séparées; que l'existence du maire en titre n'a point dû empêcher la formation d'une assemblée municipale au lieu de la Devèze, que le maire ne doit pas être le syndic-né de cette assemblée; qu'il ne doit pas même avoir entrée dans son sein, à moins qu'il n'en soit élu membre; qu'on ne doit avoir aucun égard à sa requête et que l'assemblée municipale doit être maintenue telle qu'elle a été formée. »

Sur cet avis, l'Intendant « crut devoir ne pas s'arrêter aux observations du suppliant... Ayant égard aux *réquisitions* de la commission intermédiaire, il déboute le sieur Lanacastets de ses conclusions, et confirme le procès-verbal de la nomination des membres de l'assemblée municipale du lieu de La Devèze du 14 octobre 1787, pour être exécuté selon sa forme et teneur (1). »

(1) Fait à Pau, le 1er mars 1788. — De Boucheporn, signé. — Cf. Délibération du 26 août 1788.

Nonobstant cette déclaration et confirmation officielle, il fut tenu (21 décembre 1788) une assemblée générale de la communauté, où l'on traita des finances et de la voirie.

A cette occasion, le maire Lanacastets se permit des représentations peu sympathiques, au sujet de la nouvelle forme administrative, malgré la présence de certains personnages, membres élus de l'assemblée municipale, qui crurent devoir garder un silence prudent. A toutes les époques et en tous lieux, sous des nuances diverses, il y a eu de ces esprits prétendus conciliants qui sont de tous les partis, mais disposés à se montrer dévoués à celui qui servira le plus efficacement leur ambition et leurs intérêts.

Mᵉ Lanacastets, maire, de concert avec les trois consuls, fut fidèle à réunir la communauté, en assemblée générale, pour des questions diverses dont il sera fait mention plus tard, jusqu'au 8 mars 1789.

II

Rédaction du cahier des doléances de la communauté de La Devèze en 1789. — Choix des députés et leur séjour à Lectoure. — Teneur du cahier.

Les Etats généraux du Royaume furent convoqués à Versailles, par lettres du 24 janvier 1789. Après la réception de l'ordre royal, l'accomplissement de toutes les formalités requises par le règlement, et l'ordonnance du lieutenant général du sénéchal de Lectoure, la communauté de La Devèze (1) se réunit en assemblée générale, par devant Mᵉ Dominique Péré, conseiller du roi et juge de Rivière-Basse, et elle rédigea son cahier de *Doléances, Plaintes* et *Remontrances.*

(1) Mᵉ Dominique Lanacastets, maire; Jean Laporte, premier consul; Jean Lartigue, deuxième consul; Joseph Meilhan, troisième consul; Mᵉ Laurent Barquissau, avocat au parlement; Mᵉ Laurent Leberon, notaire royal; Mᵉ Etienne-Alexandre Domerc, ancien mousquetaire; Pierre Labat, docteur médecin; Jean Dusser, notaire royal; Jean-Baptiste Lanacastets Langlade, bourgeois; Georges Sénac, Dominique Dubertrand, etc., etc.

Mᵉ Dominique Lanacastets, maire, Mᵉ Laurent Leberon, notaire royal, Pierre Labat, docteur médecin, et Jean-Baptiste Lanacastets-Langlade, bourgeois, furent choisis comme députés, avec mission de porter le cahier des doléances, en la ville de Lectoure, siège de la sénéchaussée d'Armagnac. Il leur fut octroyé tous pouvoirs de concourir, dans l'assemblée fixée pour le 12 mars, à l'élection des deux députés que le tiers-état de la sénéchaussée devait envoyer à Versailles, de coopérer à la rédaction du cahier général, « proposer, remontrer, aviser et consentir tout ce qui peut concerner le besoin de l'Etat, la réforme des abus, l'établissement d'un ordre fixe et durable dans toutes les parties de l'administration, la prospérité générale du Royaume et le bien de tous et chacun des sujets de Sa Majesté (1). »

Les quatre députés se rendirent, pour le 12 mars, à Lectoure, malgré les rigueurs du temps. Durant leur séjour dans cette ville, du 12 au 27 mars, ils eurent particulièrement à se plaindre « de la cupidité des aubergistes qui vexèrent généralement tous les députés, ainsi que cela est notoire (2). »

Le choix des députés du tiers-état fut généralement applaudi. On leur remit en grande pompe le cahier général des doléances de la sénéchaussée, avec celui de chaque commune, pour s'y conformer exactement, et faire valoir, auprès des Etats, les *remontrances* dont ils étaient l'expression.

Nous croyons qu'il ne sera pas sans intérêt d'offrir à la juste curiosité du lecteur le cahier des « *Supplications, Doléances* et *Remontrances* que les députés de la ville royale de La Devèze » eurent à présenter à MM. de la sénéchaussée :

Les habitants de la ville et communauté de La Devèze, réunis en assemblée générale, cejourd'hui 8 mars 1789, sous la présidence de Mᵉ Péré, juge de Rivière-Basse, ont arrêté :

1° Les syndics de la ville et communauté de La Devèze demeurent

(1) Délibération du 8 mars 1789.
(2) Délibération du 13 avril 1789.

autorisés, lors de la rédaction du Cahier général qui sera arrêté par les gens du tiers-état de la sénéchaussée, à faire représenter au Roy, par les députés aux Etats du Royaume, de vouloir distribuer les députés généraux en deux Chambres, l'une *Haute*, l'autre *Basse*, et consentir à ce que les suffrages de l'une et de l'autre y soient comptés par *tête* et non par *ordre;*

2° Il sera arrêté par les mêmes Etats généraux une loi immuable, qui ne pourra recevoir de modification que par le consentement des nouveaux généraux. Il sera permis aux nouveaux généraux de fixer et déterminer leur tenue plus ou moins prochaine, selon les circonstances et le besoin de l'Etat; et cette tenue sera fixée à un terme périodique, au plus tard, de cinq en cinq ans;

3° Nul impôt, subvention et subside ne pourra être levé dans le Royaume qu'il n'ait été consenti et arrêté par les Etats généraux;

4° Réunion en une seule *Election d'Etat* des cinq Elections d'Armagnac, Astarac, Rivière-Verdun, Lomagne, Lannes et autres petits Etats qu'on trouvera à propos d'y joindre. Suppression des Elections et assemblées provinciales. La tenue de la nouvelle Election sera à Auch, à laquelle nulles *Commissions* de maire, consul, ni autre officier de ville ne donneront entrée, mais la *seule élection* de communauté;

5° Réforme de toutes les parties de l'administration des finances en régies ou fermes générales. Suppression des intendances, bureaux des ponts et chaussées;

6° Rentrée des domaines corporels engagés, échangés, ou concédés, ainsi que de toutes justices même des prétendues patrimoniales, à quelques époques que le tout ait été accordé ou concédé;

7° Suppression des abbayes commendataires et des religieux rentés dans les campagnes, pour le revenu être employé au besoin de l'Etat;

8° Estimation de la dette du clergé par ses propres revenus; réforme à opérer dans sa discipline et pratique;

9° Rentrée à leur première destination des dîmes possédées sans titre par les laïques. Dans aucun cas, la possession de ces dîmes ne pourra donner aux possesseurs d'autres prérogatives ni priviléges que le droit de percevoir les dîmes;

10° Suppression du franc-fief, et amortissement avantageux à l'Etat et à toutes les conditions;

11° Le prêt d'argent sera permis à terme avec stipulation d'intérêt au denier de l'ordonnance, pour faciliter la circulation des espèces et obvier à l'usure et à l'agiotage;

12° Protection pour le commerce et liberté à concéder dans l'intérieur du Royaume : gabelles et autres droits d'entrée à établir aux frontières;

13° Réforme des lois forestières, suppression des droits de chasse, ou du moins qu'ils soient restreints aux seuls seigneurs dominants qui jouiront des honorifiques de la haute justice;

14° Suppression des charges municipales acquises à titre d'office ou non, leur réunion en corps de communauté ;

15° Opposition à faire à l'ouverture de nouvelles routes, sous quelque prétexte que ce puisse être, quand bien même elles seraient déjà accordées, leur multiplicité étant onéreuse à l'Etat;

16° Réformation du dernier code militaire; requérir, en faveur du Tiers-Etat, qu'il sera accordé un grade d'officier dans les troupes françaises, où les gens pourront acquérir la noblesse en versant leur sang pour la patrie, le tout en conservant aux nobles leurs prérogatives et préséances;

17° Réforme à opérer dans l'administration de la justice, tant par la suppression de divers tribunaux que par la création de nouveaux, union à d'autres, en supprimant la vénalité des charges, les donnant au concours après un rigoureux examen, observant de rapprocher les juges de leurs justiciables;

18° Il sera établi un seul et unique impôt sur tous objets donnant revenus fixes, sous la dénomination de *vingtième*, ou tout autre qu'on voudra donner;

19° Le déficit de l'Etat ou dette nationale, et le moyen de le couvrir, sera le dernier article à traiter aux Etats généraux. Le moyen le plus prompt et le moins onéreux sera de tomber sur des ressources de volupté et non de nécessité, attendu que le peuple est hors d'état de contribuer par de nouveaux impôts sur ses fonds, étant déjà surchargé d'impositions;

20° Consentir un seul et unique impôt sur les fonds des terres tant nobles féodales que rurales, à quels particuliers, corps, communautés, que le tout puisse appartenir, sous la dénomination d'*impôt territorial* et *perception en nature;*

21° Requérir, consentir, accorder et généralement faire tout ce qui peut influer aux bien, prospérité, bonheur du Roi et de ses sujets.

Finalement, en ce qui concerne l'intérêt particulier de la communauté, requérir l'exécution du contrat passé entre le Roy et la communauté le 1er mai 1696, par lequel Sa Majesté déclara inaliénable le domaine de La Devèze, moyennant une somme de 3,300 fr.; représenter qu'au préjudice du contrat, le domaine a été néanmoins engagé au mois de juillet 1765 au marquis de Faudoas. Ce qui a été la source d'une foule de procès qui se perpétuent et ont entraîné la ruine de la communauté.

Fait et arrêté, le 8 mars 1789, par lesdits habitants assemblés, qui ont signé, ceux qui ont su, avec M. Péré, juge, qui a présidé la réunion.

III

Organisation départementale décrétée par la Constituante. — Annexion de La Devèze au département du Gers. — Adhésion de l'assemblée municipale. — Vœu du parti contraire en faveur du département de *Bigorre*. — Pétition du temps de l'Empire. — Chef-lieu de canton à Plaisance, malgré les réclamations de La Devèze. — Prétentions de Beaumarchés satisfaites. — Requête des paroisses voisines de La Devèze rejetée.

Le 5 mai 1789, les Etats généraux se réunirent à Versailles. Douze cents députés furent présents. A l'ouverture de l'Assemblée, le Roi exprima « en nobles paroles ses vœux pour le bonheur de la nation (1). » Sa Majesté convia les Etats à y travailler généreusement. Hélas! les représentants de la nation se laissèrent entraîner « au désir exagéré d'innovations qui s'était emparé des esprits (2) » par suite de la funeste influence des clubs, des livres impies, des écrits de toute nature (3).

---

(1) M. V. Duruy reconnaît en ces termes la noblesse du langage royal : *Histoire de France*, tome II, p. 462.

(2) Ibidem.

(3) Pendant la guerre de l'indépendance américaine (1776-1783), l'esprit public, en France, avait fait des pas rapides dans la voie dangereuse des réformes et des innovations. Tout était remis en question dans la monarchie française. Les lois, le Gouvernement, la religion, la royauté étaient livrés à l'examen des publicistes dont le premier but semblait être de détruire. On s'occupait d'abattre et non de réparer. Des écrits de toute nature se multipliaient sous toutes les formes pour renverser les croyances du passé. Les Parlements, qui commençaient à s'effrayer de cette révolte de l'orgueil humain, prononçaient des condamnations contre les livres impies qui, dès lors, n'en devenaient que plus recherchés. Les ouvrages les plus médiocres trouvaient ainsi des lecteurs et des prôneurs. Il leur suffisait d'être scandaleux et proscrits (*Encyclopédie catholique*, art. *France*, tome XII, p. 380.)

Entre autres réformes « exagérées, » disons mieux *nuisibles*, en partie du moins, aux vrais intérêts de notre pays, la Constituante, qui siégeait à Paris, depuis le 19 octobre 1789, vota la loi sur l'organisation des nouvelles institutions politiques. Elle réalisait peu à peu son rêve de former une France complétement nouvelle, d'après des principes purement rationnels et au mépris de toutes les traditions. On fit table rase de ce qui avait existé jusqu'alors; les anciennes provinces de France, qui s'étaient naturellement constituées suivant les rapports de race, de langage, de mœurs, furent abolies et remplacées d'abord par 83 *départements*.

Dans chaque département, il y aura une *administration générale*, dite *administration centrale* ou *conseil général*, de trente-six membres, qui prendra, dans son sein, un *Directoire*, partagé en *sections*. Le conseil général du département ne siégera qu'une fois l'année; mais son directoire, composé de huit membres, sera en *permanence*. Le directoire du département correspondra avec le *ministre de l'intérieur*, recevra directement les ordres de l'Assemblée nationale et du Roi et les fera parvenir aux *districts*.

Chaque district devra être composé de *douze* membres, et aura son *directoire* de *quatre* membres.

Au-dessous du district, il y aura le *canton*, formé de plusieurs *communes*, qui elles-mêmes seront dirigées par un *maire*, un *procureur-syndic* et un *conseil municipal*.

Les diverses administrations du département, du district et même les députés à l'Assemblée nationale, seront choisis par une *assemblée électorale* composée d'*électeurs* désignés, dans les *assemblées primaires*, par les *citoyens actifs* de chaque commune (1).

(1) Cette même chambre électorale eut plus tard la charge de nommer aux évêchés, aux cures et aux divers offices judiciaires.

Pour être *citoyen actif*, il fallait être âgé de 25 ans et payer une imposition égale à la valeur de trois journées de travail. Dans la masse des citoyens actifs d'un canton et dans la proportion de 50 pour 100, on prenait les *éligibles* payant une con-

Le comte de Montaut, le baron de Cadignan et M. de Catelan furent chargés, à titre de commissaires royaux, de la *formation* du département du Gers.

L'annexion de La Devèze au département de Bigorre fut l'un des vœux les plus chers de la communauté.

En novembre 1787, les seigneurs de Rivière-Basse avaient tenu une assemblée à Castelnau pour solliciter la réunion du pays aux Etats de Bigorre. Le sieur Lanacastets, maire de La Devèze, et le sieur Laporte, 1er consul, qui assistaient à la séance, avaient exprimé le vœu que La Devèze comptât parmi les communautés annexées. L'*assemblée municipale* de La Devèze, c'est-à-dire le *parti Domerc*, protesta énergiquement contre l'ingérence du sieur maire et du consul. Elle prétendit que Lanacastets et Laporte avaient commis un abus de pouvoir, qu'ils avaient agi « de leur autorité privée, sans commission ni mandat de la communauté. » Elle déclara s'opposer formellement à toutes démarches aux fins susdites et infirma tout engagement qui aurait été déjà pris. « *A l'assemblée municipale seule* et non au *maire et consul* appartient le droit de présider aux affaires d'administration communale (1). »

Les peuples de Rivière-Basse ont la prétention de croire que leur pays, depuis les temps les plus reculés, fait partie du comté de Bigorre gouverné par des Etats provinciaux... Ils ont formulé le vœu d'être réunis à cette province, afin de profiter des avantages plutôt *imaginaires* que *réels* d'être régis par des Etats... Mais tout cela s'est passé dans un temps où l'on n'avait pas espéré que l'Armagnac ni les autres provinces du royaume seraient un jour régies par une administration aussi avantageuse que celle que les représentants de la nation vont lui procurer, bien supérieure à tous égards à toute

tribution déterminée, et parmi ces éligibles dans la proportion de un pour 100 sur la totalité des citoyens actifs, on nommait les *électeurs.*

Cf. Décrets du 22 décembre 1789, 15 janvier 1790, 2 février 1790, etc. Sur l'organisation des nouvelles institutions politiques, voir l'excellent ouvrage de M. Legé, prêtre du diocèse d'Aire : *Les diocèses d'Aire et de Dax sous la Révolution française,* t. Ier, p. 71.

(1) Délibération du 15 janvier 1789.

autre administration quelconque, notamment à celle qui était en vigueur dans la Bigorre (1).

Nos fervents libéraux de l'assemblée municipale acceptèrent « avec reconnaissance et grande sensibilité » les décisions et décrets de l'Assemblée nationale. Ils furent les chauds partisans des libertés et réformes nouvelles, et « leur satisfaction s'accrut grandement » lorsqu'on leur manda qu'ils ressortiraient à l'avenir du département d'Auch. Leurs députés eurent mission « de rendre grâces aux représentants de la nation des avantages inestimables que la nouvelle constitution va procurer à l'Etat (2). »

Le *parti Lanacastets*, Laurent Leberon, notaire royal; Jean Lestrade, m° chirurgien; Laurent Barquissau, avocat en parlement; Pierre de Cantan Hournet, etc., se réunit en assemblée générale et décida qu'il fallait rapporter et tenir pour non avenue la délibération du 12 décembre 1789.

Les délibérants sollicitent de l'Assemblée nationale la faveur et le précieux avantage d'être réunis au département de Bigorre dont Tarbes doit être le chef-lieu. La Rivière-Basse, jadis bas-comté de Bigorre, n'a jamais fait, depuis la séparation de 1256, qu'un seul et même peuple uni par une même communauté de sentiments et d'intérêts, qu'un seul et même pays depuis des siècles, et l'on voudrait briser les liens d'une si cordiale fraternité! La communauté de La Devèze renouvelle le vœu déjà formulé dans l'assemblée des trois ordres tenue, en novembre 1787, à Castelnau de Rivière. Elle s'associe aux protestations du clergé et de la noblesse faites à Lectoure, lors de la rédaction des cahiers, et à la requête de la plupart

(1) Délibération du 12 décembre 1789.

Messieurs de l'*assemblée municipale* regardaient 1789 comme « l'aurore de la liberté, l'âge d'or, l'époque sans tache de la rénovation sociale. » Mais rappelons que Bailly lui-même, le président du tiers, vient de prononcer ces *mémorables* paroles: « Apprendre à l'homme ses droits avant ses devoirs, c'est préparer les abus de la liberté et le despotisme individuel » (séances de l'assemblée nationale d'août 1789). Et, en effet, cette *immortelle* et *pacifique* révolution se traduira bientôt, hélas! en oppressions violentes et sacrilèges, et au lieu « d'avancer le bonheur du peuple, » le jettera aux abîmes !

(2) Délibération du 12 décembre 1789.

des notables du pays de Rivière, présentée au Roy et à l'Assemblée nationale (1).

Ce même vœu fut très-nettement exprimé par les habitants de la *ville* (la Madeleine), de *Castets* et de *Saint-Pierre*, dans l'assemblée primaire qui se réunit, le 14 mai 1790, dans l'église Saint-Nicolas de Plaisance, par ordre de M. de Montaut. Tieste et Goueyte, Uragnoux, Belloc, Jù, Baulat, Saint-Aunis, Lengros, Canet s'associèrent à ce désir et renouvelèrent, pour leur part, leurs protestations en faveur de leur réunion au département des Hautes-Pyrénées. Lasserrade, Paris, Couloumé et Mazères voulurent seules dépendre du département du Gers (2).

Nous retrouvons encore, sous le premier Empire, une pétition adressée par la commune de La Devèze-Ville à M. le Préfet des Hautes-Pyrénées. Nous aimons à reproduire cette pièce, ne serait-ce que pour témoigner de nos respectueuses sympathies pour les rédacteurs de l'adresse et leurs dévoués adhérents :

A M. le Préfet des Hautes-Pyrénées, officier de la Légion d'honneur, baron de l'Empire.

Les sieurs Laurent Leberon, maire; Jean Lestrade, adjoint; Jean-Baptiste Lestrade, officier de santé; Jean-Baptiste Leberon, Jean et Olivier Tursan d'Espaignet, Jean-Baptiste Labarthère, Jean Lafon père et fils, Jean et Dominique Dubertrand père et fils, Pierre Gaubin, Paul Domerc Lagoulondau, oncle et neveu, Paul Sarraméa Matras, etc , etc., les tous composant la commune de La Devèze-Ville au département du Gers, ont l'honneur de s'adresser à vous, M. le Préfet, avec la confiance que leur inspire votre amour du bien et votre désir de le faire, pour vous prier de déposer au pied du trône la demande plusieurs fois réitérée et qu'ils réitèrent encore en faveur de leur réunion au département des Hautes-Pyrénées. Cette réunion ne peut nuire sous aucun rapport aux intérêts du Gouver-

(1) Délibération de janvier 1789. — Séance permanente du conseil général de la commune de La Devèze-Ville du 20 vendémiaire an IV.

(2) Procès-verbal de la 2ᵉ assemblée primaire du canton de Plaisance, du 14 mai 1790. — Archives départementales du Gers.

nement. Elle offre d'ailleurs tant d'avantages pour les exposants que Sa Majesté se fera certainement un devoir de l'accueillir avec tout l'intérêt bienveillant qu'elle porte à ses plus humbles sujets.

Usages, mœurs, habitudes, commerce, localité, tout sollicite cette réunion. Les intérêts des exposants et de vos administrés ont toujours été et doivent être confondus; nos grains nourrissent et nos vins abreuvent ce peuple à demi-pasteur, dont les bestiaux labourent nos champs, dont les carrières procurent tous les matériaux nécessaires à la construction de nos habitations, dont les forêts fournissent tous les bois propres à l'exploitation de nos vins; c'est un échange permanent de leurs fers, de leurs bois, de leurs bestiaux, de tous leurs produits contre les productions de notre sol. En un mot, la plaine et la montagne fournissent mutuellement à leurs besoins, et l'une ne peut se passer des ressources de l'autre.

Sous le rapport de leurs affaires administratives et judiciaires, les exposants ne doivent pas moins solliciter la même réunion; de grandes routes qui se prolongent à travers une plaine riante, jusqu'à la plus haute montagne; des communications faciles et rapprochées; peu de distance à parcourir pour arriver au chef-lieu, siége des autorités supérieures; enfin, jamais aucun obstacle ne peut s'opposer aux relations avec Tarbes, au soin des affaires domestiques.

Il n'en est pas de même, M. le Préfet, à l'égard du département du Gers : beaucoup plus éloignés du chef-lieu, nous ne pouvons y parvenir que par des chemins montagneux, boueux, difficiles et impraticables pendant trois saisons de l'année; plusieurs rivières à traverser qui débordent facilement, en sorte qu'il nous faut trois jours pour faire le voyage d'Auch, chef-lieu, tandis qu'on peut le faire dans un jour pour Tarbes, chef-lieu de votre département. Ainsi, l'agriculture en souffre à cause du retard que les voyageurs éprouvent ayant des affaires à Auch; d'ailleurs, dans toutes les parties du département du Gers, le sol ne produit que ce que les exposants récoltent sur le leur, qui produit lui-même abondamment ce que l'on trouve dans les autres parties; aussi, nul commerce, aucune relation.

Ce sont deux peuples différents, séparés par des coteaux escarpés et énormes, et par des rivières; deux peuples qui ne peuvent communiquer qu'à travers mille précipices et mille dangers.

Tels sont, M. le Préfet, les motifs qui ont déterminé les exposants à demander leur réunion à votre département, qui les détermine à persister dans leur vœu, et à vous supplier, au nom du bien que vous désirez, de vouloir faire entendre leur réclamation à Sa Majesté Impériale et Royale. Le bonheur de ses peuples lui est trop cher pour ne point accueillir avec bonté la juste demande d'une portion de ses sujets aussi respectueux que fidèles. Et dans le cas que la réunion demandée s'opère, nous demandons la formation d'un canton chef-lieu, à La Devèze-Ville, l'une des communes les plus belles et les plus populeuses du département du Gers, et en cas de difficultés, d'être réunis au canton de Maubourguet.

Les exposants, pleins de confiance en votre justice, ne cesseront de faire des vœux au ciel pour la conservation des précieux jours du Monarque qui nous gouverne et pour la prospérité de son Empire.

(Suivent de nombreuses signatures.)

Il était de toute convenance que le chef-lieu du canton, sinon le district, fût établi à La Devèze.

Le pays de Rivière-Basse, de plus de douze lieues carrées, doit nécessairement composer un district. Ce district serait admirablement placé à La Devèze, point central de la contrée. En tout événement, la ville de La Devèze doit nécessairement être choisie pour chef-lieu de canton, non-seulement à cause de son ancienneté, mais encore à cause de la vaste étendue de son territoire, de sa nombreuse population et de la masse énorme de sa contribution à l'impôt. Sans doute, elle ne fournit pas le nombre de 450 citoyens actifs; mais on peut très aisément y suppléer par l'adjonction des communautés voisines, Tieste, Uragnoux, Labatut, Soubagnac, Armentieu, etc. (1).

M° Etienne-Alexandre Domerc, maire; M° Dominique Lanacastets, M° Laurent Leberon, Pierre Cazeaux, archiprêtre de Saint-Pierre-Castets; M° Jean Lacrampe, curé de Saint-Laurent, et Joseph-Marie Lanusse, reçurent de la communauté de La Devèze pleins pouvoirs de s'assembler et se concerter à cette fin avec les députés des autres villes et communautés de Rivière-Basse, voire même avec ceux des villes de Marciac et de Beaumarchès (2).

Les aspirations fort légitimes des habitants de La Devèze, et les démarches de leurs délégués municipaux, sont demeu-

(1) Délibération du 12 décembre 1789.
(2) Délibération du 21 février 1790.

rées sans effet, par suite d'influences qui révèlent, presque à chaque page, des rapports nombreux que nous avons parcourus avec le soin le plus scrupuleux, la plus flagrante partialité.

Malgré le vœu formel des communautés voisines, Tieste, Belloc, Saint-Aunis, Jû, Baulat, etc. (1), La Devèze eut à faire le sacrifice, je ne dis pas seulement du district, mais même du canton.

Le chef-lieu du district fut fixé provisoirement (2) à Nogaro, et le canton à Plaisance.

En conformité du décret de l'Assemblée nationale des 9 et 28 janvier 1790, les députés du département du Gers (3) avaient déposé, sous la date du 18 mars 1790, au comité de constitution, siégeant à Paris, un procès-verbal des limites du département d'Armagnac ou du Gers.

Ce procès-verbal nous apprend que l'Assemblée Nationale décrète :

1° Le département d'Armagnac dont Auch est désigné comme chef-lieu, sera divisé en *six* districts dont les chefs-lieux sont : les villes d'Auch, Lectoure, Condom, Nogaro, l'Isle-en-Jourdain et Mirande;

2° Le district de Nogaro sera divisé en *six* cantons : No-

(1) A cette occasion, nous aimons à rendre un hommage reconnaissant aux bienveillantes sympathies pour La Devèze des bons habitants de Belloc, dont le maire, le sieur Jean Saint-Lannes, adressa à M. de Montaut, la lettre suivante : « Monsieur, ayant reçu une lettre de la part de M. d'Espagnet (Pierre), maire de Tieste, pour vous envoyer l'état des citoyens actifs de la communauté, je vous l'envoie ci-inclus aux fins de fixer l'assemblée primaire du canton. Les habitants de cette communauté m'ont chargé de vous supplier de fixer un canton pour tenir leur assemblée primaire à la ville royale de La Devèze, eu égard à la proximité des lieux et les commodités respectives des habitants. Nous espérons que vous nous accorderez cette faveur. J'ai l'honneur d'être. Signé : Saint-Lannes, maire de Belloc, 7 mai 1790. » (Archives départementales du Gers.)

(2) Durant l'époque révolutionnaire, nous retrouvons presque à chaque instant ces formules : arrêté, décrété *provisoirement*. Malheureusement, ce provisoire, dans les intérêts de La Devèze, n'est devenu, sur bien des points, que trop définitif.

(3) Ducastaing, curé de Lanux et député d'Armagnac; le marquis de Lusignan, député du Condomois; de Laterrade, député d'Armagnac; Pérès, député d'Auch; Pelauque-Béraut, député du condomois; le baron de Luppé, député d'Auch; Sentets, député d'Auch; Guiraudez, député d'Auch, signés au procès-verbal du 18 mars 1790.

garo, Labastide-d'Armagnac, Houga, Barcelonne, Plaisance et Aignan.

Dans la liste des paroisses annexées au canton de Plaisance, nous lisons : *La Devèze* (la ville), *Castets, St-Pierre, St-André, St-Laurent,* « les toutes dépendantes de la ville et communauté de La Devèze (1). »

Beaumarchés ne vit pas de bon œil l'établissement du siége cantonal à Plaisance. Le Conseil général de la commune de Beaumarchés, voulant protester contre cette délimitation, s'autorisa du respect dû aux vieilles traditions et aux souvenirs du passé : « La ville de Beaumarchés compte plus de cinq
» cents ans d'ancienneté. Elle a été bâtie par le Roy de
» France pour servir de boulevard contre l'ambition des grands
» vassaux de la couronne (2). Elle est assise sur un coteau
» riant qui domine la magnifique plaine de l'Arros. Elle pos-
» sède de grandes halles, hôtel-de-ville, prisons, parquets, etc.
» Et Beaumarchés vient d'être condamnée à dépendre de
» Plaisance, *petite ville qui vient de naître* (sic) (3), *qui n'avait*
» *pas même un siége royal !* »

Ces «observations» plus ou moins exactes, et autres adressées à MM. les commissaires royaux et à M. le comte de St-Priest, furent favorablement accueillies, grâce sans doute à l'influence de M. Jean-Baptiste Lamarque, baron d'Auriébat, président du Directoire du district de Nogaro, maire de Beaumarchés, et ami de M. d'Espaignet.

---

(1) Paroisses du canton de Plaisance : Armentieu, Arparens, Baulat, Beaumarchés, Belloc, Bière, Boussas, Cahusac, Canet, *Castets en Devèze*, Cayron, Coutens, Croûte, Fusterouau, Galiax, Goueyte, Gouts, Jù, Izotges, Labatut, Lacaussade, *La Devèze (la ville)*, Lalengue, Lasserrade, Lengros, Mazères, Mimort, Montdebat, Montégut-Gures, Monferran, Pouydraguin, Préchac, Ricourt, Sarragachies, Sous-Dessus ou Pàris, *St-André en Devèze*, St-Aunix, St-Lanne, *St-Laurent en Devèze*, *St-Pierre en Devèze*, Tasque, Thermes, Tieste, Villeneuve.
Procès-verbal des limites du département d'Armagnac ou du Gers, du 18 mars 1790, arrêtées en vertu du décret de l'Assemblée nationale du 28 janvier 1790. (Archives départementales du Gers.)

(2) Au sujet de la fondation de la bastide de Beaumarchés, consulter l'acte de paréage (1290) entre le roi de France, Philippe-le-Bel, et Arnaud-Guillaume, comte de Pardiac. — Monlezun, *Histoire de la Gascogne*, tome 6e, page 218.

(3) A l'encontre de cette affirmation, voir *Histoire féodale de La Devèze*, p. 37.

Le 7 décembre 1790, le Directoire du district réuni (1), il fut représenté, à l'assemblée, par Jean Bastard, procureur syndic « qu'il est instant de procéder à la révision » des cantons du district et de les rectifier, non-seulement » quant aux limites, mais encore quant à l'étendue et au » nombre, attendu que la composition qui en a été faite » n'est que provisoire, suivant l'instruction de l'Assemblée » Nationale du 20 août 1790... Adoptant pour base que la » mesure la plus convenable doit être que chaque canton » n'ait pas moins de quatre lieues carrées, il a été reconnu » qu'il pouvait y avoir dans le district, *dix* cantons : Nogaro, » Aignan, Barcelonne, Houga, Estang, Manciet, Labastide- » d'Armagnac, Riscle, *Plaisance, Beaumarchés* (2).

Les paroisses voisines de La Devèze, Armentieu, Soubagnac, Tieste, Uragnoux, Goueyte, Belloc, persistèrent à demander, par requête du 16 décembre 1790, un canton pour la ville de La Devèze.

L'affaire fut traînée en longueur jusqu'au 9 avril 1792. A ce jour, le directoire du département déclara « n'y avoir lieu » de délibérer quant à présent sur la demande des pétition- » naires (3). »

Nous avons sous les yeux bien des documents authentiques qui, à les bien peser, nous révèlent, d'une façon par trop évidente, à quel point La Devèze a été la victime de la partialité,

(1) Présents : Jean-Baptiste Lamarque, d'Auriebat, président : Joseph Deplasse, vice-président : Pierre-Paul Daurensan, Joseph Pugens, Jean Daubons, administrateurs du district de Nogaro.

(2) Paroisses annexées au *canton de Beaumarchés* : Armous, Baccarisse, Bière, Boussas, Cayron, Sciourac, Monferran, Montégut-Gures, Mondebat, Paris ou Sous-dessus, Ricau, *St-André* et *St-Laurent, en Devèze.*

Paroisses du canton de Plaisance : Armentieu, Baulat, Belloc, *Castets en De-vèze*, Croûte, Caliax, Goueyte, Jû, Izotges, Labatut, *La Devèze (la ville)*, *St-Pierre en Devèze*, Lasserrade, Lengros, Mazères, Pouydraguin, Préchac, Soubagnac, St-Aunix, Tasque, Thermes, Tieste, Villeneuve.

Cf. Cahier, n° 1, des registres des délibérations du Conseil d'administration du district de Nogaro. (Archives départementales du Gers.)

(3) Arrêté du directoire du département, du 9 avril 1792. Signé : Lafargue, Sautiran, Batbie, Lantrac, Barbeau, Cazaux (Archives départementales du Gers).

et même jusqu'à quel degré la délimitation actuelle de nos
communes et de nos paroisses de La Devèze a sa raison d'être,
dès 1789, dans l'influence de menées égoïstes et ambitieuses,
et, par suite, dans l'arbitraire et le caprice. Nous n'avons pas,
pour le moment, à signaler ces détails officiels dont l'étude
réfléchie nous fait désirer ardemment l'époque où il sera possible aux administrations supérieures de songer efficacement
à *reviser* les limites *civiles, religieuses surtout,* de notre beau
pays d'Arros et Adour. Scrupuleusement fidèle à notre
charitable devise : flétrir les faits odieux sans porter atteinte
à l'honneur des personnes et des familles, nous nous en
tiendrons à raconter les scandales enfantés, dans notre chère
La Devèze, par la Révolution, et qui ont si fort contribué à
abattre l'œuvre des siècles. Nous attendrons patiemment — en
vain peut-être — l'heureux jour où l'on pourra songer efficacement à réparer les ruines et à réédifier.

IV.

Fusion des deux partis Lanacastets et Domerc. — Parti d'Espaignet. — Défaite
de ce dernier aux élections municipales. — Démembrement de Saint-André
et Saint-Laurent. — Curieux considérants de cette création communale. —
Election des officiers municipaux de la nouvelle commune. — Graves désordres dans les églises de Saint-André et de Saint-Laurent. — L'affaire du
démembrement est portée à Auch. — Reconnaissance de la nouvelle commune de Ladevèze-Rivière. — Protestations de La Devèze. — Supplique
de Ladevèze-Rivière à l'Assemblée nationale.

M⁰ Dominique Lanacastets, dans son zèle pour la propagation des « Immortels Principes » et dans sa fierté pour
l'honneur dont la communauté l'avait investi en le députant
à l'assemblée générale de la sénéchaussée, parut oublier ses
anciennes querelles avec l'*assemblée municipale* de 1787.

Dès l'aurore « de ce beau jour de la régénération de toutes

11

choses et du redressement de tous les griefs et de tous les abus dont le pauvre peuple étoit depuis si longtemps la victime (*sic*) (1), » il y eut, paraît-il, réconciliation et union intime entre les divers tenants de la municipalité.

Grâce à leur « surveillance et bon exemple, » la communauté de La Devèze eut, dès le principe, le précieux avantage « de jouir d'une paix profonde, malgré les désordres fomentés par les *brigands* qui régnaient dans plusieurs pays du royaume (2). »

L'Assemblée Nationale venait d'abolir les titres honorifiques et autres priviléges de la noblesse (3).

Elle proclamait (27 août 1789), « en présence et sous les auspices de l'Etre suprême, l'Immortelle Déclaration. » Nos édiles s'empressèrent de voter de sympathiques hommages au « zèle si enthousiaste des dignes représentants de la nation. »

M. d'Espaignet, peu partisan du nouvel ordre des choses « qui lui ôtait la domination dans La Devèze, lui enlevait ses titres honorifiques, et annulait le droit de chasse, ce qui lui était particulièrement en horreur (4), » vint troubler cet *enthousiaste* concert d'admiration et de louanges. Il vint « jeter la zizanie » dans ces cœurs qui déjà savouraient, « avec une sainte ivresse, les délices de la liberté. »

Nos municipaux iront même jusqu'à dire que « d'Espaignet n'a vu qu'avec la rage dans le cœur les décrets de l'Assemblée nationale qui le ramenaient l'égal de ses concitoyens (5). »

En conformité du décret de décembre 1789, il fallut procéder à la création du nouveau maire, du procureur-syndic de la commune, des officiers municipaux et des notables.

---

(1) Acte notarié du 10 février 1790. — Archives de M. Dupleix-Pallaro.
(2) Délibération du 1er mars 1790.
(3) Nuit du 4 août 1789.
(4) Délibération du 22 juillet 1790.
(5) Ibidem.

Deux nouveaux partis se trouvèrent en présence : le parti d'Espaignet (1) et le parti des adhérents au nouveau régime (2).

M. Domerc crut avoir le droit de convoquer les électeurs pour la nomination du *citoyen* (3).

D'Espaignet prétendit à la présidence de l'assemblée élective. Afin de se concilier des voix, il tint, dans sa maison, des *réunions privées*, allant jusqu'à promettre aux électeurs qui lui accorderaient leur suffrage le partage des biens communaux. Il leur fit espérer un arpent de terre à chacun (4).

On se réunit le jour fixé par M. Domerc. D'Espaignet se rendit à la séance. — « Monsieur le syndic, vous n'avez pas le droit d'ouvrir l'assemblée. Ce droit appartient, non à *votre municipalité*, mais au *corps municipal*, composé du *maire* et des *trois consuls* (5). Vous vous êtes installé en président, sans mission légale. — Monsieur d'Espaignet, » fit observer M. Domerc, « j'ai été choisi, en ma qualité de syndic de l'*assemblée municipale*, pour la convocation des électeurs et la présidence de la réunion. Du reste, c'est à moi et non au *corps municipal* qu'ont été adressés les ordres de M. le ministre et de M. l'intendant. — Le ministre et l'intendant n'ont fait que des bêt... C'est à la commune à décider si la convocation a été faite selon les formes. — Votre prétention, Monsieur d'Espaignet, est contraire aux décrets de l'Assemblée nationale : néanmoins, je veux adhérer à votre désir, et nous allons procéder à l'élection du président. » M. d'Espaignet ne put réunir que 85 voix, et M. Domerc en obtint 104.

(1) Tursan d'Espaignet, Joseph Meilhan, etc.

(2) M. Alexandre Domerc, maire de la ville et communauté de La Devèze, Me Dominique Lanacastets, Me Laurent Leberon, sieurs Jean Lestrade, Jean Domerc, Jean Douyau, officiers municipaux, Me Laurent Barquissau, procureur de la commune, Me Cazeaux, archiprêtre de Saint-Pierre-Castets, Me Lacrampe, curé de Saint-Laurent, Me Jean Dusser, notaire royal, sieurs Joseph-Marie Lanusse, Antoine Louit, André Felican, Dominique Dubertrand, Jean Lalanne, Jean Duffau, Pierre Clavel, notables.

(3) On désignait ainsi la nouvelle organisation municipale.

(4) Délibération du 22 juillet 1790.

(5) M. d'Espaignet faisait allusion aux difficultés dont nous avons déjà parlé, survenues entre les partis Domerc et Lanacastets.

M. Tursan, hors de lui, quitte brusquement la salle. « Vous n'êtes que de la *canaille*, des *fripons*, dit-il à ses partisans. Vous m'avez indignement trompé. Vous n'aurez pas les communaux. »

D'Espaignet se retira par devant notaire, et signifia, par acte public, à ses adversaires, une protestation signée de quelques-uns de ses adhérents et dont je traduis le sens exact :

Fidèles à nos devoirs, invariablement attachés à l'intérêt général de la commune, nous nous sommes empressés de nous rendre à l'assemblée pour la nomination du *citoyen*. Quelle n'a pas été notre surprise de voir la réunion présidée par le syndic de cette sorte de *municipalité qui est purement administrative*, conséquemment sans qualité pour délibérer en assemblée communale. Les articles 8 et 12 du décret de décembre ne parlent que du *corps municipal* et non de l'*assemblée municipale*. Toutes sortes d'intrigues et de moyens violents ont été mis en jeu pour capter le suffrage des électeurs. Les élections ne sauraient être libres dans ces conditions. De *bonnes gens*, des gens *simples* quoique *très-honnêtes*, ont été trompés et abusés! Comment! on aurait réussi à séduire ces braves gens au point de les obliger à nommer, contre l'intérêt général, leur propre intérêt, membres de la nouvelle organisation, les anciens municipaux? Des hommes qui n'ont rien fait d'utile pour la commune, pour la portion du peuple la moins fortunée, des gens qui ont abandonné, entre les mains d'usurpateurs, les biens communaux, des gens comptables envers la communauté d'une administration souillée par les abus les plus intolérables! Faut-il donc à la communauté de pareils administrateurs? Nous protestons énergiquement contre les opérations déjà faites. Nous en réclamons la nullité partout où il appartiendra. Nous déclarons ne vouloir en aucune manière prendre une part active aux opérations engagées, qu'autant que nous serons assurés que les suffrages seront libres et que l'intrigue n'abusera plus de la simplicité et de la pauvreté des électeurs au fond si honnêtes et dévoués au bien public. Nous déclarons en outre avoir la ferme et constante résolution de poursuivre, par toutes les voies légales en notre pouvoir, la restitution des biens de la communauté et des fruits perçus à son préjudice, par la négligence des précédentes administrations. C'est ainsi (fut-il ajouté sur un ton ironique peut-être dans la pensée de d'Espaignet) que l'esprit de notre Immortelle

Constitution sera suivi de la régénération de toutes choses et du redressement de tous les griefs et de tous les abus dont le pauvre peuple est depuis si longtemps la victime (1).

Les protestations de M. de Tursan ne durent pas exercer
une influence très-sérieuse et très-efficace sur le résultat du
vote.

Le 21 février 1790, nous retrouvons le syndic de l'assemblée municipale, M. Domerc, avec son titre officiel de *Maire*
de la ville de La Devèze. — La charge de *Procureur-syndic*
de la commune fut confiée à Mᵉ Laurent Barquissau, avocat
en Parlement; MM. les *officiers municipaux* : Mᵉ Dominique
Lanacastets, avocat en Parlement, Laurent Leberon, notaire
royal, Jean Lestrade, maître en chirurgie, Jean Domerc et
Jean Douyau, furent choisis, par le parti de la majorité « et
» celui de la saine raison, à la satisfaction publique, indis-
» tinctement dans les cinq paroisses qui composent la com-
» munauté de La Devèze et dont la Magdeleine est la ville et
» le chef-lieu (2). »

Dès ce jour, il y aura guerre ouverte entre les deux partis,
et elle se poursuivra, il faut tristement l'avouer, avec un scandaleux acharnement.

D'Espaignet (3) voudra « se maintenir à main armée
et au mépris des lois sacrées de la Nation, » lui reprocheront
ses adversaires, dans les droits honorifiques du patronage (4)
abolis par les décrets de l'Assemblée nationale.

Une partie des habitants des paroisses de Saint-André et de
Saint-Laurent sont convoqués, par les ordres de d'Espaignet,
sous le porche de l'église paroissiale de Saint-André, par de-

---

(1) Acte signé Dareix, notaire, du 10 février 1790. — Archives de M. Dupleix-
Pallaro.

(2) Délibération des 1ᵉʳ mars — 21 février — 22 juillet 1790.

(3) Pierre-André-Gabriel de Tursan d'Espaignet, président à cette époque de la
Cour des aydes de Montauban, depuis deux ans surtout, résidait habituellement à
La Devèze, dans sa famille.

(4) M. d'Espaignet possédait le titre de « patron et abbé lay des églises de Saint-
André et de la Magdeleine. »

vant notaire, pour le samedi 27 février 1790. Nos archives municipales nous apprennent que la plupart se refusèrent à répondre à l'appel. Il n'y eut guère que certains intrigants, toujours prêts au désordre, et les obligés de d'Espaignet, qui se rendirent à ses objurgations et à ses menaces.

Il fut convenu et arrêté par les comparants que, sous le bon plaisir du Roi et de l'Assemblée nationale :

1° Les paroisses de Saint-André et de Saint-Laurent sont et demeurent démembrées de la ci-devant communauté de La Devèze (1).

2° Dès ce moment, elles se regardent comme libres et indépendantes et elles se réunissent en société ou communauté sous le titre de Saint-André et Saint-Laurent (2).

3° Il sera procédé de suite à la formation d'une municipalité conformément aux décrets de l'Assemblée nationale;

4° On exigera fermement et résolûment reddition des comptes de la part des administrateurs de la ci-devant communauté de la Devèze;

5° On agira contre les usurpateurs et détenteurs des biens communaux (3) pour obtenir la part et portion qui peut compé-

---

(1) En voici les considérants : « Les citoyens de Saint-André et de Saint-Laurent, indignés de la conduite des anciens administrateurs qui les gouvernaient avec une verge d'airain et une injustice révoltante en tous points, ont saisi avec empressement l'occasion de se délivrer de l'administration la plus vicieuse qu'il y eut en France; un bienfait inespéré, le résultat de la raison et de l'humaine sagesse, la Constitution imaginée pour notre bonheur et l'extinction des abus nous permet d'être libres, et cela d'une manière éclairée : Faisant usage de notre liberté autorisée par les décrets de l'Assemblée nationale, nous, citoyens de Saint-André et de Saint-Laurent, nous étant « fédérés », nous qui n'avons pas contribué à l'usurpation des biens communaux, au gaspillage de l'ancienne administration, nous dont le moindre, s'il possédait quelque mince portion de ces biens, s'empressait de manifester son désir de les réunir à la masse commune, nous nous démembrons de la ci-devant communauté de La Devèze pour former une *commune* sous le titre de Ladevèze-Rivière... » (Causes du démembrement, archives Duchemin.)

(2) Le 4 mars 1790, le Conseil général de la nouvelle commune décida « sous son bon plaisir » que désormais la nouvelle communauté porterait le nom de « commune de *Ladevèze-Rivière.* »

(3) Au paragraphe de l'*Administration foncière et financière*, nous étudierons avec soin et impartialité cette question si délicate des *comptes* et des *biens communaux.*

ter aux citoyens de la commune Saint-André-St-Laurent;

6° Il sera fait notification au corps municipal des autres paroisses de la Devèze, de la décision prise, afin qu'elles ne s'immiscent en aucun façon dans les fonctions municipales qui peuvent intéresser la nouvelle commune;

7° Aussitôt que le corps municipal sera nommé, il s'empressera d'envoyer un extrait du présent acte, tant à la commission intermédiaire d'Auch qu'à M. l'Intendant.

Les considérants de cette résolution sont vraiment curieux à lire (1).

« La formation des communautés dérive de la nécessité où ont été les hommes de vivre en société. Cette association se divise en *Société politique* et en *Société civile*. Plus les premières sont grandes, étendues et puissantes, plus elles sont parfaites, parce qu'elles ont plus de moyens pour se faire respecter des Etats voisins !... C'est tout l'opposé pour les sociétés intérieures dans leur Etat civil : car, plus elles sont grandes, moins elles peuvent être surveillées, moins les magistrats peuvent leur donner leurs soins, et s'occuper de leur bonheur; d'où il suit qu'il est heureux de vivre dans les *Grands Etats* et dans de *petites communautés.* »

» La communauté de la Devèze *trop vaste*, puisque, sur un territoire *immense*, elle compte *cinq* paroisses *considérables* dont les maisons sont *éparses*, ne peut rendre ses habitants heureux par la difficulté où sont ceux qui la gouvernent de s'occuper de leurs besoins individuels, de les connaître et d'y porter un secours efficace. »

Communauté *trop vaste*, dites-vous, territoire *immense*, paroisses *considérables*, habitations *éparses*; décidément vos ferventes sympathies pour le nouveau régime vous aveuglent: La Devèze ne s'est jamais cru de cette importance !.

Mais voici le pot aux roses :

« L'homme né libre, qui jouit aujourd'hui de toute sa liberté, en vertu de notre immortelle Constitution cesserait de l'être si, contre

(1) Au temps où nous vivons, il y aurait bien des motifs de combattre ces absurdes théories dont l'application a fait le malheur de la France. Mais, pour plus d'une raison, nous critiquerons peu, nous réservant toutefois le droit de garder, pour les affirmer énergiquement en temps et lieu, toutes nos antipathies contre des doctrines de ce genre.

son gré, il pouvait être forcé de rester dans une société qui lui déplaît et qui lui est onéreuse; c'est faire le plus noble usage de la liberté que notre glorieux monarque et les représentants de la nation offrent à tous les Français que de se tirer de la sorte d'oppression sous laquelle les comparants gémissent depuis longtemps.... C'est pourquoi lesdits comparants se déclarent *libres*, *indépendants* et *dégagés* de la Société qui formait la ci-devant communauté de la Devèze, et *comme le consentement des associés était libre lorsque la Société ou communauté a été formée, de même, celui des comparants doit l'être pour la dissoudre.* »

Vraiment! citoyens fédérés, « votre pacte d'union cimenté » par les liens les plus fraternels et les plus amicaux » est par trop du crû du citoyen de Genève ! Voyons jusqu'au bout votre contrat social :

« Ce ne sont pas là les seuls et les plus graves inconvénients de la situation : mettant tout notre espoir dans la régénération de la France qui proscrit toute sorte d'abus, nous nous flattions que les anciens administrateurs s'empresseraient d'apurer leurs comptes; que, notre conduite ayant été reconnue bonne, *nous serions admis aux charges nouvelles...* Nous l'attendions de la justice de nos concitoyens...; bien loin de là, ces administrateurs occupent les places de la nouvelle municipalité... Ils les occupent depuis plus de quinze ans, ils les occuperaient éternellement, et leur insatiable ambition ne serait jamais satisfaite... Cependant, les places municipales ne sont-elles pas de leur nature amovibles? Ces places, d'ordinaire, les bons citoyens, les citoyens paisibles, les évitent au lieu de les rechercher! et si ces places sont *briguées* d'une façon aussi indécente, si tous les moyens sont bons pour les avoir, on connaît les motifs secrets... mais nous sommes « pleins de ces brigues. » Nous, « les bons patriotes » nous avons consigné « ces brigues et mauvais moyens dans un acte protestatoire (*sic*) » passé par devant notaire (1) contre ces nominations illégales et si indignement « briguées » et, puisqu'il est de la nature des Sociétés que, quand elles finissent, les associés doivent apurer leurs comptes, et retirer de la masse commune la part qui compète à chacun, il sera pris d'énergiques mesures pour liquider l'ancienne administration, et poursuivre fermement et résolûment la rentrée et le partage des biens communaux, ce qui ne

(1) Le notaire Dareix.

peut manquer d'être approuvé par tous les gens justes et impartiaux (1). »

Séance tenante, les partisans de d'Espaignet, « cette tourbe de manants et de gens sans aveu, » selon l'expression assez peu parlementaire de nos archives municipales (**2**), après s'être « *érigés en commune* » et « voulant recueillir le premier fruit de la Constitution qui doit régénérer le royaume » et qui est « la liberté de choisir les officiers municipaux et administrateurs parmi eux et dans leur sein, » décidèrent, » à la pluralité des voix, que la journée du travail de chaque » citoyen demeurerait fixée à quinze sols; que par cet ordre, » tout citoyen payant une contribution directe de quarante-» cinq sols, serait réputé *citoyen actif*, et tout citoyen payant » une contribution directe de sept livres dix sols, serait *citoyen* » *actif* et *éligible*. On fixa la liste des citoyens actifs qui furent » en cette occurence trouvés au nombre de *cinquante*. »

On convint que la nouvelle municipalité se composerait d'un maire, de cinq officiers municipaux, d'un procureur de la commune et de douze notables.

M. d'Espaignet fut désigné comme Président de l'assemblée, par la majorité absolue des suffrages, et M. Lalanne fut élu secrétaire. M. d'Espaignet occupa le siége de la Présidence, et tous, présents à la réunion, président, secrétaire, etc., prêtèrent le serment d'être « fidèles à la nation, à la loi et au » Roi, de maintenir la Constitution, de choisir, en leur âme » et conscience, les plus dignes de la confiance publique, et » de remplir avec zèle et courage les fonctions civiles et politi-» ques qui pourraient leur être confiées. » Les trois scrutateurs élus, on procéda à l'élection du maire, par scrutin individuel et secret de tous les citoyens actifs; des officiers

(1) Acte notarié, *signé* : Laterrade, 27 février 1790.—Archives de M. Lalanne-Dubernet, propriétaire à Ladevèze-Rivière.
(2) Délibération du 1er mars 1790.

municipaux et des notables, par scrutin de liste double et nominale (1).

Le maire et les officiers municipaux, le procureur de la commune, en présence de tous les citoyens, à l'exception de Dareix, Darré, Laffitte, absents, prêtèrent le serment requis, et jurèrent « de maintenir la Constitution du royaume de » tout leur pouvoir, d'être fidèles à la nation, à la loi et au » Roi, de bien remplir leurs fonctions. »

A la réquisition du citoyen maire, du procureur de la commune et des officiers municipaux, les acte notarié et délibération du 27 février 1790, par le ministère de Me Marie-Joseph Mangounet, huissier audiencier, pourvu par le Roi au siége de Beaumarchés, et par exploit du 28 février, furent notifiés à M. Domerc, maire, à M. Barquissau, procureur syndic, et, en leurs personnes, aux autres officiers municipaux de *La Devèze*..., afin qu'ils « n'en ignorent et qu'ils ne » s'immiscent en aucune façon dans les fonctions de la mu- » nicipalité sur et dans le territoire de la commune de St- » André et St-Laurent (2). »

M. d'Espaignet, président, s'autorisant des décrets, ordonna à l'assemblée de se dissoudre; mais il paraît que ces trop chauds partisans des libertés nouvelles tinrent à ne pas se « séparer » purement et simplement.

L'église de St-André est envahie. Me Bourdette, curé de la paroisse, est mandé pour avoir à enlever les saintes espèces. Rendons justice à ce respect pour la Sainte-Eucharistie, malgré le sentiment d'indignation que déjà soulève dans notre cœur la conduite de ces « turbulents. »

---

(1) Les élus furent : Marc Lartigue-Magnon, *maire;* Joseph Dubernet, Bernard Bacqué-Pignoulet, André Dareix-Lavigne, François Darré, Jean Laffitte-Inthus fils, *officiers municipaux;* Joseph Meilhan, *procureur de la commune,* et MM. Etienne Lacoste, Bernard Rivière, Paul Lagnoux, Jean Navères, Jean Goudène, Marc Lalanne-Baget, Arnaud Noguez, Pierre Lanusse, Laurent Lanusse, Dominique Barquissau, Bertrand Clavel, François Lanacastets, *notables.*

(2) Acte notarié du corps municipal de La Devèze-Rivière, 27 février 1790.— Archives de M. Lalanne-Dubernet.

Tout dans l'église est bouleversé; le banc réservé aux officiers municipaux de *La Devèze*, élus en conformité des décrets, est changé de place; on s'empare des clés de l'église,
voulant le lendemain, dimanche, avoir l'entrée libre pour de
nouveaux scandales.

Dans le fait, le lendemain, 28, au moment de la messe
paroissiale, les prétendus officiers de la nouvelle commune
s'installent au banc officiel, escortés par des gens « armés de
fusils, » et par un valet de ville emprunté dans une communauté voisine; le tambour bat aux champs; « deux fusiliers » se
placent l'arme au bras, au pied de l'autel, pendant le saint sacrifice; et le reste de la bande fait cercle autour du sanctuaire :
au moment voulu, d'Espaignet fait demander la paix à M°
Bourdette par un fusilier... Le trop bon curé, lent à rendre à
l'abbé Lay les honneurs, est vivement interpellé par d'Espaignet lui-même, « malgré la représentation que ce n'était pas
l'usage. » — Force est à M° Bourdette de donner la paix à M.
d'Espaignet et à ses « turbulents » affidés.

Que l'on juge du désordre qui dut se produire dans l'é-
glise, à cette scène de vrais « sans-culottes. »

Le soir, l'indigne cortège se rend dans l'église de St-Laurent, pour assister aux vêpres et à la bénédiction du Très-
Saint Sacrement. Il se commit tant de profanations et d' « in-
décences » que M° Lacrampe, curé de la paroisse, dut inter-
rompre l'office.

« [Les adhérents au *parti Domerc*], attendu que de tels faits sont un
outrage sanglant infligé à la municipalité officielle de la Devèze, un
mépris formel des décrets de l'Assemblée nationale, une révolte ouverte contre la Constitution de l'Etat; qu'ils ne tendent qu'à fomenter
le trouble dans la communauté; que la vie même de plusieurs officiers municipaux est en danger sérieux;

» Attendu que les paroisses de St-André et de St-Laurent ne son
nullement en droit de se séparer de la communauté de La Devèze,
n'ayant qu'un seul et même terrier, un seul et même rôle, une seule
administration, et cela depuis des siècles; que d'ailleurs, la question

se trouve déjà décidée, en principe, le 20 février 1790, par nos seigneurs de l'Assemblée nationale en faveur de la ville de Rouen contre les faubourgs... Par tous ces motifs, lesdits maire et officiers municipaux de La Devèze arrêtent à l'unanimité qu'il est urgent de dénoncer de pareils attentats à l'Assemblée nationale; qu'un double de la délibération sera adressé par M. Domerc, maire, à M. le Président, pour le supplier de rétablir l'ordre et la tranquillité dans La Devèze, de faire jouir les citoyens des fruits et des bienfaits de la Constitution du royaume, de remettre les officiers municipaux dans le libre exercice de leurs fonctions, de punir enfin le sieur d'Espaignet et consorts comme réfractaires aux décrets de l'Assemblée nationale, rebelles à la Constitution et perturbateurs du repos public (1).»

La déclaration suivante fut annexée au procès-verbal officiel :

Ont comparu Mᵉ Bourdette, curé de St-André, et Mᵉ Lacrampe, curé de St-Laurent, qui ont certifié et attesté que les faits ci-dessus détaillés, qui se sont passés dans leurs églises, le dimanche, vingt-huit février dernier (1790) sont véritables. Ils supplient l'Assemblée nationale de réprimer ces attentats, et de remettre l'ordre et la tranquillité dans leurs paroisses, et ont signé : Bourdette, curé de St-André et la Magdeleine; Lacrampe, curé de St-Laurent.

De son côté, la municipalité d'Espaignet adressa une requête à MM. du bureau de la commission intermédiaire de la Province de Gascogne, siégeant à Auch, et à M. l'Intendant, aux fins d'obtenir l'autorisation du démembrement.

D'Espaignet, «qui devait aller à Auch,» fut prié, « par dé-
» libération, de conférer avec Mgr l'Intendant et avec MM. de
» l'administration sur tous les intérêts de la commune nou-
» velle, de présenter tous mémoires et requêtes, au nom de
» ses commettants, dans la persuasion intime que ce bon
» citoyen fera tout le possible pour leur bonheur. »

Il fut, en outre, adressé une requête à MM. de l'administration provinciale, afin que les mendes et rôles des impositions fussent directement envoyés au corps municipal de La Devèze-Rivière, voulant ledit corps municipal « faire lui-même

(1) Délibération du 1ᵉʳ mars 1790.

» le recouvrement des impôts, sans être tenu d'avoir aucun
» rapport à cet égard avec la communauté de la ville de La
» Devèze. »

Il fut répondu à cette requête par une ordonnance de soit
communiqué (6 mars 1790) à la municipalité de La Devèze,
« avec sommation de répondre dans trois jours, vu l'urgence
» du cas, à cause du recouvrement des impositions. »

Le corps de ville de La Devèze dut se prononcer. Il protesta
énergiquement comme on devait s'y attendre

A toutes les époques, les cinq paroisses n'ont fait qu'un seul et
même consulat, une seule administration, une même collecte, en un
mot, un tout indivisible... Jamais les habitants de St-André et de
St-Laurent n'auraient songé à faire scission, s'ils n'avaient été
poussés à la révolte par certains intrigants froissés de n'avoir pas
été appelés, par la confiance des électeurs, aux charges municipales;
et ces réfractaires, qui sont-ils? le très-petit nombre... Les citoyens
actifs qui ont concouru à la formation de cette étrange municipalité
sont à peine au nombre de *quarante* sur plus de deux cent trente
électeurs... Ce sont des enfants de famille, des mineurs (1)... Qui
sont-ils encore? les moindres tenanciers... Il est visible, par les
rôles, qu'ils ne payent, y compris d'Espaignet, leur chef, pour toute
imposition, qu'environ *mille* livres, alors que la contribution totale
de la communauté se porte à *quinze* ou *seize* mille livres... Autoriser la séparation! mais c'est aller contre tous les règlements...;
dans l'ancien régime, la création des nouvelles municipalités était
affaire du *Conseil*, et actuellement une pareille matière ne peut être
traitée et décidée que par l'Assemblée nationale. Cette poignée d'habitants ont donc agi sans qualité et seraient-ils fondés en droit,
n'ont-ils pas renoncé à leur privilége en prenant eux-mêmes, avant
leur séparation, une part active à la formation selon la teneur des
décrets, du corps municipal de La Devèze, si bien que le procureur
syndic, M. Laurent Barquissau, avocat, et plusieurs officiers municipaux et notables ont été pris, dans les deux paroisses, et exercent,
journellement, les fonctions de leurs charges, comme *membres de la
municipalité générale* (2).

(1) Délibération du 22 juillet 1790.
(2) Délibération de la municipalité de La Devèze (ville) du 11 avril 1790.—Supplique du corps municipal de La Devèze-Rivière, à Nos Seigneurs de l'Assemblée na-
ionale.

Il paraît, nonobstant cette protestation énergique et bien fondée, que la requête du corps municipal de Ladevèze-Rivière reçut bon accueil auprès des membres de la commission intermédiaire.

Les partisans de d'Espaignet surprirent encore de MM. du bureau de l'Election le partage du rôle en deux parts : un arrêté de la vérification (5 avril 1790) divisait la juridiction de la Devèze en deux communes : *Ladevèze-Ville* et *Ladevèze-Rivière :* « Ladevèze-Rivière : nom aussi étrange que l'existence en était chimérique (1). »

De là, nouvelles protestations du corps municipal officiel de La Devèze :

A l'Assemblée nationale seule appartient le droit d'autoriser le démembrement d'une communauté, nullement à l'administration Provinciale, ni autres cours et juges... En conséquence, la municipalité de La Devèze arrête : qu'il sera fait opposition formelle aux dites ordonnances du bureau de l'Election des 2 et 3 avril (1790) et toutes autres rendues ou à rendre tendant à la séparation des rôles; comme aussi a été arrêté de se pourvoir pour faire ordonner qu'il ne sera remis, adressé ni envoyé aux membres de la prétendue communauté et habitants desdites paroisses, aucuns ordres, avis, ordonnances, ni décrets; faire déclarer, n'y avoir pas même lieu d'ordonner que ladite communauté sera reconnue pour communauté particulière... A cet effet nomment, créent et constituent pour syndics M. Domerc, maire, et Joseph-Marie Lanusse, notable, avec pleins pouvoirs de s'adresser et se pourvoir devant tous les tribunaux, cours, juges, même devant l'Assemblée nationale (2).

Le corps municipal de Ladevèze-Rivière releva le gant. Il adressa une supplique à *Nos Seigneurs de l'Assemblée nationale;* le texte de cette adresse est assez original pour que nous nous permettions d'en reproduire quelques extraits :

Nos Seigneurs,

Le corps municipal de Ladevèze-Rivière, admirateur de la constance de votre zèle pour opérer le bonheur de la France, a

(1) Délibération du 11 avril 1790.
(2) Délibération du 11 avril 1790.

l'honneur de vous adresser des supplications dans le but d'obtenir de votre justice le bonheur de notre commune, en sanctionnant par un décret particulier ou par un décret général, la résolution qu'il a prise de se démembrer de la cy-devant communauté de La Devèze par les motifs les plus justes, exposés dans l'acte du 27 février dernier.

En regrettant, Nos Seigneurs, de vous ravir les moments précieux que vous emploierez à lire notre requête et à prendre connaissance de nos actes, nous vous supplions de les approuver... C'est vous qui nous les avez inspirés... Ce sont vos principes qui nous ont servi de guide, lorsque nous nous sommes démembrés d'une communauté où toute espèce d'abus s'étaient introduits, et qui, usant à notre égard d'une force oppressive, ne se lassait point de nous tyranniser. Si nous nous étions égarés en ne croyant que suivre les modèles qui sont notre admiration, ce serait une erreur de notre esprit, jamais de notre cœur.

Suivent des diatribes violentes contre la ville et communauté de La Devèze, — «chétif hameau... quatorze ou quinze maisonnettes composant ce petit lieu qui a servi de prétexte à l'établissement du don gratuit. » — Et ses administrateurs qui veulent « se perpétuer dans les places municipales » se refusent à rendre compte de leur administration « la plus » vicieuse qui existe en France », détiennent « des biens » communaux pris à la face de la commune » et dont la possession n'est que « le fruit du brigandage. »

Le temps n'est plus où nos malheureuses campagnes seront, comme par le passé, victimes du despotisme... *Le vieil arbre* était vermoulu, vous l'avez frappé, Nos Seigneurs, et il a été réduit en poudre Un autre germe à sa place : c'est vous qui l'avez planté et déjà nous le voyons dans toute sa vigueur; déjà nous en goûtons les fruits délicieux... Qu'avons-nous désiré pour l'entière félicité du royaume, si ce n'est que son suc nourricier se répande dans toutes ses veines, qu'il n'en néglige aucune? Nous ne sommes qu'une de ses *plus minces membranes* (sic), mais nous devons trouver la source du bonheur dans cette régénération si applaudie, si désirée des bons citoyens où chaque corps, chaque individu gravite vers sa félicité par une tendance bien naturelle et qui a fait les citoyens de St-André et St-Laurent (1)!

(1) Supplique du corps municipal de La Devèze-Rivière, à Nos Seigneurs de l'Assemblée nationale, 6 mars 1790.

Nous ne nous arrêterons pas à discuter une pareille adresse, aussi ridicule dans les termes que fausse quant au fond. Les faits déjà cités et ceux que nous révélerons encore permettront à tous nos lecteurs de l'apprécier comme nous.

V

MM. les commissaires royaux eurent à songer à la formation de l'*assemblée électorale*.

M. de Montaut convoqua, à cet effet, tous les *citoyens actifs* des communes du *canton de Plaisance*. Déjà la municipalité de La Devèze avait pris tous les moyens possibles de conciliation pour pacifier les mécontents de Saint-Laurent et de Saint-André. Le maire, M. Domerc, s'était adressé, au nom de la communauté, à MM. les commissaires royaux dans le but d'obtenir que la ville de La Devèze fût, pour le moins, choisie comme siége d'une *assemblée primaire*. M. Domerc avait pensé que cette décision aurait eu pour résultat heureux « la pacification des esprits, » sauf à obtenir « qu'on laissât complète liberté à ceux des habitants de Saint-André et de Saint-Laurent qui ne voulaient pas être démembrés (et c'était au moins les deux tiers) de voter à l'assemblée primaire de La Devèze, et à ceux qui tiendraient pour le démembrement d'aller voter à telle autre assemblée primaire que MM. les commissaires leur indiqueraient. » Ce serait « le seul moyen d'apaiser la fermentation qui est dans la communauté, et d'éviter les suites fâcheuses que cette fermentation pourrait avoir. »

M. de Montaut répondit « qu'il ne pouvait accepter ce moyen de pacification; qu'il n'avait pas à se mêler des affaires de municipalités; que les maisons qui formeraient le chef-lieu seraient en trop petit nombre; qu'au reste il y aurait danger à accorder une assemblée primaire, dans un endroit aussi divisé; qu'en faisant cette concession, on dépouillerait Plaisance qui est le canton... Voulez-vous un moyen de conciliation? Nous retirerons de La Devèze les paroisses de Saint-André et de Saint-Laurent; nous les enverrons à l'assemblée primaire de Beaumarchès, et ces trois autres paroisses iront à Plaisance. »

« M. le comte », fit respectueusement observer M. Domerc, « nous avons proposé, en faveur des seuls dissidents (et c'est le petit nombre) de deux paroisses, la liberté de voter ailleurs qu'à La Devèze s'ils y tenaient, mais uniquement comme moyen de prévenir les graves désordres que la surexcitation des esprits pourrait amener entre les deux partis se rencontrant dans une même assemblée; quant à la question de principe, au point de vue du démembrement, nous la réservons tout entière. Nous ne pouvons souscrire à l'envoi *sans réserve* de tous les habitants des deux paroisses à l'assemblée primaire de Beaumarchès; ce serait reconnaître le fait accompli, avant jugement définitif, consacrer le triomphe de la minorité, le plus grand nombre des habitants voulant rester réunis à la communauté de La Devèze.

» Vous dites, monsieur le comte, qu'on ne saurait faire bénéficier La Devèze d'une assemblée primaire, sans dépouiller Plaisance. Mais a-t-on eu ce scrupule en accordant une assemblée primaire à Beaumarchès et à Tasque? Beaumarchès à une demi-lieue de Plaisance, Tasque à un quart de lieue, etc. (1). La Devèze n'a-t-elle pas eu de temps immémorial le titre de *ville?* Elle a ses armoiries enregistrées à l'armorial de

(1) Et autres considérants qu'il est inutile de transcrire, parce qu'ils n'entrent pas directement dans notre sujet, quoique très-plausibles.

France. Un arrêt du Parlement a jugé que la cure de La Devèze ne pourra être occupée que par un gradué, à l'instar des autres villes du royaume. Elle a toujours eu un maire d'office, elle paie annuellement, pour les seuls droits d'entrée sur les consommations, une somme de six ou sept cents livres... Et on lui refuserait une assemblée primaire !

» Vous craindriez, monsieur le comte, que la formation d'une assemblée primaire dans la ville de La Devèze ne servît de prétexte à de nouveaux conflits... Mais qu'est-ce donc que cette espèce de municipalité qui s'est établie contre toutes les règles, contre le vœu de la plus grande et de la plus saine partie des habitants des deux paroisses, sans aucun pouvoir ni autorité quelconque ? Ces mêmes *particuliers* avaient déjà voté pour les élections de la municipalité générale. Ils avaient par conséquent épuisé leurs droits de citoyens actifs. N'y aurait-il pas criante injustice à forcer la majorité des habitants des deux paroisses à suivre cette poignée de mécontents, à se séparer de la mère-patrie et à porter avec regret leurs suffrages sur une terre étrangère ? Que cette quarantaine d'intrigants aillent faire étalage de leurs ambitions déçues où bon leur semblera, si mieux ils n'aiment rester dans leurs demeures.

» Par toutes ces considérations et autres, le corps municipal de La Devèze arrête, volontairement et unanimement, qu'il sera fait auprès de MM. les commissaires, par votre bienveillante intervention, de nouvelles et respectueuses instances aux fins qu'il soit accordé à La Devèze une *assemblée primaire*, composée des citoyens actifs de la juridiction, auxquels seront adjoints les citoyens actifs des communautés d'Armentieu, Soubagnac, Tieste, Uragnoux, Saint-Aunis-Lengros, et autres communautés voisines qui désirent vivement cette annexion, et ont fait des démarches réitérées pour obtenir cette précieuse faveur (1). »

Malgré les justes réclamations du corps municipal de La

(1) Délibération du 12 mai 1790.

Devèze, Plaisance, Beaumarchès et Tasque furent *seules* désignées comme siéges des quatre assemblées primaires du
canton.

Plaisance fut divisée en deux assemblées primaires :

1° L'*assemblée de la ville*, avec adjonction des communes
de Gouts, Galiax et Préchac;

2° L'*assemblée de la campagne*, composée de *La Devèze (la
Magdeleine), Castels* et *Saint-Pierre*, et des communes de
Tieste et Goueyte, Uragnoux, Belloc, Jû, Baulat, Mazères,
St-Aunix-Lengros, Lasserrade et Croûte, Paris, Couloumé,
Cannet.

L'*assemblée de la ville*, qui comptait 310 citoyens actifs,
eut à nommer *trois électeurs*.

L'*assemblée de la campagne*, qui en comptait 465, eut à en
désigner *cinq*.

La réunion de l'*assemblée de la campagne* eut lieu les 14
et 15 mai 1790, à Plaisance, dans l'église paroissiale Saint-
Nicolas.

A l'ouverture de la séance, il s'éleva, de la part de toutes
les communautés réunies, par l'organe de leurs maires respectifs, de vives protestations contre le choix fait par M. de
Montaut, de la ville de Plaisance, comme siége de leur assemblée primaire.

Par respect et obéissance aux décrets de l'Assemblée nationale et
aux ordres de M. de Montaut, nous nous sommes rendus à Plaisance. Mais cette soumission ne doit nullement tirer à conséquence
pour l'avenir. Notre vœu général, vœu nettement et en maints écrits
manifesté à MM. les commissaires, était,—et nous y persévérons,—
de nous réunir dans la ville de La Devèze... Nous espérons qu'on
nous fera justice en accordant dans l'avenir à la ville de La Devèze
notre assemblée primaire.

Après cette protestation en termes, comme on le voit, for-
mels, on dut procéder aux diverses opérations prescrites par
les décrets.

Nous remarquons avec une certaine fierté que La Devèze

eut la plus large part dans les honneurs de la séance.

La présidence de l'assemblée se trouva, d'abord, appartenir au sieur Jean Dusser, notaire royal de La Devèze, comme
doyen d'âge : Laurent Léberon, au même titre, fut désigné
comme secrétaire, et les trois scrutateurs, doyens d'âge, furent : Jean Lacabane, d'Uragnoux; Félix Fite, de Jû; et
Pierre Barré, de Lasserrade.

On procéda ensuite au dépouillement des citoyens actifs,
qui se portèrent à 465, et à l'élection du *Président*, du *Secrétaire* et des *trois scrutateurs définitifs* qui devaient, aux
termes du règlement, présider au choix de *cinq* électeurs.

M. Etienne-Alexandre Domerc, maire de *La Devèze*, fut
élu Président de l'assemblée, à la presque unanimité des
suffrages; Me Laurent Léberon, notaire royal de *La Devèze*,
secrétaire; Dominique Lanacastets, avocat en parlement de
La Devèze; Gratian Ducos, bourgeois, de Lasserrade et
Pierre Domerc, de Goueyte, scrutateurs.

Après la prestation du serment d'usage par le Président et
le secrétaire, la séance fut levée jusqu'au lendemain.

Le 15, on se réunit de nouveau et l'on nomma les *cinq
électeurs.*

Sur les *cinq* élus au scrutin secret et par liste double,
« comme étant les plus dignes de la confiance publique, et
» les plus capables de remplir avec zèle et courage les fonc-
» tions civiles et politiques, » *trois* furent pris dans les rangs
des citoyens de *La Devèze*.

Sur 285 citoyens actifs, présents à la séance, M. Alexandre
Domerc, président de l'assemblée, fut *élu* par 275 suffrages;
Pierre Domerc, de Goueyte, 196; Dominique Lanacastets,
avocat de *La Devèze*, 171; Laurent Leberon, notaire de *La
Devèze*, 153, et M. Pierre Lesperet, avocat en parlement de
Plaisance, 145 suffrages.

Dans cette réunion des 14 et 15 mai, il se produisit, en

faveur de la *ville* et communauté de La Devèze, un incident que nous sommes heureux d'avoir à signaler :

Le corps municipal de la soi-disant commune de Ladevèze-Rivière s'était permis de « représenter » à MM. les commissaires-royaux que « les paroisses de Saint-André et de Saint-
» Laurent qui vivent depuis longtemps sous un régime
» oppressif, ont voulu recueillir les fruits de l'immortelle
» constitution et *se régénérer*. »

Ici revient la perpétuelle rengaîne « des biens communaux, » de la « trop vaste » étendue de la communauté de La Devèze « pour être bien administrée, » des habitations répandues dans la campagne sur une surface de plus de quatre lieues, à l'exception de quinze maisonnettes qui sont environnées de murailles, *à quoi* l'on a bien voulu donner le nom de ville, dénomination cruelle qui a servi de prétexte aux traitants (*sic*) pour rançonner nos malheureuses campagnes par un impôt appelé *don gratuit,* qui n'avait été créé que pour les villes.

Sans la fermeté des citoyens de ces deux paroisses, aussi vertueux qu'ils sont zélés pour la chose publique, c'en était fait de nous ; nous retombions dans l'aristocratie tyrannique de nos anciens oppresseurs. Mais ayant à faire à des gens *subtils* et *praticiens*, qui voulaient retenir, à quelque prix que ce fût, la proie qui leur échappait, nous avons observé les formes (1)... Cependant les administrateurs de la *ville,* désolés de ne pouvoir plus étendre leurs vexations, ne cessent d'intriguer. Ils ont imaginé qu'ils pourraient opérer une autre révolution dans les ténèbres en *subtilisant* le pauvre peuple par toute sorte de moyens les plus coupables. C'est pendant la nuit que leurs émissaires vont courir dans les maisons pour faire signer des délibérations, et ces pauvres gens ainsi circonvenus prononcent un *oui* à force de persécutions, qui rend criminels ceux qui osent l'arracher. Ces administrateurs portent même leur hardiesse jusqu'à intercepter les lettres et paquets adressés à notre municipalité ; tant de

(1) Ils font ici le narré de leur démembrement, de leur organisation en commune, de leur succès auprès de l'administration provinciale et du bureau de l'élection.

13

tracasseries (1) ne peuvent qu'avoir mis une grande division entre les habitants des deux municipalités.... Des esprits étant aussi éloignés, tout rapprochement est impossible entre les habitants *vexateurs* et les habitants *vexés*...

En conséquence, la municipalité de Ladevèze-Rivière qui ne désire que la tranquillité (?) et qui prévoit l'orage si toutes les paroisses de La Devèze étaient classées dans la même assemblée primaire pour la nomination des électeurs, s'adresse avec confiance à MM. les commissaires du Roi qu'elle considère comme les anges tutélaires de la paix pour obtenir de ne pas voir les habitants de St-André et St-Laurent dans la même assemblée primaire où seront les habitants des autres paroisses; et cela, pour éviter des malheurs...

La municipalité de Ladevèze-Rivière s'en rapporte à la sagesse et aux lumières de MM. les commissaires pour le lieu de son assemblée primaire; mais elle insiste de la façon la plus décidée pour que les paroisses de St-André et St-Laurent ne soient pas dans la même assemblée primaire que les trois autres paroisses soumises à l'*aristocratie* tyrannique de la ville de La Devèze... Et vous ferez justice (2).

M. le commissaire de Montaut, dans son rapport sur les assemblées primaires du canton de Plaisance, déclara « que des motifs et un bien de paix l'avaient obligé de joindre à l'assemblée primaire de Beaumarchès (3) les paroisses de St-Laurent et de St-André réunies en nouvelle municipalité sous le nom de Ladevèze-Rivière, et séparées de La Devèze. Sans entendre préjuger le fonds, en ce qui concerne leur séparation, il a cru prudent de les séparer pour le moment afin d'éviter la suite des inimitiés qui existent entre les cinq paroisses. La Devèze (la ville), Castets et St-Pierre iront à Plaisance; St-Laurent et St-André à Beaumarchès » (4).

(1) A qui la faute?

(2) Requête signée : Lartigue Maignon, maire de Ladevèze-Rivière.

(3) Voici la liste des communes faisant partie de l'assemblée primaire de Beaumarchès: Beaumarchès, Coutens, Cayron, Courties, Flourès, Louslitges, Montarran, Ricau, Boussas, Mondébat, Montégut, Bière (toutes ces communes déjà dépendantes de Beaumarchès), Armentieu, Soubagnac, *St-André*, *St-Laurent* (ces deux dernières dépendantes de La Devèze).

(4) Il résulte du rapport de M. de Montaut que la dénomination de *La Devèze-Ville* appartient à la *Magdeleine*. La lecture attentive de ce rapport nous révèle, d'ailleurs, que le commissaire est un de ces hommes par trop conciliants qui voudraient se couvrir de la légalité, et ménager toutes les ambitions.

L'assemblée de campagne, de Plaisance, ne porta pas aussi loin la prudence. Toutes les communautés réunies, sans exception, de concert avec les habitants de la paroisse de la Magdeleine, « qui est le chef-lieu et la ville de La Devèze,» de celles de Castets et Saint-Pierre, «dépendances de ladite ville,» protestèrent contre la *scission* accordée aux paroisses de Saint-Laurent et Saint-André « également dépendantes de la ville et communauté de La Devèze. »

Pourquoi avoir permis aux citoyens de ces deux paroisses d'aller voter dans une autre assemblée primaire? N'ont-elles pas toujours dépendu de la ville et communauté de La Devèze? N'ont-elles pas été gouvernées par les mêmes officiers civils? N'ont-elles pas eu à toutes les époques le même terrier? Certains citoyens seulement desdites paroisses ont eu l'idée de la séparation, contre le gré de la plus saine partie des citoyens des mêmes paroisses, qui ne veulent absolument pas de scission.

En conséquence, toutes lesdites communautés de l'assemblée de campagne de Plaisance protestent de plus fort, avec les citoyens de La Devèze, et les citoyens intelligents et sérieux des paroisses séparées, contre le prétendu démembrement, comme étant fait contrairement à leur vœu, au mépris de toutes les règles et par des personnes absolument sans qualité.

Les citoyens « intelligents et sérieux » de Saint-André et Saint-Laurent qui s'opposaient à la *séparation,* s'étaient du reste rendus à la séance du 15 mai pour unir leurs protestations à celles des communautés réunies (1).

Nous tous comparants, habitants des paroisses de Saint-André et Saint-Laurent, ayant été instruits que les citoyens qui fomentent la scission veulent aller voter dans une autre assemblée primaire, malgré le vœu et sans la participation de la majeure partie des habitants desdites paroisses, mus par le désir de rester toujours réunis à la ville et communauté de La Devèze à cause des grands avantages qui en résultent, protestons contre la prétendue scission, et de-

(1) Voici les noms des principaux : Me Laurent Barquissau, avocat en Parlement; Joseph Lanusse; Jean Laffitte; Joseph Laffitte; Jean Domerc Laborite; Jean Lalanne; Pierre Clavel; Jean Dufau Cazalot, officiers municipaux ou notables; Dominique Rivière; Antoine Abadie; Pierre Bezian; Pierre Lagnoux; Jean Fauron; Joseph Duchemin; Jean Lussan; Pierre Lamarque, etc.

mandons à être reçus à voter, avec les habitants de notre communauté, qui est la *ville*, dans la présente assemblée. Supplions M. le
président de vouloir bien nous donner acte de notre protestation
pour nous opposer devant qui de droit à la prétendue *scission* comme illégalement accompli.

Il fut fait un excellent accueil à la protestation de ces bons
citoyens, qui furent très-régulièrement admis par l'assemblée
à voter pour le choix des cinq électeurs.

M. de Montaut, dans sa trop conciliante « prudence, » avait
donc été plus facile à tolérer la scission des votes.

Les paroisses de Saint-André et Saint-Laurent furent annexées à l'assemblée primaire de Beaumarchès.

La réunion eut lieu, le 17 mai 1790, dans l'église paroissiale (1).

A Beaumarchès, comme à La Devèze, d'Espaignet, de concert avec M. Jean-Baptiste Lamarque, maire de Beaumarchès,
seigneur d'Auriebat, son cousin, s'installa en fauteur de
désordre.

A l'ouverture de la réunion, M. Duclos fut désigné à titre
de président comme doyen d'âge. Au même titre, M. Dufaur,
archiprêtre de Beaumarchès; M. Caumel, religieux Prémontré,
curé de Coutens, et M. Charles Lestrade, bourgeois, de Coutens, furent chargés des fonctions de scrutateurs pour l'élection du président de l'assemblée, du secrétaire et des trois
scrutateurs définitifs; à midi, l'assemblée se retire. La boîte du
scrutin est soigneusement scellée du sceau officiel.

A la reprise de la séance, vers les 2 heures, d'Espaignet se
présente, « secondé par une centaine de citoyens qui l'avaient
» suivi de La Devèze (paroisses de Saint-André et Saint-
» Laurent) armés de bâtons à aiguillon. » Il exige qu'il soit
immédiatement nommé quatre commissaires pour surveiller
les scrutateurs jusqu'à la fin du scrutin. Caumel se lève et demande si les scrutateurs ont prévariqué; s'ils l'ont fait, il faut

(1) L'abondance des matières nous oblige à renvoyer à un prochain numéro le
récit de l'assemblée de Beaumarchès, qui termine ce paragraphe. — L. C.

les juger sur le champ; sinon, pourquoi des surveillants? « Je
» ne regarde personne comme *suspect*, répond d'Espaignet,
» mais je veux la commission. Point de prêtres ici (1) !—Quelle
» est donc la loi qui exclut les prêtres?» fait observer M. Sentex
curé de Montégut, au milieu du bruit. « Ma volonté », ajoute
d'Espaignet, sur un ton de vrai despote. « Nous n'avons
» pas besoin de prêtres ici! Ils ne sont pas citoyens actifs.
« Les prêtres à la porte! — Nous ne voulons pas de cette pré-
» traille! » s'écrie de concert «cette tourbe de vrais manants,»
affidés de d'Espaignet. Le curé de Coutens est entouré, me-
nacé. On parvient à grand'peine à l'arracher des mains de
cette « canaille. »

Une altercation très-vive s'engage entre d'Espaignet et Duroutgé, notaire à Beaumarchès, d'une part, Me Lahens, avocat,
et Maignon de Rocques, juge royal de Beaumarchès. Les
scrutateurs et la majeure et plus saine partie des membres
de l'assemblée se retirent et vont se réunir dans la maison-
commune pour formuler une énergique protestation contre la
« motion aussi indécente qu'injurieuse de d'Espaignet et con-
» sorts. »

D'Espaignet, maître du terrain, fait jurer à ses adhérents
de ne pas se séparer que les électeurs ne soient nommés. Par
ses ordres et par les soins de M. Lamarque, on porte dans
l'église de la viande, du pain, du vin. D'Espaignet fait observer
que « la séance ayant été prolongée pour ne pas faire perdre
» un temps précieux au pauvre peuple, et plusieurs ayant fait
» entendre qu'ils avaient faim, il était bien naturel que ceux
» qui ont de l'argent en fournissent à ceux qui n'en ont pas. »
Mais ses adversaires ajoutent « qu'il était logique de faire
» victuaille dans l'église, pour ajouter au scandale, après avoir
» chassé avec violence les ministres des autels. »

La séance dure jusqu'à 5 heures du matin; l'élection est
« bâclée en six heures, dans la nuit, en y comprenant le

---

(1) Je le dirai ingénûment : Qu'allaient-ils faire *dans cette galère?*

» temps de se *goberger* dans l'église comme dans une taver-
» ne. » — D'Espaignet est installé président; Duroutgé, secrétaire; scrutateurs : Dareix, de St-André; Chauvin, de Beaumarchès, et Barquissau, d'Armentieu.

Les six électeurs désignés furent : Mᵉ d'Espaignet, à la
presque unanimité des suffrages; Lamarque, maire de Beaumarchès; Dareix, notaire à St-André (La Devèze); Duroutgé,
notaire à Beaumarchès; Labarrère, de Beaumarchès, et d'Es-
parbès, de Coutens.

Les citoyens assemblés à l'Hôtel-de-Ville protestèrent, de
leur côté, avec une vivacité bien naturelle, contre le coup de
main audacieux de d'Espaignet. Ils informèrent M. le comte
de Montaut des scandales qui s'étaient produits, « le sup-
» pliant de vouloir déclarer et faire déclarer les élections illé-
» gales et nulles; accorder à Beaumarchès de former son as-
» semblée primaire, à l'exclusion des paroisses de St-André
» et St-Laurent; subsidiairement, ordonner que l'assemblée
» primaire sera de nouveau convoquée pour la désignation
» des électeurs. »

M. Maignon de Rocques et M. Laterrade, notaire de Beaumarchès, furent députés à cette fin, à titre de commissaires.
Ils s'empressèrent d'adresser à M. de Montaut une demande en cassation des élections d'Espaignet. Sous la date
du 20 mai 1790, ils reçurent la réponse suivante de M. de
Montaut :

Je reçois, Messieurs, dans ce moment, votre réclamation contre
l'assemblée primaire de Beaumarchés et les deux verbaux ci-joints.
La nécessité où je suis de me rendre à Auch, mes associés étant au
moment de s'absenter, m'oblige à fixer mon départ d'ici à jeudi, et
une contestation survenue à Barcelonne, où j'ai écrit et serai obligé
de me rendre demain, ne me permet pas de me rendre chez vous où
d'ailleurs les inculpations me paraissent si graves que je voudrais,
avant de prononcer, avoir l'avis de MM. de Catelan et de Cadignan,
mes associés. Dans cette position des choses, je prends le parti d'é-
crire à M. le Président de votre assemblée primaire de suspendre

toute opération, si ma lettre arrive à temps; ou, si l'opération est consommée, de m'envoyer les motifs qui ont pu le mettre à même de continuer malgré vos protestations, dont vous me dites lui avoir remis le double. Ce parti, Messieurs, laissant les choses en l'état et ne préjugeant rien, me donne le temps d'avoir l'avis de mes camarades. Je vous ferai passer notre prononcé, d'Auch, dans les premiers jours de la semaine prochaine, et s'il y a lieu a une nouvelle assemblée, nous verrons, d'après les motifs de vos réclamations, de décider sur leur contenu en vous fixant le jour d'une nouvelle tenue. Il est malheureux, Messieurs, que cet événement arrive au moment où toutes les assemblées primaires, autres que la vôtre, sont terminées.

J'ai l'honneur d'être,

Le comte de Montaut, commissaire royal, *signé*.
Nogaro, le 20 mai 1790.

M. Maignon de Rocques et M. Laterrade ne se tinrent pas pour découragés. Ils adressèrent, sous la date du 18 juin 1790, avec le dossier des réclamants, la requête suivante à M. le Président de l'assemblée électorale avec prière « de commu-
» niquer le tout à l'assemblée qu'il préside, comme juge
» compétent de la validité des titres des membres qui doi-
» vent la composer. »

Messieurs, la ville de Beaumarchès se félicitait de conserver la tranquillité au milieu des orages qui affligent la plus grande partie du royaume; elle devait la perdre par l'ambition de deux personnages ennemis de la Révolution, le sieur Lamarque, maire de Beaumarchès, et le sieur d'Espaignet, président de la Cour des aydes de Montauban. Lamarque, jaloux à l'extrême de ses droits féodaux, les voit se perdre avec indignation. D'Espaignet, réduit à la simple qualité de citoyen, perd une dîme fort considérable, perte d'autant plus sensible qu'il est parvenu à la faire ériger en fief noble. Voilà les auteurs des troubles de Beaumarchès. A la vue de leurs intérêts lésés par les décrets de l'Assemblée Nationale, ils ont recherché avec avidité les premières places. Ils ont l'ambition, pour mieux réussir à renverser ces décrets, d'arriver à être membres du département. D'Espaignet n'avait rien à attendre de ses concitoyens. N'ayant pu obtenir une place dans la nouvelle municipalité, il s'est installé en *généralissime* de *49* citoyens actifs et il a fait se démembrer St-André et St-Laurent de la communauté de La Devèze. Beaumarchès, pouvait, *à elle seule*, avoir une assemblée primaire. Or, Lamarque et d'Espaignet, par leurs intrigues et contre toutes les règles, sont parvenus à faire démembrer la communauté de Beaumarchés. Une partie est mise au canton d'Aignan; l'autre, aux cantons de Bassoues et de Marciac, hors du district, et les communes démembrées sont remplacées par des paroisses étrangères, St-Laurent et St-André.

Suit l'historique des faits scandaleux qui se sont produits à la réunion du 17 mai :

Nous demandons la cassation des élections d'Espaignet. Voici nos motifs : 1° Démembrement de La Devèze, illégal; démembrement de Beaumarchés, illégal; réunion de St-Laurent et de St-André à Beaumarchès, illégale; 2° D'Espaignet, dans son ambition, aurait voulu être commissaire surveillant, afin d'intimider les faibles, et s'attirer des suffrages; 3° la partialité des commissaires royaux en faveur de d'Espaignet est flagrante; nos adversaires ont eu communication de nos pièces; jamais la même faveur ne nous a été accordée; en vain avons-nous fait des voyages à Nogaro, à Barcelonne, à Auch, etc. Les commissaires nous ont répondu qu'ils ne croyaient pas avoir des pouvoirs suffisants pour juger l'affaire, qu'ils l'enverraient à l'Assemblée Nationale; ainsi, on nous a amusés jusqu'au moment où il faut enfin former l'assemblée électorale; *ce n'est pas ainsi qu'on se joue des droits sacrés des vrais citoyens.* Nous reconnaissons là les tristes restes d'une aristocratie cachée, mais bien dangereuse. Aussi, nous récusons tant l'avis des commissaires que les commissaires eux-mêmes... Apprenant que l'assemblée électorale est convoquée pour le 29 du mois courant (1), à Auch, que d'Espaignet, Lamarque et autres ne manqueront pas de s'y rendre; que d'ici à cette époque l'Assemblée Nationale n'aura pas prononcé; qu'ainsi les élections d'Espaignet pourront être admises, nous protestons contre lesdites élections, et nous vous supplions d'en prononcer la cassation. C'est la loi qui ordonne la convocation d'une autre assemblée. Vous êtes chargés de la faire exécuter, Messieurs, comme juges des titres de tous vos membres. Nous vous supplions de faire bon accueil à notre requête, au nom des cinq cents citoyens actifs de Beaumarchés, et autres communes y annexées. Jamais ils ne consentiront à être représentés par des gens qu'ils désavouent formellement; puisque le temps ne leur permet pas d'avoir une assemblée primaire, ils vous remettent,

(1) 29 juin 1790.

Messieurs, avec une confiance entière leurs intérêts, animés de l'esprit de fraternité qui unit aujourd'hui tous les bons Français; ils ne doutent pas que leurs intérêts ne soient aussi chers à chacun de Messieurs les électeurs que ceux du district qui les a députés.

D'après ces considérations il vous plaira, Messieurs, rejeter la prétendue élection de MM. d'Espaignet, Lamarque et autres soi-disant électeurs de l'assemblée de Beaumarchès comme vicieuse et radicalement nulle en tous points, et indigne d'être admise par l'assemblée générale des électeurs, sauf le décret que l'Assemblée Nationale ne tardera pas sans doute à rendre sur cette affaire.

Les suppliants continueront leurs vœux pour la conservation de votre chère liberté et des bons patriotes.

Maignon de Rocques, commissaire député;
Laterrade, commissaire député, *signés*.

Cette requête fut renvoyée par l'assemblée électorale à une commission qui fut d'avis, pour ne pas retarder les opérations de l'assemblée des électeurs, de ne point s'occuper de la demande, « avec d'autant plus de raison, dit-elle, qu'il n'est pas » possible de rien statuer sans entendre les six électeurs dont » on demande le rejet. » La commission fut également d'avis que l'assemblée électorale devait renvoyer cette requête à l'assemblée du département pour lui être remise lorsqu'elle serait en activité. « Du reste, il paraît de toute convenance, » ajoute la commission, que l'assemblée administrative du » département attende la décision de l'Assemblée Nationale, » à laquelle on a eu recours pour faire casser l'élection de » l'assemblée primaire de Beaumarchès. »

Qu'advint-il de toutes ces agitations et protestations? MM. d'Espaignet et Lamarque furent sans nul doute maintenus dans leur charge d'électeurs, bien que d'Espaignet se fût faiblement justifié, à notre avis, auprès des commissaires royaux, des blâmes dirigés contre lui et ses turbulents affidés (1).

---

(1) Le maintien, à titre d'électeurs, de MM. Lamarque et d'Espaignet, est d'autant plus certain que M. Lamarque d'Auriebat nous apparaît comme président de l'assemblée du 7 décembre 1790 du directoire du district de Nogaro, dont il a été déjà fait mention.

Dans toute hypothèse, on ne peut que flétrir les actes de ces perturbateurs du repos public qui ne font parade de leur zèle de « perfectionnement social » que pour semer le trouble et la division dans les populations paisibles, se proposant par là de mieux servir leurs vues à coup sûr intéressées (1).

VI

Fête d ela fédération (1790).— Troubles à Ladevèze-Saint-Laurent; menaces des habitants contre Lacrampe, leur curé. — Domerc, maire de La Devèze-Ville, parvient à rétablir l'ordre. — Scènes violentes entre Paul Domerc et d'Espaignet.

La Constituante avait suivi Louis XVI dans la capitale (19 octobre 1789) et repris avec ardeur ses travaux; entre autres mesures, elle adopta un projet de *fédération* de toutes les communes et gardes nationales de France pour célébrer l'anniversaire de la prise de la Bastille (14 juillet 1789).

A cette occasion, le corps municipal de La Devèze voulut s'associer à la *fête* offerte par les Parisiens, sur le Champ-de-Mars, aux députés de l'armée et des départements.

« A l'exemple de toutes les villes du royaume, » il fut procédé, dans la ville de La Devèze, à la formation, « sur le vœu général des habitants, » d'une *milice nationale*. Il fallut bien aussi, puisqu'on était en si bonne voie, arrêter à l'unanimité « qu'il sera pourvu à l'achat de deux tambours, d'un drapeau » blanc et d'un drapeau rouge à l'usage de la municipalité » pour, le cas échéant, l'exécution de la loi martiale, des » habits du tambour et du tambour-major (2). »

Le 25 juin 1790, en l'absence de M. Domerc, maire, M. Jean Lestrade, maître en chirurgie et officier municipal, représente

(1) Pour tout ce qui fait l'objet de ce numéro, consulter : Pièces diverses relatives aux assemblées primaires du canton de Plaisance. Registres des délibérations du conseil d'administration du district de Nogaro (Archives départementales du Gers). Nous sommes heureux d'avoir à rendre un nouvel hommage de reconnaissance respectueuse à M. Parfouru, archiviste du département du Gers.

(2) Délibération du 6 juin 1790.

qu'il lui a été remis, le 24 courant, par le sieur Domerc, colonel commandant la garde nationale de La Devèze, une lettre écrite du 22 juin, par messieurs de la municipalité de Nogaro, portant communication d'un décret de l'Assemblée nationale rendu le 8 juin, qui leur enjoint d'avoir à requérir, sans délai, tous les chefs des gardes nationales du district aux fins de procéder à la nomination des délégués, à raison de six pour cent, ayant pour mission de concourir à l'élection des députés que toutes les légions du district doivent envoyer à la *fédération générale* qui doit s'opérer, le 14 juillet (1790), dans la capitale (1).

Le colonel produisit la liste des sept députés élus.

Les fédérations locales du royaume envoyèrent, à Paris, pour le 14 juillet (1790) *cent mille* représentants.

A l'heure où l'infortuné Louis XVI avait la faiblesse de jurer fidélité à la nouvelle constitution, *sur l'autel de la patrie,* les quarante-quatre mille communes de France prêtaient le même serment.

Les maire, officiers municipaux, notables, garde nationale et ses officiers, la plupart citoyens actifs, et autres habitants de la juridiction de La Devèze, « animés d'un zèle ardent pour le maintien de la constitution et pour le soutien de la liberté, voulant autant qu'il est en leur pouvoir répondre à l'invitation faite à tous les Français par les citoyens de la ville de Paris, » se réunirent, à midi, sur la place qui est au *levant de la ville,* dite *au plaçot,* après avoir fait acte de présence à une messe solennelle célébrée par Me Bourdette, curé de Saint-André et la Madeleine, lequel curé assistait Me Isaac, vicaire de Castets.

Un autel avait été dressé audit plaçot pour « à la face d'iceluy être procédé au *serment civique.*

» Tous, unanimement et conjointement, jurèrent de rester à jamais fidèles à la Loi, à la Nation et au Roi, de main-

(1) Délibération du 25 juin 1790.

tenir de tout leur pouvoir la Constitution décrétée par l'Assemblée nationale et acceptée par le Roi, de protéger en particulier les propriétés individuelles, la libre circulation des subsistances, la perception des impôts, et de demeurer réunis à tous les Français par les liens indissolubles de la fraternité. »

Après cela, l'air retentit des cris de : « Vive la Nation, la Loi et le Roi ! l'assemblée s'unissant d'intention aux braves citoyens de Paris, et à ceux de la France qui à la même heure étaient occupés à la même cérémonie; » et, « pour marque d'adhésion » patriotique, il fut décidé « qu'à pareil jour, à la même heure, annuellement et perpétuellement, seraient réitérés les mêmes serments, protestation et acclamation, par les citoyens de la présente ville et juridiction, dans le même et présent lieu qui sera et demeurera appelé le Champ-de-Mars (1). »

L'année suivante, les administrateurs du directoire du district, d'après les prescriptions du directoire du département, se firent un devoir sacré d'ordonner à toutes les communes du ressort la célébration d'un nouvel anniversaire de la fête fédérale du 14 juillet :

Le directoire du département, Messieurs, nous a chargés d'ordonner dans notre district la célébration de cette époque glorieuse où la France conquit la liberté le 14 juillet 1789; les embarras de la moisson et la fréquence des déplacements l'ont porté à arrêter que la fédération se fera cette année au chef-lieu du canton pour les gardes nationales, et dans l'église paroissiale de chaque municipalité pour ceux de leurs habitants qui ne seraient pas dans le cas d'aller au chef-lieu de leur canton. Cette imposante cérémonie sera précédée d'une messe solennelle à l'issue de laquelle, midi sonnant, nos braves légionnaires et tous les citoyens jureront sur l'autel de la patrie, en présence de Dieu qui punit les parjures, d'être fidèles à la nation, à la loi et au Roi constitutionnel; le serment sera prononcé, ou par le prêtre célébrant, ou par le maire, et à défaut par le commandant de la garde nationale du chef-lieu du canton... Les assistants lève-

(1) Délibération de la municipalité de La Devèze-Ville, du 14 juillet 1790.

ront en même temps la main en s'écriant par acclamation : Je jure...

Vous inviterez vos fidèles frères d'armes servant dans les troupes de ligne, s'il s'en trouve dans votre territoire.

C'est le moment de prendre l'attitude fière d'une nation décidée à montrer à ses ennemis qu'elle est prête à s'ensevelir plutôt sous les ruines, que d'abandonner sa sublime constitution. Jurons tous que ces serviles déserteurs de la patrie entreprendront en vain de ramener des hommes libres sous le joug du despotisme, et nous tiendrons plus à ce serment qu'à nos biens et à notre vie (1).

Signés : Deplasse, vice-président, Pugens, d'Aubous, Daurensan, Bastard, procureur syndic, Lajoye, secrétaire.

De leur côté, les officiers municipaux de La Devèze-Rivière, par une proclamation du 11 juillet 1790, avaient eu le soin d'avertir les citoyens que le 14 était « le grand jour de la France, la fête de la nation; qu'on devait la célébrer avec le plus de pompe possible; qu'on ferait les offices divins comme aux jours de grande solennité; que la messe se dirait à onze heures, et qu'à midi le serment civique serait prêté par tous les citoyens » désireux de « se réunir de cœur et d'âme à tous les frères et amis de la France, dans le but de maintenir la constitution que nos augustes |représentants nous ont donnée. »

On savait que le curé de Saint-Laurent, Lacrampe, notable de la municipalité de La Devèze (ville) devait aller à la *ville* prêter le serment civique. On fit le complot de l'en empêcher. « Il fallait que le 14 il dît la messe et prêtât le serment dans l'église de Saint-Laurent. Sinon, il serait pendu... On lui ôterait le foie... etc. »

M. le maire de La Devèze-Rivière, Lartigue, se transporta chez le sieur Lacrampe pour lui donner connaissance de la proclamation, et du désir de la commune que le 14 juillet fût célébré comme un grand jour de fête, d'autant que Me Lacrampe devait avoir reçu un mandement de Mgr l'évêque de

---

(1) Lettre écrite le 8 juillet 1791, à tous les chefs-lieux de canton, par le directoire du district de Nogaro. — Archives départementales du Gers.

Tarbes lui ordonnant de dire la messe et même de chanter le
Te Deum et de bénir le feu de joie.

Lacrampe répondit qu'il donnerait toutes les satisfactions
possibles et qu'il dirait la messe à onze heures. — A dix heures et demie, les officiers municipaux, précédés du valet de la
commune et du tambour, suivis de la garde nationale de la
création de d'Espaignet, se rendirent en bon ordre dans l'é-
glise de St-Laurent. Lacrampe fut infidèle au rendez-vous.
Les partisans de d'Espaignet furent « furieux » d'apprendre
que le sieur Lacrampe « avait prévariqué dans ses fonctions,»
en ce jour surtout (c'était le mercredi) « où tous doivent faire
» preuve de patriotisme, témoigner de leur attachement à
» la Constitution et de leur reconnaissance à l'égard de l'As-
» semblée nationale, et de ceux qui avaient enfin brisé les
» fers du despotisme et de la tyrannie. » Ils parlèrent de
pénétrer de force dans le presbytère, de tout piller et sac-
sager. Les remontrances de d'Espaignet, leur chef, rétabli-
rent peu à peu un certain calme, sur la promesse qu'il leur
fit de verbaliser contre le curé, de dénoncer son infâme conduite à l'Assemblée nationale.

Le serment civique fut prêté dans l'église (1).

« Après un discours patriotique de d'Espaignet, qui fut
fort applaudi » on se remet en marche « dans le meilleur
ordre possible. » Mais dès qu'on est arrivé près de l'habitation curiale, un cri d'indignation s'échappe des rangs; l'on
parle de venger le scandale donné par ledit curé. D'Espaignet
ne peut contenir son monde qu'en rappelant le respect dû
« aux drapeaux, emblème de l'honneur. »

Lorsqu'on fut sur la grand'route, il était deux heures de
l'après-midi, le colonel d'Espaignet permit à sa bande « d'en-
ragés » de se « retirer dans ses logis. » Mais, vers les trois

(1) S'il fallait en croire aux dépositions de Lacrampe, c'est dans l'église même
qu'on aurait formé le dessein de *tuer* le curé et de sceller ainsi par une horrible
scélératesse le serment de cette lamentable journée.

heures, le presbytère est envahi, la domestique du curé est sommée d'en ouvrir les portes. On s'empare de *madriers;* on en construit une potence avec échelle, qu'on fixe sur le chemin à l'entrée de la maison curiale (1). Il se fait autour du sinistre poteau un attroupement de « gens armés de fusils, » de broches, d'échalas pointus... » « Il faut le tirer à 4 » chevaux ce c....! S'il n'y a pas de bourreau, c'est moi qui » en servirai... »

Mᵉ Lacrampe qui s'était, dès le matin, rendu à la ville pour s'associer à la prestation du serment civique sur le plaçot, fut instruit de «ces affreuses et atroces voies de fait, » qui venaient de s'accomplir dans son presbytère. Il s'empresse de recourir à la municipalité de la *ville*, la sollicitant de faire dissiper l'attroupement qui était devant sa maison, et de mettre ses biens, sa personne et sa vie en sûreté.

M. Domerc, maire, informé à son tour de ces « tristes désordres, » se rend en toute hâte à la *ville*, où le drapeau rouge est déployé pour mettre en vigueur la loi martiale.

Mᵉ Lacrampe et M. Domerc, ceint de l'écharpe municipale, descendent « à marche précipitée » dans la plaine, escortés de la légion urbaine. Les *nationaux* de la *ville*, au nombre de deux cents, sont armés de «fusils, de sabres, de hautsvolants. » A leur arrivée, ils braquent leurs fusils contre ces perturbateurs qui stationnent sur la grand'route près du presbytère, « menaçant de vouloir tout tuer, tout saccager, mettre tout à feu et à sang; » d'un coup de sabre, un *national* de la *ville* tranche la corde qui retient l'infâme poteau. Potence et échelle sont renversées et transférées à la maison commune comme pièces de conviction. Quelques exaltés parlent d'aller les planter devant la maison de d'Espaignet, vociférant et criant que « c'est lui qu'il faut pendre. »

Le maire et les officiers municipaux de La Devèze-Rivière,

---

(1) La maison curiale de St-Laurent était, à cette époque, située entre la maison *Labourdille* et la maison *Guéringuet.*

avec leur garde nationale, se précipitent, «voulant interposer leur autorité, » mais ils ne sont que 50 ou 60 au plus. Le maire Domerc vole à leur rencontre, « exhorte la troupe, avec » prudence et modération, à se disperser, leur représentant » le tort qu'ils ont de commettre de si affreuses voies de fait, » et leur disant que la loi martiale est en vigueur. »

« Par quelle sorte de droit, répliquent les municipaux de La Devèze-Rivière, vous avisez-vous de venir sur notre territoire porter le trouble et le désordre, avec des forces aussi formidables? Apparemment vous voulez nous détruire; mais redoutez les justes effets de la vengeance. Notre mort ne saurait demeurer impunie... Les tyrans peuvent avoir un moment de jouissance, mais il ne sera pas de longue durée.

— Citoyens, reprend avec fermeté M. Domerc, nous nous sommes transportés ici sur la réquisition de votre curé que l'on voulait pendre, dont on a pillé la maison; nous le ramenons dans son presbytère... Vous n'êtes que des malheureux (1). Il faut demander pardon au bon curé, et à genoux! En cas de refus, nous ferons notre devoir! nous voulons la paix, la tranquillité... Faites valoir vos droits si vous croyez en avoir, par toutes les voies légales, il ne nous faut plus de ces déplorables voies de fait! »

On ne céda aux fermes remontrances du sieur maire de La Devèze (ville) qu'à la troisième publication de la loi martiale, et Domerc ne se retira qu'après que les mécontents «eurent fait le serment qu'ils demeureraient tranquilles. »

Cependant, d'Espaignet, colonel de la garde nationale de La Devèze-Rivière, et le sieur Laffitte, de Castets, lieutenant, se tenaient à une prudente distance, « à une demi-lieue de la » scène; » on leur envoya un émissaire « pour leur recom-» mander de ne pas se présenter parce que leur présence » pourrait seule engager un combat inhumain réclamé, leur

(1) Les municipaux de Ladevèze-Rivière prétendent que Domerc les traita de « brigands. »

» dit-on, par les ennemis avec rage. » D'Espaignet et Laffitte se rendirent chez le sieur Lartigue, maire, et mandèrent à un de les nationaux d'aller requérir des municipalités voisines « le plus prompt secours; » — on fit répondre que, aucun légionnaire « ne pouvant quitter son poste sans exposer la » vie de tous leurs braves citoyens, » d'Espaignet et Laffitte étaient autorisés à aller eux-mêmes réclamer les secours.

La ville de Plaisance envoya sa légion. A son arrivée, d'Espaignet fait un vigoureux appel à l'énergie de ses légionnaires; mais tout était rentré dans l'ordre.

Domerc rédigeait, dans la maison de ville, le procès-verbal des faits qui venaient de s'accomplir, quand on vint l'avertir que des recherches actives étaient opérées, par les municipaux de Plaisance et de La Devèze-Rivière, dans le presbytère de Saint-Laurent et dans la maison de M. Barquissau, de Saint-André, où s'était réfugié le sieur Lacrampe. « Il le » fallait de gré ou de force... mort ou vif! »

La légion urbaine de La Devèze dut camper toute la nuit pour veiller à la sûreté de Mᵉ Lacrampe, qui crut enfin prudent de fuir et d'abandonner sa cure.

A propos de cette trop fameuse échauffourée, on parla beaucoup, dans les deux camps, « de troubles portés au plus haut » période, de noirs forfaits, de complots assassins, de citoyens » prêts à s'égorger, de menaces d'être incendiés, fusillés; de » gens à l'affût pour tuer leurs compatriotes, faisant pa- » trouille de nuit et de jour sur le territoire de La Devèze- » Rivière; de fusils portés à la gorge; de coups de fusils » chargés à balle, lancés contre les tranquilles demeures, » les paisibles foyers des fédérés; de plomb meurtrier rasant, » au sortir de la messe, la tête des braves citoyens; d'enne- » mis féroces, barbares, cruels, allant jusqu'à vaquer à leurs » travaux le fusil à droite et le sabre à gauche, etc. » Ces fous furieux firent tant de bruit que les communautés voisines furent mises en émoi; mais ils eurent meilleur cœur

14

que tête rassise. Les altercations « si vives, » les « si terri-
» bles menaces de gens armés jusqu'aux dents, » qui auraient pu « occasionner un soulèvement général dans le pays,
» seule chose recherchée, disent les fédérés de Rivière, par
» les ennemis de la Constitution, et faire craindre qu'il n'y
» eût bien du sang versé et bien des gens égorgés, grâce à la
» prudence et à la modération » de la municipalité de La
Devèze (ville), « à la sagesse, » à la fermeté, au courage vraiment héroïque des municipaux de La Devèze-Rivière (1),
n'eurent heureusement d'autre résultat fâcheux que la consommation, par les violateurs du domicile curial, « de trois
pains, » et l'absorption « de huit pots de vins, » largement
prélevés, à titre sans doute de *dime,* selon la formule du régime
nouveau, sur les quelques barriques presbytérales, solennel-
lement « transportées au milieu de la basse-cour. »

Ajoutons que, dans le feu de l'action, le colonel de la légion de la *ville,* M. Henri Domerc, ayant « pris au collet » le
brave capitaine de la garde de La Devèze-Rivière, le « jetta
dans le fossé qui bordait la route. » Il eut pour compagnons
d'infortune deux ou trois braves gens « honnêtes et paisibles, »
notamment le cuisinier de M. d'Espaignet (2).

Il paraît que le sieur Paul Domerc Lagouloundau (3), aide-
major de la garde de La Devèze-Ville, fut « de ceux qui se dis-
» tinguèrent le plus dans les journées des 14 et 15 juil-
» let, durant lesquelles les *fédérés* de La Devèze-Rivière
» manquèrent, disent-ils, d'être égorgés (4) par les nationaux
» de la ville tombés sur eux à l'improviste avec des forces

(1) On voit que les deux camps, chacun pour sa part, ne se ménageaient pas les éloges.

(2) Cf. enquêtes sur l'affaire Lacrampe, curé de La Devèze-St-Laurent. (Archives départementales du Gers.) — Délibérations de la municipalité de la ville de La
Devèze, du 22 juillet 1790. — Verbal du corps municipal de La Devèze-Rivière, du
14 juillet 1790. (Archives de M. Lalanne-Dubernet, propriétaire à La Devèze-
St-Laurent.)

(3) Natif de La Devèze-Rivière (La Madeleine), aux Abonas.

(4) Le lecteur a déjà apprécié à sa juste valeur la portée de ses affirmations plus
pompeuses dans les termes que sérieuses dans la réalité.

» considérables, sur un plan combiné des plus atroces et cri-
» minels. »

Décidément, au dire même des municipaux de La Devèze-
Rivière, Paul Domerc était un « vrai sabreur..., un véritable
spadassin, un intrépide. » Il fut l'un des quarante qui or-
ganisèrent une manifestation patriotique, saisirent à bras le
corps, le matin du 15 juillet, le lieutenant-colonel de la Nationale de Rivière, le constituèrent leur prisonnier, sous bonne
garde, se répandirent, « appuyés par des forces étrangères,
» de plus de 200, dans les paroisses de St-Laurent et St-An-
» dré, armés de fusils, sabres et hauts-volants, avec tam-
» bour qui bat, drapeau déployé, menaçant de tout tuer, tout
» saccager; » occasionnant, durant l'espace de cinq heures,
aux citoyens de La Devèze-Rivière, des frayeurs mortelles,
« si bien qu'à chaque instant, ils croyaient être saccagés,
brûlés et égorgés, par ces espèces de brigands dont la conduite a tant de ressemblance avec celle des brigands qui dé-
solent le royaume. »

Paul Lagouloundau porta, disent-ils, l'audace jusqu'à « se
jacter de vouloir tuer M. le commandant d'Espaignet. »

La fête votive de Saint-Laurent, 10 août, lui fournit une excellente occasion de « se produire. » MM. les officiers municipaux et M. le colonel de la garde nationale de La Devèze-
Rivière se firent un devoir d'assister à la messe paroissiale.
M. Lartigue, maire, ayant aperçu dans l'église Paul Domerc
armé de son sabre, court à lui : « Citoyen, les décrets de l'Assemblée nationale interdisent formellement de se présenter
armé dans notre église, le jour de la fête locale. — Je ne
connais ni ne veux connaître vos décrets, je m'en f..., » ré-
plique Lagouloundau. Le service divin n'est pas interrompu,
mais de retour à la maison commune, il est convenu, sur
le rapport du maire, que si Domerc *récidive*, la garde nationale le désarmera.

Dans l'après-midi, les fédérés se rendent à vêpres, en ordre de bataille. Près de la maison du sieur Lartigue Labourdille, Domerc, invité à la fête, paraît armé de son sabre et en uniforme de garde national : « De quel droit osez-vous vous présenter avec votre sabre, sur un territoire étranger ?» lui dit le colonel d'Espaignet. «Cela me plaît, » répond Lagouloundau. « C'est bien osé à vous de vouloir ainsi traverser la marche d'un régiment. »

D'Espaignet et Domerc en viennent à des objurgations et à des procédés assez peu parlementaires. Une vive altercation s'engage. En un clin d'œil, shakos, sabres, les joûteurs euxmêmes roulent dans le fossé voisin... « A moi les amis, frères « et vrais patriotes..., sus au mandrille! » s'écrie d'Espaignet mordant la poussière, le visage meurtri et la main en sang. Les *gens d'empougne* (1), c'est-à-dire les gens de d'Espaignet, se précipitent sur le fier adjudant. Domerc est traîné, jeté dans une voiture, écroué le soir (2) aux prisons de Beaumarchès et transféré dans les prisons de Nogaro, où il fût détenu au cachot jusqu'au 31 août (1790). A cette date, le prisonnier fut *élargi*, par ordre de Pierre-Denis Pascau, juge suppléant de Rivière, postulant au siége de La Devèze, et par les soins de Joseph Sauvage, officier garde dans la maréchaussée générale de France, reçu à la table de marbre du palais royal de Paris, habitant à Nogaro.

D'Espaignet avait encore sur le cœur « les frayeurs mortelles » que lui avait procurées la scène peu aimable du 10 août. Il parvint à obtenir qu'un nouveau mandat d'arrêt fût lancé contre Domerc.

---

(1) C'étaient les termes injurieux dont se qualifiaient les deux partis.

(2) Depuis le départ du prisonnier pour Beaumarchès, les nationaux de La Devèze-Ville « ne cessèrent de faire entendre des bruits de caisse » à tout rompre, « battant la générale sur le territoire de Rivière. » Il paraît qu'il se fit un vacarme épouvantable « toute la nuit, » au point que les habitants de La Devèze-Rivière, craignant « d'être assaillis par des forces qu'on disait formidables » et qui avaient pour objectif « d'enlever le prisonnier à force ouverte,» crurent prudent de « tirer le major Domerc du voisinage de La Devèze-Ville, et de l'expédier à Nogaro. » — Délibération des officiers municipaux de La Devèze-Rivière du 11 octobre 1790. (Archives de M. Lalanne Dubernet.)

Paul Lagouloundau, faute de prisons à La Devèze, fut écroué aux prisons royales de Maubourguet, le **26** octobre 1790. Le lendemain, Domerc eut à subir un interrogatoire, dans le parquet auditoire de Maubourguet, assisté de Payssé Laplante, bourgeois, et du sieur Jean Lestrade, maître en chirurgie, ses témoins à décharge sans nul doute. Il dut être question d'un sursis. Domerc protesta énergiquement : « Je » veux être jugé par des juges quelconques, mais par des » *juges*, et sur le *champ*. »

La sentence (17 décembre 1790) fut défavorable à d'Espaignet; il fut condamné à payer à Domerc à titre d'indemnité 339 livres 8 sols 5 deniers, sauf par Domerc à acquitter les droits du Roi, les frais des procès-verbaux et interrogatoires.

D'Espaignet interjeta appel devant le district d'Auch. Nous n'avons pas trouvé trace du résultat définitif (1).

VII

Plaintes de la municipalité de La Devèze-Ville contre La Devèze-Rivière. — Mémoire envoyé à l'Assemblée nationale par la municipalité de La Devèze-Rivière. — Arrêté du directoire du département favorable à la division provisoire des deux communes. — Protestation de La Devèze-Ville. — Nouvel arrêté du département pour une enquête.—Opposition de La Devèze-Rivière. — Le directoire du district fait procéder à la délimitation des deux communes. — Travail des commissaires. — Arrêté du département pour la réunion des deux communes. — Les municipaux de La Devèze-Rivière obtiennent de Dartigoeyte un arrêté contraire. — Inutiles protestations de la *ville*.

M⁰ Lacrampe, de concert avec la municipalité de La Devèze-Ville, adressa une requête à l'Assemblée nationale contre les auteurs, fauteurs et complices des désordres qui s'étaient produits dans la journée du 14 juillet, « réclamant telles conclusions que de droit (2). »

(1) Délibérations des officiers municipaux de La Devèze-Rivière des 15 juillet et 10 août 1790. — Enquêtes sur l'affaire Domerc Lagouloundau. (Archives départementales du Gers.)

(2) Nous tenons à faire observer que M. Lacrampe lui-même reconnaît que la municipalité de la ville de Plaisance n'a eu d'autres intentions que le maintien de la tranquillité publique.

Les sieurs Domerc, maire, Lanacastets, Leberon, officiers municipaux de la ville, reçurent pouvoirs de présenter tous mémoires qu'ils jugeront à propos, tant à l'Assemblée nationale qu'au département et au district, pour dénoncer les attentats commis contre le sieur Lacrampe et obtenir la cassation de la prétendue municipalité de La Devèze-Rivière, « qui devra être, comme par le passé, réunie à la ville sous un seul et même régime d'administration (1). »

De leur côté, les « fédérés de Rivière » adressèrent (2) à M. de Saint-Priest, ministre du roi, et à l'Assemblée nationale, une protestation en termes violents. Nous voulons reproduire aussi intégralement que possible, et en toute impartialité, cet odieux mémoire pour démontrer à quel degré peuvent monter les passions révolutionnaires :

A Monsieur de Saint-Priest, ministre du roi au département du royaume, et à Messieurs de l'Assemblée nationale.

Une administration la plus vicieuse qu'il y ait en France est la cause des troubles qui règnent depuis six mois à La Devèze. — Ces « riches, » ces despotes usurpateurs des biens communaux, à la formation des nouvelles municipalités, ont voulu se maintenir dans leurs places pour n'avoir pas à rendre leurs comptes, et continuer à vexer le peuple. Nous, ce pauvre peuple, qui ne sommes ni *bourgeois*, ni *praticiens*, ni *prêtres*, voulons enfin en finir avec ces indignes usurpateurs, en ce temps où tous les abus doivent cesser. M. d'Espaignet, qui a toujours occupé avec une grande distinction des places dans les cours souveraines, est venu reprendre depuis deux ans le rang de citoyen que sa famille a toujours occupé avec honneur. Aussi généreux que populaire, ce bon patriote a bien voulu prêter tout son appui à nous, pauvres gens, la partie la moins fortunée des habitants, privés des communaux, et gémissant, depuis de si longs jours, sous le *despotisme aristocrate de la bourgeoisie, des praticiens et des curés.*

Pénétré des vrais principes de la Constitution et de la justice des

(1) Délibération du corps municipal de La Devèze (Ville), 22 juillet 1790. Enquêtes sur l'affaire Lacrampe.
(2) 23 août 1790.

décrets de l'Assemblée, il nous les fit bien entendre, et c'est d'après ses instructions que nous avons été convaincus que l'égalité et une liberté éclairée sont les vraies bases de la constitution d'un peuple. Nous avons compris qu'il était de notre intérêt de nous démembrer de la ci-devant communauté de La Devèze, et de nous constituer en municipalité sous le nom de La Devèze-Rivière. Nous sommes reconnus par tous les pouvoirs légaux; nous sommes en pleine activité, et cependant la municipalité de La Devèze-Ville forme le projet de nous détruire, s'adresse à Mgr l'intendant à l'administration de la province, à l'Assemblée nationale, pour nous faire casser. Elle porte plainte à la cour des aydes contre le tribunal de l'élection qui, sur notre demande, nous a accordé la permission de faire le recouvrement des impôts. Enfin, elle s'en prend à tout le monde de ce qu'une partie de sa proie lui a échappé. Mais, vaines démarches! Et alors, quel parti prendront *les praticiens, les riches et les curés?* Ces « brigands » de La Devèze-Ville, voyant qu'ils n'ont pu réussir à nous intimider, nous, « les bons citoyens, les vrais patriotes, » par leurs menaces d'exécutions tyranniques, de procès dont ils nous accableront, formeront l'exécrable projet de nous anéantir. On ne parlera plus que de nous *massacrer* à l'instigation du chef de la municipalité et garde nationale de la *ville;* ce seront des attroupements de gens armés jusqu'aux dents. On n'entendra que coups de fusils aux portes des maisons. On enverra des billets où l'on menace de tuer et d'assassiner tous ceux qui prétendraient s'opposer à leurs violences; par les intrigues les plus abominables, ils ont réussi à faire des *traîtres* de quelques-uns de nos citoyens qui se sont joints à ce *ramassis de gens suspects*, valets, métayers, locataires, se présentant même au travail le sabre d'un côté, et de l'autre, le fusil à deux coups chargés de balle.

Ces *espèces de brigands* en veulent surtout à d'Espaignet, notre unique soutien, le digne colonel de notre garde nationale. Il n'a vraiment échappé que par miracle jusqu'à ce jour aux complots de ce *tas d'assassins*. Leur but est de forcer d'Espaignet à quitter le pays, et nous, à nous désister de notre ferme résolution de démembrement.

Mais, plus intrépide qu'ils ne l'ont cru, ce bon citoyen nous rassure, nous exhorte au courage, nous fait bien entendre que tous ces forfaits ne peuvent demeurer impunis.

D'Espaignet ayant porté ses plaintes à l'assemblée fédérative des gardes nationales du district, un commissaire fut envoyé sur la place pour pacifier les esprits, mais le calme ne fut pas de longue durée. Notre entière défaite, pour ne pas dire notre anéantissement, fut comploté pour le 14 juillet, jour auquel tous les Français ont juré de vivre en frères. Mais c'est par les contrastes que nos ennemis aiment à se signaler; lorsque la tyrannie est partout abolie, ils font de la tyrannie leurs plus chères délices; lorsque tous les Français se jurent une amitié éternelle, ces *brigands*, d'accord avec le curé de Saint-Laurent, fondent sur nous à l'improviste avec des forces *effrayantes* et des armes *terribles* pour les plonger dans notre sang. Il a fallu à nos chefs une prudence vraiment *surnaturelle* (sic) pour ne pas être égorgés; la fureur de ces brigands n'eût été assouvie que par la mort et l'esclavage de tous.

Durant ces scènes d'horreur du 14 juillet, signalons la *barbarie* du sieur Lacrampe; ce moine, le plus hypocrite des hommes, s'est adjoint cette escorte d'assassins pour faire égorger ses paroissiens.

Parce que nous voulions enfin nous arracher à la servitude dans laquelle nous tenaient enchaînés ce *tas d'aristocrates, bourgeois, praticiens* et *prêtres* de La Devèze, ce *bon prêtre* nous a juré une haine éternelle. Il voit avec le plus grand dépit la formation de notre municipalité, il se fait demander pardon à genoux de ce qu'on a osé venir à l'église sous les armes. Il se refuse à lire les décrets; s'il reçoit des ordres de MM. les Commissaires, il répond au maire qu'il ne lit que ce qui est imprimé. Tous les dimanches, ce ne sont qu'épigrammes les plus sanglants contre les décrets, nos municipaux, la garde nationale, leurs chefs, qu'il se plaît à classer au rang des réprouvés par cela seul qu'ils occupent ces places. Ce perfide curé, non content d'avoir comploté avec nos ennemis notre assassinat, a porté l'hypocrisie au point d'adresser une plainte au juge du lieu, à l'Assemblée nationale, au Roi, voulant surprendre la religion de Sa Majesté, de nos dignes représentants, et mener, s'il l'avait pu, tous ses paroissiens à l'échafaud.

Nous avons été toujours justes, doux comme des agneaux; nous avons toujours respecté le droit des gens; jamais nous n'avons cédé à l'entraînement du mauvais exemple, ni au plaisir de la vengeance! Nos oppresseurs, nos tyrans voudraient nous retenir malgré nous, nous *ravoir* par la force, la violence, faire de nous un troupeau d'esclaves, tandis que dans tout le royaume il n'y a qu'un cri : Liberté! Egalité! Ah! si vous les aviez entendus comme nous! Si vous les aviez vus ces forcenés qui vinrent sur notre territoire dans l'idée sans doute de nous exterminer, vous en frémiriez d'horreur! Comme ils respiraient le sang et le carnage! Comme le colonel ennemi encourageait ses satellites, faisait le serment sur son sabre qu'il nous *aurait*, ou qu'il nous exterminerait! Et le maire de la ville de La Devèze qui voudrait usurper le nom de *pacifique*, de quel droit s'est-il transporté sur notre territoire, accompagné de la *foudre* et de la terreur?

Cette sorte d'aristocratie d'ambitieux nous aurait toujours opprimés sans la révolution *miraculeuse* imaginée pour notre bonheur et l'extinction des abus!

Plutôt mille fois nous expatrier, dire adieu à tout ce que nous avons de plus cher, vivre au milieu des peuplades sauvages, que de nous remettre sous le joug des tyrans! Qu'on nous laisse tranquilles dans nos foyers! Nous ne chercherons pas à leur livrer guerre et bataille, mais nous ne voulons à aucun prix de cette communauté vermoulue de la prétendue ville de La Devèze, l'endroit le plus pauvre, le plus isolé de la contrée, de ce triste hameau entouré de murailles, qui ne contient que *deux maisons* et quatorze baraques!

Nous attestons à M. le Ministre que tous les faits insérés à nos verbaux sont vrais et de notoriété publique; le supplions de les mettre sous les yeux de Sa Majesté, de les prendre, ainsi que MM. les représentants, en considération; de nous mettre sous leur sauvegarde et sous celle de la loi, ainsi que tous nos bons citoyens; d'infliger à la municipalité et à la garde nationale de la *ville* la punition due à ses forfaits, en cassant l'une, en déposant l'autre, et en faisant désarmer ceux qui font un usage aussi odieux de leurs armes. Nous le supplions de nous délivrer de ce curé qui s'est déclaré et fait le barbare assassin de ses paroissiens. Nous ne cesserons de faire des vœux pour la conservation des jours précieux de notre illustre Monarque, et pour la gloire de son ministre et de nos dignes représentants (1).

Sous la date du 4 août 1790, la municipalité de La Devèze-Rivière avait reçu du comité de Constitution siégeant à Paris la décision suivante :

Renvoyé l'affaire à l'administration du département qui emploiera l'autorité dont elle est revêtue pour régler le différend des deux mu-

(1) Mémoire de la municipalité de La Devèze-Rivière à M. de Saint-Priest, ministre du Roi au département du royaume, 23 août 1790. — Exposé des causes de la division de La Devèze en deux municipalités. — Mémoires de la municipalité de La Devèze-Rivière pour la circonscription des paroisses méridionales de Plaisance et de Beaumarchès. (Archives de M. Lalanne-Dubernet.)

nicipalités, et s'il se peut, rétablir la concorde. Les actions qui auront le caractère de crime pourront être renvoyées par elle aux tribunaux. Cependant, par provision, les deux municipalités conserveront leurs fonctions, et les deux colonels ou commandants des deux gardes nationales maintiendront l'ordre, et toute espèce d'attaque réciproque serait un délit sévèrement punissable.

Fait au comité de Constitution, le 4 août 1790. Signés à l'original : Target, Lechapelier (1).

D'ailleurs, et conformément à l'ordonnance de la « cy devant élection d'Armagnac » du 2 avril 1790 et de l'avis du comité de constitution, après s'en être entendu avec le directoire du district qui déjà (17 janvier 1791) avait formulé un avis favorable « à la séparation provisoire, » le directoire du département, sur le rapport du procureur général syndic, « maintint, par arrêté du 20 février 1791, la commune de La Devèze-Rivière dans le droit d'avoir une municipalité distincte et séparée de la municipalité de La Devèze-Ville, *provisoirement et jusqu'à ce qu'il y serait autrement pourvu, s'il y avait lieu*, lors de la prochaine circonscription des paroisses et réunion des diverses municipalités. En conséquence, ordre formel fut signifié à la municipalité de la *ville* de faire exhiber au secrétaire de La Devèze-Rivière tous cadastres et livres de mouvances pour, par ce dernier, en être pris des extraits concernant la municipalité de Rivière en présence du secrétaire de La Devèze-Ville, si bon lui semble, pour servir à la répartition de l'impôt territorial, et ce, sous peine pour les détenteurs d'être contraints par toutes voies et moyens et par corps (2). »

Il paraît que M. d'Espaignet, déjà soutenu par le directoire du district, s'était mis également dans les bonnes grâces des citoyens administrateurs du directoire du département. Dès le

---

(1) *Archives* de M. Lalanne-Dubernet.

(2) Signés : Lafargue, Gauran, Tarrible, Saint-Pierre, Barbau, David, Lafitau, Seissan, procureur général syndic, et Cazaux, secrétaire. — Cahier pour l'enregistrement des requêtes du canton de Plaisance. (Archives départementales du Gers.)

23 février 1791, il reçut notification de l'ordonnance du 20. L'arrêté fut signifié le 27 seulement à la municipalité de La Devèze-Ville qui protesta, comme c'était son droit, contre l'ordonnance. Elle se plaignit, notamment, en termes très-mesurés, mais énergiques (1), de ce que « son entière confiance venait d'être trompée. L'envoi du dossier a été retardé systématiquement. Il est à croire que plusieurs pièces ont été supprimées ou cachées. Messieurs du département n'auraient pas consenti à un acte aussi arbitraire que l'arrêté du 20, s'ils eussent pu se rendre compte de la vraie situation par l'examen du dossier complet, et par l'envoi d'un commissaire spécial sollicité par les deux partis. Comment délimiter les deux territoires, puisque de tous les temps Saint-André et la Magdeleine n'ont eu qu'un même rôle, un seul et même dîmaire, et qu'il n'y a jamais eu détermination des bornes qui les sépareraient (2) ? »

Le directoire d'Auch parut frappé de ces observations. Il nomma, par arrêté du 26 mars 1791, deux commissaires (3)

(1) Le caractère général des délibérations municipales de La ¡Devèze-Ville est la fermeté à soutenir ses droits, mais sans violences ni outrages; je ne puis accepter les appréciations du directoire du district, dans son arrêté du 17 janvier 1791, qui révèlent par trop ses injustes sympathies pour les révoltés de La Devèze-Rivière :

« Les membres du directoire du district, ouï le procureur syndic,

» Considérant, d'après les reproches respectifs, les libelles, les insultes que les deux municipalit's de La Devèze-Ville et de La Devèze-Rivière se prodiguent, au point qu'elles en sont devenues ennemies irréconciliables, qu'il serait très-dangereux de les réunir à cause de l'antipathie des habitants des diverses paroisses qui n'a fait qu'augmenter depuis le démembrement opéré par l'acte du 27 février 1790;

Considérant qu'en vue de ces motifs le directoire du district a jugé à propos dans la révision des cantons de réunir ces deux municipalités à deux cantons différents, plan que le directoire du département s'est empressé d'adopter, en laissant la municipalité de La Devèze-Ville au canton de Plaisance et en incorporant la municipalité de La Devèze-Rivière au nouveau canton de Beaumarchés, ce serait se contredire de réunir de nouveau ces deux municipalités en faisant voter leurs citoyens actifs dans deux cantons différents, de les *réunir* et de les séparer dans l'exercice de leurs fonctions,

Le directoire du district estime qu'il y a lieu de laisser subsister la *séparation provisoire*. — Arrêté le 17 janvier 1791. — Signés : Deplasse, Daubons, Pugens, Daurensan et Lajoye. (Archives départementales du Gers.)

(2) Délibération de la municipalité de La Devèze-Ville, du 13 mars 1791.

(3) MM. Dareix et Doat, membres du Conseil général du département.

avec mission de procéder à une enquête *de commodo et in-commodo*.

Les citoyens actifs de La Devèze-Ville et les citoyens actifs de La Devèze-Rivière devront être convoqués, chacun sur son territoire, en deux assemblées générales. MM. les commissaires s'assureront du vœu général desdits assemblés, soit pour la *réunion*, soit pour la *séparation* définitive. Ils voudront bien rechercher les causes de la division, ramener les esprits par tel plan de conciliation qui paraîtra convenable. à l'union et à la concorde, vérifier, d'après le cadastre, s'il serait possible de fixer les limites du territoire des deux municipalités, dresser procès-verbal de leurs opérations, au rapport duquel, et sur l'avis du directoire du district, il sera statué ce qu'au cas appartiendra, et au surplus, le directoire du département arrête qu'il sera sursis à son arrêté du 20 février 1791 en ce qui concerne l'exhibition des cadastres, des livres de mouvances et les extraits à prendre desdits cadastres et livres (1).

L'arrêté départemental fut remis à M. Cantan de Hournets, le 29 mars 1791, et notifié, le 7 avril suivant, à la municipalité de La Devèze-Rivière.

MM. les municipaux de *Rivière* ne manquèrent pas de former opposition auprès de Messieurs du département :

Nous avons été, Messieurs, consternés de terreur et d'effroi en apprenant que le département, sur une simple pétition des officiers municipaux de La Devèze-Ville, sans communications ni instructions préalables, sans même avoir entendu le Directoire du district, a rendu une ordonnance qui tend à renverser celle du 20 février revêtue de tous les caractères d'un acte scrupuleusement légal.

Or, Messieurs, nos cruels ennemis, tant de fois rebelles à l'autorité du département, rebelles à l'autorité même de l'Assemblée nationale, au lieu d'être punis seraient loués et récompensés de leurs oppositions ! Et nous, si vivement attachés à la Constitution, si désireux de concourir de tout notre pouvoir à son perfectionnement, si dociles et si empressés à obéir à tous les ordres qui émanent des

_____

(1) Arrêté à Auch par le directoire du département, le 26 mars 1791. — Signés : Abeillé, Lafitau, Barbau, Tarriblo, Saint-Pierre, Seissan et Cazaux. — Cahier des requêtes. (Archives départementales du Gers.)

Pouvoirs établis, nous qui vivions si tranquilles à l'ombre de la loi et d'une ordonnance qui en assurait l'exécution, nous mériterions le blâme de nos supérieurs et l'on nous infligerait la peine d'une ordonnance contradictoire qui fairait la désolation de tous les bons citoyens ! Nous avons une entière confiance en votre impartiale justice, et nous vous sollicitons, Messieurs, avec les instances les plus vives, de maintenir dans toute son intégrité et sa pureté, l'ordonnance du 20 février qui assure si bien notre repos et le bonheur de nos familles. Aurions-nous été noircis, aux yeux du département, par les faux rapports de nos adversaires ? Ils espèrent, par leurs perpétuelles et tracassières incursions sur notre territoire, nous fatiguer et nous lasser... Leurs forfaits ont mis entr'eux et nous des barrières infranchissables. Plutôt que de nous réunir, nous quitterions nos maisons, nos familles, toutes nos plus chères affections. Nous croyons même qu'il vaut mieux cesser de vivre que vivre avec ces « cruels et barbares » de La Devèze-Ville (1).

Le département ne daigna pas s'arrêter à l'opposition du corps municipal de La Devèze-Rivière et par arrêté du 20 avril 1791 (2) il confirma l'ordonnance du 26 mars.

Le 27 mai 1791, MM. les municipaux de La Devèze-Rivière prirent la résolution suivante : Tous les citoyens actifs sont convoqués pour les 2 heures de l'après-midi, dans l'église de St-Laurent, lieu choisi par MM. les commissaires pour l'assemblée générale. Il sera fait par tous les citoyens serment de demeurer inébranlables dans leur résolution de vivre *séparés*. Ce vœu sera nettement formulé et notifié à MM. les commissaires, ainsi que les protestations les plus énergiques contre l'ordonnance du 26 mars... « Nous sommes pleins de déférence pour nos supérieurs; nous attendons sans murmure tout ce qui nous vient d'eux, mais qu'on ne nous propose aucune réunion avec les barbares de La Devèze-Ville. Nous nous y refuserons à tout prix (3). »

(1) Mémoire des officiers municipaux de La Devèze-Rivière à MM. du Directoire du département. 12 avril 1791.

(2) Signés : Lafargue, St-Pierre, Barbau, David, Cazaux.

(3) Délibération du 27 mai 1791.

Le 12 juillet (1791), le Directoire du district prit un arrêté qui « *ajournait* les deux municipalités à se trouver, le 16, au » lieu de leurs séances, pour voir procéder le Directoire à la » ligne de démarcation provisoire du territoire.»

Le conseil général de la commune de La Devèze-Ville protesta formellement contre cette ingérence du district dans une question confiée aux commissaires du département. Il fit observer que l'arrêté du district rendait illusoire l'opération des commissaires départementaux.

Le district ne tint nul compte de ces protestations. Le 16 août 1791, il nomma les sieurs Maignon, de Beaumarchès, et Barrieu, de Plaisance, commissaires, avec pleins pouvoirs de procéder à la délimitation de *La Devèze-Ville* et de *La Devèze-Rivière*, en présence des officiers municipaux des deux communautés.

Il est contre la raison et l'équité, répondit le corps municipal de La Devèze-Ville, de fixer des limites avant de savoir si les habitants de la juridiction entendent former deux municipalités ou rester unis. Attendez donc le rapport définitif de MM. les commissaires du département, d'autant que le *référé* déjà produit par ces Messieurs au département a été jugé dans un sens contraire à la prétention chicaneuse de La Devèze-Rivière. Si, malgré tout, MM. Maignon et Barrieu procèdent à leur commission, nous formons opposition formelle à leur travail et voulons qu'il soit statué tant par MM. du département que par MM. du district (1).

Il fut passé outre par MM. Maignon et Barrieu. Leur rapport du 26 septembre 1791, envoyé au district, conclut :

1° La chapelle de la Montjoie doit être le point central de la ligne de démarcation de Saint-André et de la Magdeleine.

2° Le chemin partant de ladite chapelle de la Montjoie, formant une courbe vers le couchant, tournant ensuite vers le midi de la paroisse de Saint-André, et venant se jeter dans le ruisseau de *la*

(1) Délibération du corps municipal de La Devèze-Ville des 13 juillet et 28 août 1791.

Gingeole, doit également servir de ligne de démarcation entre Saint-André et la Magdeleine, du côté du midi et du couchant de la paroisse de Saint-André.

3° Le chemin partant du côté du nord et de derrière la chapelle de la Montjoie et allant se jeter dans le ruisseau des Abonas doit également servir de ligne de démarcation entre Saint-André et la Magdeleine, du côté du nord de la paroisse de Saint-André.

4° Après l'arrêté des lignes de démarcation de la paroisse de Saint-André du côté du midi, couchant et nord, où elle confronte avec la Magdeleine, il est inutile de procéder à la délimitation des autres paroisses, attendu que les limites sont reconnues et avérées par toutes les parties.

Le Directoire du district estima que, sans s'arrêter à l'opposition de la municipalité de La Devèze-Ville, le Directoire du département devait ordonner l'exécution du rapport. (1)

La partialité du Directoire du district s'était révélée en maintes circonstances dans cette affaire des municipalités au préjudice de La Devèze-Ville. Le corps municipal de la *Ville* n'eut connaisssance que le 15 mai 1792 de l'arrêté du 11 octobre 1791, et encore ce ne fut que par signification, notifiée à la réquisition de la municipalité de **La Devèze-Rivière.**

L'opération de la levée d'un nouveau plan des lieux confiée par les commissaires du district au sieur Ste-Fauste, ingénieur, ne fut qu'un prétexte pris de la loi du 17 juin 1791 pour prolonger le provisoire. Aussi la municipalité de La Devèze-Ville, se voyant victime de l'arbitraire, se retira pardevant le Directoire du département et toutes autres juridictions pour amener au plus tôt un jugement définitif (2).

Le 9 frimaire an II de la République, la municipalité de La Devèze-Ville (3) reçut du citoyen Barrieu avis de convoquer

---

(1) Délibéré par le Directoire du district, 11 octobre 1791. Le rapport des commissaires fut envoyé au département le 12. (*Archives départementales du Gers.*)

(2) Délibération de La Devèze-Ville des 6-13-17 mai, 23 août 1792.

(3) De ce jour, elle s'intitule : La Devèze-Montagne.

les habitants de sa juridiction dans l'église de St-André pour avoir à émettre leurs vœux au sujet de la *réunion* ou de la *séparation*. Le lendemain, le citoyen Barrieu, accompagné d'une foule d'habitants de La Devèze-Rivière, se rendit à la réunion. Après lecture de sa commission, les votants furent requis de délibérer *séparément*. Les votants de la *Ville* tinrent leur séance dans la maison presbytérale de St-André, sous la présidence de M. Laurent Leberon, maire. L'office de secrétaire fut confié à M. Jean Lestrade, procureur de la Commune. Après le serment d'usage, il est unanimement arrêté « qu'il convient à tous égards que la municipalité de La Devèze-Rivière soit réunie à celle de La Devèze-Montagne dont elle n'aurait jamais dû se démembrer, que les délibérants tendront toujours leurs bras à leurs anciens concitoyens égarés pendant quelque temps, et qu'ils leur donneront toujours des preuves de la plus pure amitié, de l'estime et attachement qu'ils n'ont cessé d'avoir pour eux, malgré leurs funestes égarements (1). »

Cette fraternelle condescendance dut confirmer en faveur de la municipalité de La Devèze-Ville les sympathies du département et lui concilier même celles du district.

Le département rendit, le 15 messidor an II, un arrêté transmis par le district, qui ordonnait « la réunion provisoire de la municipalité de La Devèze-Rivière à celle de la *Ville*. En outre, tous les papiers ayant servi à l'usage de la municipalité de Rivière devront de nouveau être déposés dans les archives de La Devèze-Ville. »

Le 7 thermidor an II, il y eut *séance permanente* du Conseil général de La Devèze-Montagne. Après un discours pompeux du citoyen maire, dont nous louons les instincts de généreuse fraternité, mais dont nous ne pouvons accepter les principes, les *assemblés* jurèrent unanimement et avec enthou-

---

(1) Délibération de la municipalité de La Devèze-Ville, 10 frimaire an II.

siasme union et amitié avec leurs frères dissidents, les invitant à se promettre, par un serment réciproque, fidélité et amour.

Voici le discours du citoyen maire :

Citoyens, vous savez qu'en 1790, la municipalité de La Devèze, une des plus belles du département, fut démembrée par l'intrigue du ci-devant noble d'Espaignet Ce contre-révolutionnaire avait séduit quelques-uns des plus paisibles habitants. Il était parvenu à séparer en deux l'ancienne municipalité. Avant cette scission, la paix et l'union la plus intime régnait entre tous. Depuis, le trouble, la zizanie, la discorde nous ont privés de l'avantage de jouir des douceurs de la Révolution opérée par nos sages représentants. Nous tous, paisibles habitants de ce lieu, aurions ardemment désiré voir la fin de ces tristes divisions. Mais l'ambition, l'intrigue, le démon de la chicane du cy-devant noble d'Espaignet ont empêché jusqu'à ce jour une réunion si désirée et si utile. Enfin, ce contre-révolutionnaire n'existe plus. Il a payé de sa tête la peine due à ses forfaits.

Frères et amis, maintenons par tous les moyens en notre pouvoir l'union et la concorde, goûtons en silence les avantages de la fraternité qui ne doit jamais être bannie du cœur des bons républicains. Et vous, frères et amis de La Devèze-Rivière, vous avez été séduits par l'infâme d'Espaignet. Mais vous êtes de bons et vrais sans-culottes. Il est de notre devoir de vous tendre les bras pour vous ramener à l'union, non par la force, ce serait notre droit, mais par la douceur et la raison. Bons patriotes des deux paroisses de Saint-André et Saint-Laurent, venez à nous. Venez, le décadi prochain, au lieu et à l'heure de nos séances. Et là, tous réunis dans le temple de la Raison, qui est la cy-devant église de la Magdeleine, nous nous promettrons une amitié telle qu'elle doit régner entre de bons républicains.

Le citoyen maire et quatre commissaires (1) furent députés auprès de la municipalité de La Devèze-Rivière pour « lui communiquer l'arrêté du 15 messidor, l'engager par la voie de la douceur et de la raison à s'y conformer loyalement et de cœur, et à déposer, de gré à gré, tous les papiers dans les archives de La Devèze-Ville, inviter enfin les deux sociétés

---

(1) Laurent Leberon, maire, Jean Lestrade, agent national, Bernard Duchemin, officier municipal, Dominique Lanacastets, et Pierre Laffitte, notables.

15

populaires qui se sont formées dans les deux municipalités à n'en faire qu'une, et se jurer mutuellement une fraternelle et éternelle amitié (1). »

Les dissidents de La Devèze-Rivière parurent se soumettre à l'arrêté de messidor; car ils déposèrent les registres aux archives de la mère-patrie.

Mais leur réconciliation fut loin d'être aussi loyale que furent généreuses les avances de nos municipaux. Ils parvinrent à surprendre un arrêté du représentant du peuple Dartigoeyte qui suspendait l'arrêté départemental du 15 messidor:

Au citoyen Dartigoeyte, représentant du peuple près les départements du Gers et Haute-Garonne, les citoyens de La Deveze-Rivière.

Citoyen représentant,

La commune de La Devèze-Rivière ne renferme que des sansculottes pauvres et des cultivateurs patriotes. Ils sont persécutés par les riches de la commune de La Devèze-Ville. Tu es l'effroi du riche aristocrate et le soutien des pauvres. Dans cette confiance, nous députons vers toi deux commissaires pris dans notre commune pour te peindre les vexations que nous éprouvons. Nous ignorons l'éloquence des cy-devant villes. Nous ne connaissons que la charrue, la loi et la liberté pour laquelle nous avons juré de mourir. Nous allons te dire en abrégé le sujet de nos réclamations pour ne pas abuser de tes loisirs précieux. Nos commissaires te diront le reste.

Suivent les détails expliquant les motifs de la séparation.

Citoyen représentant, pèse toutes ces raisons dans ta sagesse, et nous serons contents. Depuis que nous formons une commune séparée, nous sommes tous patriotes, tous amis, prêts à mourir pour la patrie. Jamais commune qui ait mieux fait son devoir, et qui soit plus dévouée à la patrie. Nous avons une société populaire, un comité de surveillance des plus zélés, un instituteur patriote, etc.

Citoyen représentant, ce considéré, nous concluons à ce que tu casses l'arrêté du département du 15 messidor dernier portant notre réunion provisoire avec La Devèze-Ville;

(1) Délibération du Conseil général de la commune de La Devèze-Montagne du 7 thermidor an II.

Subsidiairement que tu ordonnes la cassation du susdit arrêté et que tu maintiennes la municipalité de La Devèze-Rivière dans ses démarcations fixées par les commissaires du district en conformité de la loi jusqu'après la nouvelle division des municipalités qui sera arrêtée par le comité de division.

Et les cultivateurs sans-culottes de La Devèze-Rivière répèteront sans cesse : Vive le brave montagnard Dartigoeyte !

Cette adresse reçut les faveurs de Dartigoeyte, comme on devait s'y attendre. Voici sa réponse :

Attendu les faits ramenés dans le présent mémoire et justifiés par les pièces y jointes; considérant que ces mêmes faits contredisent ceux qui ont motivé l'arrêté du département du Gers et notre approbation en date du 12 de ce mois; qu'il importe d'être fixé sur la vérité et la validité des raisons,

Je, représentant du peuple, renvoie le tout à l'administration du département du Gers pour vérifier de nouveau les faits, prendre des renseignements ultérieurs et à cet effet communiquer à qui il appartiendra, pour ensuite donner son avis et être par le représentant du peuple statué ce que de droit.

En attendant, l'exécution de l'arrêté du département du Gers, revêtu de notre approbation pour la réunion dont s'agit, demeure suspendue.

Fait à Mugron, le 17 fructidor an II de la République une et indivisible.

Le représentant du peuple signé,

Dartigoeyte (1).

Le 1er des sans-culottides, l'arrêté de Dartigoeyte fut signifié à la municipalité de La Devèze-Ville, à la requête du conseil général de la commune de La Devèze-Rivière.

Le maire de la *Ville* protesta, au nom de ses mandataires, par une lettre écrite en termes très-énergiques qui choquèrent, à ce qu'il paraît, le terrible conventionel. Le maire et les signataires de l'écrit eurent beau « se rétracter et promettre de se conduire en bons républicains, et avec le plus grand res-

---

(1) Archives de M. Dupleix-Pallaro, notaire.

pect, et soumission aux arrêtés et aux lois; ils eurent beau envoyer une pétition au représentant et même à la convention, on fut implacable. »

En l'an XIII (21 pluviôse) (1), nous retrouvons les mêmes divisions municipales. Il y eut plans sur plans, protestations dans les deux camps, rapports à ne jamais en voir la fin.

La Devèze, infortunée victime de l'esprit révolutionnaire, demeura *divisée* et l'est encore. Cette division en deux municipalités distinctes, à notre avis, et jusqu'à meilleures preuves, est moins fondée sur la *force du droit* que sur le *droit de la force* et *du fait accompli*.

VIII

Service funèbre pour Mirabeau à La Devèze. — *Te Deum* à l'occasion de la constitution de 1791. — Exécution de M. d'Espaignet, à Caussade en Quercy. — Fête du 6 octobre 1793 : brûlement des insignes et titres féodaux. — La population de La Devèze pendant le reste de la Révolution.

La Révolution poursuivait activement son œuvre de destruction. Elle n'en était pas encore au régime de la Terreur; mais le flot destructeur montait, montait toujours; il s'attaquait déjà très-sérieusement à la Royauté. Le talent lui-même de Mirabeau ne pouvait contenir le torrent déchaîné; cet homme éloquent, qui, à sa dernière heure, par un sentiment de fol orgueil, se proclama « la plus forte tête de France, » dut, comme le commun des hommes, payer son tribut à la mort (2 avril 1791) le lendemain d'un de ses plus grands triomphes oratoires.

L'assemblée municipale de La Devèze voulut s'associer à la célébration des « funérailles d'Achille. »

Le 1er mai 1791, il y eut assemblée générale à l'hôtel-de-ville provisoire de La Devèze. M. Domerc, maire, représenta

(1) Séances du conseil général de La Devèze-Montagne. — 2 et 10 vendémiaire an III, 21 pluviôse an XIII.

« que la mort inopinée de M. Mirabeau, membre de l'assemblée nationale, a plongé la nation dans une profonde tristesse, » au point que « toutes les municipalités s'empressent de marquer par des services célébrés en sa mémoire les regrets que leur cause la mort de ce grand homme qu'on peut appeler à juste titre l'apôtre de la liberté, qui a le plus contribué à reconquérir ce bien précieux, de celui à qui l'Empire a le plus d'obligation... Le sieur maire n'aurait pas tant tardé à proposer à l'assemblée non-seulement d'imiter les autres municipalités à cet égard, mais même de les devancer dans cette pieuse cérémonie, si la quinzaine de la Passion et Pâques, destinée à la célébration des principaux mystères de notre sainte religion, n'y eût mis obstacle. Pour ne pas détourner les fidèles de l'attention aux devoirs que la religion leur impose, le sieur maire a renvoyé la réunion à ce jour (1er mai) dans le but d'arrêter, de concert avec l'assemblée, qu'il devra être célébré un service solennel dans l'église Sainte-Marie-Magdeleine de la présente ville pour le repos de l'âme de cet homme célèbre, qui a bien mérité de la patrie... Sont invités aux prières les personnes et le corps officiel qui doivent naturellement y assister. »

Ce service solennel fut « arrêté avec empressement » par les assemblés, pour le lundi, 2 mai. — « Le conseil de la commune y assistera, ainsi que les curés, vicaires des différentes paroisses et les officiers de la garde nationale. — La cérémonie sera annoncée cejourd'hui, au prône de la messe paroissiale, et le soir par le son des cloches de toutes les églises environnantes; l'assemblée se charge des frais nécessaires à la cérémonie (1). »

Puissent ces prières avoir servi à cette âme, douée d'une belle intelligence, d'un haut talent oratoire, mais sceptique et aveuglée par les passions !

Le roi venait d'accepter et de proclamer la constitution de 1791.

(1) Délibération du 1er mai 1791.

Nos municipaux de La Devèze eurent à cœur de témoigner, « par des prières et réjouissances publiques, la joie que leur inspirait cet événement. »

Les curés de la juridiction furent priés de chanter un *Te Deum* solennel dans l'église de la *Ville*. Un magnifique feu de joie fut organisé « sur le champ de la fédération » (au *plaçot*). Le conseil général de la commune, la garde nationale, les officiers municipaux prirent part à la fête, rehaussée par de nombreuses décharges de mousqueterie.

Ces joyeuses manifestations ne conjuraient pas les périls qui menaçaient la société. « La patrie est déclarée en danger. » Ordres sur ordres sont expédiés du district, du département, pour requérir des volontaires. Nos patriotes eurent, dans leur zèle ardent, leur bonne part à l'organisation du bataillon d'Auch et de l'armée des Pyrénées.

Un arrêté du département, du 19 octobre 1792, accompagné de « l'hymne des Marseillais, » vient apprendre aux municipalités du ressort le succès des armes de la république, en Savoie. Cet arrêté porte « qu'en cet honneur, le 28 du présent mois, il devra être célébré une fête civique. » — « Citoyens, représente le sieur maire, il y aura, le 28, une fête civique, en plein air, dans le lieu le plus spacieux de la commune où tous puissions être réunis. Là, autour du feu de joie, nous chanterons l'hymne des Marseillais pour célébrer le triomphe de nos braves patriotes (1). »

Nos sans-culottes municipaux chanteront la Marseillaise et « danseront la folendole autour des feux de joie et des bûchers. » Et bientôt la *Terreur* s'intronisera dans notre beau pays de France, avec son funèbre cortège. Les tribunaux révolutionnaires se feront une joie féroce de jeter à la face de la coalition leurs iniques arrêts; la guillotine sera en permanence

_____

(1) La fête civique ne put avoir lieu le 28, à cause de la rigueur du temps. Elle fut célébrée le dimanche suivant sur la place publique de la Magdeleine, avec nouveaux accompagnements de feux de mousquets. — Cf. Délibérations du 24 mai, 16 septembre, 31 octobre 1792, 20 mars 1793, 27 septembre, octobre 1793.

dans la capitale et dans les provinces; et le régicide (21 janvier 1793) souillera une page de notre histoire nationale.

M. Pierre-André-Gabriel Tursan d'Espaignet, peu sympatique aux patriotes de La Devèze-Ville, s'était retiré, sans doute par mesure de prudence, dans la ville de Caussade, en Quercy, diocèse de Montauban. Il apprit, « avec autant de douleur que d'indignation, le meurtre épouvantable et sacrilège commis sur la personne du roi. » Le 27 janvier 1793, « au rapport de Fouquier-Thinville lui-même, les royalistes et les contre-révolutionnaires de Caussade, au nombre de *dix-huit*, résolurent, de concert avec M. l'Abbé Clavière, curé de Caussade, et M. d'Espaignet, de célébrer, le 1er février (1793), une messe pour le *tyran*. » On les accusa de vouloir « par cette cérémonie rallier autour d'eux les conspirateurs et les esprits faibles et superstitieux, ramener le peuple au despotisme en présentant l'infâme tyran comme un objet de vénération et de respect. » Ils furent naturellement taxés de fanatiques, traduits devant les administrateurs du département du Lot siégeant à Cahors, expédiés sur Paris, jugés, condamnés à mort par le tribunal révolutionnaire de la capitale, et le jour même guillotinés (3 messidor an II) (21 juin 1793) (1).

Honneur et hommage à ces martyrs de la révolution! Honneur et respect à ce *noble* enfant de La Devèze, qui a eu assez de grandeur d'âme « pour s'apitoyer sur le sort du *tyran!* » Si M. d'Espaignet a pu parfois, dans le passé, méconnaître sa belle mission de « tenir les habitants de La Devèze en bonne union et concorde, » il aura du moins l'insigne honneur d'avoir noblement payé de sa vie les exagérations, dans La Devèze, de son zèle contre-révolutionnaire. Il mérite les éloges de la postérité, et toutes les sympathies de ses concitoyens honnêtes, en mourant pour le juste si lâchement sacrifié !

---

(1) Cf. *Les martyrs de la foi, pendant la révolution française*, par M. l'abbé Aimé Guillon, article : André Tursan d'Espaignet – non d'Espagnac, — président de la cour des aydes de Montauban.

Nos municipaux, il faut en convenir à notre confusion, furent moins royalistes que d'Espaignet, « l'aristocrate perturbateur (1). »

Le 5 octobre 1793, il y eut *séance permanente* du Conseil communal. Le citoyen maire donne lecture d'un arrêté du département (7 septembre 1793) portant que « dans chaque commune, il sera fait, le 6 octobre, une fête joyeuse et républicaine dans l'esprit d'inspirer aux citoyens la haine du despotisme et l'amour de la liberté et de l'égalité. » Les citoyens et citoyennes de La Devèze sont invités, pour le lendemain 6 octobre, à se rendre sur la place d'armes de la ville. — « Tous les portraits de rois, reines, bustes où seraient figurés des sceptres, couronnes, fleurs de lys, cordons d'ordre, manteaux royaux, ducaux, mortiers, etc., tous les titres de noblesse, armoiries, en un mot, tous signes généralement quelconques de royauté, féodalité, nobilité, ou toutes autres distinctions devront être portés à la fête pour y être détruits impitoyablement et brûlés. »

La fête est annoncée, au son des cloches, par un placard affiché aux portes des églises, et, chose indigne, au prône lui-même de la messe paroissiale.

Vers les 2 heures de l'après-midi, la municipalité, en corps et en écharpe, se rend, de la maison commune, sur la place d'armes. La garde nationale est sur pied, l'arme au bras, le drapeau déployé, tambour battant, mêche allumée. Une première décharge de mousqueterie donne le signal de la *baloche*. On s'organise en procession, laquelle s'exécute, en sortant par la porte occidentale de la ville, autour des remparts. On s'épuise à fatiguer tous les échos « par des chants patriotiques, notamment l'hymne des Marseillais. » Par bonheur, la municipalité a donné des ordres pour que, au retour de la procession, « les assistants soient invités à prendre des rafraîchissements. » Cette tourbe d'histrions compte, durant le

(1) Délibération du 9 juin 1793.

trajet processionnel, sur les quatre cruches de vin achetées — cela s'entend, — aux frais de la commune. On s'installe sur la place d'armes; une seconde décharge de mousqueterie vient raviver l'enthousiasme des « chants d'allégresse. » Le bûcher prend feu; tous les titres, papiers, signes suspects, sont jetés dans le brasier fatal. « Le citoyen Cantan de Hournets a remis notamment une boîte pleine de papiers relatifs à la noblesse d'un nommé Pierre Cantan. » Une troisième décharge du mousquet retentit joyeusement. Dans leur haine pour la caste privilégiée, nos sans-culottes « dansent une farendole autour du précieux auto-da-fé. » La fête se prolonge jusqu'à sept heures du soir (1).

Le Conseil communal de La Devèze, tout en faisant parade « d'autant d'horreur que de mépris pour toute cette espèce de qualifications et titres féodaux, » eut encore, malgré ses aberrations, assez de « sagesse » pour ne pas détruire, grâce aux observations intelligentes de M. Laurent Leberon, notaire et maire, les actes déposés dans ses minutes, et faisant mention de tous ces « titres et droits féodaux. » Le citoyen Leberon « ayant repris ces requêtes les remit à son dépôt. » Nous avons eu la joie de les retrouver intactes, au milieu d'une quantité de liasses, et nous avons pu y puiser d'utiles renseignements, grâce au cordial et généreux encouragement accordé à nos recherches par M. Dupleix-Pallaro, notaire de La Devèze et propriétaire actuel de ces précieux manuscrits (2).

Depuis la mort de Louis XVI jusqu'à l'Empire (2 décembre 1804), le fanatisme révolutionnaire de nos municipaux s'appliquera à profaner nos églises et à les piller. Il s'étudiera à faire scrupuleusement observer le *décadi*, à dresser d'une part la liste des *suspects*, et à délivrer d'autre part des certificats de « parfait civisme aux patriotes, ennemis implacables

---

(1) Délibérations des 5 et 6 octobre 1793.
(2) Voir séance permanente du Conseil communal de La Devèze du 14 octobre 1793.

16

des tyrans, des aristocrates, de tous ceux, girondistes (*sic*),
fédéralistes, feuillants, modérés, égoïstes, tous autres généralement quelconques, qui empêcheraient par leurs actions ou
leurs propos, la marche révolutionnaire de la sainte montagne de la convention (1). »

Nous avons vu que là noblesse n'eut pas le bonheur, à La
Devèze, d'être représentée, au début de cette funeste période,
par des hommes dévoués, avant tout, aux intérêts de leurs
concitoyens et n'usant de leur influence que pour établir l'u-
nion et la paix. La bourgeoisie fit-elle mieux son devoir ? La
classe des *praticiens* et des *bourgeois* était, à cette époque,
fort nombreuse dans La Devèze : elle se composait, à vrai
dire, d'hommes recommandables par leur intelligence, leurs
titres, leur position sociale; mais sut-elle échapper à l'influence
pernicieuse de ce venin, si profondément corrupteur, du
voltairianisme du siècle? Et n'aurons-nous pas encore à dénoncer chez elle, avec une légitime réprobation, l'étalage
officiel de principes, je ne dirai pas seulement subversifs de
tout ordre religieux et politique, mais même très-peu en harmonie avec les exigences les plus élémentaires du sens moral?

Aux prises avec ces deux éléments, une noblesse ambi-
tieuse et une bourgeoisie voltairienne, le peuple, cette puissance si docile au bien quand la religion a réussi à s'empa-
rer de son cœur, n'a pu être que cet élément terrible que signale l'histoire de nos révolutions, trop souvent esclave incons-
cient des passions brutales et qui se porte, conduit par d'indignes chefs, aux plus déplorables excès !

Soyons juste toutefois; à côté de bien des faiblesses, à cette
époque si profondément troublée, nous aurons à offrir, dans
notre Histoire religieuse de La Devèze, le spectacle de nobles
vertus, de beaux caractères, de grands courages déployés
dans la confession de la foi.

(1) **Délibération du 17 frimaire an II.**

PÉRIODE CONTEMPORAINE.

I

Tentative pour la réunion des deux communes en 1811. — Lettre du préfet P.
Balguerie. — Projet de réunion du sous-préfet de Mirande, J. Ducos. — Opposition de Ladevèze-Rivière. — Lettre ministérielle de 1812. — Nouvelle
tentative sans résultat de M. de Montagut, préfet du Gers.

L'Administration municipale des deux La Devèze, durant
cette période, paraît s'être plus particulièrement dévouée aux
questions d'intérêt local, finances, voierie, etc. Elle fut loin
de négliger les intérêts du service religieux et des desser-
vants des *cinq* églises. Le développement de l'instruction primaire eut encore une large part dans la sollicitude de
MM. les Maires, Adjoints et autres Officiers municipaux des
deux communes.

Mais, à vrai dire, la Révolution, en suscitant, dans notre
beau pays, des divisions et des troubles dont nous avons eu
à exposer le douloureux récit, nous porta le coup mortel.
« Si la justice élève les nations » les peuples, victimes de
l'esprit révolutionnaire, ne seront jamais que des peuples
tombés et malheureux (1).

Aussi, l'histoire contemporaine des La Devèze offre relativement peu d'intérêt.

Un instant, sous l'administration vigoureuse de M. Balguerie (2), nous avions espéré que le pouvoir centralisateur
de l'Empire allait mettre un terme aux agitations profondes
qui divisaient La Devèze depuis 1765, et plus particulièrement depuis 1789, en décrétant la réunion des deux communes, et en rétablissant l'ancienne et unique circonscrip-

(1) Justitia elevat Gentem : miseros autem facit populos peccatum (Prov. XIV-
34.)

(2) Pierre Balguerie, baron de l'Empire, chevalier de la Légion-d'Honneur, Préfet
du Gers.

tion, qui se conciliait si bien avec le calme, la paix et le bonheur de la contrée. Mais ces espérances d'union et de pacification furent vaines.

Le 1er mars 1811, M. le Préfet du Gers adressait à son Excellence M. le Ministre de l'Intérieur une remarquable lettre « sur l'impérieuse nécessité d'opérer une réunion des
» communes du département, sur les motifs qui la rendaient
» indispensable, et sur les inconvénients des circonscrip-
» tions actuelles et les avantages qui résulteraient de cette
» modification, tant pour les citoyens que pour l'Admi-
» nistration elle-même (1). »

Le Ministre fit un excellent accueil aux observations, du reste plusieurs fois réitérées, du préfet (2).

Celui-ci s'empressa de notifier à MM. les sous-préfets du département la décision ministérielle qui l'autorisait « à
» rassembler les matériaux et à établir les bases de cet utile
» et grand travail. »

Ce travail, Messieurs, ne peut que vous être très-agréable par le zèle que vous apportez dans vos devoirs..... Je ne chercherai pas à vous poser des règles absolues pour cette opération. Je dois vous en laisser le choix, et j'ai trop bonne opinion de vous pour ne pas m'en reposer sur vos lumières. . Je vous observerai, cependant, de faire des *arrondissements communaux dont le chef-lieu soit autant que possible au centre*, et dont la population soit de *mille à deux mille* âmes au plus, et puisse offrir des ressources suffisantes en personnes dignes d'exercer les fonctions municipales... Votre travail doit comprendre : 1° le nom des communes dont il vous

(1) Lettre du Préfet du Gers à M. le Ministre de l'Intérieur, comte de l'Empire, du 1er mars 1811. (Archives départementales du Gers. — Dossiers relatifs à la réunion des communes). — Voir encore : Lettre de M. le comte de Montagut, Préfet du Gers, à M. le Ministre de l'Intérieur, du 16 septembre 1814 (*Ibidem*).
Il ne serait pas inopportun, pour plusieurs de nos compatriotes, de prendre connaissance de cette correspondance officielle. Nos *séparatistes* de La Devèze pourraient s'édifier, et peut-être finiraient par comprendre les avantages qu'il y aurait à supprimer toutes ces divisions sectionnaires, et à revenir aux bonnes traditions administratives du *vieux temps*.
(2) Lettre du Ministre de l'Intérieur au préfet du Gers, du 19 mars 1811. (Archives du département du Gers).

paraîtra nécessaire de n'en faire qu'*une*; 2° le nom de la commune chef-lieu; 3° la population respective de chacune d'elles, et celle qu'elle offrirait collectivement pour la réunion; 4° la distance de chacune des communes de celle à laquelle elles seront réunies; 5° les motifs de la préférence que vous donnerez à cette dernière sur les autres en particulier... Occupez-vous sans relâche de l'objet de cette lettre... Il faut que nous ne changions rien ni aux travaux du cadastre, ni à la circonscription actuelle des *succursales*, *à moins qu'il n'y ait des motifs puissants; mais ayez toujours en vue la nécessité de ne pas morceler les communes...* Je vous invite à m'adresser, dans le plus bref délai possible, le travail préliminaire qui devra servir de base à notre décision... Du moment que j'aurai approuvé vos propositions, je m'empresserai d'ordonner la réunion des Conseils municipaux pour en délibérer. Je prévois bien que chacun d'eux voudra que sa commune soit chef-lieu; mais ce n'est pas sur ce point que leur avis sera un obstacle, parce que nous trancherons avec connaissance de cause sur leurs prétentions (1).

M. le sous-préfet de Mirande, J. Ducos, dut se pénétrer de l'esprit de cette lettre préfectorale sur « la nécessité de ne pas » morceler les communes, et les motifs de la préférence à » donner sur les autres à celle qui devra être désignée com- » me chef-lieu. » Sous la date du 1ᵉʳ juin 1811, il adressait à M. le baron Balguerie le projet de réunion des communes pour l'arrondissement de Mirande. Dans ce travail préparatoire, les deux communes de La Devèze figurent sous la rubrique suivante : canton de Marciac : — Ladevèze-Ville, chef-lieu. — Communes réunies : Ladevèze-Ville, 699 habitants; Ladevèze-Rivière, 672 habitants, et Armentieu, 150 habitants (2).

En vertu de la loi du 28 pluviôse an VIII, les conseils municipaux des deux La Devèze durent être consultés. Comme on devait s'y attendre, le conseil municipal de Ladevèze-Rivière s'opposa à la réunion (3).

---

(1) Lettre signée *Balguerie*, du 10 ou 13 avril 1811. (Archives dépᵗ. du Gers.)
(2) Lettre du sous-préfet de Mirande au préfet, du 1ᵉʳ juin 1811. (Archives départementales du Gers.)
(3) Lettre du conseil municipal de Ladevèze-Rivière, à M. le préfet, du 20 juin 1811 — Séance extraordinaire du 26 juin 1811.

Les motifs exposés à M. le préfet du Gers furent les suivants :
1° la commune de Ladevèze-Rivière est d'un septième plus
populeuse que celle de Ladevèze-Ville (1); 2° elle est plus
centrale, d'un territoire plus étendu (2); 3° parmi les 229 communes de l'arrondissement de Mirande, Ladevèze-Rivière figure
parmi les *seize* les plus populeuses; 4° la réunion pourrait
faire « renaître cet esprit de division et réveiller les haines et
» les inimitiés qui éclatèrent à l'époque de son érection (3). »

L'administration supérieure regardait comme un abus
vraiment intolérable la division du département du Gers « en
» un nombre prodigieux de communes, dont plusieurs étaient
» excessivement petites, et dont quelques-unes ne présen-
» taient pas plus de *vingt* à *trente* individus (*sic*) (4).

Néanmoins, le ministre, si sympathique, en 1811, au projet
de remaniement général et simultané des communes du Gers,
qui était dans les vœux du baron Balguerie, crut, en 1812,
que la prudence lui imposait le devoir, pour « concilier les
intérêts, » de s'occuper simplement de la réunion des communes d'un chiffre inférieur à 150 habitants; et encore, le
préfet devait-il prendre « tous les soins et le temps désirables
» pour traiter séparément chaque affaire, éviter surtout d'an-
» noncer qu'il avait à ce sujet des vues étendues, et s'occuper
» de chaque localité de manière à ne susciter, dans les autres,
» ni craintes ni prétentions (5). »

(1) Le projet de réunion du 1er juin 1811 porte 699 habitants pour Ladevèze-Ville,
et 672 seulement pour Ladevèze-Rivière.
(2) Erreur évidente pour quiconque se rend un compte exact de la topographie des
lieux.
(3) On connaît l'origine révolutionnaire de cette érection communale, et « les haines
et les inimitiés » qui en ont été et en sont encore la déplorable conséquence.
(4) En 1811, 683 communes composaient le département du Gers Sur ce nombre,
cinquante-cinq seulement avaient plus de *mille* habitants. Il y en avait 170 dont le
chiffre était inférieur à 500 habitants; 101 d'une population de moins de 100 habitants; et, dans l'arrondissement de Lombez, *une* commune ne comptait que *huit*
habitants (sic). — Cf. Lettre du préfet Balguerie, du 1er mars 1811. (Archives départementales du Gers).
(5) Lettre du ministre de l'intérieur à M. le préfet du Gers, du 5 novembre 1812.

A la réception de la lettre ministérielle, le Préfet sacrifia sans réserve ses vues personnelles (1). Il donna immédiatement aux Sous-Préfets des ordres en parfaite harmonie avec les dispositions nouvelles du ministère. Chacune des deux municipalités de La Devèze présentant un chiffre de population bien supérieur à celui fixé par la lettre de novembre 1812, elles ne furent pas comprises dans la liste des communes à réunir.

Ce changement de politique administrative valut au projet de juin 1811 le désagrément d'être relégué dans les oubliettes, au fond des cartons, et à nos compatriotes, celui de voir se perpétuer un état de choses d'origine si ouvertement révolutionnaire.

Le successeur du baron Balguerie, M. le comte de Montagut, reprit avec ardeur le plan de « formation des grandes communes. » Le Conseil général du département et le Ministre lui-même eurent des sympathies pour le nouveau projet. Toutes les démarches, même officielles, sont demeurées sans résultat, sous tous les régimes qui se sont succédé en France, depuis 1800, avec une rapidité vraiment vertigineuse.

Nos gouvernants ont cru bien faire en maintenant « une division » reconnue par eux-mêmes « si nuisible à la marche intelligente et rapide des affaires, au bien réel de l'Etat et des citoyens (2). »

_____

(1) On voit que nous ne sommes plus sous le régime des administrations locales se gouvernant elles-mêmes. La centralisation des pouvoirs publics a organisé une vaste hiérarchie de fonctionnaires qui doivent être des agents plus ou moins passifs des volontés supérieures...; c'est dans cet esprit que M. le baron Balguerie écrivait à M. le Sous-Préfet d'Auch :

« J'ai reçu, Monsieur, votre travail préparatoire sur la réunion des communes de
» votre arrondissement : je n'ai pas lu sans étonnement les observations qui accom-
» pagnaient cet envoi : elles m'ont prouvé qu'en vous arrogeant le droit de juger du
» mérite de mon travail, vous n'avez pas su en comprendre ni le but, ni le motif....
» Vous devez vous conformer textuellement aux dispositions de ma lettre et ne pas
» prétendre à connaître le sort qu'elles peuvent avoir ; je compte qu'à l'avenir vous
» vous confierez moins à votre expérience et à votre mémoire... C'est à moi qu'il
» appartient de faire mentir tous les adages, et votre fonction n'est que d'assurer
» l'exécution de mes ordres. »
(Lettre du 13 juin 1811. — Arch. dép. du Gers.)
(2) Lettre du Préfet, 16 septembre 1814. — Lettre du Ministre de l'intérieur du 4 octobre 1814, etc. — Arch. dép. du Gers.

II

Idées officielles sur la difficulté du choix des maires dans les petites localités.—
Mérites des administrateurs des communes de Ladevèze depuis 1800.

L'un des principaux arguments des Ministres et Préfets,
de 1811 à 1815, en faveur de la formation des grandes communes, s'appuyait sur ce que « le choix des maires et adjoints,
» dans les petites localités, est la chose du monde la plus
» difficile et la plus dangereuse, autant pour les citoyens que
» pour l'administration; que là, le plus souvent, on ne
» peut confier ces fonctions honorables et intéressantes pour
» l'Etat qu'à des hommes inhabiles, illettrés, dont l'ignorance
» et l'impéritie amènent un chaos inextricable de lenteurs
» et de difficultés...; à des paysans grossiers, sans instruction,
» sans éducation, sans aucune idée du bien public..., qui ne
» connaissent et n'aiment autre chose que leur charrue, le
» moi...; incapables de mettre de côté leurs sentiments d'*in-
» dividu*, quand ils doivent remplir leurs devoirs de fonction-
» naires.... Constamment placé entre deux écueils, si com-
» muns dans les campagnes, *son cœur* et *ses intérêts*, le
» Maire-Paysan se jette dans des écarts dont il ne connaît ni
» l'inconvenance ni les dangers. Trop souvent, Nous, cabinet
» Préfectoral, il nous faut *démasquer*, chez cette sorte de
» Maires et adjoints, des prévarications criminelles, des for-
» faitures qui, pour n'être que l'effet, souvent de la complai-
» sance, quelquefois de la sordidité, mais presque toujours
» de l'ignorance, mettent ces Maires en proie à la sévérité
» des tribunaux... Ces fonctions, ou servent des passions, ou
» favorisent des affections, et le plus souvent, les unes et les
» autres (1).

(1) Cf. Lettre de M. le Préfet du Gers à Son Excel. M. le Ministre de l'intérieur,
1er mars 1811. — Lettre de M. le Ministre de l'intérieur à M. le Préfet du Gers, du

On conviendra que ce portrait d'un maire paysan est loin d'être *flatté*. Et c'est l'officiel de l'époque qui parle, de cette époque où « la nouvelle législation inspirée par le grand mo-
» narque législateur qui répand tant de bienfaits sur l'im-
» mensité du peuple doit réparer tant de crimes (1). »

Si les circonstances n'ont pas permis, jusqu'à ce jour, de réunir et d'unifier notre beau pays de La Devèze, du moins nous sommes heureux de rendre hommage aux choix des maires et adjoints des deux communes, faits par les soins judicieux des administrations supérieures et des intéressés eux-mêmes. Ladevèze-Ville et Ladevèze-Rivière, durant toute la période contemporaine, ont été administrées, non par des *maires paysans* tels que ceux qu'on vient de nous dépeindre, mais « par des hommes intelligents, aptes à exercer ces fonctions
» si honorables et si délicates, incapables d'abuser outre me-
» sure de leurs pouvoirs (2). »

Sous tous les régimes, depuis 1800, MM. les maires, adjoints et conseillers municipaux, ont servi les intérêts des deux com-

19 mars 1811, 5 novembre 1812. — Lettre de M. le Préfet du Gers à M. le Minis-tre de l'intérieur. 16 septembre 1814. (Arch. dép. du Gers. — Dossier sur la réunion des communes du département du Gers).

(1) Lettre du préfet du Gers à Son Excellence M. le ministre de l'intérieur. — 1er mars 1811.

(2) Lettre du préfet au ministre de l'intérieur, du 16 septembre 1814. — Archives départementales du Gers.

Faire mention de tels hommes, c'est nommer, dans les sentiments d'un profond respect et d'une bien cordiale sympathie. MM. Henri-François Domerc; Laurent et Jean-Baptiste Léberon. notaires; Jean et Gabriel Lestrade, médecins; Marc-Hector Barquissau (*); Olivier Tursan d'Espaignet; Bernard Duchemin; Dareix-Duprat, Laffitte-Inthus, Cyprien Douyau. A une époque plus voisine, MM. Lanacastets-Lan-glade; Philippe Dupleix-Pallaro, notaire; Lalanne-Dubernet; Capmartin; Dareix Lavigne.

(*) Marc-Hector Barquissau (père de M. Jules Barquissau, aujourd'hui receveur de l'enregistrement à Auch) était fils de Laurent Barquissau, avocat en parlement, et de Gérarde de Foirs-Sion, de la famille des seigneurs de Sion dont M. l'abbé de Carsalade a publié la *maintenue de noblesse* dans la *Revue de Gascogne* de février 1878, p. 93. (Pactes de mariage conclus le 16 février 1773 au château de Sion, le marié assisté de ses frères Pierre B., docteur en théologie, curé de St-Jean de Tarbes, et Joseph, avocat en parlement, de ses cousins Alexandre Domerc, mous-quetaire du Roi, Paul Puyo, avocat, etc.; l'épouse, assistée de ses frères et sœurs, de son oncle Marc Duclos, chevalier de saint Louis, de sa tante Louise de Perron, épouse de Raim. Duclos, seigneur de Goux, etc). Il épousa, le 11 juin 1813, de-moiselle Charlotte de Cardaillac, fille de Mathieu-Philippe-Etienne et d'Anne-Marie-Rosalie-Joséphe d'Asson, habitant à Gayan, canton de Tarbes.

munes avec cette autorité loyale, douce, mais ferme en temps opportun, cette prudence exquise, n'excluant pas la fine re-partie et l'aménité des rapports, cette intelligente cordialité sachant bien se faire « toute à tous, » cette délicatesse de pro-cédés, ce sentiment profond du devoir, cet attachement dévoué au bien public, qui ont su ménager tous les vrais intérêts, se concilier les sympathies, et conduire avec sagesse nos popu-lations dans les voies de la civilisation et du vrai progrès, c'est. à-dire du progrès par la pratique et l'exemple des vertus de l'honnête homme et du chrétien.

Nous faisons des vœux sincères pour que nos édiles et nos fonctionnaires municipaux des âges futurs marchent sur les traces de leurs devanciers, qui leur ont si bien indiqué le chemin, quelques-uns, durant leurs trente et quarante ans de sollicitude administrative. Comme eux, ils seront pleinement convaincus que, seuls, les principes religieux sont le fonde-ment solide de la société civile; que, sans le respect de la re-ligion comprise dans un sens vraiment pratique, il ne peut y avoir, parmi les peuples, que haine des vrais principes, viola-tion de tous les droits, profanation de tous les devoirs, dis-sensions et guerres de partis.

§ IIe

ADMINISTRATION FONCIÈRE.

Période d'avant 1789.

Le domaine royal de La Devèze était borné, au nord, par le terroir de Beaumarchés, de Lengros, de Saint-Aunis, de Goueyte, en Belloc; au levant, par la rivière de l'Arros et le terroir de Juillac; au midi, par le terroir d'Armentieu et de Soubagnac; au couchant, par le canal dit canal Alaric (1) et les terroirs de Labatut et de Tieste (2).

En dépit du préjugé trop répandu de nos jours, d'après lequel la propriété aurait été, sous l'ancien régime, le partage presque exclusif de la noblesse, nous la trouvons à La Devèze très-roturière et très-divisée, à toutes les époques de son histoire connue.

Le cadastre de 1650 porte que la ville et communauté de La Devèze contenait quatre cent dix-huit maisons dispersées dans les cinq paroisses qui en formaient la juridiction (3);

(1) Dans nos contrées, la tradition porte que le canal Alaric, qui sépare aujourd'hui les territoires de La Devèze et de Labatut-Rivière, fut creusé par les ordres d'Alaric II.

On sait qu'Euric ou Evarix (466), roi des Visigoths, maître de l'Espagne supérieure, de la première Aquitaine et autres provinces jusqu'à la Loire, après s'être « saoulé du sang et des richesses de la Novempopulanie, » dans son zèle fanatique pour l'arianisme, fixa sa demeure à Aire-sur-Adour, *Aturæ vicus*. Son fils, Alaric II, qui lui succéda (vers 485), avait également établi à Aire sa résidence, jusqu'à sa mort (507). Des médailles, des quartiers de pavé et de mosaïque découverts dans cette ville et remontant à Evarix et Alaric témoignent de la vérité de cette assertion. (*Histoire inédite de Bigorre*, archives du séminaire d'Auch).

· (2) Depuis 1645, en particulier, on peut consulter pour les diverses époques de l'*Administration foncière* de La Devèze quatre cadastres ou livres terriers : cadastre de 1650, 1670, 1741 et 1831. — Archives municipales de La Devèze. — Archives de M. André Lanacastets.

(3) St-André et Magdeleine : 147 maisons; St-Pierre : 74 maisons; Castets : 61 maisons; St-Laurent : 136 maisons.

plus *dix* maisons de *capots* établis dans la paroisse de Saint-André (1).

Or, d'après l'arpentement général de territoire fait pour la confection du cadastre de 1741 (2), l'entier terroir de La Devèze, maisons, granges, basse-cour, jardins, vergers, prés, terres labourables, bois et landes, englobés dans ledit terroir, n'avait pour contenance que *mille quatre cent quarante-quatre arpents trois sacs, deux mesures, et cinq pugnères,* ce qui

(1) Capots de St-André : Bernard Larroque, Frix Labastide, héritiers de Guilhem Dufréchou; Jean du Feuga-Hillotte; Jean de Lornpigue, Jeanne Despaignet, Jean Larroque-Douau, Guilhon-Larroque, Peyroton Feuga, Pierre Feuga-Guilhon

Sur l'origine et la condition des capots, nous renvoyons à la si intéressante *Critique historique* publiée dans la *Revue de Gascogne,* livraison de juin-juillet 1878, tome XIX, par son rédacteur en chef, M. Léonce Couture.

Nous nous contenterons de citer une curieuse anecdote racontée par les vieillards de ce pays. Un capot de St-André se permit un dimanche de prendre de l'eau bénite au bénitier commun. Il avait dû entrer dans l'église par la porte du nord, dite la porte *dous capots.* « Que fais-tu là, chien de *capoutas* ? » lui crie vivement une certaine dame du lieu. Et d'une main rendue preste et agile par l'indignation, la fière gentilfemme s'arme de sa béquille et fait expier aux épaules du malheureux capot sa naïve témérité.

(2) L'arpentement général du territoire de La Devèze en 1741 fut fait par Pierre Pourtant, arpenteur juré, du lieu de Loucy, en Bigorre, de par un arrêt rendu en la souveraine Cour des aydes et finances de Montauban, du 22 mars 1732, et en vertu d'une ordonnance de Mgr de Saint-Contest, intendant de la généralité d'Auch et Pau, à la réquisition de M. André Tursan d'Espaignet, conseiller du Roy, juge de Rivière-Basse, commissaire député par la souveraine Cour des aydes, assisté de Guillaume Bacqué Traillonne, 1er consul de La Devèze. Ce travail, « après serment prêté, par » ledit sieur Pourtant, les mains mises sur les saints évangiles de Notre-Seigneur, » entre les mains de Me Besques, lieutenant de la judicature du pays de Rivière-» Basse, » fut entrepris par ledit arpenteur en suite d'une délibération de l'assemblée générale des habitants, du 30 mai 1737, qui eut lieu sous le porche de l'église paroissiale de Saint-André; laquelle délibération fut retenue par Me Paul Lamothe, notaire à Maubourguet. L'opération fut terminée le 26 avril 1741, avec l'aide de Dominique Brescon Burbail; Jean Barquissau Pepil, Joseph Barquissau, bourgeois; François Lasnabères Sombrun, et Pierre Dareix, bourgeois; « choisis et nommés par » la communauté pour se transporter avec ledit arpenteur, pièce par pièce, et lui » déclarer le nom des maisons et possesseurs desdites pièces. » Le sieur Pourtant et les indicateurs procédèrent à l'arpentement, « selon les vœux de la communauté et » selon Dieu et leur conscience, le plus juste possible. »

L'arpentement fut composé à la *perche* et mesure de *dix-sept perches,* la *perche* tirant *seize* pans, mesure de Toulouse, pour *chaque journal* ou *sac* de terre semure d'un sac de blé.

Nous ferons encore observer que le *compois* du terrier de La Devèze était à raison de *trente-quatre cannes* de *tout front par journal.*

Cf. Archives départementales du Gers; archives municipales et cadastres de La Devèze; archives de Domerc La Goulondau.

revient, selon la métrologie actuelle, à *deux mille cent soixante-quinze hectares, quarante-six ares, vingt-six centiares, plus 125.*

Rappelons à ce propos que la ville de La Devèze avait le droit de mesurage, c'est-à-dire le droit d'avoir des mesures spéciales. Un renseignement puisé aux archives départementales du Gers nous apprend que *l'arpent* de La Devèze se composait de quatre *sacs*, le *sac* de quatre *mesures*, la *mesure* de huit *pugnères*, la *pugnère* de trente-quatre *cannes*, la *canne* de huit *pans*, le *pan* de *huit pouces* et *quatre lignes*, sur le pied de Roy, mesure de Toulouse.

Par rapport au nouveau système métrique, le *journal* ou *sac* de La Devèze se compose de quatre mesures, faisant *trente-sept ares soixante-quatre centiares*; le *demi-journal* ou *quouart*, de *dix-huit ares quatre-vingt-deux centiares;* le *quart* du *journal*, ou la *mesure*, de *neuf* ares *quarante-un centiares*; la *moitié* de la mesure, ou le *coupet*, ou le 8ᵉ du sac, de *sept pugnères*, ou de *quatre ares soixante-dix centiares*, plus 5; la *pugnère*, ou le *septième* de la mesure, ou le 28ᵉ du sac, de *un are trente-quatre centiares*, plus 428.

Observons encore que, dans la Rivière-Basse, la *semure* de chaque *coupet* de blé pesait *dix-sept livres*, et la *pugnère*, *quatre livres.*—Ces proportions étaient basées sur les poids et mesures de Toulouse.

Nous avons déjà vu que le domaine de La Devèze, réuni d'abord à la couronne après la mort de Jean V en 1481, y fut définitivement annexé par l'avénement d'Henri IV (1589) sur le trône de France.

Ce domaine devint dès ce jour *domaine royal*, et fut, jusqu'à la Révolution, administré, sous la dépendance domaniale de la couronne, par des fermiers, des sous-fermiers, et même des arrière-sous-fermiers (1) qui, moyennant un prix annuel et

---

(1) Nous avons sous les yeux plusieurs mentions d'actes qui nous donnent des noms de fermiers, sous-fermiers et arrière-sous-fermiers du domaine de La Devèze, de-

fixe convenu avec les fermiers généraux, avaient le droit de percevoir les redevances qui pesaient sur le domaine en faveur du Roi.

La plénitude de la *Directe seigneuriale* et des prérogatives du droit féodal des comtes d'Armagnac était passée dans la main du Roi; mais le *Domaine utile* ou la *propriété foncière* ne cessa pas d'appartenir aux propriétaires *bien tenants* (1). Le Roi lui-même consentit (27 mai 1667) un acte de reconnaissance en vertu duquel les *Bacquans* (vacants) de la *ville* de La Devèze étaient déclarés appartenir à la communauté, et, pour employer les termes eux-mêmes de l'acte, « incommutablement unis aux *biens patrimoniaux* de ladite communauté.» Pour cette concession, la communauté fut seulement chargée de payer annuellement au Roi quatre livres d'*albergue* (2).

Le domaine de La Devèze se divisait en : 1° *Biens nobles*; 2° *Biens ruraux* ou *Biens de roture*; 5° *biens patrimoniaux proprement dits.*

BIENS NOBLES.

Le Roi avait en son pouvoir dans la ville de La Devèze (5)

puis 1672 jusqu'en 1762 : 1° 28 décembre 1672 — Broqua, fermier; — 2° 6 janvier 1678, Martet, sous-fermier; — 3° 7 juillet 1687, Lanacastets, sous-fermier; — 4° 14 décembre 1691, Lanacastets, sous-fermier;—5° 11 juin 1744, Lanusse, sous-fermier; — 6° 9 avril 1693, Jean Lanacastets, bayle royal domanial au siége de La Devèze;— 7° 19 janvier 1757, Jean Dufoer, habitant de Castelnau-de-Rivière-Basse, sous-arrière-fermier des domaines et greffes de Rivière-Basse, ledit Barthélemy Dupuy, demeurant à Vic-Fezensac, étant sous-fermier des domaines de la généralité d'Auch; — 8° 4 décembre 1762, Pierre Duhau Poulon, sous-fermier des domaines et greffes de la généralité d'Auch.

(1) Sur l'ensemble du territoire de La Devèze, nous voyons établis en 1741, 255 propriétaires bien tenants, y compris 35 forains;—Saint-Pierre, 33 bien tenants; — Castets, 41; — St-André, 49;—St-Laurent, 69;—Labonas, 12; — la ville (la Magdeleine), 17; — Forains, Marciac, 2; — Beaumarchés, 4; — Longros, 3; — Labatut, 9; — Soubagnac, 3; — Auriébat, 2; — Armentieu, 7 — Cf. — Cadastre de 1741.

(2) Cf. Délibération du 2 juillet 1690. — Précis de la cause pendante au Conseil du Roi pour les syndics, échevins, corps et communauté d'habitants de la ville de La Devèze, contre le sieur marquis de Faudoas, se disant seigneur engagiste du domaine de La Devèze, 1769—archives de M. André Lanacastets.

(3) Arpentement d'Isaac Lacroix, de l'enclos de la ville de La Debèze, en 1692, indiquant le dénombrement des maisons, jardins, pâtus et places vacantes, ensemble la situation du *château* et *ville* de *La Debèze* pour ce qui regarde la fermure (ou se-

» une place là où se souloit tenir marché (1) qui confronte
» du levant, maison de Jean Ducousin; midy, pâtus du sieur
» Barquissau, bourgeois; couchant, la rue publique, septen-
» trion aussy, contenant trois pugnères.

    » Ensemble aussi, tout le mur de la *ville* et du *château*
» (sic) et comptoir d'icelle avec le contrefossé d'iceux à la
» réserve des particuliers qui y aboutissent... là oust j'ay
» trouvé pour Sa Majesté pour la semure d'un coart bled à
» semer sans compter le mur de la *ville* et château (2).

mure) et situation d'icelle comptant maison par maison et le fonds qui leur appartient, piesse par piesse, nom et cotnum, nature et qualité de terre avec sa juste contenance, aux 4 confrontations générales, commançant par Orient, Midi, Occident et Septentrion. — Archives de M. Dupleix-Pallaro.

(1) De temps immémorial, la ville de La Devèze était en possession de *foires* et *marchés* : une foire avait lieu le 19 mars, jour de la fête de St-Joseph; une deuxième, le 23 juillet, lendemain de la fête de Ste-Marie-Magdeleine, patronne de l'Eglise; une troisième, le 29 novembre de chaque année; le marché se tenait tous les vendredis.

D'après les délibérations des 25 mars 1787 et 7 février 1791, il paraît que, dans les foires et marchés, il se faisait beaucoup d'affaires en vente de produits maraîchers, mais surtout en commerce de *vin* et de *froment*. Dans « l'Etat général de » la consistance de l'Election d'Armagnac, remis à Mgr de Sérilly, intendant de la généralité d'Auch, par MM. de La Baune-Bascous et Vidaillan, receveurs des tailles de l'Election d'Armagnac pour l'année 1741, » il est dit : « Etat détaillé *pour La Devèze* : 1re colonne : Le Roy, seigneur; Feux, 16; — Bélugues, 17 et 3|4; — nombre d'habitans, 788... 5e colonne : nature du terrain de la communauté et objet principal de la récolte : moitié du terrain, bon; un quart et demi, médiocre; un demi-quart, mauvais, en landes et broussailles; le principal revenu est en *vin*, ils ont aussi du *froment*, mixture, gros et petit millet, quelques petits bois, peu de prairies pour les labourages. Terrain général : médiocre tirant au bon; 6e colonne : point d'autre industrie que la culture des terres; ils font leur commerce en *grains*; débitent leurs *vins* pour les Pyrénées; — 7e colonne : le *vin* fait la moitié du revenu; les grains, l'autre moitié; — feux allumants : 197. La communauté possède *un arpent de biens nobles* et 133 arpents de *biens en non-valeur*... » (Archives départementales du Gers.)

(2) L'emplacement du château est actuellement occupé par la maison d'habitation et les dépendances de M. Dupleix-Pallaro (Cf. paragraphe Ier de l'*Histoire féodale de La Devèze*). — En 1692, les héritiers de feu M. Oyal d'Aujalis tenaient « au » *château* un lopin de terre labourable qui confronte du levant, midy, aux murs du » château; couchant aussi, bise (nord) au chemin royal qui va de la ville à l'église » de la Magdeleine contenant la semure de 3 coupets, 2 pugnères 3|4. De plus te-» naient autre champ, aussi labourable, au même *château*, qui confronte du levant, » couchant et septentrion le mur du château, et de midi, à la rue qui va de la ville à » ladite esglise Nostre Dame de la Magdeleine et jardin du sieur Bertrand Barquis-» sau, contenant 2 coupets, 1 pugnère 3|4. — Cf. Arpentement d'Isaac Lacroix.»

Ces terrains sont anjourd'hui le jardin et la basse-cour de la maison d'habitation de M. Dupleix-Pallaro.

Des maisons de particuliers se trouvaient également établies dans l'enceinte du château avec sol en dépendant. Le tènement de ces biens nobles composant « l'enclos de la ville et château de La Debeze » se portait à la contenance de la « semure de trois sacs bled, cinq coupets et demie pugnère (1). »

On sait que M. d'Espaignet, en 1780, obtint de Sa Majesté un brevet qui érigeait en fief noble l'enclos de Tursan dans la paroisse de Saint-André, en La Devèze.

Les possesseurs de ces biens nobles, pour avoir la faculté d'en jouir, devaient payer au Roi une redevance appelée le *franc-fief,* plus les 2 sols pour livre attribués aux officiers des receveurs et contrôleurs du domaine.

Le franc-fief s'acquittait d'ordinaire pour un espace de vingt années de jouissance.

A la requête du fermier des droits de franc-fief, l'état de la somme à payer était signifié par le bayle royal du ressort; et faute d'acquitter cette redevance dans le mois entre les mains du receveur (2), le propriétaire « bien noble tenant » y était contraint par établissement de garnison et autres voies de droit.

Les redevables du franc-fief ne pouvaient d'ailleurs être reçus « à se pourvoir par opposition à l'exécution des con-
» traintes décernées contre eux qu'auparavant ils n'eussent
» consigné ès mains du fermier, ou en celles de ses procu-
» reurs, commis ou préposés, le *quart* de la somme due (3). »

Le franc-fief, sans conférer aux propriétaires bien-tenants aucun titre de *nobilité personnelle,* aucune sorte de justice, ni entrée aux Etats, distinguait cependant leurs possessions des *biens ruraux* dits biens de roture. Il exemptait de la *censive* et autres impositions royales.

(1) Arpentement d'Isaac Lacroix.
(2) Le bureau du receveur général des droits de franc-fief, amortissements, etc., était établi à Auch; celui du receveur particulier à Plaisance.
(3) Edit de mai 1708.

Voici ce que nous lisons à ce sujet dans une pièce des archives de la mairie de Tarbes, sous la date de 1617 :

Articulat du syndic de Bigorre.

Par-devant vous, Messieurs l'évêque de Tarbes et juge-mage de Bigorre, commissaires réformateurs du domaine du Roy, au païs et comté de Bigorre, le syndic général dudit païs baille ses faits contre Jean Divos, écuyer, sieur de la Garde, et sous-fermier des droits extraordinaires, procédant de la réformation audit conseil :

1° Dit et met en fait véritable qu'en tout le pays de Gascogne, du côté d'occident, il y a coutume générale que les acheteurs et vendeurs des *biens nobles* soient exempts de payer *lods et ventes*; 2° dit que le païs et comté de Bigorre est situé sur les extrémités du pays de Gascogne, faisant frontière du midi et d'occident; 3° dit que depuis 10, 20, 30, 40, 50, 100 ans et autres temps si longs qu'il n'est mémoire du contraire, ladite coutume a été observée par tout ledit païs et comté de Bigorre et suivant icelle les seigneurs et comtes de Bigorre, avant l'union du comté à la couronne, et après l'union, les rois de France, leurs trésoriers, fermiers de baylie et autres ayant charge de faire recette des deniers domaniaux et royaux, se sont abstenus de prendre, lever, exiger, demander les *lods et ventes* pour raison desdits *biens nobles*, soit que les acquisitions et ventes en fussent toutes par les personnes nobles ou roturières, ains généralement, lesdits vendeurs et acheteurs ont été francs et quittes desdits *lods et ventes*. Par quoi conclu aux fins qu'il vous plaira en inscrivant sa requête, déclarer les acquéreurs des *biens nobles*, dans ledit païs et comté de Bigorre, francs et quittes desdits loods et ventes, avec dépens esquels il vous plaira condamner ledit sous-fermier et autres pertinemment.

G. MAURAN, syndic de la cause, *signé.*

Les biens nobles de La Devèze étaient mouvants de Sa Majesté à raison du comté d'Armagnac, et leurs propriétaires avaient le devoir de solliciter d'abord, très-humblement, de Sa Majesté des lettres de *Foy et hommage,* de prêter ès mains de la cour de parlement, comptes, aydes et finances de Navarre, le serment de fidélité et de nantir les chartes de Sa Majesté de l'*aveu* et *dénombrement* desdits *biens* et *posses-*

18

sions nobles, des droits utiles et honorifiques en dépendant.

Après vérification et publication du dénombrement, et faute par le vassal d'avoir rempli les formalités, les *biens nobles* du délinquant étaient « féodalement saisis, et mis sous la main du » Roi et de la justice; et il était établi des *séquestres* pour le » régime, gouvernement et perception des fiefs, droits, rentes » et revenus. » Les séquestres étaient tenus « d'en rendre bon » et loyal compte, pour lesdits fiefs, droits, rentes et revenus » être adjugés à qui de droit, à peine d'y être contraints par » toutes voies dues et raisonnables, même par corps. » La saisie et séquestration était ensuite signifiée aux consuls, « avec sommation et exprès commandement de rendre le » tout notoire aux fermiers, habitants, tenanciers et redeva- » bles desdits droits, afin que les séquestres ne trouvent » point d'obstacle dans leurs fonctions; et inhibitions étaient » faites aux fermiers de s'immiscer dans la perception des- » dits droits et revenus, à peine d'en répondre, en leur propre » et privé nom, et d'être contraints par toutes voies et par » corps à la représentation de ces droits et revenus; » en outre, défense était faite aux consuls, et, en leurs personnes, aux habitants, tenanciers, redevables « de ne se dessaisir de » ces droits, fiefs, rentes et revenus, dépendances du *bien* » *saisi* qu'ès mains du séquestre, à peine, contre eux, d'en » répondre en leur propre et privé nom. »

Les séquestres établis étaient obligés de porter les fruits féodalement saisis, un mois après les avoir recueillis, au marché le plus voisin, pour y être vendus avec l'assistance d'un jurat, consul ou autre juge royal, premier requis et non suspect, et huitaine après la vente, ils devaient en rendre compte devant la Cour, et le produit était adjugé à qui il appartenait : « à » quoi faire, ce délai passé, ils seront contraints par corps, » sans qu'il soit besoin d'autre arrêt (1). »

(1) Prononcé à Pau en Parlement, etc., le 5 février 1756. Signé au registre : de Doat, président; collationné par le procureur général du Roy, signé : Tomiu.

Les tenanciers nobles de La Devèze durent n'être pas très-ardents à rendre leurs comptes de vasselage à Sa Majesté.

Par contrainte du 25 mai 1756, et à la requête de Mgr le procureur du Roi, l'arrêt du Parlement fut signifié à Antoine Domerc, Pierre Léberon, George Sénac; leurs Biens furent féodalement saisis, et Annet Lestrade avec Guilhaume Ducousin, établis *séquestres* (1).

Pour éviter les fâcheuses conséquences de la séquestration, on fit sérieuses diligences. Par acte du 7 juin 1756, Antoine Domerc, Paul Annet Lestrade, Jean Labarthère Jeantou, Guilhaume Labarthère, George Sénac, Guilhaume Ducousin, Jean Laffitte Lamarche, et autres nobles tenanciers constituèrent Pierre Léberon pour leur procureur général et spécial, avec pleins pouvoirs, tant pour lui que pour et au nom des autres, de se transporter, dans la ville de Pau, à l'effet et pour raison des *hommages* et *dénombrement* qu'ils doivent rendre au Roi des biens par eux possédés dans la ville de La Devèze.

Le 20 juillet 1756 et 7 septembre 1757, il fut délivré à Pierre Léberon et à ses mandataires des lettres d'hommage conçues dans les termes suivants :

Louis, par la grâce de Dieu, Roy de France et de Navarre, à nos aymés et feaux conseillers généraux tenant notre Cour de Parlement, chambre de comptes, aydes et finances de Navarre à Pau, salut. De la part de Pierre Léberon, Paul Annet Lestrade, George Sénac, Jean Labarthère dit Jeantou, etc. Nous a été représenté qu'ils jouissent et possèdent en propriété certains biens *fonds nobles* situés au lieu de La Devèze, sans aucune sorte de justice ni entrée aux Etats, relevant le tout de nous à hommage, et les exposants, désirant y satisfaire, nous ont très-humblement fait supplier de leur accorder nos lettres à ce nécessaires.

A ces causes, nous vous mandons recevoir les exposants, et nous les recevons par ces présentes à rendre les *foy* et *hommage* et *serment* de *fidélité* qu'ils nous doivent pour raison de ce dessus. Faites-

_____

(1) Mal advint à Guilhaume Ducousin d'avoir été établi *séquestre* du sieur Domerc. Il fut capturé, et dut passer *sept* jours dans la prison de Nogaro.

leur au surplus main-levée de toute saisie, sy aucune a été faite, à la charge par eux de fournir le *dénombrement* et de payer les devoirs. Tel est notre bon plaisir. Donné à Pau, en notre chancellerie, le 20 juillet 1756, de notre règne le 41ᵉ. Par le conseil, signé : LAUSSAT.

Il paraît que les frais de chancellerie pour ces sortes de *devoirs* se portaient à un chiffre assez élevé. Les exposants supplièrent MM. les officiers de la chancellerie de vouloir bien ne taxer les lettres que comme pour un seul et même impétrant, et les recevoir tous à rendre l'*hommage* par un seul et même acte. Ces messieurs ne voulurent accorder aucune *modération* sur les frais des trois saisies féodales. Ils furent plus indulgents pour les frais de l'hommage. Ils se contentèrent de prendre leurs droits, à raison de trois impétrants, au lieu de les faire peser sur tous. L'ensemble des frais qui furent occasionnés tant pour les saisies que pour l'hommage, la publication et la vérification du dénombrement, se porta au chiffre de plus de cinq cents livres, y compris deux livres trois sols pour l'achat de *trois perdreaux et d'une palome* (ramier sauvage), qui furent très-gracieusement reçus à *hommage* par le sieur Castets, greffier de la Cour de Parlement, comptes, aydes et finances de Navarre.

Cette gracieuseté du sieur Castets valut à Pierre Léberon l'honneur de la lettre suivante :

Monsieur, je vous remercie des deux perdreaux que vous m'avez envoyés, j'en aurais eu besoin au moins quatre, quand je reçus les deux. Si vous pouvez me les procurer cette semaine, envoyez-les moi, je vous en ferai passer le montant. Votre très-humble et très-obéissant serviteur. Pau, le 19 septembre 1757. Signé : CASTETS.

Fort bien ! mais dans l'état des frais et avances faits par le sieur Pierre Léberon figurent, pour la somme de deux livres trois sols, à rembourser par les commettants du sieur Léberon, nos susdits *perdreaux* et *tourterelles*.

Le 20 novembre 1757, M. le greffier en Parlement, avec une bienveillance, j'oserais presque dire reconnaissante si je

ne craignais pas de manquer au respect dû à un si haut per-
sonnage, donnait à Pierre Léberon des conseils de sage économie sur la question des frais que devait nécessairement entraîner la délicate mission de procureur fondé des nobles
tenanciers de La Devèze; et il ajoutait, avec un désintéressement et une obéissance aux lois vraiment dignes d'éloges :

Sy malgré la redition des armes qu'on a fait dans votre païs, vous
pouviez me procurer deux paires de perdreaux, j'en aurais toute la
reconnaissance possible. Quand vous sauriez les acheter, veuillez
me les procurer pour le jour de votre arrivée, je vous en rembourserai
le tout. J'aurais la plus belle occasion du monde d'en faire l'employ
que je leur destine pendant le cours de cette semaine; quoiqu'on ait
vendu les armes, on n'a pas vendu les lacets. Signé : CASTETS.

Le 10 septembre 1757, la Cour de Parlement, comptes,
aydes et finances de Navarre, les deux chambres assemblées,
octroyait à Pierre Léberon, Antoine Domerc, Paul Annet Lestrade, Guilhaume Ducousin, Guilhaume Labarthère, Jean Labarthère Jeantou, etc., le *Fait-Hommage* suivant :

Louis, par la grâce de Dieu, Roy de France et de Navarre, seigneur
souverain de Béarn, comte de Foix, d'Armagnac, de Bigorre, de
Marsan, Tursan et Gabardan, des Quatre-Vallées et autres païs dé-
pendans de l'ancien et nouveau domaine de Navarre, salut.
Sçavoir faisons que ce jourd'hui datte des présentes se sont présenté en notre Cour de Parlement, comptes, aydes et finances de
Navarre séant à Pau, Pierre Léberon, etc., tous de La Devèze, par
le ministère de Pierre Léberon, un d'eux fondé de procuration, du
7 juin 1756, retenue à La Devèze, par Dusser, notaire royal, con-
trôlée par Péré, en vertu des lettres de la chancellerie, des 20 juillet
1756 et 7 septembre mois courant, lesquels, pour obéir aux arrêts de
la Cour sur ce rendus nous ont fait et prêté ès-mains de notre dite
Cour, les *foy*, *hommage* et *serment* de *fidélité* qu'ils nous dóivent
pour raison de certains *biens nobles* dont chaqu'un possède une portion d'iceux, mouvant de nous à cause de notre comté d'Armagnacq,
et ce en forme ordinaire et accoutumée, étant tête nue, genoux à
terre, sans chapeau, épée, ceinture, éperons, manteau ni gants,

tenant les mains jointes sur les saints évangiles; et ce fait, lui a été ordonné de bailler son *aveu* et *dénombrement* desdits biens et droits en dépendant, dans quarante jours, et de le faire vérifier, quarante jours après; passé lesquels, et faute de ce faire, le présent hommage demeurera pour non fait et sans qu'il puisse préjudicier aux droits du Roy.

A ces causes, ordonnons, etc.

Fait à Pau, en notre dite Cour de Parlement, etc., le 10 septembre 1757. Par le Roy en sa chambre des comptes de Navarre. DAUGEROT, signé.

Pierre Léberon, tant pour lui qu'au nom des autres tenanciers, fournit le dénombrement (1) selon les formalités requises; ce dénombrement fut publié durant trois dimanches consécutifs(2), à l'issue de la messe paroissiale, et en présence du peuple et des consuls, devant les églises de Saint-André et de la *Magdeleine*, « *où sont situés lesdits biens nobles.* » Le procès-verbal de la publication, après contrôle à Maubourguet (3), fut déposé au greffe de la chambre des finances, pour être remis au trésor des chartes du Roi au château de la ville de Pau.

Avant d'obtenir de la Cour l'arrêt définitif, il fallut faire procéder à la vérification du dénombrement. Le sieur Piulet, agent d'affaires à Pau, et procureur près la Cour des Hommagers de La Devèze, écrivit à Pierre Léberon :

L'arrêt coûtera de l'argent et peut-être plus que vous ne sçauriez croire, indépendamment des frais que j'aurais avancé : car ces sortes d'arrêts se rendent sur le bureau, et ordinairement ils sont chers. En tout cas, le temps nous le dira... Avant que l'arrêt ne soit rendu, il faut avoir le dire de M. de Laborde (Receveur des domaines) d'Auch, après quoy je ferai donner les conclusions de M. le Procureur général (4).

(1) (8 juillet 1758). L'aveu fut présenté le 13 juillet à la Cour, qui en octroya acte de remise aux dénombrants.

(2) 17-24 septembre et 1er octobre 1758.

(3) 1er octobre 1758.

(4) Lettres du 4 janvier et du 23 août 1759.

Le Receveur général s'opposa à la *vérification* et à *l'arrêt définitif*.

Mais les dénombrants fournirent des preuves si péremptoires de la *nobilité* de leurs possessions que M. le Procureur général, nonobstant les dires contradictoires de M. de Laborde, formula les conclusions suivantes qui furent confirmées par la Cour :

Vu les pièces du procès pendant à la Cour des comptes, aydes et finances, séant à Pau, au sujet des *Biens nobles* de La Devèze :

Déclare pour le Roy ledit dénombrement bien et deûment lu et publié, et, procédant à la vérification d'iceluy, sans s'arrêter aux dires du sieur Laborde, receveur général des domaines, déclare maintenir et garder les dénombrants dans la propriété, possession et jouissance de tous et chacun les biens nobles, maisons et bâtiments et droits par eux dénombrés; ainsi qu'eux et leurs autheurs en ont joui et subjoui... à la charge par eux de payer les droits seigneuriaux, sy fait n'a été, et autrement, à peine d'être contraints au payement d'iceux par les voyes ordinaires et accoutumées, à la charge aussi de *Foy* et *Hommage* à chaque mutation de seigneur et de vassal, ou service personnel en temps de guerre et autres occasions où les vassaux pourront être mandés conformément aux règlements militaires, sans préjudice des droits du Roy en autres choses, et d'autruy en tout. Ordonne que les Dénombrants remettront ledit dénombrement et une expédition en forme du présent arrêt au trésor des chartes du Roy, au château de la présente ville, pour être ajoutée à l'inventaire des titres, et y avoir recours quand bon sera, et ce, dans le mois, à peine d'y être contraints suivant les règlements. Condamne les Dénombrants aux dépens du présent arrêt.

Prononcé à Pau, en Parlement, Chambre des comptes, aydes et finances de Navarre, le 24 avril 1769. Collationné : Puyou, *signé*.

BIENS RURAUX OU BIENS DE ROTURE.

De temps immémorial le *Domaine utile* ou la *propriété foncière* appartenait à la communauté de La Devèze, en particulier, sur 498 journaux de terrains connus sous la dénomination de *Bacquans de La Debeze*. Ils sont énoncés à ce titre dans les cadastres de 1650 et de 1670, et distingués des possessions des particuliers. Ce domaine est divisé, dans le cadastre de 1650, en 84 portions désignées et *confrontées* chacune dans un article séparé, qui énonce la nature de la culture de ces terres, et même plusieurs articles font connaître le nom de l'ancien cultivateur. « La ville *tient au grand* » *camp... qui souloit appartenir à Peyrol. Plus tient à* » *Guigne...* » Le cadastre de 1670 indique même la contenance des biens, le nom des pièces, leur confrontation avec l'alivrement.

Par suite des guerres qui désolèrent le pays, de la contagion et d'autres fléaux, ces terres avaient perdu leurs propriétaires, étaient devenues *non-valeurs, bacquans* (vacants). Elles passèrent aux mains de la communauté. Jamais d'ailleurs les comtes d'Armagnac ne lui avaient contesté la propriété et pleine jouissance de ces biens.

En 1646, le comte de Parabère avait obtenu du Conseil du Roi l'aliénation, à titre d'engagement, du domaine et des vacants de La Devèze. Mais la communauté lui fit connaître ses droits; et en 1654, Parabère se désista de ses prétentions.

Jusque-là, la communauté n'avait retiré aucun avantage de sa propriété : ces terres étaient demeurées incultes; mais la paix ramena le goût de l'agriculture, et rendit aux campagnes leurs cultivateurs. On songea à faire usage du privilége accordé par le Roi (1) aux villes qui possédaient de ces sortes de biens d'en disposer, même par aliénation, en faveur de ceux qui voudraient les mettre en culture.

Regardant « comme un crime envers l'Etat de conserver » incultes et inutiles des terres pouvant devenir si produc- » tives, » la communauté en investit, dès 1670, plus de 150 habitants, sous une modique redevance, et à condition

---

(1) Arrêt du Conseil du Roy pour la généralité de Montauban du 26 août 1666. Lettres patentes de Sa Majesté du 2 septembre 1666, 30 décembre 1666, déclaration du 31 octobre 1718, 21 décembre 1721, cf. Recueil de la cour des aydes de Montauban. (Archives communales de la Devèze. — Archives de M. André Lanacastets.)

par les preneurs de les cultiver et de payer, à sa décharge, les tailles et fiefs au Roi (1).

Le sol s'améliora rapidement par les soins laborieux et intelligents de ces nouveaux colons. On vit s'élever de riches moissons sur cette terre qui ne produisait que de la *tuie* (ajonc) et de la bruyère; et la vigne y fut prodigue d'un vin généreux jouissant d'une réputation justement méritée. Mais cette merveilleuse transformation d'un sol naturellement fertile excita bien des convoitises.

L'édit de 1695 ordonnait l'aliénation, à titre d'engagement, de divers domaines de Sa Majesté. Le domaine seigneurial de la Devèze était dans le cas de l'engagement; mais non le domaine *foncier*.

Cependant on publia la vente de ce domaine, avec tous les droits en dépendant, sans distinction entre le domaine seigneurial ou droits domaniaux du Roi, et le domaine foncier.

Le sieur Du Clos, avocat au Parlement de Toulouse, en poursuivit l'adjudication à son profit, sur l'offre principale de 4,000 livres et deux sols pour livre. L'adjudication eut lieu par-devant le sieur de Sanson, intendant de la généralité de Montauban.

La communauté de La Devèze entendit prouver à quel point « elle appréciait l'avantage de demeurer sous la main » du Roy, dans un temps où ce prince signale sa bienfaisance » en cherchant à soulager ses peuples aux dépens de ses » domaines particuliers. » Voulant d'ailleurs éteindre à jamais tout objet de discussion avec les engagistes, elle croisa

(1) Dans l'extrait des registres du Conseil d'Etat, du 12 août 1783, il est fait mention de 49 expéditions d'actes passés au profit de différents particuliers par les consuls de La Devèze, et contenant aliénation de 110 journaux ou environ, de terres et biens en non-valeur situés dans l'étendue du territoire de La Devèze. On peut encore à ce sujet puiser d'utiles renseignements dans les divers actes d'investiture déposés dans les précieuses minutes des notaires Martet, Dusser, Lanacastets, Bière, Dareix, Laurent Leberon, Jean-Baptiste Leberon, minutes actuellement possédées par Me Dupleix-Pallaro, notaire de La Devèze.

les offres du sieur Du Clos par celle de 3,000 livres, et les deux sols pour livre, à la seule condition qu'il plaira à Sa Majesté « ne point aliéner les droits de directe et de justice, sur le » domaine de La Devèze, pour en jouir comme par le passé.»

Le Conseil du Roi ne balança pas à donner la préférence aux offres de la communauté : elles furent agréées « comme » un monument de zèle et d'attachement respectueux envers » son Prince. » La somme des 3,000 livres fut payée au sieur Vannier, chargé par le Roi du recouvrement des sommes provenant de la vente et aliénation des Domaines de la généralité de Montauban.

Par arrêt du 1er mai 1696, Sa Majesté ordonna que « le » domaine de La Devèze et toutes ses dépendances demeu- » rerait entre ses mains pour en jouir, ainsi qu'elle a fait » jusqu'à présent, sans que ledit domaine puisse être ci-après » aliéné pour quelque cause et sous quelque prétexte que ce » soit. » Ainsi fut assuré à la communauté « l'avantage pré- » cieux d'être à perpétuité les hommes et les justiciables de » Sa Majesté. »

Néanmoins, le sieur Du Clos revint à la charge en 1711, sous le nom de Jean-Marie Duclos, son fils, conseiller au Parlement de Toulouse; il provoqua et obtint, par contrat du 7 mai 1711, moyennant 635 livres 6 sols 8 deniers de finance, l'engagement : 1° de la haute justice de Saint-Laurent et de ce qui appartenait au Roi sur la justice moyenne et basse dans cette paroisse; 2° la portion du Roi sur les censives et autres droits seigneuriaux, avec tous les vacants et terres nobles appartenant à Sa Majesté, dans ledit lieu; 3° de la rente des sept livres d'albergue due par la communauté de La Devèze (1).

_____

(1) Cf. registres (nos 3, 5, 28, C. 275 aux Archives départementales du Gers) con- tenant « l'état en détail de la consistance et nature des droits dépendant de Sa » Majesté dans la généralité d'Auch, tant de ceux actuellement affermés à son profit » que de ceux qui sont engagés et aliénés avec le montant des finances, le remis de » l'engagement, les fiefs qui en relèvent, et les noms des propriétaires, le tout divisé

Par là, il espérait obtenir main levée sur *tout le Domaine*. Pour arriver à ses fins, il fit entendre aux commissaires royaux que la paroisse de Saint-Laurent appartenait à une autre juridiction.

Mais les ayants-droit lui opposèrent : 1° l'arrêt du conseil de mai 1696, qui assure à perpétuité l'inaliénabilité du domaine de La Devèze; 2° les titres et monuments qui prouvent que la communauté de La Devèze est un régime composé de cinq paroisses, dont fait partie Saint-Laurent, et qui ne forment qu'un seul et même corps, un seul rôle d'impositions,

» par sénéchaussées et subdivisé par principaux fiefs, rapporté par M. de Laborde, » receveur général des Domaines et bois, sur son compte de l'année 1743, en exécu- » tion de l'édit du mois de décembre 1727. »

D'après cet état, j'ai dit à tort au paragraphe 1er de l'administration municipale de La Devèze que « la ville et communauté possédait : droits de justice haute, basse et » moyenne, droit de baylie, droit de péage, droit de fixation des lods et ventess » droit de censive. »

Ces droits domaniaux étaient possédés par le Roy; je lis dans l'état précité : « Comté d'Armagnac, sénéchaussée de Lectoure, La Devèze. Droits domaniaux possédés par le Roy : ce domaine (de La Devèze) consiste en justice haute, moyenne et basse qui se rend au siège royal étably dans ledit lieu, et aux droits de greffe qui sont en régie..., consiste encore ce domaine en droit de baylie, droit de péage... en la censive de 8 deniers par journal de terre, et aux 14 sols par livre du droit de lods et ventes sur le pied du denier douze, les six sols restants appartenant aux officiers du Domaine selon les édits de avril 1685, décembre 1689, avril 1694 et décembre 1701. » Je lis plus loin : « Terres qui appartiennent au Roy en tout ou en partie : La Devèze : nature des droits : 1° la justice et la directe, à l'exception de celle de la paroisse de Saint-Laurent; 2° la haute justice de la paroisse de Saint-Laurent : 3° une albergue de sept livres due par la communauté de La Devèze (registres nos 3 et 5) : »

1° Par contrat du 13 mai 1739, les droits de greffe furent affermés au sieur Lanusse moyennant la somme de 60 livres par an. 2° Depuis 1758 jusqu'en 1763, ces mêmes droits de greffe, avec la justice haute, moyenne et basse, furent affermés à Pierre N.., moyennant 45 livres. 3° Les droits de baylie, de péage, censive, des lods et ventes furent affermés au sieur Lanusse, par contrat du 20 mai 1739, moyennant 145 livres. 4° Depuis 1758 jusqu'en 1763, les censives dues sur le pied de 8 deniers par journal furent affermées à André-Saturnin d'Espaignet moyennant 80 livres par an. 5° Le droit de baylie, depuis 1758 jusqu'en 1762, fut affermé à Laurent Pascau, moyennant *dix* livres par an, et depuis 1762, ce droit de baylie fut compris dans le bail à ferme du greffe et péage de Castelnau-Rivière-Basse, consenti au sieur Lartigue, avec ceux de Tasque, moyennant le prix de 455 livres. 6° Les 14 sols pour livre des lods et ventes, dans le territoire autre que celui de la paroisse de St-Laurent produisirent en 1758, 369 livres, 7 sols 4 deniers et pendant l'année 1763, 369 livres 7 sols 4 deniers.

Pour tous ces nouveaux et divers renseignements, je dois un nouveau témoignage de gratitude à M. Parfouru, archiviste du département du Gers.

un même cadastre, que la paroisse de Saint-Laurent avait fourni son contingent de la somme payée au Roi en 1696. Tous ces titres et autres, auxquels le sieur Du Clos n'était pas en état de former opposition, l'obligèrent à abandonner cette seconde tentative.

La répression de ces troubles passagers fut suivie d'un calme de près de 50 ans; elle semblait avoir éloigné pour jamais toutes prétentions.

Néanmoins, la communauté se trouva tout à coup exposée à subir la loi d'un nouvel engagiste.

Bernard, marquis de Faudoas (1), sur requête présentée au Roi en son conseil, obtint (2) « contrat de vente et alié-
» nation des domaines de Beaumarchés et de La Devèze,
» leurs circonstances et dépendances, consistant aux droits
» de justice haute, moyenne et basse, lesquelles justices con-
» tinueront à être exercées au nom de Sa Majesté; aux droits
» de baylie, péage, taverne, dixme, censive, lods et ventes,
» échanges et autres droits seigneuriaux utiles et honorifiques,
» pour en jouir par lui, ses hoirs, successeurs ou ayant
» cause, à titre d'engagement, à compter du jour du contrat,
» de même que Sa Majesté en a joui ou seubjoui avec faculté
» de rentrer dans les fonds et droits qui pourraient avoir été
» démembrés ou usurpés sur lesdits domaines, à la charge
» de payer au Domaine de Sa Majesté une rente annuelle et
» perpétuelle de seize cents livres avec le sol pour livre du
» principal sur le pied du denier trente, et en outre d'indem-
» niser, s'il y a lieu, les fermiers actuels desdits domaines
» pour le restant de leurs baux (3). »

M. de Faudoas adressa (8 janvier 1766) à Me Guillaume

---

(1) Chevalier de l'ordre royal et militaire de saint Louis, ancien capitaine au régiment du Bourbonnais, ayde maréchal-des-logis de l'armée, ancien colonel du régiment provincial d'Auch, etc.

(2) 26 juillet 1765.

(3) Signé à Compiègne, au château du Roy, 26 juillet 1765. Trudaine, Domesson, de Courteille, Chauvelin, Moreau de Beaumont, de Monzigny, de Boullongue, de Laverdy, commissaires généraux signés.

de Lafitte-Gardey, avocat en Parlement, et à Me Dominique Lanacastets, notaire royal, échevin, une lettre par laquelle « il » leur mande que le Roy lui a accordé le commandement » d'un pays considérable en la province dans laquelle la « présente ville est comprise, et qu'en cette qualité il requiert » d'eux compte exact de l'exécution des ordonnances de M. » le maréchal de Richelieu, gouverneur de la province. Il leur » mande en outre que Sa Majesté lui a aliéné le domaine de La » Devèze, et qu'il viendra sous peu en prendre possession. »

Cet écrit est communiqué à l'assemblée des notables; on délibère que « les sieurs échevins iront rendre visite au » sieur de Faudoas le vendredi suivant ou plutôt s'ils le peu- » vent et lui faire les compliments en tel cas requis. » Il est encore délibéré que, « lors de l'arrivée du seigneur de Fau- » doas, on ira le prendre à l'entrée du territoire avec tous » les honneurs dus à sa qualité; que même il sera loué un » hôtel pour son logement pendant son séjour à La Devèze; » que pour fournir tant aux frais du voyage des échevins » qu'à ceux de la réception du marquis de Faudoas, de sa » dépense et de celle de sa suite, il sera employé et même, » s'il le faut, imposé la somme de cent livres, au sol la livre » de la taille, sous le bon plaisir de M. l'intendant : du reste, » ladite assemblée promet de rembourser auxdits échevins » toutes les sommes qu'ils emploieront à l'effet ci-dessus. »

Il est cependant observé que les « sieurs échevins ne se » présenteront et ne consentiront à la mise en possession du » seigneur de Faudoas, du domaine de La Devèze, que sur » la *signification* ou *communication* de son contrat, qui » devra leur être faite, sauf les droits du Roy, d'autruy et » de la communauté. »

Le 31 janvier 1766, le marquis de Faudoas prit possession des deux domaines de La Devèze et de Beaumarchés (1).

---

(1) Procès-verbal de prise de possession du 31 janvier 1766 consigné dans un extrait des registres du Conseil d'Etat, du 12 août 1783.

Faudoas, muni de son titre, prétendit que l'engagement comprenaitnon-seulement la seigneurie directe, la justice haute, moyenne et basse, et tous les droits soit utiles, soit honorifiques, résultant de la directe seigneuriale et de la justice, seuls objets anciennement appartenant aux comtes d'Armagnac, et transmis aux rois de Franc par l'effet de la réunion; mais qu'il comprenait également la propriété *foncière* des biens connus sous le nom de *Domaine de la ville ou Bacquans de La Devèze.*

Enivré des prérogatives qu'il lui plaisait d'attribuer à la qualité d'engagiste, se persuadant d'ailleurs qu'un engagiste doit jouir de tous les droits régaliens, Faudoas ne mit plus de bornes à son ambition. Il notifia aux propriétaires l'alternative, ou de reconnaître, à son profit, les redevances et rentes *foncières,* ou de *déguerpir* leurs possessions et même leurs maisons. Et pour mieux réussir dans ses combinaisons, il prit le parti, non d'attaquer les détenteurs de ces biens en corps de communauté, mais de les harceler séparément.

La communauté s'opposa avec énergie, comme du reste c'était son droit (1), aux prétentions du marquis de Faudoas.

Il nous a fallu de la patience pour renouer tous les fils de cette tracassière procédure, qui a duré du 31 janvier 1766 au 15 février 1827.

Elle fut poursuivie avec une obstination égale dans les deux camps. Les deux partis se retirèrent par devant le sénéchal de Lectoure, le bureau des finances d'Auch, l'intendant de la généralité, le parlement et chambre des comptes de Pau, par devant Sa Majesté elle-même, en son conseil.

Nous voulons faire grâce au lecteur de tous ces incidents

(1) Indépendamment des déclarations royales de 1666 et autres édits cités plus haut, il résulte d'un compte, rendu le 25 novembre 1563 à la reine de Navarre, du domaine de La Devèze, que la Reine ne possédait aucun bien fonds dans ce domaine : d'où la conséquence que, lorsque la couronne de Navarre fut jointe à celle de France (1589), le domaine de l'Etat n'acquit aucun bien fonds dans la terre de La Devèze. — Note extraite de l'arrêt de la cour d'appel d'Agen, du 15 février 1827, en faveur des habitants de La Devèze, contre le sieur Jean-Baptiste Cassius.

d'un intérêt purement local, et qui seraient d'une lecture fort peu attrayante.

Il doit nous suffire de faire observer que, par contrat du 12 juin 1766, M. de Faudoas « céda à M. Jean de Cassius,
» garde des sceaux de la chancellerie du parlement de Bor-
» deaux, et à la dame de La Ville, son épouse, la totalité du
» domaine de La Devèze avec toutes ses appartenances, et la
» dime seulement des terrains dits *Bacquans*, et autres droits.
» Il fut convenu que le vendeur et les acheteurs agiraient de
» concert et à frais communs pour parvenir à faire rentrer
» dans leurs mains les fonds (1) sur lesquels ils prétendaient
» droit; qu'ils partageraient le revenu par moitié; que ces
» biens resteraient dans l'indivision entre eux et leurs héri-
» tiers, et que le marquis de Faudoas prêterait son nom dans
» les poursuites à diriger. »

Après la Révolution française et le retour des émigrés, M. Jean-Baptiste de Cassius, agissant en qualité d'héritier de feu Jean de Cassius et de feue dame La Ville, ses père et mère, cessionnaires du sieur marquis de Faudoas, appela de. nouveau le procès des *Bacquans* de La Devèze devant le tribunal de Mirande (2).

Mais le tribunal (3), par jugement du 24 juin 1824, déclara Cassius « non recevable et mal fondé dans sa de-
» mande. »

M. de Cassius interjeta appel de ce jugement en la cour royale d'Agen.

Ce fut peine et argent perdus. La cour confirma le jugement de Mirande; ordonna qu'il sortît tout son effet; débouta le sieur Cassius de son appel et de ses prétentions (4).

(1) Lesdits *Bacquans* de La Devèze.
(2) Exploits des 25, 27, 29 octobre 1817.
(3) En audience publiquement tenue par MM. Abeilhé, président; Cénac, juge, te Cassaignard, avoué loco du 3e juge malade. Présents : M. Liesta, substitut de M. le procureur du Roi... M. Lacoste, greffier. — Le jugement fut enregistré à Mirande le 26 février 1825. Folio 143, c. 3... Burot, signé.
(4) Arrêt de la cour d'appel d'Agen du 15 février 1827. — Enregistré le 3 mars 1827, folio 95, case 7 (Archives de M. Darré-Liberos, de Labatut-Rivière).

BIENS PATRIMONIAUX PROPREMENT DITS (1).

L'administration municipale de 1765 n'eut rien plus à cœur que d'incriminer les anciens consuls, en les taxant de négligence intéressée dans la conduite et le gouvernement des affaires, notamment au sujet de la fixation du ban des vendanges, des droits de mesurage, de taverne et de boucherie.

Sous prétexte de subvenir à l'acquit des « charges, rentes et dettes annuelles » de la communauté (2), elle fit preuve d'un zèle des plus ardents pour le rétablissement de certains de ces privilèges. Il fut délibéré que les états des dettes et dépenses seraient adressés à M. le contrôleur général avec « pièces et mémoires que les échevins trouveront à propos » pour obtenir l'autorisation de faire revivre ces droits et de les « bailler en afferme annuelle (3). »

Nous sommes loin d'approuver le blâme que MM. les échevins, conseillers de ville, etc., infligèrent sans réserve à l'administration d'avant 1765. Est-ce donc un si grand malheur public que la suppression... des tavernes en particulier ? D'ailleurs, les anciens consuls furent-ils aussi coupables que MM. les municipaux de 1765 aimèrent à le proclamer ?

Nous avons sous les yeux (et MM. les municipaux de 1765 avouent eux-mêmes qu'ils ont en main) grand nombre d'actes

(1) La ville et juridiction de La Devèze, depuis des siècles, était en possession de droits et privilèges dont il a été donné déjà une énumération qu'il m'a fallu, en partie, modifier sur des renseignements plus précis que je dois à une communication bienveillante et amicale. — Cf. *Revue de Gascogne*, livraisons de janvier 1877 et novembre 1878.

(2) Par délibération du 11 janvier 1766, il fut décidé que le revenu de l'*afferme* des tavernes et boucherie, droits *de mesurage*, etc., serait affecté au payement: 1º de la rente de 68 livres 15 sols, que la communauté fait, annuellement, de temps immémorial, au Grangier de Vic-Fezensac; 2º de la dépense annuelle des *dix* (en certaines années *vingt*) livres, pour les cierges, d'une procession qui se faisait tous les ans, le 19 mars, le jour de la fête de saint Joseph, en actions de grâces de la délivrance de la ville, à pareil jour (sic); 3º pour toutes autres dépenses annuelles.

Nous reviendrons, dans notre Histoire Religieuse, sur la rente du Grangier de Vic-Fezensac et sur la procession de saint Joseph.

(3) Délibération du 11 juillet 1766.

de bail de ces sortes de droits et priviléges qui remontent à plus de 150 ans; et si des actes de baux d'une « possession continue et plus reculée n'existent plus, cela tient surtout à l'injure du temps et à ce que les originaux se sont perdus chez les détenteurs des registres des anciens notaires, par leur peu de soin à les conserver dans les petits lieux de province, et notamment dans les campagnes (1). »

1° *Fixation du ban des vendanges*. — On conviendra aisément que, dans nos pays vinicoles surtout, il y avait, pour tous, sauf pour les maraudeurs, avantage réel à n'autoriser la vendange qu'au moment de la complète maturité du raisin. Si, de longue date, le vin de nos contrées jouit d'une réputation si bien acquise, ne le devons-nous pas, en partie du moins, aux sages mesures de l'administration?

Jusqu'à ce jour, nous avons eu maintes fois le regret de ne pouvoir louer tous les faits de MM. d'Espaignet. Aujourd'hui, nous sommes heureux d'avoir l'occasion de rendre hommage à la sollicitude de M. de Tursan. Il sollicita et obtint (2) de Nosseigneurs du parlement de Toulouse un arrêt en vertu duquel « il devra être nommé un ou deux prud'hommes par paroisse, avec mission de vérifier les vignobles et présenter un rapport à l'assemblée des notables, qui jugera de l'opportunité du jour où il pourra être procédé à la cueillette du raisin. Dans le cas de non observation du ban des vendanges, le délinquant était puni d'une amende, et la vendange confisquée (3). »

2° *Droit de mesurage*. — En 1766, l'Intendant autorisa la reprise du bail à ferme du *droit de mesurage*. Les échevins, et autres municipaux, ne manquèrent pas de signaler, à la charge de l'administration consulaire d'avant 1765, de nombreux et graves abus.

Entre autres imputations, ils prétendirent que les mar-

(1) Délib. du 11 janvier 1766.
(2) 9 août 1747.
(3) Délib. du 25 septembre 1785.

20

chands et mesureurs ne faisaient usage que de mesures cour-
tes, de connivence avec les vendeurs. En conséquence, « tout
cabaretier et mesureur devra n'employer qu'une mesure
marquée et *étalonnée :* deux étalons, l'un pour les denrées
sèches, l'autre pour les liquides, resteront à demeure, dans
l'hôtel de ville, et tout contrevenant sera passible d'une
amende de 50 livres (1). »

Ajoutons que le bail de cette sorte de droit était consenti,
selon les formes usitées dans les villes voisines, au plus offrant
et dernier enchérisseur. Le fermier avait le privilège de percevoir *dix sols* par barrique de vin mesuré et *six deniers* par
chaque mesure de chaque denrée.

3° *Tavernes et boucheries.* — Par acte de reconnaissance
du 27 mai 1667, la communauté de La Devèze fut gratifiée
du *droit de taverne et de boucherie;* pour ce privilège, elle
s'obligea à payer au Roi, annuellement, *trois* livres d'albergue (2).

Depuis mai 1667 jusqu'au 5 avril 1767, il n'y eut, dans la
communauté qu'*une boucherie;* mais il y avait *quatre* tavernes (3).

Or, la municipalité de 1765 trouva qu'il était trop incom-
mode pour les habitants des *cinq* paroisses de s'approvision-
ner de viande à l'*unique* boucherie de la *ville.* Pour remédier
à ce prétendu inconvénient, elle décida que « ladite boucherie
serait divisée en trois parts : que le fermier serait *tenu* d'é-
gorger à la *Magdeleine,* à *Saint-Laurent* et à *Saint-Pierre;*
qu'il *pourrait* cependant égorger à *Saint-André* et à *Castels.* » Pour le même motif, il fut délibéré « qu'il y au-

(1) Délib. des 11 janvier, 15 février 1766. Sous l'administration consulaire d'avant
1765, on remettait au fermier *trois* mesures de cuivre pour les denrées sèches et
liquides, avec défense de se servir de mesures autres que celles de la *ville.* — Cf.
Délib. du 11 janvier 1766.

(2) Délib. des 15 mai et 2 juillet 1690.

(3) La boucherie était fixée à la *ville.* Les *quatre* tavernes avaient leurs sièges :
à la *ville,* à *Saint-André,* à *Saint-Laurent* et à *Castets.*

rait *une taverne* et *débit de vin* dans chacune des *cinq* paroisses (1).

Toutes ces tavernes et boucheries étaient délivrées à un fermier par taverne et boucherie, ou à un seul fermier pour les *cinq* tavernes et les *trois* boucheries, sous forme d'adjudication annuelle, au plus disant et dernier enchérisseur, sous bonne et suffisante caution; ou bien encore, la communauté prélevait une somme fixe sur chaque tête égorgée et sur chaque barrique de vin débitée à pot et pinte. L'adjudicataire de la boucherie prenait l'engagement de fournir « bonne et saine viande » suivant une taxe établie par les échevins (2) et d'en faire le débit le samedi et autres jours, à la ville, à Saint-Laurent, et à Saint-Pierre ou Castets.

Le juge de police avait pleins pouvoirs de visiter la viande à consommer, et de confisquer celle qui n'avait pas toutes les conditions désirables de salubrité. En outre, un édit royal de février 1704 créa des *Inspecteurs aux boucheries;* une ordonnance de l'intendant exigea des consuls en charge qu'ils prélevassent, pour le traitement de ces fonctionnaires, 40 sols par bœuf ou vache; 12 sols par veau ou génisse; 1 sol par mouton, *consommés* (5), et qu'ils en rendissent un compte exact, à peine d'en répondre de leurs propres deniers.

A aucune époque, les revenus annuels des boucheries et tavernes ne dépassèrent 150 livres (4).

(1) Délib. des 13 mai 1766, 5 avril 1767 et 28 septembre 1777.

(2) Taxe aux diverses époques. — 1767-1768 : veau, 10 sols la livre; mouton, 9 sols la livre; bœuf, 6 sol. la livre; bonne vache, 5 sols la livre; vache ordinaire, 4 sols la livre.

1769 : veau, 11 sols la livre; mouton, 10 sols; bœuf, 7 sols; bonne vache, 6 sols; vache ordinaire, 5 sols.

1772 : bœuf, depuis Pâques jusqu'à la saint Michel, 9 sols la livre; depuis la saint Michel jusqu'à Noël, 8 sols, et depuis Noël jusqu'au Carnaval, 9 sols; vache, 6 sols, pendant tout le temps; gros veau, 10 sols; veau fin, 12 sols; mouton, 10 sols.

1785 : veau fin, 12 sols la livre; mouton, dans la saison, 11 sols la livre; bon bœuf, 8 sols; bonne vache, 7 sols.

(3) Depuis le 1er avril jusqu'au 8 octobre 1704, il fut consommé un *bœuf, quatre* veaux ou génisses et *quinze* moutons (Délib. du 10 octobre 1704). — On est plus exigeant de nos jours.

(4) Encore ce chiffre approximatif de 150 livres ne fut-il atteint que rarement. On

Il y eut des années où l'adjudication devint impossible, notamment en 1775 et 1776, par suite de la terrible épizootie qui, durant les derniers mois de 1775, désola la contrée. — Pour prévenir les désastres de l'épidémie, la communauté, par les ordres du comte de Fumel, commandant des troupes du roi dans la province, se fit un devoir d'établir une *ceinture de préservation* (cordon sanitaire) contre le fléau. Il fut créé une *garde bourgeoise*, à relever de planton, toutes les 24 heures, d'un nombre d'habitants en rapport avec l'importance de la juridiction, et commandés de telle façon que chaque homme pût avoir une semaine entière de repos. — On régla qu'il y aurait en permanence au centre, c'est-à-dire « à la *ville,* » qui se trouve au milieu de la communauté, » un corps de garde d'au moins trois ou quatre hommes pour, au besoin, prêter main forte aux sentinelles, ayant pour consigne de garder les issues principales, et dont le chiffre ne devra être jamais au-dessous de *six* hommes. — Quatre abris provisoires furent construits pour ces postes *avancés :* un au bas de la paroisse de Saint-Pierre, d'où l'on observait les avenues d'Armentieu et Soubagnac; un 2e près du puits du Pécos; un 3e au parsan des Abonas, et le 4e près du puits de Piquoulet.

Les surveillants remplirent leur mandat avec un soin scrupuleux. Le marquis de Faudoas, commandant de la province, ayant requis la communauté d'avoir à loger sept cavaliers, sous les ordres d'un maréchal-des-logis, celui-ci, redoutant la propagation du fléau, supplia l'intendant et M. de Faudoas de ne point exiger l'installation de la troupe dans l'intérieur du territoire, mais sur les frontières et dans les environs du château de Saint-Laurent, où la maladie s'était d'abord manifestée et causait le plus de ravages. L'intendant et M. de Faudoas prirent en considération ce vœu bien légitime des

le réalisa seulement lorsque les concurrents adoptèrent le système de la surenchère par *double, tierce et quarte,* c'est-à-dire qu'ils offraient le *double,* le *tiers* ou le *quart* de plus que le plus offrant et dernier enchérisseur (Délib. du 10 décembre 1780, 11 novembre 1781, 27 octobre 1782.)

habitants jusqu'à la cessation de l'épidémie (2 janvier 1776).

A cette date, la communauté fit d'instantes démarches pour que les fonctions de la garde bourgeoise fussent désormais confiées aux douze soldats du régiment de Foix en garnison à la Devèze. « Le maintien de la garde bourgeoise ne saurait
» désormais qu'être préjudiciable aux intérêts des particuliers;
» les douze soldats pourraient parfaitement occuper trois
» postes : leur moralité ne pourrait qu'y trouver bon compte,
» le devoir les occuperait et les obligerait à vivre en meilleure
» discipline (1). »

La ferme des tavernes et boucheries fut reprise avec ardeur les années suivantes. Mais les résultats de l'adjudication ne répondirent pas au zèle des administrateurs communaux. Des affiches furent bien apposées par les ordres du maire dans les villes voisines et jusque sur les portes des églises; mais criées et publications, représentations et réquisitions furent vaines, et l'administration dut se résigner à « laisser à toute
» personne la liberté d'égorger, vendre et détailler, dans toute
» l'étendue de la juridiction, toutes sortes de viandes de
» boucherie, de vendre et détailler du vin, à la charge d'une·
» taxe à payer entre les mains de collecteurs spécialement
» désignés et chargés de la perception de ces droits (2). »

En 1785, un particulier voulut essayer d'une concurrence ou *fausse boucherie*, qui débiterait la viande à 5 sols la livre. Mais la communauté rejeta l'offre avec résolution, comme contraire aux anciennes traditions, « vu d'ailleurs qu'il ne s'est
» jamais fait ni ne se fait actuellement une consommation de
» viande suffisante dans la communauté pour justifier une
» innovation de ce genre (3). »

(1) Délib. du 28 avril 1776.
(2) Taxe établie: — 1782. Pour chaque bœuf égorgé, 15 sols; pour chaque vache, 10 sols; pour chaque veau, 6 sols; pour chaque mouton, 15 sols; pour chaque agneau ou chevreau, 1 sol. — 1786. Pour chaque bœuf égorgé, 12 sols; vache, 8 sols; veau, 6 sols; mouton, 4 sols; chevreau ou agneau, 3 sols; et pour le débit de chaque barrique de vin, 30 sols. (Délib. des 27 octobre 1782, 5 novembre 1786.)
(3) Pour tout ce qui précède, consulter Délibérations municipales de la Devèze depuis le 15 mai 1690 jusqu'au 5 novembre 1786, etc.

Pour faire suite à l'histoire municipale et civile de la Devèze, j'ai dû mentionner tous les privilèges et droits de taverne, boucherie, etc.

Depuis 1789, époque où je crois devoir arrêter mon étude sur les cabarets, les tavernes en France, sous des dénominations diverses, se sont multipliées vraiment outre mesure. Il y a peu d'années, un homme d'une intelligence supérieure, quoique vouée à l'erreur philosophique et religieuse, nous dépeignait, en termes indignés, ce qu'est le cabaret, « où se » boivent si souvent et le pain des enfants et les larmes de la » mère (1). »

Pour ne parler que de nos pays vinicoles du Gers, l'ivresse y est-elle, en tous lieux, aussi « inconnue, » aussi « rare » qu'on arrive à se le persuader? D'ailleurs, cette « myriade (2) de parlottes (*sic*) » ne constitue-t-elle pas un véritable péril social, en ce qu'elle facilite non-seulement l'infraction aux devoirs de la religion et de la famille, mais encore la violation flagrante et scandaleuse de l'ordre public?

PÉRIODE RÉVOLUTIONNAIRE.

Deux faits principaux caractérisent cette période : 1° la question du partage des biens communaux; 2° les réquisitions.

I

Lors du projet de division de La Devèze en deux municipalités, projet qui est devenu le fait accompli, Tursan d'Espaignet, pour mieux réussir dans ses desseins, avait promis à chacun de ses partisans du menu peuple un arpent de terre à prendre sur les biens communaux. D'ordinaire, ces bonnes

(1) Cf. *Univers* du 21 décembre 1877.
(2) Le nombre des cabarets, cafés, débits de boisson existant en France, atteignait, en 1877 le, chiffre « effroyable » de 313,529 (*Appel au peuple* du 28 juin 1877.)

gens ne s'en tiennent pas aux belles promesses. L'un des principaux reçut délégation de provoquer une assemblée générale de la municipalité de La Devèze-Ville, aux fins de requérir que « lesdits communaux soient partagés en portions » égales, entre tous les habitants, ménage par ménage. » M. Tursan, pour la première fois depuis des années, assistait à la séance. Il fut répondu par les assemblés que les propriétaires de ces biens en étaient les légitimes détenteurs; qu'un arrêt du conseil les maintenait en leurs possessions; qu'au demeurant, il fallait faire appel aux moyens légaux, mais non à la force. — D'Espaignet répondit que les anciennes ordonnances n'étaient point observées quant au possessoire; qu'un titre tel que l'arrêt du conseil était chose faite sous la cheminée; qu'il ne devait servir aujourd'hui qu'à s'en ...... La réponse, très peu parlementaire, surtout de la part d'un magistrat de cour souveraine, révolta l'assistance honnête. Il s'éleva dans l'assemblée une violente rumeur. D'énergiques protestations ne furent pas ménagées. « Chacun voulait s'armer pour repousser la force par la force. » On craignit un instant de regrettables voies de fait. Malgré les réclamations hautaines et obstinées de d'Espaignet, son avis ne prévalut pas. Il fut décidé que la question serait jugée, dans le délai de quinzaine, par quatre jurisconsultes pris dans la ville d'Auch. Quatre commissaires furent désignés avec pleins pouvoirs et délégation de rechercher tous les titres et actes quelconques relatifs auxdits biens pour, sur le tout, être dressés deux mémoires : dans l'un seraient rapportés tous les titres et raisons pouvant favoriser les prétentions au partage; le second exposerait les considérants favorables à la légitimité de la possession. Dans le cas où les quatre jurisconsultes ne seraient pas d'un avis uniforme, ils en choisiraient eux-mêmes un cinquième qui se prononcerait en dernier ressort et sans appel. Les commissaires désignés furent: sieurs Jean-Dominique Lanacastets, maire, André Dareix, notaire royal, Jean Lestrade, maître en chirurgie, et M. d'Espaignet lui-même. Ce dernier n'eut pas grand souci de porter l'affaire à la barre des jurisconsultes auscitains. « Serait-il condamné, » il exige à tout prix le partage (1). »

Nos municipaux ne se feront pas scrupule de danser la farandole autour des feux de joie et des bûchers en chantant la *Marseillaise;* ils applaudiront aux actes sauvages de la Terreur, à l'exécution de Tursan d'Espaignet, mort sur l'échafaud pour s'être apitoyé sur le sort du *tyran;* ils commettront, dans nos églises, des profanations à faire frémir les moins délicats. Mais s'agit-il de partager les biens qu'ils possèdent, ils n'y veulent entendre à aucun prix.

Le décret du 10 juin 1793 (section 2ᵉ, art. 1ᵉʳ) déclare que « tous les biens communaux, dans toute la République, sous quelques noms divers ou dénominations qu'ils soient connus, appartiennent, de leur nature, à la généralité des habitants, membres de communes ou de sections de communes dans le territoire desquelles ces commu aux sont situés; qu'à ce titre, les communes ou sections de communes sont fondées et autorisées à les revendiquer.» Cette doctrine nouvelle jeta le désarroi dans le camp de nos zélés patriotes. Car ils étaient pour la plupart propriétaires des terrains connus sous le nom de *vacans* de La Devèze. Incontinent, ils s'autorisent des articles 7, 9, 10 du décret de juin. D'après l'art. 7, les détenteurs de terrains desséchés et défrichés aux termes et en exécution de l'édit et de la déclaration du 14 juin 1764 et du 15 avril 1766, sont maintenus en leurs possessions. Même privilège est accordé aux possesseurs des biens partagés en vertu de la loi du 24 avril 1791. En outre, l'esprit de la loi n'étant pas de troubler les possessions particulières et paisibles, mais seulement les abus de la puissance féodale (*sic*) et les usurpateurs, sont exemptés de la *réintégrande* (par l'art. 9), toutes ventes, collations, partages et autres conces-

(1) Délib. des 12 décembre 1789; 1ᵉʳ mars 1790; 20 juillet 1790.

sions, *depuis et au-dela* de quarante ans jusqu'à l'époque du
4 août 1789, en faveur des possesseurs actuels ou de
leurs auteurs, réserve toutefois faite contre les acquéreurs
volontaires, ou donataires, héritiers ou légataires de fief à titre
universel. L'art. 10 du décret porte qu'à l'égard de ceux qui
depuis moins de quarante ans jusqu'au 4 août 1789 possèdent
lesdits biens, il sera fait cette distinction : ou bien les possesseurs ont un titre légitime et de bonne foi et, en outre, ils ont
défriché par eux-mêmes ou par leurs auteurs les terrains actuellement en valeur; ou bien ces possesseurs n'ont pas de
titres ou n'ont qu'un titre irrégulier, ou ils n'ont défriché les
terrains possédés que par des mains étrangères, ou ils ont mis
en valeur ces terres sans défrichement. Dans le premier cas,
les propriétaires ne seront tenus qu'à payer à la commune les
redevances auxquelles ils s'étaient soumis envers les seigneurs
ou autres, à moins qu'ils ne se soient entièrement libérés de
ces redevances par quittance publique. Dans la seconde hypothèse, ces détenteurs doivent être dépossédés, sauf la préférence qui leur sera accordée s'ils sont du nombre des co-
partageants, et à la condition de payer à la commune le surplus de la valeur de leurs terres dûment estimé, sauf cependant leur garantie envers les vendeurs, s'il y échoit.

La commune de La Devèze s'attacha à démontrer que tous
les vacans de la *ville*, en la possession de divers particuliers,
à part deux journaux au parsan de Mourlotte, étaient défrichés et mis en valeur, aux termes et en exécution de l'édit
de juin 1764 et de la déclaration d'avril 1766, en vertu de
concessions régulières faites par les anciens consuls, en
suite de délibérations *du général des habitants* (*sic*); qu'en
conséquence, ces terrains devaient être compris dans l'exception légale. On s'en tint cependant à l'exécution du décret
envers ceux qui n'auraient pas payé le montant des biens à
eux concédés ou qui seraient possesseurs depuis moins de
40 ans avant le 4 août 1789, et qui ne pourraient pas justi-

fier de leurs titres, ou se trouveraient dans le cas d'un défrichement par mains étrangères, ou de mise en valeur des terres sans défrichement. Les citoyens Laurent Léberon, maire, Alexandre Domerc et Jean-Dominique Lanacastets furent nommés commissaires pour la vérification des titres de propriété (1).

Il paraît que les suspects de possession irrégulière ne furent pas très ardents à déposer leurs titres ès-mains des commissaires. Aucun titre ne fut remis : force fut aux citoyens vérificateurs de prendre leurs informations sur le livre des *Mouvances*. Ils en communiquèrent le relevé à la Société populaire du lieu. Certains membres ayant fait observer que la loi avait besoin d'explication, les difficultés furent directement soumises à la Convention tenant séance à Paris.

Sur ces entrefaites, et tandis que l'on attendait le délibéré conventionnel, les paroisses séparatistes de Saint-André et de Saint-Laurent, ne voulant pas renoncer au gâteau à partager, simulèrent une réconciliation avec la mère-patrie, la municipalité de la *ville*.

Une assemblée. générale des habitants de La Devèze fut convoquée dans le temple de la Raison, « la ci-devant église de la Madeleine. » Il fut délibéré, à la majorité des voix :

« 1° Que les communaux seront partagés entre tous les
» habitants, sauf qu'on pourra jouir en commun des com-
» munaux en friche du parsan de Mourlotte; — que la mar-
» nière au Turon du Hillet sera également jouie en commun,
» ainsi que toutes les autres marnières ou carrières qui se
» trouveraient sur les communaux, objets du partage; —
» qu'autour de chacune de ces carrières et marnières, on
» devra laisser deux mesures de terre impartageables; —
» 2° attendu que, dans le nombre des votants, il peut s'en
» trouver plusieurs qui sont possesseurs desdits commu-
» naux, il ne pourra leur être opposé aucun acquiescement

(1) Délib. du 1er septembre 1793.

» pour avoir voté et délibéré le partage : toutes leurs excep-
» tions sont réservées pour le jour où ils voudront se faire
» maintenir dans leurs possessions; — 5° Joseph Bacqué
» Trailhoure, Jean-Baptiste Dareix, chirurgien, et Dominique
» Meilhan fils, sont nommés, à la pluralité des voix, com-
» missaires aux fins de découvrir les communaux, d'en
» poursuivre le délaissement, en traduire les possesseurs
» devant le juge de paix, pour nomination d'arbitres, s'il y
» a lieu, le tout en conformité de la loi (1). »

Et cependant, ces trop zélés observateurs de la loi de
messidor (2) avaient fait placarder, en caractères de couleur
coquelicot, sur trois points des limites communales, cette
solennelle inscription : « Citoyens, respectez les propriétés
» et les productions d'autrui, elles sont le fruit de son travail
» et de son industrie (5). »

Nonobstant les réserves formelles de l'assemblée du 20
fructidor an II, le communal du parsan de Mourlotte, une
marnière et 80 ares d'un communal situés à la Couelongue,
d'autres parcelles et chemins furent usurpés par divers particuliers du lieu et des municipalités voisines. Le 10 mai 1810,
M. Léberon, maire, s'étant fait un devoir d'exposer ces faits
à son conseil, reçut délégation avec pleins pouvoirs de
poursuivre par toutes les voies légales les usurpateurs de
ces biens, en délaissement et en restitution des fruits qu'ils
ont dû produire depuis le jour de l'usurpation (4).

II

Dès le premier jour de l'année 1789, la commission intermédiaire de l'assemblée provinciale de l'élection d'Armagnac
donna ordre à la municipalité de La Devèze d'adresser à

(1) Délib. du 20 fructidor an II.
(2) Loi du 20 messidor an III.
(3) Délib. du 13 fructidor an III. Délib. du 20 fructidor an II.
(4) Délib. du Conseil municipal de La Devèze-Ville, 10 mai 1810.

l'élection un état exact de la quantité de blé et autres grains de toute espèce qui pourraient se trouver dans les magasins des marchands, et d'indiquer si cette quantité pourra suffire à la nourriture des habitants de la communauté jusqu'à la récolte prochaine; dans le cas d'insuffisance, combien de grains faudrait-il pour combler le déficit? « L'information n'a » pour but que de pourvoir aux besoins pressants de la » nourriture des habitants du département en général et des » habitants de la communauté en particulier (1). »

Le beau zèle! l'admirable largesse, surtout quand on considère que Messieurs de l'élection, « en offrant des subsis- » tances à tous les citoyens, » n'ont pour but que d'établir, en France, l'âge d'or « sans » néanmoins « entendre faire aucun » don » pour réaliser cet idéal. Les municipaux de La Devèze y virent-ils clair?

Dans l'assemblée générale du 15 janvier 1789, le syndic de la communauté ayant fait observer « qu'il est du plus » grand intérêt de fournir l'état demandé avec la dernière » exactitude, » la matière fut mise en délibération, et les assemblés arrêtèrent « que la communauté manquera indu- bitablement de grains pour la subsistance des habitants sans pouvoir en préciser la quantité; qu'avant de prendre du grain qui a été proposé par l'élection à M. le syndic, elle veut en connaître l'espèce, en examiner la qualité, en savoir le prix, la mesure dont on devra se servir lors de la vente, le crédit qui sera accordé pour le payement... » Alors elle fixera, aussi exactement que possible, la quantité qui lui sera nécessaire, d'après un état que M. le syndic sera prié de dresser, après informations prises auprès de ceux qui auront du superflu et de ceux qui seront en déficit. Ceux-ci feront leurs sou- missions; ils s'obligeront personnellement quant au prix du grain; mais la communauté n'entend nullement se faire cau- tion pour eux.

(1) Lettre de M. le comte de Comminges, 1er janvier 1789. Délib. municipale du 15 janvier 1789.

Les choses en restèrent là jusqu'au 7 août 1791, jour où l'assemblée municipale crut devoir se réunir en conseil général pour « aviser aux moyens de subsister. » Car, par suite de pluies continuelles, du débordement de l'Arros, de Larté, du Baniou, la récolte du froment avait été presque totalement compromise. C'était à grand'peine qu'on avait pu recueillir assez de grain pour les semences prochaines; d'autre part, la grande sécheresse avait détruit le *milloc* (maïs) et tous autres menus grains, d'où il résulte que « les habitants de la » juridiction sont en danger de périr par la famine... Vous » êtes donc suppliés, Messieurs les élus, de procurer au moins » deux mille sacs de froment (*sic*), et encore cette quantité » suffira-t-elle? En outre, supplions Messieurs du département » de faire sur les contributions tant foncières que mobilières, » des remises proportionnées aux pertes subies et à la masse » des contributions (1). »

Le 24 décembre 1791, le conseil du département prit un arrêté nouveau offrant des « secours en prêt de grains, » à la condition que le tiers du grain fourni sera payé comptant et les deux tiers seront payables, sur soumissions et sous cautions solidaires des particuliers qui bénéficieront de l'offre, dans le courant du mois de septembre suivant.

Le conseil de la commune répondit au procès-verbal du directoire du département par la demande de 226 sacs, 2 mesures de blé froment, mesure de la ville d'Auch, sur l'offre, par les particuliers, de payer le tiers huitaine après livraison, et les deux tiers au mois d'octobre suivant, avec intérêts à 5 p. 0|0, mais sans retenue du montant desdits deux tiers (2).

Sur les 226 sacs, le département n'expédia que *vingt-deux* sacs au district pour la communauté de La Devèze, au mois de mars. A la vérité, l'envoi était accompagné d'un

(1) Délib. du 7 août 1791.
(2) Délib. du 5 février 1792.

mandat de *cent* sacs à prendre à Condom; le tout mesure d'Auch. Mais il n'y eut qu'une « partie de ce grain qui arriva. »

La communauté s'empressa d'adresser de respectueuses observations au directoire du département, par la voie du district. « La quantité fournie n'est point suffisante à beau-
» coup près pour la nourriture, jusqu'à la récolte prochaine,
» des habitants qui sont le plus dans la nécessité. Aussi con-
» vient-il de prendre encore cent sacs de blé aux conditions
» énoncées dans l'arrêté du directoire départemental (1), vu
» surtout que le directoire du district offre de livrer celui dont
» on pourra avoir besoin (2). »

L'accueil fait à la supplique du conseil communal ne fut pas aussi efficacement bienveillant que les offres du département et du district avaient paru généreuses.

D'ailleurs les temps devenaient durs. Les progrès de l'émigration, la Convention de Pilnitz (27 août 1791) inspirèrent de graves inquiétudes à la Constituante. Pour paralyser le mouvement, elle songea à mobiliser une partie des gardes nationales, à organiser des compagnies franches, et d'abord à pourvoir aux frais qu'entraînerait cet armement extraordinaire. La Législative et la Convention présidèrent à la formation des cadres et aux moyens d'approvisionnement des armées républicaines.

Les émigrés réunis à Coblentz avaient déjà protesté contre l'acte constitutionnel de 1791 subi par le roi, et les impériaux venaient de remporter une première victoire. Il fallait d'urgence mettre en ligne et vétérans et volontaires. Un ordre du district fut mandé au conseil général de la commune de La Devèze, aux fins d'assurer l'exécution prompte et sévère de l'arrêté du département relatif à la *réquisition* de troupes :
« Tenez registre ouvert pour l'inscription des défenseurs *volon-*

(1) Arrêté du 24 décembre 1791.
(2) Délib. du 13 mai 1792.

» *taires* de la patrie (1), et correspondez, à cet effet, avec
» Vendriez, administrateur du district, et le citoyen Latouce,
» de Nogaro (2). »

On devait procéder d'urgence, car le manifeste du duc de
Brunswick (25 juillet 1792) était une menace solennelle jetée
par les rois de l'Europe à la Révolution française. La Convention, d'ailleurs, s'était résolue à une défense énergique,
audacieuse, jusqu'au désespoir. En conséquence, le procureur syndic de la commune de La Devèze s'empressa de
convoquer la garde nationale sur la place publique (3). La
municipalité fit le recensement de tous les citoyens en état de
porter les armes.

Nos volontaires furent incorporés dans l'armée des Pyrénées,
au 1er bataillon du Gers. Ils combattirent en braves, sous les
ordres du maréchal marquis de Pérignon (4). Ils se signalèrent
notamment au siège de la forteresse de Bellegarde, où le ci-

(1) Trois bureaux furent établis pour recevoir les engagements : un à la ville chez
M. Léberon, notaire; un deuxième à Castets, en la maison du sieur Lacoste, et le
troisième à Saint-Pierre, chez M. Jean-Dominique Lanacastets, maire. (Délib. du 24
mai 1792.)

(2) Lettre du district—7 septembre 1792—arrêtés du département du 20 août—
14 septembre 1792. — Délib. du conseil général de la commune de La Devèze, du
16 septembre 1792.

(3) 31 octobre 1792.

(4) Le crime du 21 janvier avait rempli d'indignation toute l'Europe. 50,000 Espagnols envahirent les frontières pyrénéennes, sous les ordres de Ricardos. La Convention leur opposa une résistance énergique. Au début, les armes espagnoles obtinrent quelques succès. Mais les Français prirent bientôt leur revanche. Le marquis
de Pérignon, né à Grenade-sur-Garonne, général de division, contribua à la déroute
des Espagnols, à l'attaque notamment des retranchements de Montesquiou, ainsi qu'à
l'investissement de Bellegarde, dont il s'empara. La mort du général Dugommier,
tué à l'attaque de la redoute de la Montagne Noire (17 novembre 1794), laissant va-
cant le commandement en chef de l'armée des Pyrénées, les représentants du peuple
en mission, Pinet et Cavaignac, le donnèrent à Pérignon. Il remporta la victoire
d'Escola (20 novembre 1794), marcha contre les Roses dont le fort, surnommé le
Bouton de rose, n'avait jamais été pris, monta le premier à l'assaut, et la garnison
se rendit le 3 février 1795. Le maréchal Moncey commandait l'armée occidentale des
Pyrénées, c'est-à-dire l'aile gauche. Après avoir livré plusieurs combats, il se rendit
maître des hauteurs de Saint-Sébastien, qui demanda bientôt à capituler. Le 17 octobre 1794, il gagna la bataille de Villa-Nova, fit la conquête de la Navarre espagnole,
moins la place de Pampelune. De nouveaux succès à Castelnana, à Villareal, Mont-
Dragon, Eybar et Bilbao amenèrent une trève qu'il signa à Saint-Sébastien et qui
fut suivie du traité de Bâle (15 avril 1795).

toyen Henri Domerc, ancien commandant de la garde nationale de La Devèze, lieutenant du 1ᵉʳ bataillon du Gers, tomba
au pouvoir de l'ennemi et fut fait prisonnier d'Espagne. Le
général espagnol eut pour le lieutenant Domerc des égards
qui méritent d'être signalés. Voyant que sa santé était gravement compromise par suite des fatigues de la guerre, il lui fit
délivrer un congé illimité pour aller se rétablir dans sa famille (1).

Les événements se précipitaient. Toutes les frontières de la
République étaient menacées à la fois. En Vendée, ce ne sont
d'abord que défaites et revers pour la Convention. A Paris,
la fureur des Montagnards est au comble.

S'il faut « de l'audace, de l'audace et encore de l'audace, »
selon le mot de Danton, « pour triompher, » il faut des
hommes aussi, il faut des armes, des munitions, du pain. On
arrête, en conséquence, une levée en masse : tous les Français seront désormais en réquisition permanente. On établit
des ateliers nationaux pour la confection des armes. Réquisitions sur réquisitions écrasent le contribuable. La loi du
maximum s'impose durement. Tout particulier qui sera dénoncé comme n'obéissant pas à la loi sera traité de suspect,
de réfractaire, jugé révolutionnairement et sur le champ pas-
sera sous le couteau de la guillotine.

On est pris, à la moindre menace, d'une terreur folle !
Aussi nos municipaux s'intitulent hautement « citoyens de
» La Devèze Montagne. » Ils tiennent séance permanente, ils
adoptent les nouvelles formules du calendrier républicain.
Jaloux de répondre « à la confiance de leurs concitoyens, »
ils proclament que « dans les circonstances difficiles que l'on
» a à traverser, les corps administratifs doivent prendre tous
» les moyens que la prévoyance et la sagesse peuvent sug-
» gérer pour sauver la chose publique et pour maintenir la
» paix et la tranquillité dans leurs ressorts respectifs. Une

(1) Délib. du 17 frimaire an II.

» salutaire défiance commandée par l'administration supé-
» rieure et par les représentants du peuple » leur inspirera
« de sages précautions contre les efforts de la malveillance
» qui agit sans relâche et trame ses complots dans les ténè-
» bres. » D'où il suit que mal adviendra « à tout citoyen qui
» fournira des déclarations infidèles, aux suspects d'incivisme,
» aux fraudeurs d'assignats. Il est de l'honneur d'un bon ci-
» toyen de voler au secours de la patrie menacée par les coa-
» lisés. » De là, ordre « à tout citoyen de fournir des fusils,
» des uniformes, des capotes et capes aux volontaires, à
» peine de 200 fr. d'amende. »

Le tambour bat et publie dans toute l'étendue du territoire de la municipalité l'arrêté du département (28 vendémiaire an ii) requérant la levée immédiate d'une nouvelle
force armée qui portera le nom d'*Armée révolutionnaire.*

« Nous ne cesserons d'obéir aux lois, à toutes les réquisi-
» tions qui pèseront sur nous. Nous sommes prêts à dimi-
» nuér nos rations, à nous réduire au plus strict nécessaire,
» à manger le pain le plus grossier, nous ne vivrons que de
» *mistras* (1). Nous verserons jusqu'à la dernière goutte de
» notre sang pour terrasser la horde de ces esclaves, les
» coalisés qui nous font la guerre (2) ! »

Le département et le district usèrent et abusèrent du civisme de nos compatriotes durant toute cette horrible période
de 1793 à 1795; ce fut une avalanche de réquisitions : réquisition de tous les fers provenant des édifices nationaux et de
tous autres inutiles aux citoyens; de toutes les rampes, grilles
de ci-devant temples et églises; de toutes les vieilles faulx, de
tous les fusils de chasse, etc., etc.; — réquisition de sal-
pêtre à remettre au chef-lieu chaque nonidi; — réquisition
de toutes les cendres que les citoyens auront au-delà du strict

(1) Pain de maïs, fort usité dans le Midi.
(2) Délib. des 24 mai, 16 septembre, 31 octobre 1792, 20 mars, 12 septembre,
19 septembre, 14, 27 octobre 1793. Séances permanentes des 24 brumaire, 5, 17,
20 frimaire, 10, 11 nivôse an ii, 22 prairial, 27 messidor an iii.

nécessaire; — réquisition de toutes les eaux provenant des lessives (*sic*); — réquisition de toutes les chaudières nécessaires au lessivage des terres reconnues salpêtrées. « Enjoi-
» gnons à tous et chaque citoyen de subir toutes réquisitions
» à peine de demeurer responsables du refus, d'être déclarés
» suspects et mis en état d'arrestation (1). » Nos patriotes, que la terreur a si fort enthousiasmés, mettront à l'exécution ponctuelle des décrets et arrêts « toute l'activité qui carac-
» térise des hommes révolutionnaires et profondément péné-
» trés de la haine de tyrans ! »

Il faut encore, « sous peine de compromettre les intérêts
» sacrés de la patrie, » du pain et du fourrage.

Dans l'espace de six mois à peine (2), plus de quinze cents quintaux (150,000 livres) de grain, blé, maïs, avoine, seigle, foin, paille, etc., pour la seule commune de La Devèze-Ville, furent violemment mis en réquisition pour, aussitôt après notification des arrêtés des représentants du peuple, du département, du district, être transportés dans les magasins de la République. Au surplus, les représentants du peuple en mission près l'armée des Pyrénées, Pinet et Cavaignac, le département, le district, requerront « tous les foins
» non sablés qu'il faudra transporter dans les magasins de
» Tarbes, tous les blés, seigles et farines de la commu-
» nauté (3), » dont le recensement devra être fait incontinent.

Le zèle des terribles conventionnels ira jusqu'à intimer l'ordre à tous les citoyens d'avoir à couper, dépiquer, les 5, 6 et 7 prairial an II, tous les seigles, orges, foins, pour en faire la déclaration le 8 messidor suivant. Ce n'est pas encore tout. Sous peine d'avoir à subir les rigueurs de la loi, il faut dresser, sans prendre haleine, un état exact de la

---

(1) Séances permanentes du quintidi de la première décade de nivôse an II, 1er messidor, 24 fructidor an II, arrêté du district du 16 prairial an II.

(2) Du 18 septembre 1793 au 15 mars 1794.

(3) Réserve cependant est faite des grains nécessaires à la semence et à la nourriture des citoyens.

quantité présumée des blés, avoines, etc., de la récolte prochaine, dépiqués ou en gerbe, ou encore sur pied. Et ce n'est pas la fin des exigences de la terreur. Des arrêtés du comité du salut public et du district requièrent la recherche de tous les grains battus et non battus, des légumes de toute espèce, avec ordre aux citoyens d'en transporter, sur le champ, le cinquième aux dépôts fixés dans chaque commune, et de là les déverser dans les magasins de la République pour servir à l'approvisionnement des armées et de la commune de Paris (*sic*) (1).

Dartigoeyte, Pinet, Cavaignac, se laisseront-ils attendrir au récit des calamités qui pèsent si lourdement sur la pauvre municipalité de La Devèze, par suite d'inondations, de brouillards, de sécheresse, de grêle, durant le cours de cette terrible période de 1792 à 1795 ?

La communauté manque de 1,200 sacs de grains pour la nourriture des habitants. Plus de 50 familles ne possèdent pas un grain de blé et il n'en paraît pas sur les marchés; dans toute l'étendue de la juridiction les visites domiciliaires ont pu constater à peine la présence de 600 sacs de grain pour la nourriture de 650 habitants. Il est, d'ailleurs, de toute évidence que « des personnes continuellement occupées aux pénibles travaux des champs consomment beaucoup plus de pain que les citoyens désœuvrés des villes. » Le citoyen maire fera appel à tous les sentiments du patriotisme le plus désintéressé; il déploiera toutes les ressources de l'éloquence la plus persuasive et la plus résolue pour « inviter et som-

(1) Arrêté du district, 29 frimaire an II, loi du 23 août 1792; arrêté du représentant du peuple, 10 septembre 1792; arrêté du département, 17 septembre 1792; arrêté du district, 22 brumaire an II; lettre du district, 10 floréal an III; arrêté du comité du salut public, 8 prairial an II; lettres du district, 19, 24 prairial an II; arrêté du district du 7 messidor an II, lettre du district du 24 messidor et 5 thermidor an II; lettre du district du 19 frimaire an III; arrêté du comité du salut public du 4 germinal an III; arrêté du district du 14 floréal an III; arrêté des représentants du peuple du 1er septembre 1792, confirmé par celui de Dartigoeyte du 25 septembre 1792.

» mer tous les citoyens à faire leur devoir, à abandonner
» leurs intérêts particuliers pour ne s'occuper que de ceux de
» la République. » A la veille de manquer de tout, le cœur de
nos bons patriotes saignera à la pensée de ne pouvoir secourir les braves guerriers; on adressera d'instantes suppliques
au district, au département pour obtenir quelque dégrèvement, et l'on obtiendra pour toute réponse et satisfaction
« qu'il n'y a pas lieu d'en délibérer parce que les représen-
» tants seuls en mission peuvent dégrever. »

On ira jusqu'à se pourvoir, individuellement, auprès des
représentants en mission.

Mais, de la part de ceux-ci il n'y aura ni trève, ni grâce.
« Surveillez, stimulez les commissaires pour la recherche des
» grains et farines; faites des perquisitions dans les lieux les
» plus cachés jusqu'à la fin de vos opérations; envoyez-nous
» chaque jour le résultat de vos découvertes; dans les cir-
» constances actuelles nul motif ne saurait excuser la plus
» petite négligence, le moindre ménagement... Conformément
» à l'arrêté du représentant Dartigoeyte, de celui du départe-
» ment pour le *nivellement des subsistances*, vous êtes priés
» de remettre, sous deux jours, dans les greniers de la répu-
» blique les quantités de grains réquisitionnés. Nous vous
» prévenons que tout citoyen qui en négligera la remise sera
» taxé de réfractaire et *jugé révolutionnairement*. Salut et
» fraternité (1). »

Hélas! les citoyens et patriotes de La Devèze-Montagne
auront fourni plus de quinze cents quintaux de grains de
tous genres. Ils auront ordonné des visites domiciliaires chez
tous les habitants; fixé la consommation à 60 livres de grains
par mois par chaque individu; représenté qu'évidemment
les arrêtés n'entendent «frapper que l'excédant des riches
» égoïstes, mais non affamer la classe indigente et labo-
» rieuse si nécessaire à l'agriculture. » Ils feront obser-

(1) **Lettres du district des 19 prairial, 7 messidor an** II.

ver que, « pour l'approvisionnement du marché de Plai-
» sance, selon les ordres de la municipalité de ce lieu, ils
» n'ont même pas gardé le grain pour les semences; qu'on
» doit reconnaître en cela une preuve du bon vouloir et de
» l'entier dévoûment qui caractérise les bons républicains. »
Ils exposeront « qu'en enlevant même le nécessaire, la classe
» ouvrière mourra de faim; que les terres demeureront in-
» cultes; qu'ils n'ont pas eu le courage d'intimer au peuple les
» réquisitions par crainte de jeter l'alarme dans le lieu, mal-
» gré l'absolue obéissance des habitants aux lois et les sa-
» crifices de toutes sortes qu'ils font journellement et qu'ils
» sont disposés à faire à la mère-patrie, pour laquelle ils
» verseront leur sang pourvu que la faim ne les mette pas
» hors d'état (*sic*). » Ils s'écrieront même : « Vous nous avez
» surfaits. Sur le total de la réquisition, vous imposez notre
» commune pour le 24ᵉ, tandis que vous ne pouvez exiger que
» le 100ᵉ. Si vous ne faites droit à nos justes remontrances,
» la famine sera dans La Devèze. Dans ce cas, plutôt que
» d'avoir à subir les horreurs de la faim, nous quitterons
» nos terres, nous suivrons nos grains fournis et nous irons
» mourir sur le champ de l'honneur (1). »

Cette ardeur chevaleresque pour « l'extinction d'une horde
d'esclaves coalisés, » cette confiance dans la modération et
l'humanité des législateurs ne sauveront pas ce pauvre peuple.
On n'entend pas au dégrèvement, et il sera envoyé garnison
aux contribuables jusqu'à ce qu'ils aient satisfait (2).

---

(1) Séances permanentes du conseil général de la commune de La Devèze : 24 brumaire, 9 nivôse, 13, 24 fructidor, 7, 18 thermidor, 1, 4, 10 messidor, 10, 15, 30
prairial an II; 2, 14 vendémiaire, 14, 29 frimaire, 5, 10 nivôse, 1er, 19, 21, 25 floréal
an III; 20 vendémiaire an IV.
(2) Arrêté du district du 14 floréal an III.

§ IIIe.

ADMINISTRATION FINANCIERE.

L'étude de l'administration financière, dans une étroite circonscription, peut paraître ingrate. Elle n'en est pas moins
le complément obligé de toute histoire locale. D'ailleurs,
on ne saurait contester l'intérêt d'un objet tel que la répartition de l'impôt, qui se lie intimement au bien public et à la
prospérité d'un peuple.

I

Les origines historiques de la finance, au pays de La
Devèze, coïncident avec la nouvelle ère financière inaugurée
par le génie de Colbert (1661). On sait le zèle, l'habileté,
la vigueur de caractère déployés pour refaire la prospérité nationale par ce grand ministre. Sous ses inspirations, Louis XIV, voulant encourager l'agriculture, permit
aux communautés, par sa déclaration du 26 août 1666, d'in-
vestir de leurs *biens vacants* ceux qui voudraient les mettre
en valeur.

Sur cette déclaration, la communauté de La Devèze « bailla,
par droit d'investiture et par devant notaire, » pour une
somme relativement modique, à différentes époques (1), « les
biens non valeur à icelle abandonnés, déserts ou sans héritiers reconnus, après enchères faites devant la porte des églises, francs et quittes de toutes charges, debtes et arrérages
jusqu'à ce jour, » aux divers particuliers qui consentiraient

_____

(1) Les investitures de La Devèze datent surtout de 1700.

« à en faire la condition meilleure et à en payer à l'advenir les tailles et fiefs au Roy. »

Jamais le roi, non plus que les comtes d'Armagnac, avant la réunion du domaine du roi de Navarre à la couronne de France, n'avaient prétendu aucun droit sur la propriété de ces biens vacants. Sa Majesté prélevait, simplement, sur les propriétaires des biens roturiers ou ruraux de La Devèze, les droits de fiefs, lods, ventes, péage et greffe (1).

Dans le mois qui précéda la signature royale de la déclaration de 1666, les commissaires subdélégués par Nosseigneurs de la Chambre des comptes de Navarre pour la réformation du domaine, réception des reconnaissances et confection des Livres-Terriers au pays de Rivière-Basse, s'occupèrent à dresser un état des emphytéoses, fiefs annuels et perpétuels dus à Sa Majesté en La Devèze. L'opération se poursuivit du 6 juillet 1666 au 18 février 1667.

D'après l'état (2) : 1° le nombre des propriétaires des biens roturiers de La Devèze tenus aux fiefs était de 208 tenanciers, sur lesquels huit forains; — 2° la contenance des terres soumises aux fiefs, etc., peut être sûrement évaluée à 19 arpents, 589 sacs, 1,555 journaux et demi, 675 coupets et demi, 332

---

(1) Déclaration du 26 août 1666, signée par le roi après décision prise en son Conseil tenu à Vienne le 22 août 1666; arrêts, édits et autres actes y annexés, enregistrés à la cour des aydes de Montauban, le 28 octobre 1666. — Déclaration royale donnée à Saint-Germain-en-Laye le 30 décembre 1666, enregistrée à Montauban le 27 janvier 1667. — Délibérations municipales de La Devèze des 11 juillet 1767 et 19 novembre 1786. — Notariats Lanacastets et Bière. — Archives de M. Dupleix-Pallaro. — Articulat de Bigorre, dispensant les biens nobles. — *Revue de Gascogne* d'octobre 1878.

(2) Grâce à la bienveillance parfaite de M. l'archiviste du département du Gers, nous avons eu la joie de mettre la main sur cet état, dressé en 1666-1667. — Ce document est inscrit sur le registre A-16, art. La Devèze, au dépôt des archives départementales d'Auch. La transcription, à cette place, et dans tous ses détails, de ce document, si intéressant soit-il pour la localité qu'il concerne, dépasserait les bornes que nous impose l'hospitalité de la *Revue*.

Nous devons nous en tenir également à de simples indications précises, mais sommaires, au sujet des tailles, capitations et autres impôts dont nous allons nous occuper, en conservant l'espoir que les précieux encouragements d'hommes compétents et sympathiques, tels que MM. Léonce Couture, Paul Parfouru, etc., nous permettront plus tard, en réunissant en volumes l'Histoire civile et religieuse de La Devèze, d'y joindre des appendices nombreux et qui ne seront pas sans intérêt.

pugnères et demie, 32 quartauts (1); 3° le total général en livres, sols et deniers du chiffre des emphytéoses, fiefs, lods et
ventes à payer pour les contenances ci-dessus, était de 81 livres
76 sols 25 deniers, ce qui revient, la livre valant 20 sols et
le sol valant 12 deniers, à 84 livres 18 sols et 5 deniers, dus
en fiefs, etc., au roi sur les 19 arpents, 389 sacs, 1,353 journaux et demi, 673 coupets et demi, 532 pugnères et demie, et
32 quartauts, dans toute l'étendue de la juridiction des cinq
paroisses de La Devèze, par les 208 propriétaires de ces biens
roturiers ou ruraux. 84 livres 18 sols et 5 deniers à payer, à
raison de 8 deniers par journal et pour toutes les contenances
ci-dessus revenant, selon la métrologie actuelle, à 632 hectares 18 ares 70 centiares... Quel gros chiffre !... Mais il fallait
le payer « au Roy! »

II

Le grave reproche d'exactions violentes, tyranniques, qui
pèse sur toute la période d'avant 1789, trouve-t-il sa justifica-

---

(1) 1° L'*arpent* valait 4 journaux ou sacs (valeur en 1741). A cette époque, le sac
semble avoir été identifié avec le journal; mais en 1666, d'après l'Etat, le sac nous
paraît ne représenter que la moitié du journal.

2° Le *journal* = 4 mesures ou 37 ares 64 centiares (mesure de La Devèze).

3° *Sac* = en 1666, 1/2 journal ou 18 ares 82 centiares.

en 1741, même valeur que le journal.

4° *Quartaut* ou *mesure actuelle* = 8 pugnères ou 9 ares 41 centiares.

5° *Coupet* = moitié mesure ou 4 ares 70 centiares 1/2.

6° *Pugnère* = 1 are 34 centiares 1/2.

Partant de l'hypothèse qu'en 1666 : 1° le sac ne valait que la moitié du journal,
c'est-à-dire 18 ares 82 centiares, les 389 sacs valaient : 7,320 ares 98 centiares, ou
73 hectares 20 ares plus 98 centiares.

2° Les 19 arpents font 1,355 ares 04 centiares, ou 13 hectares 55 ares 04 centiares.

3° Les 1,353 journaux font 50,926 ares 92 centiares, soit 509 hectares 26 ares 92
centiares.

4° Les 674 coupets font 3,167 ares 80 centiares, ou 31 hectares 67 ares 80 centiares.

5° Les 333 pugnères font 146 ares 52 centiares, ou 1 hectare 46 ares 52 centiares.

6° Les 32 quartauts font 301 ares 12 centiares, ou 3 hectares 1 are 12 centiares.

Total général en hectares, ares et centiares : 632 hectares 18 ares 70 centiares.

Cf. Monographie de La Devèze — Administration foncière, § II°. — Almanach
de 1803.

tion dans la multiplicité et la lourdeur des impôts, — impôts de la taille et ses accessoires, impôts de la capitation, des dixièmes, des vingtièmes, du cinquantième et de tous autres, si divers et si vexatoires ?

Sans vouloir méconnaître des abus trop réels et trop fréquents, nous avons la confiance que les renseignements qui vont suivre, exposés avec une consciencieuse exactitude d'après les documents originaux qui forment la précieuse collection de nos archives municipales, serviront à faire tomber quelques préjugés et à provoquer de justes et impartiales appréciations.

La finance, dans la généralité dont, aux diverses époques, a fait partie la communauté de La Devèze, peut se ranger sous quatre classifications principales :

A/ Tailles et crues y jointes (1769-1783) ou accessoires et dépenses imprévues (1783-1789);

B/ Capitation;

C/ Les dixièmes, — le cinquantième, — les vingtièmes;

D/ Les droits réservés;

A/ TAILLE ET CRUES Y JOINTES.

I. SUJETS A LA TAILLE. — On lit dans un ouvrage estimé, publié à Lyon en 1776, la note qui suit : « *Taille,* espèce d'imposition royale qui se lève sur tous les biens-fonds du royaume... et qui s'acquitte néanmoins différemment dans les diverses provinces. Il y en a où la taille est attachée aux biens et payable nécessairement par tous ceux qui les possèdent, nobles ou roturiers, ecclésiastiques ou laïques. Elle est *réelle...* Dans les autres, la taille est *personnelle,* parce que les prérogatives des personnes, selon leur naissance ou leur état, en exemptent. Nous devons donc distinguer, en cette matière, deux sortes de pays : les uns, où la taille est *personnelle,* les

pays d'élection; et les autres, où elle est *réelle*, les pays d'E-
tat (1). »

On sait que, avant 1789, La Devèze était comprise dans le
Bigorre, un de ces pays d'Etat, soumis à la *taille réelle* (2).

C'est du reste ce que constatent nos archives. Les biens,
dans nos contrées, étaient nobles ou roturiers. Nos biens nobles, possédés par des roturiers, étaient soumis au droit de
franc-fief. A l'égard des biens roturiers, qui que ce fût, noble
ou non, ecclésiastique (3) ou séculier, qui les possédât, payait
les tailles et autres impositions *réelles*.

Sur la mande de la taille pour 1698, Ramond du Clos, juge,
figure pour 391 livres 5 sols 6 deniers, et noble Dominique
de Médrane pour 57 livres 19 sols 11 deniers.

Sur le cadastre de 1744 je trouve :

*1° Tenanciers nobles ou jouissant de la noblesse dont les biens
sont soumis aux tailles.*

Saint-André.	M. de Vaux, juge-mage au sénéchal de Lectoure............	128 sacs 5 pugnères 1/2.
»	André Saturnin de Tursan d'Espaignet, conseiller du Roy, juge de Rivière-Basse............	250 sacs 3 mesures 2 pugnères 3/4.
Aux Abonas.	Arnaud d'Aujalis Ojal.	29 sacs 7 coupets 2 pugnères.
Saint-Laurent.	Héritiers de feu Laurent du Clos, conseiller du Roy, juge de Rivière-Basse......	317 sacs 1 coupet.
»	Gabriel du Clos, archiprêtre de St-Pierre et Castets (propriété de famille)........	19 sacs 2 mesures 1/2 pugnère.
»	François du Clos, prieur de Pujoulet, (propriété de famille)	31 sacs 2 mesures.

(1) *Dictionnaire de droit canonique et de pratique bénéficiale*, par Durand de Maillane.

(2) Rapport des procureurs syndics de l'assemblée provinciale de la généralité d'Auch, 21 novembre 1787.

(3) En ce qui concerne les *biens d'église* soumis aux tailles, nous en fournirons les détails précis dans notre *Histoire religieuse de La Devèze*.

2° *Nombre de tenanciers bourgeois ou possédant vingt sacs et au-dessus.*

La ville........................ 3
Saint-André.................... 12
Saint-Laurent 29
Saint-Pierre................... 10
Castets........................ 16
                             ——
        Total.............. 70

3° *Nombre des tenanciers ayant, sur 214 familles, moins de vingt sacs.*

La ville................ 11 sur 14 familles.
Abonas................. 4 sur 12 —
Saint-André........... 35 sur 47 —
Saint-Laurent......... 40 sur 69 —
Saint-Pierre.......... 23 sur 33 —
Castets............... 23 sur 39 —
                       ——————
    Total......... 136 sur 214 familles.

4° *Nombre des forains.*

Forains de Maubourguet...................... 1
    —   Marciac........................... 1
    —   Beaumarchès..................... 4
    —   Labatut.......................... 9
    —   Soubagnac....................... 3
    —   Auriébat......................... 2
    —   Armentieu 7
    —   Cayron 1
    —   Lengros 3
    —   Saint-Aunis...................... 2
    —   Tieste 3
                             ——
                           36

5° *Vacants et non-valeurs.*

Saint-Pierre et Castets   28 sacs 1 mesure   1/2 pugnère.
Saint-André (vacants
  et non-valeurs) ....   2 sacs 1 mesure   5 coupets et 6 pugnères.
Non-valeurs de Saint-
  Laurent, l'Abonas et
  la ville............ 157 sacs   1 pug. 1/2.
                ——   ——   ——   ——
    Total......... 187 sacs 2 mesures 5 coupets et 8 pugnères.

II. OBJET DE LA TAILLE. — L'imposition de la taille avait pour objet : le *pied,* ou principal de la taille, et les *crues* ou accessoires ordinaires et extraordinaires y jointes.

Les *crues* de la taille peuvent se ranger sous les quatre classifications suivantes :

1° Impôts de milice; 2° Droits divers de collecte; 3° Frais municipaux ou charges spéciales de la communauté; 4° Augmentations ou crues extraordinaires jointes à la taille.

1° Impôts de milice pour :

1. Les appointements des officiers de milice.
2. L'ustensile des troupes de Sa Majesté.
3. L'habillement des soldats de milice.
4. Les logements militaires, logement des officiers en général et logement des officiers d'artillerie.
5. L'excédant des fourrages.
6. Le quartier d'hiver; l'imposition du second brevet.

2° Droits divers de collecte de la taille et autres impositions pour :

1. Le timbre, commandement et envoi de la taille.
2. Les 3 *ou* les 6 deniers par livre *ou* les 2 liards *ou* les 2 livres (suivant les époques), du *pic* de la taille, c'est-à-dire pour les frais municipaux du droit de collecte ou levée alloué aux collecteurs.
3. Les 4 deniers par livre du droit de levée de l'imposition des charges locales.
4. Les 6 deniers par cote de chaque article contenu dans les rôles de l'année.
5. Pour aller faire vérifier les rôles divers.
6. Le droit de vérification des rôles par MM. les élus.
7. Pour chaque cote des rôles attribuée aux commissaires vérificateurs desdits rôles.
8. Les 3 deniers par livre attribués aux officiers des commissaires vérificateurs des rôles.
9. Le droit de cote attribué à l'office des lieutenants criminels, commissaires vérificateurs des rôles.
10. L'office des trésoriers collecteurs.
11. Le greffier de l'élection et son droit de signature.

12. Les gages et taxations des syndics greffiers des rôles.

13. L'enregistrement des rôles.

14. L'enregistrement, à l'élection, de la *ligne* consulaire, c'est-à-dire de la nomination des consuls.

15. Les 3 sceaux du Roy sur les rôles, ou pour l'entier sceau des rôles, c'est-à-dire pour la présentation au procureur pour l'ancien sceau.

16. Le port et remise des rôles au greffe.

17. Le port de l'argent au bureau (de Nogaro).

18. La prestation du serment des consuls; depuis 1765, des échevins et secrétaire-greffier; somme attribuée au juge.

19. Le traité fait, par arrêt du conseil, entre le receveur des impôts et la communauté.

3° Frais municipaux ou charges spéciales de la communauté, autrement dit, charges locales pour :

1. Les gages attribués aux officiers municipaux.

2. Le port de la livrée et chaperon du 1er consul; depuis 1765, du 1er échevin.

3. Le valet des consuls, plus tard pour les serviteurs de ville.

4. Le louage de la chambre qui sert d'hôtel (ou maison) de ville.

5. Fourniture du papier, écriture, façon, copies des rôles des divers impôts, livre des charges et décharges, papier et contrôle des délibérations de la communauté, en d'autres termes, pour les gages du secrétaire de la communauté.

6. Le luminaire de la procession de Saint-Joseph.

7. L'albergue.

8. Le grangier de Vic-Fezensac, c'est-à-dire pour l'obit fondé en l'église N.-D. de Vic-Fezensac.

9. Les gages ou pension d'un médecin (arrêt du conseil) du 13 septembre 1767.)

10. Les gages du régent (1).

11. Les dépenses imprévues de la communauté.

4° Augmentations ou crues extraordinaires jointes à la taille pour:

1. Les nouveaux acquets et droits d'usage.

2. Le rachat des offices de courtier de vin.

---

(1) Voir ci-dessous, en appendice, quelques détails sur le régent et le médecin de La Devèze en 1767.

3. La suppression de l'office de jaugeur de vin.

4. Les frais des quittances du Trésor royal, des offices des trésoriers collecteurs, jaugeurs de vin, mesureurs de vin et frais de voyage de l'enregistrement des armoiriés (sic).

5 L'office de mesureur des grains.

6. La suppression des officiers des greffiers d'enregistrement.

7. L'extinction et suppression des contrôleurs aux entrées des eaux-de-vie, vin et autres boissons.

8. L'extinction et suppression des officiers commissaires.

9. La portion de la somme principale de 47,508 livres 12 sols 4 deniers destinée au remboursement des avances faites par la ville d'Auch pour logement et ustensile des états-majors des troupes employées à la destruction de l'épizootie (1778 et 1779.)

10. Les ouvrages à faire sur la rivière de l'Adour en particulier en la ville de Riscle.

11. La réparation des ponts de Toulouse.

12. La réparation des ponts de La Rochelle et de Bayonne.

13. Droits de vérification des sommes imposées pour les hôpitaux, logements, appartements, gages des maréchaussées, ingénieurs, contrôleurs des ponts et chaussées, rétablissement des chemins, ponts, moulins, hâvre de La Rochelle, hâvre de Bayonne, droits sur les huiles, nouveaux acquets, inspecteurs aux boucheries, etc.

14. Les hôpitaux.

15. L'entretien des pépinières royales.

16. L'abonnement aux huiles.

17. L'abonnement des droits de boucherie.

18. La construction des ponts, et pour pierres sur la route d'Auch à Agen.

19. L'enregistrement des armoiriés.

20. Remise et retiré du greffe, pour l'assistance.

21. Les droits de vérification des sommes imposées pour les frais locaux.

22. Les augmentations proprement dites.

23. Pour tenir lieu de partie de payement des dépenses de la communauté pour l'arpentement et l'abonnement.

III. CHIFFRE DE LA TAILLE ET DE SES ACCESSOIRES DIVERS. — Le lecteur qui aura parcouru l'énumération qui précède aura la connaissance absolument exacte des *objets* imposés à la communauté de La Devèze, pour la taille et ses divers accessoires, de 1691 à 1789. Naturellement, il se dira que pour répondre à toutes ces exigences si multiples du fisc, il aura fallu d'énormes sacrifices. La réponse est bien simple et se justifie pleinement quand on a, comme je l'ai fait, « vingt fois sur le métier remis son ouvrage, » et qu'on a visé et revisé, ligne par ligne, les documents qui forment la riche collection de nos archives municipales.

Une indication sommaire, mais, à n'en pas douter, parfaitement précise doit suffire à cette place :

1° Le principal de la taille, et crues ordinaires y jointes, imposés annuellement à la communauté de La Devèze, durant toute la période de 1691 à 1789, varie de 5,283 livres 3 sols (chiffre de l'année 1717, le moins fort) à 5,715 livres (chiffre de l'année 1766, le plus fort). Différence en plus : 2,432 livres 3 sols.

2° Les crues ou accessoires extraordinaires joints à la taille, durant cette même période de 1691 à 1789, ont varié de 955 livres 13 sols (chiffre de l'année 1691, le moins élevé) à 4,458 livres 19 sols 8 deniers (chiffre de l'année 1788, le plus élevé). Différence en plus : 3,414 livres 12 sols 8 deniers.

De cette supputation, il résulte que les augmentations de la taille — principal, crues tant ordinaires qu'extraordinaires — de 1691 à 1789, s'élèvent, en 98 ans, au *gros* chiffre général de 8,846 livres 15 sols 8 deniers ! départis sur 1,931 livres terrières — au plus haut chiffre — dont se composait le territoire de La Devèze (1).

(1) Le chiffre le moins élevé du nombre des livres terrières **sur lesquelles**, chaque année, les mandes de la taille étaient départies, est de 1,050 *livres terrières* ou *livres livrantes*. Dans le procès-verbal de l'arpentement général du territoire de La Devèze du 26 avril 1741, il est dit : « L'arpentement fini, il a été convenu, délibéré et arrêté entre les habitants dudit lieu de La Devèze, par délibération du 11 janvier 1738, délibération retenue par Me Paul Lamothe, notaire à Maubourguet, de faire procéder à un nouvel abonnement dudit territoire, et à cet effet ladite communauté a choisi et nommé les personnes dudit Pierre Pourtant et Arnaud Teye, pour procéder audit abonnement : ainsi a été convenu, arrêté et délibéré que la livre terrière ou livre alivrante sera faite et composée de 21 sols 4 deniers et que les *quatre* sacs (ou journaux dès 1741) qui seront mis au *gras* feront la livre alivrante, savoir : que toutes les maisons, granges, basse-cour, jardins, vergers, vignes, prés et terres

De plus, en cette période de près de cent ans, la communauté de La Devèze a joui plusieurs fois du privilège de pouvoir déduire des chiffres totaux de la taille et de ses accessoires le *Don Royal,* si libéralement octroyé pour faits de grêle et autres injures du temps. Sur la mande de 1717, le don royal se porta, pour motifs de grêle, jusqu'à 2,000 livres. J'ai sous les yeux une note prise très exactement en 1877; sur le cadastre de la seule commune de Ladevèze-Ville, je lis : 1° Contenance générale en propriétés non bâties ou bâties : 878 hectares 55 ares 01 centiare (1); 2° Revenus imposables pour ces deux sortes de propriétés : en 1877, 14,416 fr. 96 c.; 3° La contribution foncière se mesure à raison de — en 1877 — 0 fr. 41 c. 18; d'où le total général de l'impôt foncier pour la seule commune de Ladevèze-Ville — en 1877 — se porte à 5, 936 fr. 90 c. plus 4,128.

A ce chiffre de 5,936 fr. 90 c., on peut en toute impartialité ajouter le même chiffre pour représenter l'impôt foncier de la commune de Ladevèze-Rivière (2), qui formait avant 1789, avec la commune actuelle de Ladevèze-Ville, la com-

qui se trouveront à *La Rivière* seront couchés au *gras,* c'est-à-dire au premier degré, et que les autres terres, *boubées* (boulbènes), coteaux, bois et landes, seront mises au *maigre,* c'est-à-dire au second et dernier degré; que huit sacs (ou journaux) du dernier degré feront aussi la livre alivrante. Après avoir abonné ledit territoire, estimation et calculs faits, avons trouvé que ledit terroir monte à la somme de mille septante huit livres alivrantes huit deniers et 3/4 de deniers, sauf erreur de calcul. En foy de tout ceci, j'ai fait et dressé le présent cadastre terrier pour ladite communauté de La Devèze, afin qu'elle puisse s'en servir pour imposer les tailles au Roy et autres impositions nécessaires. Fait à La Devèze, le 26 avril 1741. En foy de quoy me suis signé ledit jour, avec Teye, abonateur. Pourtant, abonateur juré, Teye, abonateur, signés. (Archives municipales de La Devèze, cadastre de 1741. Délibération du 19 mars 1738, etc.)

(1) Dans ce chiffre ne sont pas compris les 29 hectares 73 ares 10 centiares pour : 1° Eglises et cimetières, cotés en 1re classe, 50 ares 10 centiares; 2° Chemins et places publiques, cotés en 2e classe, 27 hectares et 21 ares; 3° Rivière et ruisseaux, cotés en 3e classe, 2 hectares 2 ares. Total, 29 hectares 73 ares 10 centiares, déclarés objets non imposables par le cadastre aujourd'hui en vigueur.

(2) Il m'a été impossible de prendre des notes mathématiquement exactes sur le *revenu imposable* de La Devèze-Rivière; mais la supputation ci-dessus qui fourni l'occasion de cette note, sans être d'une précision absolue, est assez exacte pour donner le moyen de comparer avec impartialité l'impôt ancien et moderne. Sans nul doute la contenance générale de La Devèze-Rivière, si elle n'est pas égale, approche d'assez près de la contenance générale du territoire de La Devèze-Ville.

munauté et juridiction de La Devèze. D'où le total général de l'impôt foncier pour les deux communes — en 1877 — était de 11,873 fr. 80 c. plus 82.

Conclusion : 1° avant 1789, le *plus imposé* pour la taille, y compris tous ses accessoires ordinaires et extraordinaires, fut, de 1691 à 1789, le chiffre de l'année 1778, coté d'après les rôles, 8,940 livres 19 sols. 2° Cent ans après, en 1877, l'impôt foncier pour les deux communes exigea 11,873 francs 80 centimes.

Cette augmentation de 2,933 fr. perd sans nul doute une partie de son importance à raison de la dépréciation de l'argent; et cependant les supputations qui précèdent suffisent, croyons-nous, pour démontrer combien sont peu fondées certaines préventions au sujet de l'ancien impôt des tailles.

IV. MODE DE PERCEPTION DE LA TAILLE. — De par le roi, et en exécution de lettres patentes signées de lui, vues au conseil, scellées du grand sceau de cire jaune, enregistrées au contrôle général des finances et au bureau de l'élection, l'intendant mandait, d'ordinaire, vers le mois de septembre ou d'octobre de chaque année, aux consuls, jurats et collecteurs nommés pour l'année suivante (1) dans chaque municipalité du ressort, l'ordre d'imposer et de lever au sol la livre, sur tout habitant contribuable aux tailles, selon le juste alivrement de chacun, les fonds destinés à couvrir les frais divers de l'Etat, et les charges locales de la communauté.

La part et portion à supporter par chaque circonscription municipale était déterminée par l'intendant, de concert avec les président, lieutenant et autres officiers de l'Election, dans les quinze jours après la réception du mandement, sans autre délai, sous quelque prétexte que ce pût être, et sur délibération prise par la communauté en corps de

(1) A partir de 1765, ces fonctions furent dévolues aux échevins et autres officiers municipaux.

22

jurade (1). Les consuls devaient procéder à la confection des rôles, à peine de 20 livres d'amende (2), selon un tarif préalablement arrêté en proportion du chiffre total de la mande et de l'alivrement de chacun, et au département, assiette et répartition de l'impôt tiré au *gras* ou au *maigre*, selon la nature du terrain, sur le nombre de livres terrières ou livres alivrantes dont se composait le territoire, à raison de *tant* de livres, sols, deniers (argent) par livre terrière (3).

Avant la confection des rôles, il devait être fait et arrêté dans une assemblée générale des habitants un état des biens abandonnés ou non-valeurs, et défense expresse de faire peser l'impôt sur ces biens, à peine, pour les consuls, de répondre du montant de la somme imposée en leur propre et privé nom. Le département de la mande devait porter sur le restant de l'alivrement, comme aussi les consuls avaient le devoir formel de faire procéder, pendant l'année de leur consulat, aux baux de ces biens abandonnés, pour le prix desdits baux faire fonds aux impositions de l'année

(1) En 1690, une délibération de ce genre fut datée, sous le couvert de l'*église de Monsieur (sic)* Saint-André.

(2) Déclaration du Roy du 16 août 1683.

(3) Depuis 1744, le département de l'impôt fut fait par parsan. 1er parsan : Saint-Pierre et Castets, qui confronte du levant terroir d'Armentieu, midi terroir de Soubagnac, derrière (couchant) terroir de Labatut, septentrion terroir de Tieste et parsan de Saint-André et la ville, et ruisseau qui partage le parsan de Saint-Pierre-Castets de celui de la ville et Saint-André ; 2e parsan : la ville et Saint-André, qui confronte levant avec la rivière de l'Arros, midi terroir d'Armentieu et parsan de Saint-Pierre-Castets, derrière, terroir de Tieste, septentrion, parsan de Saint-Laurent-l'Abonas... 3e parsan : Saint-Laurent et l'Abounas, qui confronte levant avec rivière de l'Arros, midi ruisseau qui sépare le parsan de Saint-André et chemin qui va droit à l'église de Tieste, couchant terroir de Tieste, septentrion terroir de Lengros et Saint-Aunix.

Le 1er parsan fut coté par la communauté (taille pour 1747) 285 livres d'alivrement, et 1,951 livres 18 sols 7 deniers argent. 2e parsan : 372 livres d'alivrement, et 2,540 livres 16 sols 6 deniers argent. 3e parsan : 398 livres alivrement, 2,703 livres 6 sols 3 deniers argent. Total : 7,196 livres 1 sol 4 deniers argent. Le total vérifié et calculé par les élus fut coté 7,174 livres 13 sols à départir sur 1,055 livres livrantes dont se composait le territoire, à raison de 6 livres 16 sols 6 deniers par livre livrante. Le délibéré à Auch par les élus, le 27 décembre 1746, porte la signature de Daignan du Sendat et d'Arparens.

Cf. **Délibérations municipales de La Devèze, 15 novembre 1744 — taille p. 1747.**

suivante (1). « Il ne devra être fait qu'un seul rôle des sommes mandées, et la mande devra être répartie sans erreur; chaque article dudit rôle contiendra le montant de ce que chaque particulier doit en payer. Toutes les cotes seront écrites au long et ensuite tirées en chiffre, avec une distance suffisante pour y porter facilement les payements... Faisons très expresses défenses à vous, consuls ou jurats, de comprendre dans le rôle, sous quelque prétexte que ce soit et sous les peines portées par les règlements, autres sommes que celles contenues dans les mandements, à l'exception toutefois des frais municipaux qui ont été réglés, des intérêts des dettes vérifiées, des capitaux et autres sommes dont l'imposition a été ordonnée par arrêt du Conseil, ou par les ordonnances de vos prédécesseurs ou par les nôtres. Vous faisons pareillement défenses d'imposer sur un plus haut pied que le denier cinquante, les intérêts des dettes contractées par votre communauté avant le 1er janvier 1721, conformément à l'arrêt du Conseil du 24 août 1720 (2). »

Le département de l'imposition une fois accompli, le rôle devait être soumis à la vérification, dans le commencement du mois de novembre, à peine, pour les consuls, d'être contraints au paiement du premier terme de l'impôt par logement effectif de brigade, établi sur le certificat du greffier de l'élection constatant que le rôle n'a pas été remis au temps voulu... Dans les premiers jours de décembre, le greffier devait adresser au roi un état, certifié de lui, des consuls négligents à faire vérifier les rôles dans le courant de novembre et ce, à peine de 500 livres d'amende. Au rôle de la taille devait être joint l'état ci-dessus des biens abandonnés et non valeurs, et présenté par les consuls lors de la vérification, afin que les officiers de l'élection pussent vérifier si les articles concernant ces biens avaient été distraits du rôle,

(1) Règlement du 26 août 1666.
(2) Mande de 1737.

et qu'il leur fût, en même temps, possible de tenir la main
à ce que les baux à ferme de ces biens fussent faits régulièrement, en conformité de l'article 3 du Règlement du
26 août 1666.

Le rôle était rigoureusement supputé par les élus, avec
défenses d'en vérifier aucun où il y aurait des cotes en blanc
ou omises, à peine de radiation de leurs gages et droits, même
d'interdiction en cas de récidive. « Leur enjoignons, en
outre (aux élus), de tenir la main à ce qu'il ne soit imposé
aucun principal ni intérêt en faveur des créanciers des communautés, qu'il ne leur ait apparu de la vérification faite au
Conseil, ou par nos prédécesseurs ou par nous, et à ce que
les intérêts des créances antérieures au 1er janvier 1721 en
soient portés sur un plus haut pied que le denier cinquante
et qu'il n'y soit compris aucune somme que l'imposition n'en
ait été ordonnée par le Conseil, par nos prédécesseurs ou
par nous. »

Huit jours après que le rôle avait été vérifié, calculé, reçu
et paraphé, il devait être revêtu, par les soins des consuls,
du sceau officiel. Faute de ce, défense aux consuls et à tous
autres de le mettre à exécution à peine de 100 livres d'a-
mende (1). Il était enjoint aux élus d'avoir à tenir rigoureusement la main à l'exécution de cet ordre.

Il y avait à payer par les collecteurs entre les mains du
fermier-scel, pour l'impôt de la taille seulement, un droit de
sceau ainsi déterminé : pour taille de 400 livres et au-dessous, 3 livres; depuis 400 jusqu'à 1,000 livres, 4 livres; depuis 1,000 jusqu'à 2,000 livres, 6 livres; depuis 2,000 livres
jusqu'à 5,000 livres, 8 livres; depuis 5,000 livres jusqu'à
10,000 livres et au-dessus à quelle somme qu'elle pût monter, 12 livres. Il était d'ailleurs expressément interdit aux
commis gardes-scel d'exiger autres ni plus grands droits que
ceux dus pour raison de la taille.

(1) Déclaration du roi du 6 mai 1698.

Nous avons déjà fait observer que la nomination des consuls devait avoir lieu le premier dimanche de septembre de chaque année. Si, par le fait des consuls anciens ou autres habitants, il était mis des entraves à la nomination des *consuls modernes*, les consuls actuellement en charge étaient responsables de la levée de l'imposition et du paiement d'icelle, jusqu'à ce qu'il y eût d'autres consuls ou jurats nommés à leur place, sans préjudice de l'opposition et de l'appel des nominations consulaires, qui devaient être jugés définitivement avant le 15 février, suivant le règlement du 26 août 1666. Mais ledit temps passé, ils étaient obligés de continuer les fonctions de consuls et jurats, et, comme tels, contraints à l'entier paiement des deniers imposés à la communauté.

Faute d'avoir été procédé le premier dimanche de septembre dans les formes prescrites par les règlements (1) royaux ou particuliers, à la nomination de collecteurs « bons, solvables, propres et entendus à faire le recouvrement des deniers (2), » par les six principaux habitants les plus haut taxés, ceux-ci étaient solidairement contraints au paiement du terme échu des impositions par logement de brigade et à pure perte. Il était rigoureusement fait défense aux ecclésiastiques, seigneurs des paroisses et autres personnes ayant autorité ès dites paroisses et communautés de s'immiscer en la nomination des collecteurs et confection des rôles, en quelque manière que ce fût, ni de cacher et retenir dans leurs églises, châteaux ou maisons, les fruits, meubles et bestiaux des contribuables aux tailles, aux peines portées par le règlement du 8 avril 1634. Après la création des assemblées municipales (1787), il fut arrêté en conseil d'Etat (8 août 1788) que le dernier dimanche de septembre l'assemblée municipale, assistée de trois adjoints, procéderait à la nomination de plusieurs collecteurs pour les années 1788 et 1789, sauf à se faire autoriser par

---

(1) Arrêt du conseil du 7 août 1685. — Déclaration du roi du 16 août 1683.
(2) Délibération du 5 février 1735.

la commission intermédiaire provinciale à n'en désigner qu'un seul. Ce qui fut fait le 12 octobre 1788. Dans l'exposé des motifs, je lis : « La levée des impositions par deux collecteurs serait fort embarrassante. Il est rare qu'un collecteur ait plus d'un employé. S'il y avait plusieurs collecteurs, chacun voudrait avoir son employé, ce qui grèverait de beaucoup le fardeau des contribuables, d'ailleurs fort obérés par cette multitude d'employés qui, sans faire rentrer les deniers royaux, enlèvent la subsistance des pauvres. »

Les fonctions consulaires pouvaient être continuées, mais non celles de collecteur. Il était formellement interdit par le règlement que le collecteur d'une année fût chargé de la recette de l'année suivante.

Aux époques voisines de 1789, la collecte fut mise à la moins dite, c'est-à-dire que la délivrance en fût consentie en faveur de celui qui en ferait la condition meilleure, au rabais (1).

Les consuls et collecteurs devaient lever l'impôt en bonne et loyale forme. Et « vous faisons très expresses défenses, à vous dits consuls et collecteurs, de faire sur des feuilles volantes la levée des sommes imposées. Vous enjoignons de porter en entier sur votre rôle les payements qui vous seront faits, de les faire écrire tout au long, et non en chiffres, et d'y mettre la date. Vous défendons de divertir les deniers du Roy, ni d'en faire aucune compensation avec ce que vous pourriez devoir aux contribuables, même de taille à taille, à peine d'être procédé extraordinairement contre vous et d'être punis comme *retentionnaires* (2). »

Il était imposé six deniers par livre de la taille pour le droit de collecte. Ces deniers étaient *passés vu la mande*, au collecteur, par le receveur des tailles; mais, sauf ce droit, et le

---

(1) Cf. Ordonnance de l'intendant du 14 juillet 1701. Délibérations du 19 février 1769, de 1775, des 26 décembre 1781, 5 février 1785, 5-12 octobre 1788.

(2) Déclaration des 12 février 1663 et 7 février 1708.

droit de sceau à payer au fermier-scel lui-même, le collecteur était rigoureusement contraint à « voiturer directement l'impôt dans le bureau de la recette en quatre *pacx* égaux, » ainsi départis : le 1er décembre, le dernier jour de février, le 30 avril et le 1er octobre de chaque année. A chaque paiement trimestriel, le receveur des tailles délivrait au consul collecteur une quittance provisoire, qui « demeurait pour nulle » entre les mains du collecteur du moment où il avait reçu la quittance générale et finale.

Il était formellement interdit aux porteurs de contrainte, brigadiers, archers et autres employés du recouvrement, de recevoir aucuns deniers des collecteurs, sous prétexte de les porter au bureau de la recette, à peine d'interdiction de leurs emplois et de 300 livres d'amende, et au collecteur, défense expresse de payer à autre qu'aux receveurs, à peine de payer deux fois.

Les collecteurs, dans le prélèvement de l'impôt, avaient pleins pouvoirs de procéder contre les récalcitrants par simple exploit exempt du contrôle, ou par exploit par assignation et saisie entre les mains de tierce-personne, avec contrôle, dans le délai porté par le règlement et sous les peines y contenues. Les porteurs de contrainte, brigadiers, archers et autres employés aux recouvrements étaient députés par le receveur des tailles, avec ordre de représenter aux consuls leurs commissions, dûment et préalablement enregistrées, sans frais, au greffe de l'élection, à peine de cent livres d'amende, et de leur remettre copie signée d'eux de la contrainte décernée contre les particuliers mis en demeure de payer leurs cotes. Sur billet délivré par les consuls et collecteurs, ils prenaient logement effectif chez ces particuliers, et leurs salaires étaient *soufferts* par les récalcitrants. Et il était inhibé défense aux consuls et collecteurs de faire la moindre avance aux employés pour leurs salaires et nourriture, ni de répéter, à peine de concussion, sur la communauté ni sur les taillables, aucuns frais de logement qui auront été *soufferts*. Comme aussi « faisons défense à tous huissiers, sergents ou porteurs de contrainte, de faire aucunes poursuites ni diligences en conséquence du rôle, qu'il n'ait été scellé et paraphé par le fermier-scel, ses procureurs ou commis, à peine de cent livres d'amende, laquelle appartiendra et sera payée au fermier, solidairement par vous collecteurs, et autres qui contreviendront, sans recours contre la communauté (1). »

Nous nous sommes attaché à développer jusqu'au plus mince détail tout le grimoire financier du vieux temps. Il ressort, ce nous semble, de l'exposé qui précède, que si le *jus cuique suum* n'a pas toujours été respecté dans les siècles passés par la haute finance et par ses lieutenants et agents subalternes, ce n'est la faute ni des lois ni du gouvernement. A toutes les époques de l'humanité, il y a eu et il y aura, à côté des gens honnêtes et consciencieux, des hommes de la race de celui dont il est écrit : *sed quia fur erat et loculos habens* (2). Flagellons ce qui mérite le fouet; mais n'incriminons pas à tort et à travers, à cause des abus, les mœurs et les institutions du passé.

(1) Arrêt du conseil du 18 juin 1697. Déclarations des 6 mai 1698 et 20 mars 1708.
(2) Evangile de saint Jean, ch. XII, vers. 6.

B/ CAPITATION.

Les guerres de 1689 à 1695 avaient fait de la France la première nation du monde; mais il fallait en payer les frais. D'autre part, à la mort de Colbert (1683), Louis XIV avait perdu un grand appui. Le célèbre réformateur des finances n'eut pour successeurs que des médiocrités, et en quelques années le déficit s'accrut de plus de sept cents millions, qui vaudraient aujourd'hui plus de deux milliards. On dut recourir aux moyens extrêmes. Les impôts déjà établis furent augmentés, et on en créa de nouveaux. Basville, intendant du Languedoc, conseilla la *capitation,* qui fut imposée par déclaration royale du 18 janvier 1695. La paix de Ryswick (1697) en favorisa la suppression; mais il fallut de nouveau avoir recours à cette forme d'imposition en 1701.

I. SUJETS A LA CAPITATION. — La capitation atteignait tous les ordres, toutes les classes. On distingua différentes formes de capitation; chacune eut son rôle particulier : rôle de la capitation noble; rôle de la capitation des privilégiés, des officiers de justice et finances, des employés aux traites, fermes et tabac; rôle de la capitation roturière.

A La Devèze, la capitation roturière eut évidemment la plus large part. Les privilégiés, les nobles et quelques autres jouissant de noblesse s'y trouvaient peu nombreux. La capitation roturière était départie sur tout habitant qui ne pouvait justifier, aux consuls et cotisateurs, qu'il était compris dans le rôle des nobles ou des privilégiés. Ainsi, l'impôt pesait sur « tous domiciliés taillables ou non taillables non imposés à la capitation dans d'autres paroisses...; ensemble, les veuves ou femmes séparées de leurs maris, les fils de famille, mariés ou veufs, demeurant, soit en particulier, soit avec leurs père et mère, les mineurs qui, par le décès de leurs père

23

et mère ou de l'un d'eux avaient des biens acquis...; les domestiques de toutes personnes sans exception, pour la capitation desquels les maîtres demeuraient responsables et contraignables (1). »

Malgré ces dispositions rigoureuses, il fut de tradition constante, dans La Devèze, de ne comprendre au rôle de la capitation que les chefs de famille, non leurs frères ou sœurs, oncles ou tantes, vivant avec eux *au même pot et feu* sur leurs droits légitimaires. Toutefois, il était fait exception à l'usage pour les cadets de famille dont les frères étaient décédés, lorsqu'ils possédaient des biens ou rentes en leur personnel et privé nom. D'après la même coutume, la capitation portait sur les seuls valets, non sur les servantes (2). Dans la catégorie des valets étaient compris les *bordiers* ou métayers et locataires. Les capots aussi étaient taxés à la capitation.

En 1717, sur 218 contribuables à la capitation, 26 valets, bordiers et locataires furent compris au nombre des capités.

—	1721 — 216	—	18	—
—	1727 — 218	—	19	—
—	1731 — 218	—	25	—
—	1733 — 223	—	22	—
—	1737 — 206	—	»	—
—	1747 — 238	—	29	—
—	1766 — 248	—	35	—
—	1768 — 255	—	41	—
—	1769 — 278	—	38	—
—	1771 — 248	—	6	—
—	1786 — 292	—	8	—
—	1787 — 279	—	7	—

Le lecteur aura remarqué la progression sensiblement descendante qui se produisit dès l'année 1770. Ce privilège, en faveur des valets et autres gens de leur bord, peut bien avoir eu sa raison d'être dans la sollicitude des administrations fi-

(1) Mandes pour la capitation de 1737 et 1747. — Archives municipales de La Devèze.
(2) Délib. du 27 mai 1768.

nancières « à rechercher les moyens les plus propres de soula-
» ger la classe la plus précieuse, mais souvent la plus négligée,
» la plus oubliée, celle des malheureux qui, privés de toute
» propriété, se trouvent sans subsistance autre que celle pro-
» venant de leur travail et de leur industrie (1). » On voit
aisément, par ce texte, que nous sommes à la veille de la proclamation des droits de l'homme.

Jusqu'en 1769, les valets, métayers, bordiers et locataires
n'étaient inscrits sur les rôles de la capitation qu'aux dernières colonnes. Dès 1769, ils figurent à côté de leurs maîtres.
Ils sont encore 58. Mais, en 1771, on ne taxe plus que
6 valets. Ce sont les 6 valets de M. le juge et de M. Laurent
Barquissau. En 1786, les 8 valets capités sont — qu'on veuille
bien en faire la remarque :

1786. 1. Le valet de M. l'archiprêtre de Saint-Pierre-Castets.
   2. Le valet de M. Bourdette, curé de Saint-André et La
    Magdeleine.
   3. Le valet de M le curé de Saint-Laurent.
   4. Le valet des MM. Lalanne, prêtres.
   5. Le valet de M. Domerc.
   6. Le valet de M. Laurent Barquissau.
   7-8. Les 2 valets de M. d'Espaignet.

En 1787. — *Sept* capités seulement dans la classe des valets :
   1. Le valet de M. l'archiprêtre.
   2. Le valet de M. le curé de Saint-André et la Magdeleine.
   3. Le valet de M. le curé de Saint-Laurent.
   4. Le valet des abbés Lalanne.
   5-6-7. Les 3 valets de M. d'Espaignet.

C'est assez piquant, et surtout ce n'est pas trop clérical.

2° Par son ordonnance du 20 novembre 1736, Sa Majesté
daigna :

Exempter de la *capitation* les miliciens servant actuellement, pendant les trois années qui suivaient l'expiration de leur service (2). En

---

(1) Rapport du bureau de la capitation à l'assemblée provinciale de la généralité
d'Auch, du 4 décembre 1787. — Archives départ. du Gers.
(2) Mande de la capitation, p. 1747. — Archives de La Devèze.

outre, défendons aux consuls, jurats, collecteurs et répartiteurs de comprendre dans leurs rôles (de la capitation roturière) les *ecclésias-tiques*, gentilshommes, officiers de troupes servant actuellement, commensaux de la maison du Roy et de celles des princes du sang, les officiers des cours, chancelleries, bureaux des finances, présidiaux des sénéchaussées et bureaux des élections, lesquels sont compris dans des *Rôles particuliers* (1).

Le clergé s'était racheté de la *capitation* par un *don gratuit*, et, en 1710, affranchi complètement en payant *six fois* la valeur de ce don (2). Par son édit du mois de juillet 1724, le roi réserva aux *hôpitaux* la moitié des gages des officiers municipaux. Mais le trésor royal, à *titre d'indemnité*, prélevait une somme fixée chaque année par l'intendant, à départir, au marc la livre de la capitation roturière, « sur tous les nobles, gentilshommes, officiers de justice, et tous autres habitants exempts et non exempts, privilégiés ou non privilégiés. » Au surplus, il était imposé « par-dessus ladite somme un sol par livre d'icelle » à titre de taxation et frais de recouvrement, dont *quatre* deniers pour les collecteurs, *quatre* deniers pour les receveurs des tailles, et *quatre* deniers pour le receveur général en exercice (5).

5° Outre les deux grands ordres privilégiés, clergé et noblesse, on comptait bon nombre de roturiers qui achetaient, avec une charge de judicature ou de finance, le privilège de l'exemption des tailles et autres impôts (4). Jusqu'à la nouvelle organisation de 1765, les Tursan d'Espaignet se fondèrent sur un privilège de cette nature pour s'exempter de la *capitation* depuis l'origine de ce genre d'impôts.

Nous savons combien peu l'exécution des édits d'août 1764 et mai 1765 fut prisée par André-Saturnin Tursan d'Es-

(1) Mande de la capitation, p. 1747. — Archives de La Devèze.
(2) A. Chéruel. *Dictionnaire historique des institutions, Mœurs et coutumes de la France*. Art. Capitation.
(3) Mande pour 1747.
(4) A. Chéruel; *op. cit.* Art. Privilégiés.

paignet et les consuls en charge (1). Aussi la nouvelle
édilité ne manqua pas d'user de représailles. Dès l'année 1766,
elle comprit André-Saturnin d'Espaignet sur les rôles des
capités, et le cotisa 52 livres 4 sols. Ce procédé indigna très
fort le fier gentilhomme de robe.

C'est bien à tort,—écrivait-il à M. de Sallenave, subdélégué général
de l'intendance, — que MM. les officiers municipaux de **La Devèze**
m'ont imposé, pour la première fois, cette année, à la capitation. Ne
suis-je pas exempt de cette taxe, en vertu d'une ordonnance de M.
de Samson, intendant, du 2 août 1696? Je suis abbé lay de La Devèze, et par mon titre, je suis compris sur le rôle des décimes du
diocèse de Tarbes. Je les paye, les décimes de mon abbaye, tout
comme les ecclésiastiques payent les décimes de leurs bénéfices. Pourquoi n'aurais-je pas, aussi bien qu'eux, le privilège de l'exemption?

MM. les échevins répliquèrent :

Il est vrai qu'en 1696, M. Jean de Tursau fut déchargé de la
capitation. Mais ce ne fut que par surprise ou par une lâche com-
plaisance des consuls. M. d'Espaignet ignore-t-il que MM. les
ecclésiastiques ne sont exempts qu'à titre d'ecclésiastiques, et que
l'exemption ne s'étend pas aux laïques? Il est compris à juste titre
dans les rôles des décimes du diocèse de Tarbes. Mais la capitation
est personnelle, et, dans toute l'étendue de la généralité, dans la ville
de Tarbes, dans tout le Bigorre, dans les communautés voisines de
La Devèze, tous les laïques possesseurs de dîmes payent les décimes
et payent également la *capitation.* Au surplus, les sentiments si
délicats de M. de Tursan devraient-ils tolérer plus longtemps que de
misérables habitants de la communauté payent leur cote-part de cette
taxe à sa décharge? Depuis la déclaration du 18 janvier 1695, le
chiffre non acquitté de la capitation de M. d'Espaignet se porte à près
de 6,000 livres! Les officiers municipaux de La Devèze ont un devoir
de conscience de s'opposer à cet état des choses, si préjudiciable aux
intérêts de leurs administrés.

Sur ces observations, MM. les échevins reçurent la lettre suivante :

Auch, le 5 janvier 1767.

Il a été décidé, Messieurs, que la taxe que vous avez faite sur M.

(1) Cf. *Revue de Gascogne,* janvier 1877.

d'Espaignet, juge en chef au pays de Rivière-Basse, pour payer la capitation est en règle, et que les décimes qu'il paye pour raison d'une dîme inféodée ne peut lui procurer l'exemption de la capitation, et c'est avec raison que vous vous êtes élevés contre l'ordonnance de M. de Samson, du 2 août 1696, qui avait déchargé l'auteur de M. d'Espaignet de la capitation dans votre paroisse. Je vous renvoie la délibération contenant réponse à la prétention de M. d'Espaignet.

Je suis parfaitement, Messieurs.....

D'ETIGNY.

M. d'Espaignet ne se tint pas pour complètement évincé. De nouveau, il fit appel à la justice de M. de Sallenave. Il y eut conflit de requêtes et contre-requêtes entre les deux partis, jusqu'au 2 avril 1770. A cette date, l'intendant Journet signifia à MM. les échevins de La Devèze d'avoir à décharger M. Tursan d'Espaignet de sa capitation. Ce ne fut qu'un prêté pour un rendu. Sur les rôles de la capitation roturière pour l'année 1771, MM. les municipaux ne firent figurer que six valets : les trois valets de M. d'Espaignet et les trois valets de M. Laurent Barquissau, son ami (1).

II. MODE DE PERCEPTION. — En conséquence de la déclaration royale du 12 mars 1701, l'intendant signifia à la communauté de La Devèze l'ordre (2) d'avoir à départir la *capitation* sur les habitants de la juridiction, par les soins de M. le juge, des consuls en charge, et des six plus haut taxés désignés par délibération générale (3).

Depuis 1765, les quatre prud'hommes répartiteurs durent procéder, conjointement avec les échevins, conseillers de ville et collecteurs, à la cotisation, le plus équitablement possible, sur tous les habitants, en proportion de leurs revenus, facultés et aisance, industrie et commerce.

---

(1) Rôle de la capitation pour 1771; délib. du 28 janvier 1767. 10 octobre 1767; archives de La Devèze.

(2) Cf. Lettres du 15 avril 1701; ordonnance du 27 juin 1701; archives municipales de La Devèze.

(3) On choisit deux prud'hommes répartiteurs par paroisse : Saint-Pierre et Castets, 2; Saint-André et la Magdeleine, 2; Saint-Laurent et l'Abonas, 2. Plus tard (1737-1765) le nombre des répartiteurs fut réduit à quatre. Délib. de 1701 à 1708, 1er décembre 1726. Délib. de 1737 à 1765.

Jusqu'en 1780, la mande de la capitation fut annexée au mandement de la taille et autres impositions. Mais l'ordonnance portait que la cotisation serait faite sur rôle particulier, en observant de n'inscrire qu'en un seul article le principal, et les 2 ou les 4 sols pour livres du principal (1).

En 1781, le mode de répartition de l'impôt fut modifié. Il fut enjoint que :

Le rôle sera réparti sur tous les habitants, et sur rôle particulier fait par les officiers municipaux conjointement avec *huit* commissaires qui seront pris, savoir : deux dans la classe des nobles ou de ceux vivant noblement; deux dans celle des bourgeois; deux dans celle des artisans, et les deux autres dans celle des bordiers ou journaliers, habitants de la communauté (2).

L'assiette et le département de la capitation des nobles et des privilégiés étaient arrêtés en conseil du roi sur la présentation de l'intendant. Le chiffre général de la capitation roturière était déterminé par l'intendant lui-même. Les receveurs des tailles taxaient les communautés d'après les cotes primitives qui furent renouvelées en 1769 pour les élections d'Astarac, Lomagne et Comminges; et dans chaque communauté les prud'hommes taxaient les contribuables. L'édit de 1695 prescrivait la division de tous les capités en vingt-deux classes. Mais, trop souvent, dans la pratique, la base de la répartition fut incertaine et plus ou moins arbitraire. D'après les règlements, la capitation devait être payée ès-mains du collecteur des tailles, et par lui, dans celles du receveur de l'élection en deux termes ou *pacx* égaux; le 1er en mars et le 2e en juillet ou septembre. « Faute de ce faire, » soit le contribuable, soit le collecteur, étaient *contraints* « par logement effectif à leurs frais et sans nulle répétition, par saisie et

---

(1) Mande de 1737.

(2) Commissaires nommés : classe des nobles ou de ceux vivant noblement : MM. Etienne-Alexandre Domerc, et Pierre Labat, docteur-médecin. Classe des bourgeois : Laurent Léberon, greffier en chef de Rivière-Basse, et André Dareix. Classe des artisans : Sylvestre Lanacastets et Dominique Ducousin. Classe des bordiers ou journaliers : Paul Mouchès et le nommé Pascau, locataire.

exécution de leurs meubles, fruits et effets, ainsi qu'il est accoustumé pour les propres deniers et affaires du Roy. »

En plusieurs occurrences, le collecteur fut nommé par les six principaux haut-taillables, sur proposition de l'assemblée générale des habitants et après ordonnance du juge. En 1737, il lui fut alloué 30 livres pour frais de voyage et port de l'argent à Nogaro. Les rôles de la capitation qui devaient être dressés, de rigueur, quinze jours après la réception du mandement, et sur lesquels les sommes devaient être inscrites, *lisiblement,* en *toutes lettres,* et de plus, *tirées hors ligne, en chiffres,* étaient soumis à la vérification des élus dans les mêmes formes que ceux de la taille et autres impositions.

III. CHIFFRES IMPOSÉS A LA CAPITATION. — De 1701 à 1720, le chiffre annuel de la capitation roturière, pour la communauté de La Devèze, fut de 1,000 livres argent. En 1721, le chiffre total réparti sur 216 habitants ne se porta qu'à 986 livres, plus les 2 sols pour livre de la somme principale. De 1721 à 1766, la cotisation varia de 1,000 livres (chiffre le plus bas), à 1,900 livres (chiffre le plus fort), sur un ensemble de 216 à 248 contribuables. En 1766, nous la trouvons subitement élevée au gros chiffre de 2,462 livres, y compris les 4 sols pour livre du principal (1). En 1777, elle atteignit le chiffre relativement énorme de plus de 5,000 livres. En 1786, la cote-part de la communauté de La Devèze, sur les 818,602 livres 9 sols 8 deniers, total général de toutes les capitations de la généralité d'Auch, fut de 2,972 livres sur 292 contribuables.

Maintes fois, aux mandements de la capitation vinrent s'annexer, depuis 1765 surtout, des mandes d'*augmentations* à distribuer sur chaque capité, au prorata de la contribution de chacun, pour petit équipement des miliciens, pour destruction du vagabondage, pour servir à la reconstruction des

---

(1) La perception du principal de la capitation auquel furent ajoutés les 4 sols pour livre date de 1747.

prisons de Toulouse, pour l'achèvement du canal de Picardie, la construction de celui de Bourgogne, etc.

Pour La Devèze, l'impôt de la capitation fut généralement excessif. Y avait-il « juste et équitable répartition » à exiger qu'une communauté qui comptait à peine 200 feux et grand nombre de locataires, fût cotisée à plus de 3,000, fût-ce même à 2,000 livres?

Nous sommes les plus *chargés* de la généralité. Vérifiez les rôles des communautés voisines, Marciac, Auriébat, Labatut, et vous n'aurez pas grand'peine à vous convaincre que leur taxe n'est pas un *cinquième* de ce que nous payons *ici*; à Marciac, Auriébat, Labatut, un particulier qui est cotisé 10 livres en payerait à La Devèze *60*. Deux communautés, comme Saint-Aunis, ne payeraient pas ensemble, pour cette taxe, autant qu'un seul de certains particuliers de La Devèze. Nombre de maisons considérables se sont fondues en une seule par suite de mariages; leurs articles se porteraient à plus de 800 livres. Et il faut que nous, particuliers sans ressources, en demeurions surchargés! Et cette surcharge est encore aggravée par la récente épizootie, par les gelées, par les débordements et les grêles. On ne peut qu'être *écrasé sous le poids énorme de cette insupportable imposition.*

Il fut octroyé (1er juin 1777) pleins pouvoirs aux officiers municipaux, aux fins de solliciter une *diminution,* en rapport avec les chiffres imposés aux communautés voisines de La Devèze.

La supplique dut être reléguée aux oubliettes, car il fut fait de nouvelles et pressantes instances en 1787; mais les lamentations elles-mêmes de nos « pauvres capités » furent d'un poids léger dans la balance de la haute finance (1).

(1) Pour tout ce qui concerne la capitation, consulter les délibérations municipales et les rôles de La Devèze de 1695 à 1789. Délib. des 1 juin 1777, 7 octobre 1787. Procès-verbaux des séances de l'assemblée provinciale de la généralité d'Auch tenues du 19 novembre au 19 décembre 1787. — Archives départementales du Gers.

C/ DIXIÈMES, CINQUANTIÈME, VINGTIÈMES.

Dans la guerre de la succession d'Espagne (1697-1715), la communauté de La Devèze eut à fournir son contingent de miliciens et d'approvisionnements (1).

Or le royaume était épuisé. Les finances se trouvaient dans un état déplorable. De plus, par suite du cruel hiver de 1709, des gelées, des inondations, des fléaux de tout genre, la détresse fut extrême. Les tailles et les crues y jointes, la capitation elle-même furent impuissantes à combler l'abîme. On dut avoir recours au *dixième* (2).

Depuis 1717, la régence s'étant prise du plus bel enthousiasme pour la fameuse banque de Law, les terres furent affranchies, et le *dixième* ne porta plus que sur quelques branches du revenu (3).

On sait qu'après cette fièvre financière il fallut déclarer banqueroute, et créer, au profit des créanciers, une rente de plus de 40 millions.

Malgré ce désarroi dans les finances du royaume, la communauté de La Devèze n'eut à payer, du moins d'après les documents officiels actuellement en sa possession, de 1720 à 1740, d'autres redevances au roi que les impôts de la *taille*

(1) Dès l'année 1702, les consuls de La Devèze reçurent des mandes de l'intendant portant ordre de fournir incessamment « jusques *à trois soldats* de *cinq pieds de haut*, et depuis l'âge de 20 ans jusqu'à 40, pour être employés aux troupes et aux recrues de Sa Majesté, à peine d'être contraints (lesdits consuls) par logement, et emprisonnement. » En 1709, le maire et les consuls de la ville de Riscle intimèrent aux consuls de La Devèze une ordonnance de l'intendant, du 10 août 1709, portant que « la ville et communauté de La Devèze fournira *huit sacs* d'avoine et un *bœuf gras* pour le passage des troupes. » (Cf. Délib. municipales : 23 janvier, 17 mars, 1-16 décembre 1702, 23 février 1703; 14 mars 1704, 23 août 1709, 16 mai 1710. Archives de La Devèze.)

(2) Le dixième consistait dans la dîme ou dixième partie du revenu. Cette taxe avait beaucoup d'analogie avec la dîme royale proposée par Vauban. (Cf. Chéruel, *Dict. hist. des instit.*, art. Dîme royale.)

(3) Chéruel, *Dict. hist.*

.et de ses accessoires divers, de la *capitation* et du *cinquan-tième* du revenu des biens-fonds roturiers, se portant au plus à 158 livres 2 sols à distribuer sur tous les contribuables aux tailles.

En 1741, le roi Louis XV, par sa déclaration du 29 août, ordonna de nouveau que « à commencer du 1er octobre 1741 il serait annuellement levé à son profit le *dixième* du revenu de tous les biens-fonds de son royaume pour subvenir aux dépenses extraordinaires de l'Etat. » En vertu de la même déclaration fut créé le *dixième de l'industrie*. A ces deux dixièmes, dixième rural, dixième de l'industrie, s'ajouta le dixième des biens patrimoniaux, plus les 2 sols pour livre du principal de ces trois dixièmes.

Dès 1746, le roi « ayant jugé à propos d'avoir recours à de nouveaux moyens pour fournir aux frais de la guerre et pour parvenir à une paix solide et durable, » trouva « qu'il n'y a aucun expédient moins sujet à inconvénient que de créer des rentes au *denier vingt* dont les *principaux* seront remboursables en dix années; » et pour cet effet, il ordonna, par son édit de décembre 1746, que « pour le payement des arrérages et le remboursement des capitaux de ces rentes il serait levé pendant le même temps les 2 sols pour livre en sus du dixième qui se lève en vertu de la déclaration du 29 août 1741, sans néanmoins que le dixième puisse être pro-rogé au-delà du temps pendant lequel il doit avoir cours. » Par ce moyen, « tous les sujets contribuant également et à proportion de leurs biens, revenus et profits, à l'augmenta-tion de charges que Sa Majesté est obligée d'imposer sur eux, elle pourra se procurer un secours dont le produit, réparti en dix années, sera rendu aussi léger qu'il peut l'être, et dont le recouvrement se fera sans aucun nouveaux frais (1). »

Ainsi, aux dixièmes vinrent s'ajouter, à titre d'augmenta-

(1) Mande faite à Pau le 30 décembre 1746, signée Gaspard-Henri Caze de La Bove — par Monseigneur, Sallenave, signé.

tion de charges, les *vingtièmes* : 1ᵉʳ et 2ᵉ vingtièmes ruraux
ou des biens-fonds, 1ᵉʳ et 2ᵉ vingtièmes de l'industrie, 1ᵉʳ et
2ᵉ vingtièmes des biens patrimoniaux, plus les 2 sols pour
livre du dixième. Le premier et le second vingtièmes, en d'autres termes le *double vingtième*, furent établis, ou du moins
confirmés, par l'édit de mai 1749 et la déclaration royale du
7 juillet 1756 (1).

II. SUJETS AUX DIXIÈMES ET AUX VINGTIÈMES. — 1° Le dixième
rural et le sol ou les 2 sols pour livre du principal se préle-
vaient « sur tous les biens, pays, terres et seigneuries de l'o-
béissance de Sa Majesté, appartenant ou possédés par ses
sujets ou autres de quelque qualité qu'ils soient. »

2° Le dixième de l'industrie et les 2 sols pour livre du
dixième portaient « sur les marchands, négociants et artisans
des villes qui font corps de communauté et où il y a des maî-
trises, ensemble sur ceux des mêmes arts et métiers et commerce des villes et bourgs qui ne sont point maîtres, de
même que sur les hôteliers, cabaretiers, charrons, bourre-
liers et maréchaux établis sur les grandes routes. »

3° Le dixième et les vingtièmes des patrimoniaux et les
2 sols pour livre du dixième se levaient sur les biens et revenus propres de la communauté.

4° Les vingtièmes de l'industrie et les 2 sols pour livre du
dixième furent levés « sur tous les négociants, commerçants,
marchands, cabaretiers et artisans de la communauté. »

5° Les vingtièmes ruraux et les 2 sols pour livre du dixième
portaient « sur tous les biens-fonds, maisons, seigneuries et
droits seigneuriaux, fiefs, fermes, domaines, terres, prés,
bois, vignes, marais, pacages, usages, étangs, moulins et autres biens, droits, revenus généralement quelconques situés
et possédés par les habitants et bien-tenants de la communauté. »

(1) Les procès-verbaux de l'assemblée provinciale d'Auch (séance du 28 novembre
1787) parlent d'un 3ᵉ vingtième ajouté en 1781. Il n'en est fait aucune mention dans
nos archives.

Il était fait exception pour les biens ecclésiastiques, mais seulement des ecclésiastiques attachés à leurs bénéfices (1). Ces biens ne supportaient rien de l'imposition, eu égard à l'abonnement consenti par le roi. Néanmoins, ces biens devaient être compris dans les rôles avec le montant de leurs tailles, pour mémoire.

Les *vingtièmes* ruraux portaient sur toutes les propriétés foncières, mais ne les affectaient que dans leur produit net, c'est-à-dire déduction faite des frais de culture, d'entretien, des pertes auxquelles les récoltes étaient annuellement exposées, et du *douzième* que le roi accordait aux propriétaires pour les réparations éventuelles (2). Ainsi, en 1781, la communauté de La Devèze bénéficia d'une *modération* de la moitié des vingtièmes à cause des pertes subies par suite des terribles inondations, brouillards et abats d'eau de mai et de juin, et de la grande sécheresse d'août de cette même année 1781.

III. MODE DE PERCEPTION DES DIXIÈMES ET VINGTIÈMES. — Les dixièmes, les vingtièmes et les 2 sols pour livre étaient répartis sur les contribuables par rôles dressés dans le bureau des directeurs des finances, signés par l'intendant et remis, à la diligence du receveur des tailles de l'élection, aux consuls ou officiers municipaux et collecteurs de la communauté, en exercice, pour être mis en recouvrement dès le 1er janvier

(1) On sait que le clergé se racheta moyennant huit millions. L'ordre de Malte paya soixante mille livres. Il y eut aussi des provinces et des villes qui se rachetèrent. Le rachat du clergé ne paraît pas avoir été tenu en grand respect pour l'année 1771, notamment en La Devèze. J'ai sous les yeux le rôle fait par l'intendant pour cette année 1771; je lis que « les sommes des premier et second vingtièmes des biensfonds et des 2 sols pour livre du dixième doivent être levés sur tous les biens-fonds, maisons, seigneuries, fiefs, fermes, domaines, terres, prés, bois, vignes, marais, pacages, usages, étangs, rivières, moulins, et sur tous autres droits et biens généralement quelconques situés et possédés dans la communauté de La Devèze par les nobles, *ecclésiastiques*, officiers, exempts et privilégiés, bourgeois et habitants taillables. — Cf. Pour tout ce qui précède, Chéruel, *Dict. des instit.*, art. Dixième. Rôles divers des dixièmes et vingtièmes. (Archives de La Devèze, etc.)

(2) Procès-verbaux de l'assemblée provinciale d'Auch. Séance du 21 novembre 1787.

de l'année. Le contrôle des fortunes particulières fait par les soins de vérificateurs servaient de base à la confection de ces rôles pour les communautés qui avaient subi la vérification, et dans les communautés non vérifiées l'impôt était réparti au marc la livre de la taille.

Depuis 1771 en particulier, le collecteur était tenu de faire publier les rôles à la porte de l'église paroissiale, après la messe du dimanche où fête qui en suivait la réception, de façon à ce que personne ne pût prétendre cause d'ignorance et que chacun eût à s'y conformer. En outre, ledit collecteur avait à remettre au receveur un certificat de cette publication signée de lui et de quelques notables ou principaux habitants. Il y avait ordre de procéder sans délai à la répartition des sommes diverses imposables par un rôle séparé dont il devait être fait deux doubles sur papier ordinaire non timbré, l'un pour être remis au collecteur, l'autre pour être envoyé à l'intendant. Ces rôles, après vérification, étaient rendus exécutoires sans frais par le subdélégué du chef-lieu de l'élection ou autre plus à portée de la communauté. De plus, il était fait expresse défense d'imposer autres ou plus grandes sommes que celles portées sur le mandement, à peine de concussion. Lorsqu'il y avait des côtes augmentées comparativement à celles des années précédentes, elles étaient *modérées* sur la simple représentation des contribuables, à moins que ces augmentations ne vinssent de nouvelles acquisitions ou mutations. Les dénommés aux rôles, leurs représentants ou ayants-cause à quelque titre que ce fût, leurs fermiers, régisseurs, locataires et autres débiteurs, étaient contraints, par les voies ordinaires et accoutumées, et comme pour les pro-

(1) En 1781, les consuls et collecteurs de La Devèze eurent ordre du receveur des tailles de faire procéder incessamment à la confection des rôles pour 1782, de commencer le recouvrement avec la plus grande célérité, de lui faire la plus forte remise possible avant le 10 décembre 1781, et de continuer les recettes avec une activité soutenue afin d'en grossir le produit, et les remettre à son bureau exactement avant le 10 de chaque mois; faute de ce faire, ledit receveur sera obligé de les poursuivre suivant la rigueur du règlement. (Arch. mun. de La Devèze.)

pres deniers et affaires de Sa Majesté, de remettre les sommes imposées entre les mains du collecteur, en quatre termes égaux, dans les mois de janvier, avril, juillet et octobre de l'année, et ce, par préférence à tous créanciers, douaires et autres dettes privilégiées ou hypothécaires de quelque nature qu'elles fussent, et même aux autres deniers royaux. Le collecteur était tenu de porter et remettre, aux mêmes époques, le montant des rôles, sauf déduction des 4 deniers pour livre de remise qu'il pouvait retenir à son profit au receveur des tailles de l'élection; celui-ci à son tour, sauf retenue en sa faveur de 4 deniers pour livre, était obligé de compter ès-mains du receveur général des finances ou à son commis, à Auch, lesquels devaient déposer les fonds à la caisse d'amortissement, à peine pour les tous à être contraints comme pour les propres deniers du roi. Les consuls, collecteurs et receveurs demeuraient responsables en leur propre et privé nom, et chacun pour sa part des sommes imposées, faute par eux d'en suivre le recouvrement.

IV. CHIFFRES DES DIXIÈMES ET DES VINGTIÈMES. — 1° *Dixièmes*. On sait que les dixièmes comprenaient le principal de l'imposition plus le sol et plus tard les 2 sols pour livre de la somme principale. En 1717, le principal du dixième rural, y compris le sol pour livre, ne se porta qu'à 790 livres 10 sols pour La Devèze. En 1747, ce même dixième fut de 1,986 livres 14 sols 5 deniers — 1,806 livres 2 sols pour le principal, et 180 livres 12 sols 3 deniers pour les 2 sols pour livre. Le dixième des patrimoniaux, en 1747, fut de 20 livres 4 sols 7 deniers, y compris les 2 sols pour livre.

Cette même année (1747), le dixième de l'industrie fut en principal de 94 livres 4 sols, plus 9 livres 8 sols 5 deniers pour les 2 sols pour livre.

2° *Vingtièmes*. — 1° *Double vingtième rural* : Le principal varie — de 1765 à 1788 — de 1,746 livres 14 sols (année 1771), chiffre le moins fort, à 1,759 livres 14 sols (année 1766)

chiffre le plus fort. Les 2 sols pour livre du dixième ne dé-
passent pas, chiffre le plus fort, 175 livres 19 sols 5 deniers
(année 1766).

II° *Double vingtième de l'industrie :* Le principal ne dépasse
pas 18 livres, et les 2 sols pour livre du dixième 1 livre
16 sols.

3° *Double vingtième des patrimoniaux :* Même chiffre que
pour celui de l'industrie; pour le principal, 18 livres, et pour
les 2 sols pour livre du dixième, 1 livre 16 sols.

En 1788, le principal et les 2 sols pour livre du dixième
— pour le double vingtième rural — ne se portèrent qu'au
chiffre total de 1,264 livres 8 sols et 5 deniers.

D/ IMPOT DES DROITS RÉSERVÉS.

L'impôt des *Droits Réservés* portait sur les objets de consommation. Il fut établi, par édit du mois d'août 1758. Ces droits
ne devaient être perçus que pendant six années, c'est-à-dire
jusqu'en 1764; mais, en 1763, ils furent prorogés jusqu'en
1770. Depuis cette époque, il parut successivement plusieurs
édits qui en ordonnaient la continuation. Aussi, le 19 janvier
1775, l'intendant adressa au maire de La Devèze les lettres
patentes de Sa Majesté, du 23 novembre 1775, prescrivant la
perception des droits réservés, à compter du 1er janvier 1775
jusqu'au 31 décembre 1780, dans les villes, bourgs et communautés. L'état joint à ces lettres portait que la ville de La
Devèze devait payer annuellement, pour son abonnement, la
somme de 300 livres à prendre sur les objets de consommation mentionnés dans l'ordonnance. Le roi l'autorisait à percevoir ces droits à son profit, à la condition d'acquitter entre
les mains de qui de droit la somme à laquelle elle se trouvait cotée. Elle pouvait même réduire l'impôt à tels objets de
consommation qu'elle voudrait, si la perception devait être

nuisible aux habitants. Dans le cas où la recette serait inférieure au chiffre fixé, il était permis d'établir impôt sur tous
les contribuables, au marc la livre de la capitation, avec les
2 sols pour livre.

En 1780, il fut édicté une nouvelle disposition qui proro-
geait les *droits réservés* jusqu'en 1790. La perte des bestiaux
occasionnée par la terrible épizootie de 1774-1775, les ravages considérables causés par les inondations, notamment celle
de l'Arros, dans la nuit du 13 au 14 juin 1775, et toutes autres pertes et désastres qu'eut à subir la communauté, furent-
ils le véritable motif du retard à payer les *Droits ?* Quoi qu'il
en soit, le 8 octobre 1781 il fut signifié une contrainte au
premier consul de La Devèze, de la part de M. de Lassus (1),
directeur de la régie générale, sous le nom d'Henri Clavel,
aux fins d'avoir à payer à M. de Lassus la somme de 247 livres 10 sols pour l'abonnement des droits réservés de 1781. Il
était déclaré que ledit consul serait contraint au payement de
cette somme par logement effectif à raison de 50 sols par jour.

Il fallut s'exécuter sur le champ pour éviter les frais de
contrainte, et octroyer pleins pouvoirs au sieur Darré, premier
consul, de faire l'avance des 247 livres 10 sols et autres frais.

La répartition du nouvel abonnement des *droits* réservés
était faite, comme celle de la capitation, par les magistrats de
la ville et par des prud'hommes nommés à cet effet. Mais les
sommes imposées, au marc la livre de la capitation, devaient
être cotées sur un rôle particulier, et sur ce rôle figuraient
« tous les habitants qui font des consommations dans la présente communauté, généralement tous ceux qui pourront y

---

(1) Peut-être un ascendant de M. Henry de Lassus, dont nous avons lu le nom
(*Univers* du 14 février 1881) parmi ceux des plus dévoués défenseurs de la liberté
religieuse.

D'après le *Glanage* de Larcher, les armes de la famille de Lassus étaient « d'or à
la bande d'azur accompagnée de deux grenades de gueules. » Collection de 1761,
p. 65. Archives de la mairie de Tarbes. — D'après M. de Vergez, n° 75, « d'or à la
bande engrêlée d'azur accompagnée de deux grenades de gueules, 1 en chef et 1 en
pointe. »

être compris eu égard à la consommation qu'ils font ou font faire. »

En 1784, le rôle de l'*abonnement* comprit autant d'articles que celui de la capitation. La somme imposée fut répartie sur 268 contribuables, y compris les privilégiés. Les privilégiés furent cotés comme s'ils avaient dû payer régulièrement; mais le chiffre total de leur cote-part fut déduit de la somme totale de l'abonnement (1).

La perception des droits réservés devait être faite, sans aucun frais, par le collecteur.

La répartition et la perception de cet impôt subirent fort peu de variations. Il n'en fut pas de même des sommes fixées pour le produit de ces droits. D'après le rapport de la commission des droits réservés à l'assemblée provinciale d'Auch, et d'après les plaintes elles-mêmes et les supplications de la communauté de La Devèze « à l'effet d'être autorisée à se retirer par devers Sa Majesté pour demander d'être déchargée, » il paraît que les droits firent « des progrès énormes, eu égard aux forces de la généralité, » de 1758 à 1790. En 1775, le principal du produit des droits réservés fut porté, pour la généralité d'Auch, à 105,415 livres, et les 2 sols pour livre à 11,490 livres, faisant un total de 114,905 livres. En 1782, le principal fut de 110,000 livres, et de plus il fut imposé 55,000 livres pour les anciens 2 sols et nouveaux 8 sols pour livre, formant un total de 165,000 livres. En prenant la différence de ces deux sommes, il résulte que l'augmentation qu'eut à subir l'impôt en 1782 fut de 50,097 livres.

Vu cette « effrayante surcharge » imposée à une « généralité inférieure à toutes celles du royaume par sa population et ses moyens....; ne recueillant que les fruits de première

(1) L'abonnement des privilégiés fut de 128 livres à déduire des 632 livres 1 sol du total de l'imposition. Noms des privilégiés : M. l'archiprêtre de Saint-Pierre, 12 livres; M. l'abbé du Clos, curé de Laffitole, 12 livres; MM. les abbés Lalanne, 21 livres; M. Bourdette, curé de la Madeleine, 10 livres; le curé de Saint-Laurent, 10 livres; M. d'Espaignet, président, 21 livres; M. Cantan de Hournets, 15 livres; les héritiers de Lanusse Croussé, 6 livres; les héritiers d'André Bacqué, 21 livres.

nécessité, produits que la terre quelquefois a peine à lui accorder et que le plus souvent la grêle anéantit....; ne possédant aucune de ces sources inépuisables de richesses, telles que les manufactures, les canaux, qui facilitent le commerce, et tous les autres avantages capables de vivifier un pays et d'y apporter l'abondance, » la commission des droits réservés présenta à MM. de l'assemblée provinciale des conclusions ayant pour but de les engager à « aviser aux moyens d'adoucir la rigueur de cette lourde imposition. »

Il n'en est qu'un, Messieurs, et nous vous le présentons avec confiance, persuadés que le zèle et l'attachement que vous avez voués à la province confiée à votre administration ne vous permettront pas de le rejeter. Nous avons pensé qu'il serait utile de former, pour la répartition de cet impôt, des classes relatives à la consommation de chaque personne. Cette méthode, qui vous a été déjà présentée et que vous avez si bien accueillie pour la répartition de la capitation, sera sans doute pratiquée avec le même succès dans celle de l'abonnement des droits réservés. La justice, Messieurs, est le premier et le plus beau des droits d'une monarchie. C'est par elle qu'un roi fait le bonheur de ses peuples, et ce serait se rendre coupable, sans nul doute, que de lui dissimuler les occasions et les moyens de l'exercer. C'est donc cette justice que vous devez implorer...

La matière mise en délibération, il est arrêté : 1° qu'il sera présenté un mémoire au roi pour obtenir que le montant total de l'abonnement des droits réservés perçus dans la généralité d'Auch soit réduit à la somme de 87,657 livres, pour suivre la proportion dans laquelle est imposée la Haute-Guienne d'après la justice que lui a rendue Sa Majesté; 2° que les communautés où l'imposition des droits réservés a lieu seront tenues d'adopter la méthode des classes, dans les rôles qui seront faits pour la répartition de l'impôt sur les individus consommateurs (1).

(1) Cf. Procès-verbaux de l'assemblée provinciale d'Auch (séances des 1er novembre et 11 décembre 1787). Archives départementales du Gers. Délibérations municipales de La Devèze des 12 mars, 27 août 1775, 14 octobre 1781, 23 novembre 1783, 7 novembre 1784, 23 octobre 1785, 19 novembre 1786.

Avant de terminer ce paragraphe de l'administration financière, il est un devoir de juste et impartiale appréciation à
accomplir.

En maintes occasions et assemblées délibératives, les *modernes* élus de 1765 (1) se sont permis des récriminations
peu agréables à l'adresse des anciens consuls. « Jusqu'à la
formation du corps de ville, les affaires étaient si mal conduites qu'il y régnait un désordre total. Jamais les anciens administrateurs n'ont pu — ou plutôt n'ont voulu — liquider
la situation. »

Ce grave reproche était-il fondé sur des raisons sérieuses ?

Nous avons parcouru avec un soin scrupuleux les documents qui révèlent, à n'en pas douter, que le système d'exploitation égoïste des fonds de la communauté ne fut nullement dans les traditions administratives de La Devèze. Si
parfois, durant une période de plus de cent ans, il y eut
quelques infractions aux règlements, même au point de vue
de la justice, ce *passe-vu la mande* (2) plus ou moins irrégulier n'autorisait pas, à notre avis, MM. les municipaux de
1765 à traiter de *concussionnaire* l'administration des anciens
consuls, leurs prédécesseurs plus ou moins immédiats.

Quand on ne prend pas la passion uniquement pour guide,
on ne représente pas sans motifs évidents — moins encore
en assemblée publique — que, « dans aucun temps, les
comptes des consuls, collecteurs et syndics n'ont pas été rendus dans les formes prescrites par les règlements, » que « les
comptables faisaient de nombreuses omissions dans leurs recettes, de faux emplois dans leurs dépenses, » que, « s'il y a
eu des reliquats payés, ils n'ont pas été employés conformément à leur destination ou ont servi à couvrir des dépenses,
souvent illusoires, des syndicats, ou ont été divertis par ceux

_____

(1) Cf. *Revue de Gascogne*, janvier 1877; Adm. municipale de La Devèze, § 1er.
(2) C'était la formule inscrite par les élus, à la vérification, sur la marge des rôles,
après acquit du chiffre de l'impôt.

qui les avaient en main, » que « tous ces abus proviennent
de la mauvaise administration qui a été jusqu'à ce jour en
exercice dans la présente ville (1). »

Comment concilier tout un système de mauvais emploi,
de détournement des fonds publics, avec cet empressement
des consuls, de 1745 par exemple, à obéir aux ordres de la
cour des aides. Par exploit (15 juin 1745) de Margouet,
huissier, et à la requête du procureur général, il fut signifié
un arrêt général de ladite cour concernant la reddition des
comptes qui porte, entre autres prescriptions, que « les comptes
et pièces justificatives, avec les titres, seront remis dans les
archives ou *coffres,* après en avoir fait au préalable *bon* et
fidèle inventaire en présence de M. le juge qui sera tenu de les
parapher, pour éviter l'égarement d'iceux. » On exécuta si
bien ces ordonnances que la plupart de nos renseignements,
ceux en particulier relatifs à la question financière, reposent sur
des documents et pièces justificatives dûment paraphés (2).

L'étude réfléchie et impartiale de nos archives ne permet
pas à d'aussi graves soupçons de peser plus longtemps sur
l'honorabilité des représentants du régime consulaire (3)
remplacé par un régime qui « divisa pour régner (4), » et inau-
gura, par le fait, dans notre beau pays de La Devèze, jadis si
calme dans son unité, cette ère de troubles, de divisions dans
les esprits et dans les cœurs, de haines peut-être, dont nous
avons encore à subir les tristes conséquences. Notre pays
n'aurait-il pas gagné à conserver son unité territoriale ? Tous
ces prétendus progrès n'ont-ils pas favorisé des menées ambitieuses, égoïstes ? N'ont-ils pas contribué à égarer et à ré-
volutionner une population pleine d'instincts généreux ?

(1) Délibération du 31 janvier 1766.
(2) Délib. du 7 juillet 1745.
(3) Les incriminations de la nouvelle municipalité portaient principalement sur la
gestion sous le régime consulaire de MM. André de Tursan d'Espaignet, juge en
chef de Rivière-Basse, Barquissau-Billé, Bacqué Trailbonne, Lalanne Balthasar,
Laffitte Caussade, Lasbarrières, Lanusse, Dareix, Nabonne.
(4) Nous avons déjà fait remarquer que toutes les divisions territoriales de La
Devèze en *sections* ou *parsans* datent de 1765.

§ V[e].

VOIRIE.

I

Sans remonter à Charlemagne ou à Philippe-Auguste, on ait que, sous Henri IV, Sully, nommé grand-voyer de France, et Colbert, sous Louis XIV, donnèrent des soins tout particuliers à l'amélioration des chemins. C'est de Colbert que datent la plupart des grandes routes de France (1).

Dans notre pays d'Arros et Adour, la *petite* aussi bien que la *grande voirie*, fut l'objet de la sollicitude du gouverment, particulièrement dans les premières années du XVIIIe siècle.

Une ordonnance de l'intendant du 5 mars 1717 prescrivait aux habitants bien-tenants, propriétaires des fonds et terres contigus aux grands chemins de la communauté de La Devèze d'y faire toutes les réparations nécessaires.

Enjoignons aux consuls de ladite communauté de nommer un habitant actif et entendu pour faire une visite générale de l'état desdits chemins, à l'effet de connaître et marquer les réparations qu'il convient d'y faire et d'avertir sur le champ les propriétaires des fonds et terres, qui sont tenus d'y satisfaire dans un mois, sous les peines portées par l'ordonnance (2).

En 1740 (18 mars), une nouvelle ordonnance vint réveiller le zèle de nos consuls au sujet de l'appropriation des « rues, places publiques et chemins. » De son côté, l'édilité de 1765 ne se fit faute de signaler, dans sa turbulente anti-

(1) Pour de plus amples détails, consulter Chéruel, *Dict. des instit.*
(2) Pierre Dusser et Bernard Dareix furent nommés syndics à cette fin.

pathie pour le régime consulaire, la négligence des « administrateurs de la cause commune. »

Les consuls ont été si négligents pour les ordonnances de la voirie que, dans aucun temps, ils n'ont veillé à leur exécution, ni songé à en instruire Nosseigneurs du bureau des finances, de sorte que
les rues et les places publiques de la présente ville, et même tous
les chemins de la juridiction sont dans un tel désordre, et si déter-
riorés qu'il est presque impossible d'y passer en voiture, et même
à pied; le plupart n'ont pas la largeur requise. Ici, les propriétaires des fonds riverains ont usurpé du terrain, là, et par suite
du refus des aboutissants à les entretenir, ce ne sont qu'encombre-
ments de broussailles, éboulements, ravins, cloaques. Plaise, en
conséquence, à Nosseigneurs du bureau des finances, ordonner que
les riverains *chacun en droit-soi,* seront tenus à faire lesdites réparations, à moins qu'elles ne soient de nature à devoir être faites à
frais communs, et dans le cas du refus des particuliers, octroyer
pleins pouvoirs aux officiers municipaux de dresser procès-verbal
contre les récalcitrants.

Nosseigneurs les trésoriers de France et grands-voyers
de la généralité d'Auch accueillirent avec faveur la requête.
Leur ordonnance du 26 mars 1768, après publication, les
3, 4 et 5 avril suivant, sur la porte des églises de la juridiction et à l'issue de la messe de paroisse, fut rigoureusement mise à exécution. Le chemin de La Devèze à Labatut
jusqu'au *Baniou* (1), le chemin du Pécos, toutes les voies
de communication avec Labatut et Soubagnac, le gué de
Bière sur le Baniou, le chemin public, dans la paroisse de
Saint-Pierre, qui commence aux limites du territoire de Soubagnac, traverse Saint-Pierre jusqu'aux confins d'Armentieu,
la partie de ce chemin qui se partage derrière la maison
presbytérale de ladite paroisse jusqu'au ruisseau qui sépare Saint-Pierre et Castets, le chemin de Castets à la Magdeleine, traversant la ville et passant à l'église de Saint-André,

(1, Dans une délibération municipale du 12 mars 1768, il est dit « qu'il s'en faut
de 200 pas » que, sur le chemin, la ligne divisoire du territoire de La Devèze et de
Labatut aille jusqu'au *Baniou.*

la *Carrère-Longue* en Saint-Laurent, furent réparés par les habitants, chacun travaillant dans sa paroisse respective et par corvée (1). Les syndics nommés *ad hoc* veillaient au travail, tenant état des journées des corvéables et des défaillants (2). L'administration municipale n'opposa difficulté à l'exécution de l'ordonnance que pour le chemin dit de *Berdolis* en la paroisse de Saint-André. Par ordre du bureau des finances du 8 avril 1785, il fut enjoint à la municipalité de faire combler le puits attenant audit chemin, près la maison du sieur Lanusse-Crouzé, et de réduire le vivier à un simple fossé de 3 pieds de large, si mieux n'aimaient les officiers municipaux « faire reconstruire la bordure dudit puits par » qui il appartiendra. »

Il fut répondu, « en assemblée générale de paroisse, » que ce chemin est de si petite importance « qu'il ne vaut pas la peine qu'on s'en occupe. » Il n'est qu'à l'usage de Lanusse et de quelques locataires qui habitent la maison Berdolis. La margelle du puits, les voisins la rétabliront. Quant au vivier, l'assemblée s'oppose à la réduction, attendu qu'il y a procès pendant au sénéchal de Lectoure entre Lanusse et quelques particuliers au sujet de la propriété de ces deux immeubles. D'ailleurs, « le sieur maire nous a très bien fait observer qu'il n'est pas possible, de longtemps, de réparer le chemin conformément aux règlements, moins encore dans le délai fixé par l'ordonnance, pour le motif que la paroisse de Saint-André est très *surchargée* en vue de la réfection de deux chemins *extrêmement considérables par leur*

---

(1) La construction du chemin dit *Carrère de Laman* reliant La Devèze à Juillac par le moulin que fit construire sur l'Arros messire Pierre-André-Gabriel d'Espaignet, président de la cour des aydes de Montauban, fut l'occasion de bien des onflits de 1780 à 1792, entre la municipalité de La Devèze et M. d'Espaignet. Le narré de tous ces incidents et autres, dans l'espèce, ne pourrait offrir qu'un intérêt purement local. Je ferai néanmoins observer à cette place que je possède dans mes notes particulières, sur les chemins de La Devèze, des renseignements divers et précis, d'une incontestable authenticité, que très volontiers je mettrai à disposition des familles qui se croiraient intéressées à les consulter.

(2) Délib. des 12 mars et 30 avril 1786.

longueur et des grandes réparations qu'ils exigent; le tout est à sa charge, sans compter qu'elle doit contribuer avec le restant de la communauté à la *faction* (sic) de la *grand'route* qui la traverse et qui ne sera pas finie de longs jours (1). »

II

Nous avons déjà signalé les tendances progressistes de nos édiles de 1765. Dès le 28 février 1766, les échevins de La Devèze représentèrent «aux assemblés» que dans tout le pays de Rivière-Basse il n'y a nul commerce pour les denrées, notamment pour le vin. Aussi l'argent est-il d'une rareté excessive; les particuliers se trouvent hors d'état de payer leurs impôts et de subvenir à leur entretien. Tous ces maux sont créés par les difficultés des communications et particulièrement par l'absence d'une grande route traversant la contrée et mettant le Bigorre et le pays des montagnes en relation avec le pays de Mont-de-Marsan. Il est vrai qu'on a construit une grande route de Maubourguet à Tarbes (2), mais sera-t-elle continuée? Par où passera-t-elle?.. Plusieurs communautés de la rive gauche de l'Adour se sont avisées de vouloir persuader qu'il serait plus avantageux de lui faire gravir leurs coteaux escarpés et traverser le Béarn et de la relier à Aire-sur-Adour, au préjudice de la facilité et des avantages qu'il y aurait à l'asseoir sur la rive droite, dans une «plaine immense» et «sur un fond de gravier.» Dès lors que déjà un pont est établi sur l'Adour à Maubourguet, les dépenses de la prétendue route par le Béarn seront évidemment plus coûteuses. Il faudra construire un pont sur Leschès, se condamner à des travaux considérables à travers des côtes presque inaccessibles, tandis que l'on peut

(1) Délib. du 24 avril 1785. Archives de La Devèze.
(2) La traduction porte que l'inclinaison de cette route, entre ces deux points extrêmes, Tarbes et Maubourguet, est exactement la hauteur des clocher et flèche d'Auriébat.

parfaitement bénéficier du pont déjà construit sur l'Adour, et de ce fonds de gravier dont l'exploitation ne peut être qu'une source d'économies. Prenez plutôt le chemin à Rabastens et faites-lui traverser, soit la plaine de l'Adour, sur sa rive droite, soit celle de l'Arros. Dans ces deux cas, il en résultera un grand bien pour la Province.

Les assemblés décidèrent «qu'il sera adressé des représentations, à cet effet, à qui il appartiendra. »

Ces démarches· ne réussirent pas. Le tracé adopté fut celui de la grande route de Maubourguet à Aire, passant par la *Loncagne* et par les côtes abruptes du Béarn (1).

Les municipaux de La Devèze renouvelèrent, en 1776, auprès des grands-voyers de France, leurs justes doléances :

La création de la route du Béarn a jeté tout le commerce de ce côté... Le pays de Rivière-Basse, en particulier la partie orientale qui borde la rive gauche de la Ros, est dans une pénurie extrême. L'exploitation des denrées, du vin surtout est impossible... l'argent y est d'une affligeante rareté... Nous ne pouvons pas payer les impositions... Consentez à faire un chemin d'embranchement de Maubourguet à Plaisance, passant par la Devèze. La communauté et les communautés voisines se chargeront de la construction de ce chemin dans toute l'étendue de leur territoire (2).

La communauté de La Devèze s'engagea, par délibération du 11 juin 1777, en ce qui pouvait la concerner, à payer le conducteur et les piqueurs (*sic*).

L'ordonnance du 14 juin 1777 combla les vœux de nos édiles et des communautés avoisinant La Devèze. L'intendant eut enfin égard à leurs « supplications. » Il commit M. de Germenaut, sous-ingénieur, « pour l'alignement et tracement de cette route » si ardemment désirée.

Et comme cette ordonnance doit être remise entre les mains du sr Germenaut, pour être déposée au bureau des ponts et chaussées, et

(1) Délib. du 28 février 1766.
(2) Délibération du 28 février 1766.

que c'est un titre précieux pour la communauté, il convient d'en faire l'enregistrement sur les registres de la présente ville de La Devèze (sic) pour en être pris des copies, à l'effet de le mettre à exécution, ou autrement... C'est pourquoi, avons procédé à l'enregistrement de notre requête et de la dite ordonnance.

A vous, Monseigneur Douet de la Boulaye, intendant de Navarre, Béarn et généralité d'Auch.

Supplient humblement les communautés de Plaisance, St-Aunis, Lengros, La Devèze, Soubagnac et Armentieu, disant que la situation de ces communautés, leur position et la nature de leur terroir les rend en quelque sorte des meilleures et des plus abondantes de la province; mais la difficulté pour l'exportation des denrées qu'elles produisent les rend aussi des plus misérables de la généralité, parce qu'elles sont privées de toute espèce de commerce, et que pour cette raison l'abondance leur devient en quelque façon inutile. Ces communautés sont situées sur la plaine de la Rivière, de la Ros et de la *Douce* (sic). Elles forment un espace d'environ deux lieues depuis Plaisance jusqu'à Maubourguet; le terroir en est très bon, et produit toute espèce de grains, et notamment du bled en abondance; le vin qui s'y recueille en assez grande quantité est d'une qualité supérieure, et la plus grande partie propre pour l'embarquement; mais la difficulté d'en faire le transport, n'ayant aucune route praticable, fait que ces denrées ne peuvent servir qu'à la seule subsistance des habitants, et le superflu, qui est certainement bien considérable, leur devient inutile, ou du moins ne peut-on le vendre qu'à très vil prix, dans le temps que les communautés voisines, qui communiquent aux grandes routes, ont l'avantage de vendre leurs denrées au plus haut prix, de manière que les communautés suppliantes ne peuvent point profiter de la fertilité de leur terroir. Le moyen d'éviter cet inconvénient et de procurer à ces communautés l'avantage dont jouissent presque toutes celles de la généralité serait, Monseigneur, de leur permettre de pratiquer une grande route à leurs propres frais et dépens depuis Plaisance jusqu'à Maubourguet ou celle de Tarbes à Aire. Par cet ordre, l'exportation deviendra très aisée et la communication très facile; cela les mettra encore à même de pouvoir communiquer à la grand'route de Nogaro, attendu que les communautés qui forment l'espace entre Nogaro et Plaisance sont dans le dessein de demander la permission de construire également une grande route. Par cet arrangement, le commerce fleurira et l'avantage sera égal. Ce motif a déterminé les communautés suppliantes à tenir des délibérations dans lesquelles on démontre la nécessité indispensable de cette route. Elles ont été déjà présentées à Votre Grandeur, qui a trouvé à propos d'en surseoir l'exécution à cause de la grand'route qu'on a projetée de Miélan à Aire, et ces communautés, dit-on, ont été réservées pour travailler à cette route. A cet égard on observe que ce projet ne peut point porter obstacle à notre demande pour plusieurs raisons. Au contraire, c'est un nouveau motif pour l'accueillir : en premier lieu, la route projetée de Miélan à Aire ne se fera pas vraisemblablement de longues années à cause des grands frais auxquels elle exposerait et des grandes difficultés qui se rencontrent. En second lieu, quand bien même cette route se fera, celle que les suppliants demandent la traversera, et par ce moyen la circulation et le commerce seront plus aisés. En troisième lieu, la route que les suppliants demandent pourra être faite dans 18 mois. Ils seront libres pour travailler à celle de Miélan à Aire, et ce sera d'autant plus aisé qu'il n'y aura presque pas d'obstacle. Tout est plaine, de Plaisance à Maubourguet. Il n'y a qu'un petit coteau et un petit ruisseau sur lequel il faudra faire un ponceau que les communautés suppliantes s'obligent également à faire à leurs frais. La dépense de cette route sera, somme toute, très modique. D'ailleurs, elle devient nécessaire et indispensable pour réparer le malheur de l'épizootie dont ces communautés ont été affligées, et pour leur procurer le moyen de vendre leurs denrées, et par suite pouvoir satisfaire au payement des *grosses impositions* auxquelles elles sont comprises. La province profitera encore de l'abondance de ce canton, et les villes maritimes des excellents vins qu'il produit. On pourra même le faire passer dans les colonies. Au moyen de quoi, il n'est pas douteux que Votre Grandeur ne s'empresse de nous procurer un tel avantage. Ce considéré, il plaira à Votre Grandeur, Monseigneur, vu les délibérations ci-dessus énoncées, ordonner que par MM. les ingénieurs de la province il sera levé un plan de la route de Plaisance à Maubourguet; ce faisant, demeurant les offres des suppliants, leur permettre de construire ladite route à leurs frais et dépens. En conséquence, de prendre les fonds nécessaires pour les alignements suivant le plan qui sera dressé, comme aussi leur permettre de la faire par corvées et de contraindre les corvéables par les voies ordinaires et accoutumées, et ferez justice.

Vu la présente requête, ensemble les éclaircissements à nous donnés et les délibérations des communautés suppliantes, Nous, intendant de Navarre, Béarn et généralité d'Auch, avons approuvé les délibérations des communautés de Plaisance, Saint-Aunis, Lengros, La Devèze, Soubagnac et Armentieu, pour la *faction* d'un chemin de communication de Maubourguet à Plaisance; ce faisant, ordonnons que par le sieur Germenaut, sous-ingénieur, il sera procédé au tracement et alignement dudit chemin. Ordonnons que par le même ingénieur il sera levé les plans, devis et détails des ponceaux et aqueducs qui seront nécessaires sur ladite communication pour, ce fait, être travaillé aux ouvrages dudit chemin par lesdites communautés suppliantes, sous la conduite d'un piqueur qui sera nommé à cet effet par ledit Germenaut, et procédé par le sieur Labaune, notre subdélégué général, après les affiches et publications accoutumées, à l'adjudication au rabais desdits ponceaux et aqueducs aux frais desdites communautés, lesquelles seront tenues de payer le salaire du piqueur d'après l'état qui sera dressé par le sieur Germenaut et qui sera visé et préalablement approuvé par nous. Enjoignons aux consuls desdites communautés suppliantes de commander, à tour de rôle, tous les corvéables de leurs juridictions pour les ouvrages ci-dessus, et à ceux-ci de leur obéir à peine d'être contraints par les voies ordinaires et accoutumées. Ordonnons en outre que les originaux desdites délibérations ou des copies dument collationnées seront remises entre les mains du sieur Germenaut pour être déposées au bureau des ponts et chaussées. N'entendons dispenser lesdites communautés suppliantes de remplir les tâches qui leur seront assignées sur d'autres routes et particulièrement sur celle de Miélan à Barcelonne, lesquelles tâches elles seront obligées de perfectionner, sauf à elles à finir le chemin de Maubourguet à Plaisance par leurs corvées particulières. Mandons au sieur Labaune, notre subdélégué général, de veiller à l'exécution de la présente ordonnance.

Fait à Auch, ce 14 juin 1777.

Douet, signé à l'original (1).

M. de Germenaut procéda au tracé de la grand'route traversant les plaines de La Devèze. Or M. Barquissau-Billé, sur les fonds duquel, il est vrai, la nouvelle route devait passer, de concert avec madame de Polastron et autres intéressés, forma un syndicat, par acte du 4 septembre 1778, en vertu

(1) Délib. du 20 décembre 1877. Archives de La Devèze.

duquel ils exposaient que « la route ne doit pas suivre la
» ligne tracée, dans la plaine, mais passer sur l'ancien che-
» min, ou à travers les coteaux, vers la ville dudit La De-
» vèze. »

La municipalité cria bien vite et bien haut « à la cabale »
et prétexta que « ce n'était point l'avis du général des habitants. » Notamment par délibération du 14 janvier 1778, elle
s'autorisa de motifs difficiles à prendre au sérieux pour
empêcher que la nouvelle route de Plaisance ne prît la direction
de la *ville* vers Soubagnac et Maubourguet. Quoi qu'il en soit,
les agissements de nos municipaux obtinrent le succès voulu
en principe. La nouvelle route devra traverser Lengros,
Saint-Laurent, la plaine de Saint-André, de Saint-Pierre, et se
confondre avec la route nouvelle de Marciac à Lembeye passant par Auriébat et Maubourguet.

A peine eut-on mis la main à l'œuvre que les habitants de
Maubourguet et d'Auriébat présentèrent requête à l'intendant.
Ils exposaient que, « ayant perdu des fonds pour la construction de la nouvelle route de Lembeye à Marciac, » il devait
être procédé « à l'estimation de ces fonds et au paiement de
l'indemnité » par les communautés qui ont demandé la route
de Plaisance. L'intendant libella une ordonnance, conforme à
la requête, le 18 juillet 1778. Cette ordonnance fut commu-
niquée, le 13 novembre suivant, à Lanacastets, maire de La
Devèze. « Mondit maire retourna aux syndics de ces particuliers » un acte d'opposition aux ordres de l'intendant.
— La communauté de La Devèze et les communautés qui ont
adhéré à son projet se sont engagées à payer le conducteur
de l'ouvrage, les piqueurs du terrain, mais non les fonds. Il a
été décidé que nous ferions le travail, chacun chez soi, dans
l'étendue de sa juridiction respective, Auriébat et Maubourguet
comme les autres. Nous avons demandé que la route passât à
la côte de Soubagnac, droit au clocher de Maubourguet. Ce
tracé nous a été refusé. Si l'ingénieur s'est autorisé à em-

brancher notre route à celle de Marciac à Lembeye, dans la lande d'Auriébat, ce n'est pas notre faute ! D'ailleurs, les habitants d'Auriébat ne profiteront-ils pas de notre route pour aller à Mont-de-Marsan ?....

Sur l'alignement adopté par M. de Germenaut il fallut démolir des maisons (1). Des propriétaires eurent à sacrifier de leurs fonds et même quelques-uns leurs jardins. Par délibération du 1er janvier 1780, la municipalité reconnaît « qu'il est de toute justice que les perdants soient indemnisés. Mais comme la communauté n'a ni biens communaux ni autres ressources que les anciens chemins devenus inutiles par la construction de la nouvelle route, » il fut décidé que ces chemins seraient cédés en retour aux perdants, s'ils s'en accommodaient, en faveur de ceux auxquels cet accommodement offrirait des difficultés, ces chemins n'étant pas enclavés dans leurs biens. « Il sera fait une vente à l'enchère desdits chemins. Les intéressés pourront les acheter s'ils en font la condition meilleure, ou se contenter, à leur choix, du produit de la vente, à concurrence des pertes et au marc la livre. »

Des commissaires furent désignés pour procéder conjointement avec les officiers municipaux à la vérification de l'utilité ou de l'inutilité des chemins à aliéner. L'opération n'eut lieu qu'en 1786 (2).

Ces chemins et places vacantes se trouvaient, pour la plupart, sur le territoire de Saint-Laurent et de Saint-André, dans les abords ou voisinage de la nouvelle route. Ils furent supprimés après vente ou cession, ou bien réduits à des largeurs plus conformes aux prescriptions des ordonnances.

La création de la route exigea : 1° les travaux eux-mêmes

(1) Maisons appartenant à Fauron, Jean Naveres, Frix, Lacabanne, Laurent Barquissau, Jean Lartigue. Délibération du 21 février 1779.

(2) Il fut nommé un vérificateur par paroisse : pour Saint-Pierre, Jean Villeneuve Cachou; Castets, Dominique Brescon; Ville et Abonas, Gabriel Lestrade; Saint-André, Gabriel Baqué Tursan; Saint-Laurent, Guillaume Domerc. Délibération du 1er janvier 1780.

du « piquage et du remblayage; » 2° la construction d'un pont sur la rivière de Lesteux (Lesteou), dans la plaine d'Auriébat, et 3° l'opération du gravelage.

Outre les frais en ce qui la concernait, du *piquage* et du *remblayage*, la communauté de La Devèze eut à supporter, pour sa large part, la tâche de la construction du pont sur Lesteou.

Le 16 juillet 1780, M. de Lamothe, subdélégué à Maubourguet, adressa aux officiers municipaux les devis estimatifs des travaux dressés par M. de Germenaut, devenu inspecteur des routes royales et des ponts et chaussées. Les devis portaient, pour la quote-part de la communauté de La Devèze, 2,710 livres 3 sols (1).

Les travaux furent inaugurés vers le mois de septembre 1781. D'après le devis, le pont devait être construit avec tablier en bois, soutenu sur trois piliers en pierre dont les fondations auraient deux pieds de profondeur. Dubertrand-Billé, d'Auriébat, sous cautionnement de Dubiau Pellecave, du même lieu, en fit l'entreprise. Pour le pilier du milieu, on creusa jusqu'à la profondeur de 4 pieds; on ne trouva même pas le ferme à 6 pieds. L'entrepreneur donna avis de l'imprévu aux officiers municipaux de La Devèze. M. Germenaut se transporta sur place et décida que si le ferme n'était pas trouvé à 4 pieds, il fallait bâtir les piliers sur pilotis, c'est-à-dire sur une grille en bois de 2 pieds de hauteur, et d'un double plancher de madriers de 6 pouces de hauteur. Ce travail exigea un supplément de dépenses que la municipalité de La Devèze accepta à sa charge sans la moindre récrimination, comprenant que cette dépense ne devait pas être subie par l'adjudicataire. Pleins pouvoirs furent conférés à Paul Dupuy, maçon de La Devèze, pour faire les acquisitions nécessaires, présider au travail de l'entrepreneur, et aviser à ce

(1) La communauté fit observer à M. le subdélégué que, sur les cahiers de la répartition générale faite à Tarbes, elle n'était cotée que pour 1,500 livres.

qu'il employât de bons matériaux. Dupuy reçut 50 sols par jour pour sa rétribution. Les travaux furent poursuivis avec activité, et le 21 mai 1782, ils touchaient à leur fin. Il fallut songer à la confection de deux terrasses à l'orient et au couchant du pont. Pour la chaussée d'orient, la terre fut prise sans obstacle dans une prairie voisine appartenant à Dubiau Pellecave. La terrasse occidentale fut l'objet de vives oppositions. Le sieur Labalète, contrôleur de la route, avait eu la mauvaise inspiration d'ordonner que la terre « soit prise » dans une pièce — inviolable celle-là ! — appartenant à M. le subdélégué lui-même. M. de Lamothe en témoigna un grave mécontentement. Incontinent, l'inspecteur Germenaut se rendit sur les lieux, et donna ordre « qu'il fût sursis aux char- » rois » et que la terre fût prise sur la pièce de Dubiau, le long de Lesteou. Il fallut maintes fois affronter le bourbier. Heureusement pour les corvéables, Dubiau forma opposition; mal advint aux municipaux de La Devèze de s'être dévoués jusqu'à obéir scrupuleusement aux injonctions du sieur Germenaut. Dubiau obtint, le 5 mai 1785, une ordonnance condamnant notre municipalité à payer au requérant une indemnité, à dire d'experts, pour le dommage porté dans sa prairie par l'enlèvement, le 30 décembre 1783, de vingt tombereaux de terre tout le long de Lesteou (1). Il y eut encore à construire sur tout le parcours, dans la plaine d'Auriébat, sur les limites d'Auriébat et Soubagnac, vis-à-vis de l'enclos de Caussade, en Saint-André, sur les limites de La Devèze et de Lengros, des ponts, ponceaux et aqueducs. Ces travaux furent exécutés par les soins et aux frais de la communauté de La Devèze.

La répartition des tâches pour le *piquage* et le *remblayage* de la route fut faite avec toute l'attention et l'équité possibles. Néanmoins, par suite de la différence de terrains et de rem-

(1) Cf. Délib. des 30 janvier, 16 juillet 1780, 29 août 1781, 21 mai 1782, 28 décembre 1783.

blais à exécuter, certains piqueurs et remblayeurs furent fort surchargés. Il fut décidé que la surcharge leur serait impu- tée, à titre de dégrèvement, lors de la répartition du grave- lage, mais qu'il était fort juste que les communautés voisines eussent leur part dans la liquidation de cette surenchère (1).

La tâche du gravelage assignée à la communauté de La Devèze fut adjugée, le 14 août 1781, à Bertrand Lapège, voi- turier de Plaisance, pour la somme de 5,810 livres. Or, Jean- Marie Lanusse, de La Devèze, par exploit du 5 novembre 1781, signifia aux officiers municipaux qu'il entendait faire *tiercement* sur cette adjudication, c'est-à-dire se poser en *tierce partie*, et au *rabais*, à raison de 1,270 livres de moins que Lapège, et aux mêmes conditions du cahier des charges. Il alla jusqu'à promettre de rembourser Lapège des avances qu'il aurait faites. Le rabais de plus de 1,200 livres parut fort intéressant pour la communauté. Elle « gratifia » Lanusse « d'un vote de reconnaissance » pour le grand bien qu'il pro- curait. « Si Lanusse devient adjudicataire, on devra l'indem- niser des pertes qu'il fera infailliblement. Conséquemment, la communauté devra s'engager à faire sur ladite route, par corvée, 45 toises de gravelage, ou bien à payer à Lapège le montant de ces 45 toises par voie d'imposition, et au marc la livre de la taille, sur le pied de la nouvelle adjudication. » Cette motion du maire reçut l'approbation unanime des assem- blés (2).

Les cinq paroisses de La Devèze furent imposées au gra- velage par l'Intendant, et pour la première fois en 1784. Elles eurent à faire leur tâche dans la plaine d'Auriebat et aux abords du pont de Lesteou — *chacun en droit-soi*, ou par corvée et répartition particulières, ou à prix d'argent et à l'adjudication (3).

(1) Délib. du 19 décembre 1779.

(2) Délib. des 21 octobre 1781, 24 février 1782, 5 septembre 1784, 2 octobre 1785 2 mars, 5 et 12 octobre 1788.

(3) L'adjudication se porta à 195 livres pour la paroisse de la Magdeleine; l'ad-

L'opération du gravelage fut l'occasion d'un conflit entre les officiers municipaux et les privilégiés d'Espaignet, Domerc, Dantan de Hournets, la dame de Polastron et les abbés Lalanne.

Par son ordonnance du 18 mai 1779, l'Intendant avait assujetti à la corvée tous les habitants de La Devèze, privilégiés ou non, proportionnellement à leur facultés et aisances, « sans toutefois que ladite ordonnance pût tirer à conséquence, s'il s'agissait d'une grande route. » Cet ordre était motivé sur ce que « la route en question est une route demandée par la communauté, avec offre d'en supporter les frais, » et que d'ailleurs « tous les habitants, privilégiés ou non, ont un intérêt égal à ce qu'elle se fasse. » — Les abbés Lalanne avaient fait leurs tâches, se réservant, selon leur déclaration du 12 mai 1779, de *répéter* sur la communauté le prix du travail. D'Espaignet n'avait pas encore « perfectionné » la sienne. M. Domerc et la dame de Polastron avaient été assez heureux pour faire prévaloir leur privilège auprès de l'Intendant et obtenir une décharge, de sorte que leurs tâches demeuraient à faire en entier... « Ce qui portait, » prétendaient les officiers municipaux, « un

judicataire fut Jean Lanacastets. — Pour la paroisse de St-André : 270 livres; adjudicataire, Joseph Meillan. — Castets : 232 livres; adjudicataire, Jean Lanacastets. — St-Pierre : 255 livres; adjudicataire, Jean Dutu. — St-Laurent : 395 livres; adjudicataire. Jean Lanacastets...

Il ne fut fait qu'un seul et même rôle « attendu que les cinq paroisses n'ont » qu'un même cadastre qui ne distingue pas le *tenement* de chacun des habitants, » paroisse par paroisse... Que, d'ailleurs, les limites desdites paroisses sont très » incertaines en bien des endroits. » (*Sic.*)

. . Au sujet de St-André et la Magdeleine en particulier, il est dit que « les li- » mites de ces deux paroisses ne sont pas connues sur bien des points... Que St- » André et la Magdeleine ne forment qu'un même dîmaire et ont un même curé. » (Textuel.)

D'après la délibération du 1er août 1784, le chiffre du gravelage fixé par l'Intendant, pour chaque paroisse, fut : St-Pierre, 486 livres. — Castets : 534 livres. — St-André : 636 livres. — La Magdeleine, 402 livres. — St-Laurent : 792 livres. — Des syndics furent nommés pour procéder à l'adjudication et à l'exécution des travaux. — Il est à remarquer que les délibérations prises eurent lieu « pour la Magdeleine, chef-lieu de la communauté (sic) à l'hôtel-de-ville. — Pour les autres paroisses, sous le porche de leurs églises respectives. — Dél. du 28 mai 1780, — 1 août, — 6 décembre 1784, 6 septembre 1785. »

grand obstacle à l'usage de la route, qui partout ailleurs était très praticable depuis longtemps. » Cet état de choses émut la municipalité. Elle donna pleins pouvoirs au Sʳ Bière à l'effet de supplier l'Intendant

D'ordonner que ledit Domerc et la dame de Polastron soient tenus à faire faire leurs tâches sans délai, ainsi qu'ont fait les abbés Lalanne, sauf à répéter, comme eux, sur la communauté, le prix du travail, le cas échéant. De même, ordonner que d'Espaignet sera tenu de perfectionner sa tâche à concurrence de tous ses bœufs et domestiques sans exception. En outre, que sa tâche soit augmentée sur le gravelage, s'il n'est pas assez chargé, ainsi qu'il sera jugé après l'estimation des tâches. Au surplus, cette augmentation devra incomber à tous autres habitants, s'il s'en trouve qui n'aient pas été compris dans la première distribution, le tout conformément à l'arrêté municipal du 25 mars 1779 (1).

Messire d'Espaignet fut prompt à relever le gant. Il présenta à son tour requête à Mgr l'Intendant. Contre tous les droits et privilèges de la noblesse, il a été compris dans la répartition des tâches particulières imposées aux habitants de La Devèze sur la route de Plaisance à Maubourguet. Les nobles ne sont-ils pas affranchis de la corvée et des impositions relatives à deux paires de labourage de leur principal manoir ? De quel droit les municipaux de La Devèze l'ont-ils compris dans tous les rôles de cette imposition, pour tous ses biens indistinctement, et sans excepter les biens que par lui-même il fait travailler ? Plaise à Mgr l'Intendant le décharger de l'impôt du *labourage* qu'il fait valoir par ses valets vivant dans sa maison, diminuer sa taxe eu égard à son privilège, passer la diminution en reprise au collecteur pour les années 1780 et 1781, et faire défense à la municipalité de le comprendre désormais sur lesdits rôles à raison de ce. — A la vérité, répondirent nos municipaux, aux termes de l'ordonnance, les ecclésiastiques, les gentilhommes, com-

(1) Délib. des 12 et 26 septembre 1779.

mensaux de la maison du roi, les officiers de justice, etc., peuvent exempter de la corvée deux paires de labourage, quand leurs valets mangent dans la cuisine de° leur maître. M. d'Espaignet, par sa charge de président de la Cour des aydes, a le droit de jouir de cette faveur; mais il oublie que la route dont il s'agit est une route sollicitée par la communauté de La Devèze, par M. d'Espaignet lui-même, qui a usé de tout son crédit pour l'obtenir. Lors de la demande de cette route, qui est principalement utile aux habitants du pays, en présence de l'intendant, M. d'Espaignet n'a-t-il pas répondu qu'il ferait faire la corvée par ses domestiques, alors que monseigneur lui fit observer qu'il aurait tort de se fonder sur le privilège ? L'ordonnance du 18 mai 1779 n'a-t-elle pas obligé M. le marquis de Polastron, M. Domerc et autres privilégiés, à accomplir leur tâche sur cette voie, nonobstant leurs privilèges, reconnus d'ailleurs très authentiques en principe ? Si les valets de M. d'Espaignet sont exempts de la corvée et M. d'Espaignet de l'imposition, pourquoi MM. de Polastron, Domerc, les abbés Lalanne et autres de leur classe ne le seraient-ils pas ? Alors l'impôt du prolétaire sera considérablement accru. Les pauvres seront terriblement surchargés. Oui, les pauvres dont les caves et les greniers ne regorgent pas comme le vôtres, M. le président, de denrées de tout genre, et qui, bien moins que vous, bénéficieront des avantages de la route !

Fort bien, répliqua M. d'Espaignet. Mais sachez, MM. les municipaux— et par exploit, s'il vous plaît— que l'intendant vous impose l'ordre d'exempter mon sol de deux paires de labourage. Aux termes de l'ordonnance, vous avez à nommer — et sans délai — deux prud'hommes aux fins de fixer ledit sol de deux paires de labourage et pour la *qualité* et pour la *quantité* (1).

(1) Ordonnance de l'intendant du 18 janvier.

Il fallait se *soumettre*. Quatre prud'hommes (1) furent désignés pour opérer cette fixation, conjointement avec MM. les chefs de la municipalité. On arrêta que, pour le présent, le montant de la décharge de d'Espaignet serait répartie en augmentation sur les autres articles du rôle; que, pour 1788, cette augmentation serait imputée à la communauté; que le tout serait soumis à la vérification du subdélégué de l'intendance; finalement, que l'ordonnance serait exécutée en tous ses chefs, clauses et conditions.

Les prud'hommes et les officiers municipaux jugèrent que « le sol des deux paires doit être composé de 72 sacs de terre, tant en vignobles qu'en fonds de rivière, bourbiers et bois. »

L'expertise ne fut pas du goût de M. d'Espaignet. Le 3 janvier 1785, il obtint une ordonnance nouvelle portant que « l'opération devra être reprise par deux experts autres que des habitants de La Devèze, dûment assermentés, nommés, l'un par M. d'Espaignet, l'autre par la municipalité, et à défaut, pris d'office. Leur rapport devra être adressé à l'intendant, et il sera statué ce qu'il appartiendra par M. de Lamothe. »

L'ordonnance fut signifiée au maire par exploit, avec assignation aux fins de comparaître le lendemain par devant le subdélégué, dans son hôtel, pour la nomination des experts. Le procureur de M. d'Espaignet désigna Louis Theye-Martinon d'Armentieu; le maire, Laurent Barquissau, demanda un sursis de 8 jours, voulant en référer à la communauté. Theye parut suspect de partialité comme étant allié au degré prohibé par l'ordonnance à la plupart des officiers municipaux, à plusieurs habitants de la juridiction, à M. d'Espaignet lui-même. L'arbitrage fut dévolu à Jean Laffitte et à Guillaume Castets, qui portèrent le sol à 114 journaux (ou

(2) MM. Laurent Barquissau, Jean-Baptiste Lanacastels, Pierre Payssé, Barthazeille et Laurent Dareix Sombrun.

sacs) au lieu de 72. D'Espaignet s'empressa de recourir à
l'intendant pour «faire confirmer cette taxation de 114 journaux, et, ce faisant, décharger les dits fonds de toute contribution à la corvée à commencer par l'année 1781.»
M. de Lamothe ordonna le soit-communiqué de la requête de
M. d'Espaignet, aux officiers municipaux, pour y être répon
du dans huitaine.

« Votre justice a été trompée, monseigneur. Il est vraiment sans exemple qu'un cultivateur ait pu travailler ou faire
travailler, au lieu de La Devèze, où les terrains, même dans
la plaine, sont très forts, 114 sacs de fonds par deux paires
de bœufs, sans avoir recours très souvent à des étrangers.
Nous en appelons à l'expérience elle même de M. d'Espaignet. MM. de Prialé et du Perron qui habitent Madiran, ont,
comme M. d'Espaignet, fait valoir leurs privilèges de noblesse et obtenu décharge de l'Intendant. Il fut fait fixation
des différentes natures de terrains pour le sol de deux
paires de labourage. L'expertise n'attribua à chacun de
ces privilégiés que 80 sacs. Les officiers municipaux et
prud'hommes de La Devèze n'ont fait que suivre cette voie,
à la différence de sept à dix sacs de landes qu'ils auraient
ajoutés à leur fixation, si M. d'Espaignet avait eu des landes
dans ses biens. Les suppliants attendent de votre justice,
Monseigneur, qu'il plaise à Votre Seigneurie se souvenir qu'il
n'est question que d'un *chemin d'embranchement,* et que votre
ordonnance a assujetti indistinctement tous les habitants de
la juridiction à la corvée. » La démarche fut inutile.

De son côté, noble Cantan de Hournets obtint de Mgr Douet,
faisant pour Mgr de Vergennes, intendant de Navarre et Béarn,
une ordonnance (5 mai 1785) d'exemption de la corvée pour
deux paires de labourage sur ses biens dans les trois communautés de La Devèze, Tieste et Labatut. M. le marquis de
Polastron eût bien voulu, à son tour, bénéficier du même privilège pour une paire de labourage en La Devèze; mais on fit

justement observer à l'intendant que l'exemption ne pouvait être applicable à M. de Polastron pour son bien de La Devèze, où il n'habitait pas, puisqu'elle avait lieu en faveur des propriétés du château de sa résidence, à Gimont (1).

Toutes ces revendications, assurément peu opportunes, venant s'ajouter à bien d'autres griefs reprochés à la noblesse de l'*ancien régime*, servirent, hélas! de prétexte aux réactions violentes et aux terribles représailles qui se produisirent durant la tourmente révolutionnaire.

———

C'était en 1855. Dans l'un des réduits les plus délaissés « par l'humaine gent, » d'une très belle habitation bourgeoise de la *ville* de La Devèze, gisaient pêle-mêle de vieux registres dont tous les rats de la contrée avaient fait leur « ville de refuge. » J'eus l'audace de me mettre en campagne contre « le peuple souriquois,» bien résolu à faire l'assaut de sa citadelle. « La victoire balança » un instant. Mais les intrépides adversaires durent « céder au sort. »

> La résistance fut vaine.
> Chacun s'enfuit au plus fort,
> Tant soldat que capitaine.
> La racaille, dans des trous,
> Trouva sa retraite prête.
> Les princes périrent tous (2).

Je plantai mon drapeau vainqueur au centre même du champ de bataille. J'étais, enfin, maître de ma précieuse collection, que je dus incontinent, par une mesure de sage prudence, mettre à l'abri des usurpations obstinées de la ménagère.

Après des années de paisible sommeil sous ma bonne et consciencieuse garde, ces vieilles paperasses se sont enfin

(1) Pour tout ce qui précède, consulter les délibérations municipales de La Devèze des 26 décembre 1781, 24 février, 12 mai 1782, 2 février, 20 avril, 6 juillet 1783, 18 juin 1786.

(2) La Fontaine, liv. IV, fable VI.

réveillées. *Exultabunt ossa*.... Et avec le sentiment du respect le plus cordial et le plus profond, je dédie ces quelques modestes études sur La Devèze, exhumées de tous « ces blocs enfarinés » par la poussière des siècles, à mes excellents compatriotes, à mes parents, bienfaiteurs et amis de tous genres, à ma mère si tendrement aimée, à la mémoire de mon père, brave sergent de la Grande-Armée (1).

Et maintenant, Histoire féodale, municipale et civile de La Devèze, sans attendre votre future compagne, l'Histoire religieuse du beau pays d'Arros et Adour, faites votre bonne entrée dans le monde, et que Dieu vous ait en sa digne et sainte garde!

(1) Depuis son retour à La Devèze, après le licenciement de l'armée en 1815, on aimait à le qualifier du surnom de « vaillant Choumac. » — Relevé de ses états de service, à nous délivré par le ministère de la guerre, le 9 novembre 1859:

Raymond G..... fut incorporé au 79e de ligne (le 17 septembre 1807), qu'il alla joindre à Venise. Dans ce corps il fit, sous le commandement du maréchal Marmont, la campagne de Dalmatie. En 1809, il traversa la Croatie, à la poursuite des Autrichiens, prit part à la bataille de Wagram, revint en Illyrie, passa un an sur les côtes. En 1811, il fut tiré du 79e, qui allait en Catalogne, et envoyé à Paris pour passer, le 8 juin, au 5e voltigeurs de la jeune garde. Le 25 novembre 1811, il passa caporal au 6e de la même arme. Avec le 6e voltigeurs, il fit la campagne de Russie, se battit à la prise de Smolensk, entra à Moscou au moment de l'incendie, sous le commandement du duc de Trévise (maréchal Mortier), après la sanglante bataille de la Moskowa. Durant la retraite, il franchit la Bérésina, et il fut blessé. Par suite de tant et de si cruelles souffrances, pendant cette terrible campagne de 1812, il fut réduit à se tenir « en arrière » de la grande armée, que Napoléon avait quittée le 5 décembre pour aller à Paris. Il tomba épuisé entre les mains de l'ennemi; ayant providentiellement échappé à une mort certaine, il fut envoyé prisonnier à Kœnisberg, où il séjourna près de deux ans. Rentré en France, il fut incorporé dans le 51e de ligne (18 janvier 1815) comme « caporal venant des prisons de l'ennemi. » Avec ce régiment, il combattit à Waterloo où il reçut une nouvelle blessure. Promu au grade de sergent le 20 juillet 1815, il fut licencié le 26 septembre 1815.

Dans le pays, on le croyait à tout jamais ou massacré sur le champ de bataille, ou enseveli par les neiges, ou glacé par le froid. Un service funèbre avait été pieusement célébré dans l'église de la Magdeleine pour le repos de son âme! Or, je ne sais dans quelle ville de France, au retour, le jeune conscrit de 1807 fit la rencontre d'un de ces vieux troupiers à épaulettes et à trois chevrons : — Qui vive! dit le vieux. — Ami! répond le jeune. — C'est toi, mon brave. Ah! ces Prussiens... sans eux, comme moi tu serais capitaine ! (Authentique.)

APPENDICE.

RÉGENT ET MÉDECIN.

I. Jusqu'aux mauvais jours de la Révolution, l'éducation de l'enfance et de la jeunesse, dans les villes comme dans les campagnes, était religieusement confiée à un régent qui devait, pour tenir école, « être approuvé par l'évêque ou ses vicaires généraux, » et qui « promettoict et juroict » devant les consuls et échevins de « bien apprendre à lire et à escrire tous les escolliers qui yront à son escolle, de bien prier Dieu, et les eslever et ediffier à la sainte crainte de Dieu, tout ainsy qu'une personne de sa quallité de regent demande et est obligé de faire selon Dieu et sa conscience. »

Le 1er avril 1766, il y eut assemblée sous le porche de l'église de Saint-Pierre, en La Devèze : Me Lanacastets, échevin, représenta qu'il « est d'un intérêt essentiel de se conformer aux édits et déclarations du Roy, par lesquels il ordonne, veut et entend que dans toutes les villes, villages et paroisses de son royaume, il y ait des regents pour instruire et enseigner les enfants en leur apprenant la lecture, écriture, catechisme et prieres de la religion catholique, apostolique et romaine. » Il est délibéré qu'il « sera choisi un regent pour l'éducation des enfants... capable, suffisamment instruit et de bonne vie et mœurs. » Et à l'instant, le nommé Mondin, natif de Castelnau, a offert « d'enseigner la lecture, l'écriture, le catechisme et les prieres de la religion, même l'arithmétique et le plain-chant. » D'une voix unanime il fut agréé à l'effet ci-dessus, à la charge par lui, en outre, « d'assister aux offices et administration des sacrements sous le bon plaisir toutefois de Mgr l'évêque de Tarbes, ou en son absence de MM. les vicaires généraux, lesquels les délibérans supplient vouloir approuver la présente nomination, sans que lesdits déliberans entendent qu'il y ait pour raison de ce dessus des gages à lui rétribués en corps de communauté, sauf à lui à se faire payer des particuliers. » (Cf. Délibération du 1er avril 1766. — Bail de la Régence d'Auriébat, 18 avril 1700. — Nomination d'un régent pour la ville de Plaisance, 9 février 1744, par devant Me Etienne Saint-Pierre, procureur fiscal de Mgr le duc de Bouillon et de l'abbé de la Case-Dieu, les sieurs Etienne Lanafoer et Jean Vacquier, consuls, Jean Dufour, syndic de la communauté, Jacques Laterrade, lieutenant des dragons, Augustin Magenc, Guillaume Saint-Pierre, sieur de Saint-Pé, en La Devèze, et autres jurats et habitants de Plaisance. Archives de M. Dupleix-Pallaro. — Notariats Dusser et Lanacastets.)

II. Le 28 janvier 1767, MM. les échevins, conseillers de ville et notables de la nouvelle organisation municipale de La Devèze (1765) eurent à cœur « d'avoir un chirurgien et même un médecin capables, attendu que dans la présente ville ny en la juridiction il n'i a aucun medecin ni même des chirurgiens capables de connoitre aucune sorte de maladies, et par conséquent hors d'état de pouvoir les traiter avec succès, ce qui est la cause qu'un grand nombre de personnes, et principalement parmi le peuble, sont mortes depuis quelques années par les maladies fréquentes qui règnent dans la communauté faute des secours de la médecine; que les médecins qui sont aux environs, étant fort éloignés, les malades ne peuvent se procurer leurs secours qu'à gros frais, ce qui fait que les laboureurs et artisans, et principalement les journaliers de la campagne, sont hors d'état d'appeler ces médecins auprès d'eux dans leurs maladies et meurent ordinairement faute de ce secours; et de là vient le grand nombre de morts de tout âge et de tout sexe qu'on voit annuellement dans La Devèze depuis quelque temps, et de là s'ensuit cette disette d'ouvriers et travailleurs de terres, puisqu'on n'en trouve presque plus... Que si les fréquentes maladies dont cette communauté est souvent affligée continuent, elles entraîneront par les progrès qu'elles font annuellement la ruine de la population, et par une suitte necessaire l'inculture des terres, les deffauts d'aliments nécessaires à l'usage de la vie, l'impossibilité de payer les charges royales, et enfin les calamités les plus affreuses (sic). Que pour remédier à tous ces maux et en prévenir les suittes funestes, il conviendroit de choisir un médecin dans une des villes voisines et l'engager à venir sejourner certains jours de la semaine dans la presente ville ou dans la juridiction d'icelle, auquel on donneroit annuellement des gages honettes, afin qu'il s'appliquât à la conservation de la vie de tous les habitans et principalement des pauvres qui à cause de leurs misères sont hors d'état de se procurer des secours. Et que pour parvenir au payement de ces gages la voye de l'imposition est la seule qui peut réussir, puisqu'en différents temps on a vainement tenté la voye de la cotisation. C'est pourquoi il conviendroit de tâcher d'obtenir la permission d'imposer une certaine somme à cet effet.. Que d'ailleurs cette imposition ne seroit pas onéreuse au public à cause qu'ils ne possèdent pas de grands biens et que ceux qui ont des possessions plus considérables la supporteront sans peine et sans qu'elle les dérange, parce que dans la répartition il en coûteroit peu à chacun en particulier, *à cause que le territoire de la juridiction est considérable*. En un mot, la conservation de la vie étant toujours préférable à la jouissance des biens de la fortune, cette légère imposition, bien loin d'être onnereuse aux habitans, leur sera au contraire d'un grand avantage et par là les pauvres comme les riches se procureront des secours qu'ils ne peuvent avoir par aucune autre voye qu'avec de grands frais et avec beaucoup de difficulté... C'est pourquoi lesdits sieurs échevins ont requis les assemblés de délibérer sur tout ce dessus.... »

Il résulte de « tout ce dessus : » 1º que « au moins un chirurgien capable, et même un médecin » furent reconnus nécessaires « en la ville et juridiction de La Devèze, » pour « traiter avec succès » toute « sorte de maladies, » aux fins d'empêcher que « un grand nombre de personnes et principalement parmi le peuple » ne meurent « faute des secours de la médecine; » 2º que, vu l'éloignement « des médecins qui sont aux environs, » les malades ne pouvaient se procurer leurs secours qu'à gros frais; 3º que « les laboureurs, artisans et principalement les journaliers de la campagne étaient hors d'état d'appeler un médecin, » et que, bon gré mal gré, il fallait se résigner à paraître devant Dieu « sans le secours médical. »

La question, de sa nature, parut grave, et même de première importance à MM. les échevins, conseillers de ville, etc., de La Devèze.

Aussi fut-il « unanimement conclu, arrêté et délibéré par lesdits assemblés que l'exposé cy dessus est très veritable et le projet des plus avantageux; qu'il est d'une nécessité absolue de gager un médecin pour l'usage de toute la communauté. » C'est pourquoi pouvoirs sont donnés auxdits échevins, etc., de supplier Mgr l'intendant de leur permettre d'imposer annuellement, au marc la livre de la taille, la somme de *deux cents livres* pour le payement de l'honoraire d'un médecin à l'usage de la communauté. Cette somme ne sera pas trop forte, vu l'étendue du territoire et le grand nombre des habitants qu'elle contient. L'imposition des deux cents livres fut autorisée au marc la livre de la taille par arrêt du conseil du roi, du 15 septembre 1767. Ledit arrêt fut approuvé et l'exécution en fut *mandée* et *ordonnée* à Versailles, par le roi, de son règne la 53ᵉ année. L'ordonnance du subdélégué général de l'intendance en Navarre, Béarn et généralité d'Auch, pour l'exécution de l'édit, fut signée : Sallenave, subdélégué général, à Taille-Fer, le 13 novembre 1767.

A l'unanimité, les 200 liv. furent votées par la municipalité de La Devèze, le 15 janvier 1768. En outre, il fut délibéré que le médecin choisi « sera tenu de visiter tous les malades de la juridiction de la présente ville toutes les fois qu'il en sera requis, et pour faciliter aux habitants la commodité de l'avertir, ledit médecin sera tenu de se rendre tous les quinze jours, le jour du jeudi, dans la maison du sieur Jean Laffitte Inthus, notable, pour savoir si quelque malade a réclamé son secours; et en même temps lesdits assemblés ont pareillement, d'une voix unanime, donné leur confiance à M. Jean-Baptiste Lahens, docteur en médecine, habitant de la ville de Plaisance. »

En 1776, M. le docteur Lahens dut être remplacé. On songea à lui donner pour successeur M. le docteur Pierre Labat, de La Devèze. Il y eut des opposants. Avant d'être définitivement agréé, il faut que le médecin choisi produise, en vertu des édit et déclaration du roi de 1702 et 1707, ses degrés et lettres de doctorat dûment enregistrés. Jusqu'à cette exhibition, l'assemblée proteste contre toute élection. Cette exigence émut notre conseil municipal; le 1ᵉʳ septembre 1776, il délibère que « Pierre Payssé Labat, soi-disant docteur en médecine, habitant de ladite communauté, est nommé médecin, pour icelle servir aux charges, clauses et conditions que servait la présente communauté, M. Lahens de Beaumarchès. Il est bien entendu que ledit Payssé se rendra chez chacun des habitants qui auront besoin de son ministère toutes fois qu'il en sera requis, et ce sans autre rétribution que les 200 livres ci-dessus, dont droit commencera de ce jour et à charge par le dit Payssé de justifier dans le délai de quatre mois son grade de docteur en médecine; faute de ce, ladite pension demeurera éteinte et assoupie pour ce qui le concerne, sans même qu'il puisse exiger pour le temps qu'il aura servi... » L'amour-propre du docteur Labat fut piqué au vif. Le 3 décembre 1776, il déposa sur le bureau de Mᵉ Lanacastets, maire, copie officielle et authentique de « ses degrés et lettres de doctorat. »

Pour l'édification du lecteur, nous voudrions reproduire *in extenso*

ces « lettres » que nous retrouvons dans les registres des délibérations municipales de La Devèze, sous la date du 1er janvier 1777.
Voici du moins le début de cette pièce, datée du 12 juin 1772, et
signée par l'illustre docteur Barthés :

« Universis et singulis, p æsentes litteras visuris et audituris. Nos
Joannes Franciscus Imbert, regis consilarius, medicus, nec-non
Almæ Monspeliensis medicorun Universitatis professor Regius ana-
tomicus, botanicus, cancellarius et judex, hortique regii præfectus
salutem in Domino qui est omnium vera salus. Majorum nostrorum
vestigiis inhærentes.... His de causis omnibus notum esse volumus
et hac præsentium litterarum serie confirmatum, dilectum nostrum
magistrum Petrum Labat Ladevezensem, diœcesis Tarbiensis apud
Bigerros, jamdudum medicinæ licentiatum, ob morum integritatem
variamque et multiplicem eruditionem famamque laudabilem, totius
Universitatis consensu honoris fastigia in eo disciplinæ genere fuisse
consecutum. Is maxima et certissima eruditionis eximiæ testimonia
nobis præbuit, tum in publicis examinibus quæ per intentionem
dicuntur, tum in triduana disputatione, in quibus singulis academiæ
professoribus publice magno auditorum concursu obscurissimis artis
medicæ placitis docte et erudite respondit, tum etiam in severo illo
examine quod rigorosum appellamus in scholis sustinendo, in his
omnibus tam eximium eruditionis suæ specimen præbuit, ut et le-
gendo et veterum dogmata interpretando multiplicis reconditique in
arte medica eruditionis certissimum testimonium reliquerit, nihilque
in eo fuerit desideratum..... »

La municipalité de La Devèze se fit un devoir de flétrir les calom-
niateurs de Labat, et de recommander chaudement « à la confiance du public ledit Me Labat, qui après de longues et pénibles
études est parvenu à être docteur d'une faculté aussi fameuseque celle
de Montpellier. »

(Cf. Délib. municip. de La Devèze, 28 janvier 1767, 10 décembre
1767, 15 janvier 1768, 6 janvier 1776, 1er septembre 1776, 1er janvier 1777.)

TABLE DES MATIÈRES.

ERRATA.

Au lieu de : § II (p. 219), lisez § III.
   —   § III (p. 262), lisez § IV.

www.ingramcontent.com/pod-product-compliance
Lightning Source LLC
Chambersburg PA
CBHW050204030726
47505CB00005B/1519